魏晋清談集

『世説新語』を中心として

吉川忠夫

法蔵館文庫

本書は、一九八六年七月十日に講談社より
「中国の古典」シリーズの一冊として刊行された。

解説

第一部 清談がつづる魏晋小史

一章 三人の英雄たち

二章 司馬氏の抬頭

第二部　人間、この複雑なるもの

一章　竹林の七賢

二章　学問

三章　哲学と文学

四章　談論

五章　名言

解説

一　『世説新語』——真実をうがつ

魏晋《ぎしん》の時代は愛すべき人物をすくなからず生んだ。愛すべきというのは、かれらの言葉ないしは行動が、われわれの心に感動と快感をもたらすからである。感動と快感をもたらす言葉、それらはもとよりのこと、行動もまた、語り伝えられたという意味において、「清談《せいだん》」とよんでよいであろう。

愛すべき魏晋時代人の人物像は、『三国志《さんごくし》』や『晋書《しんじょ》』などの正史《せいし》のなかに伝えられた。中国の正史は、司馬遷《しばせん》の『史記《しき》』の伝統をついで、個人の伝記である列伝を重要な柱として構成されるが、それら列伝のなかに伝えられた。そしてまた、『隋書《ずいしょ》』の経籍志《けいせきし》が子部《しぶ》の小説家類に分類する『世説新語《せせつしんご》』によって伝えられた。明代に『世説新語』のテキストを校刊した袁褧《えんけい》は、それにそえた序文につぎのようにいう。「世に江左《こうさ》は清談《せいだん》に善《よ》しと言う。今、（世説）新語を閲《けみ》するに、信《まこと》なるかな其《そ》のこれを言えるや」。江左とは江南《こうなん》。ここでは晋王朝が江南に遷った東晋時代をいい、東晋時代の人物こそ『世説新語』の中心をしめるからである。

『世説新語』は、五世紀、南朝宋《そう》の臨川《りんせん》王劉義慶《りゆうぎけい》によって撰述された。宋は東晋を継いだ王朝である。がんらいはただ『世説』とよばれたらしく、『南史《なんし》』劉義慶伝にも、『隋書』経籍志にも、そのように記されている。劉義慶の撰述といっても、つとに魯迅《ルーシュン》の『中国小説史略』が想像しているように、実際は、劉義慶をパトロンとしてかれの王府につどった文人たちの手になったものであろう。そしてまた、かならずしもすべてがあらたに書き下ろされたものではなかったであろう。同一人にたいする呼称がはなはだしく一定していないこと、たとえば東晋の謝安《しやあん》のことを「謝安」「謝公《しやこう》」「謝安石《しやあんせき》」「謝太傅《しやたいふ》」などとさまざまに記していることは、下敷きになった書物が数種類にわたって存在したであろうことを想像させる。なかでも、現在ではごくわずかの佚文《いつぶん》が伝わるだけにすぎないが、東晋の裴啓《はいけい》が撰述した『語林《ごりん》』は種本のなかの有力なものであったらしい。あわせて一一三〇条。そのうちのごく少数が前漢時代にかかわるのをのぞいて、圧倒的部分は後漢および魏晋の名士たちの逸事《いつじ》逸聞《いつぶん》を内容とし、謝霊運《しやれいうん》のごとく、劉義慶の同時代人の話もわずかながら含まれる。『世説』という書名それ自体が、語り伝えられ、書き伝えられた世間話を意味するであろうが、かく逸事逸聞を内容とするだけに、一条が一〇〇字をこえることはむしろまれであって、わずか一〇字前後で一条が完結することもめずらしくない。たとえ

ば、

劉尹云、清風朗月、輒思玄度。

劉尹《りゅういん》（劉惔《りゅうたん》）の言葉。「清風朗月《せいふうろうげつ》のたびに玄度《げんど》（許詢《きょじゅん》）のことがしのばれる」。（言語篇）

謝公称藍田、掇皮皆真。

謝公《しゃこう》（謝安《しゃあん》）は藍田《らんでん》（王述《おうじゅつ》）をこうたたえた。「一皮むけばすべて本物だ」。（賞誉篇）

といったごとくである。

このように、『世説新語』は瑣事瑣語《さじさご》の集成である。瑣事瑣語の集成ではあるけれども、しかし右の例にもみられるとおり、許詢なり王述なりの人となりをさながらに髣髴《ほうふつ》させる劉惔や謝安の言葉は警抜である。一〇語にも満たぬ言葉によって表現しえているだけにいっそう警抜であるとしなければならない。何人《なんぴと》の言語であれ、何人の行為であれ、片々たる瑣事瑣語であるにもかかわらず、いな瑣事瑣語であるがゆえにかえっていっそう珠玉のごとくきらきらひかるものを、『世説新語』は丹念に採集した。人間の真実にせまる何ものかがそこに表現されていると考えたためであろう。そしてそのさい、人間の多様に分岐する言語や行為が、まことに多様なるがままに取り上げられたのであった。

そのことは、あわせて三六をかぞえる篇名についてもうかがいうるように思う。さいしょにおかれるのは、『論語』先進《せんしん》篇に「徳行は顔淵《がんえん》、閔子騫《びんしけん》、冉伯牛《ぜんはくぎゅう》、仲弓《ちゅうきゅう》。言語は宰我《さいが》、子貢《しこう》。政事は冉有《ぜんゆう》、季路《きろ》。文学は子游《しゆう》、子夏《しか》」とあるのにもとづく徳行《とくこう》、言語《げんご》、政事《せいじ》、文《ぶん》学《がく》の四篇であり、それ以下、方正《ほうせい》、雅量《がりよう》、識鑒《しきかん》、賞誉《しょうよ》、品藻《ひんそう》、規箴《きしん》云々といささかかたくるしい篇名がつづくが、しかしそのおわりにいたっては、仮譎《かけつ》（インチキ）、黜免《ちゅつめん》（くびきり）、倹嗇《けんしょく》（けちんぼ）、汰侈《たいし》（贅沢）、忿狷《ふんけん》（癇癪もち）、讒険《ざんけん》（いけず）、尤悔《ゆうかい》（やるせなや）、紕漏《ひろう》（すかたん）、惑溺《わくでき》（首ったけ）、仇隙《きゅうげき》（仲たがい）などなどと、一見してなかなかにすさまじく、反道徳的ですらある。たとえば倹嗇篇の一条はつぎのようだ。

——王戎《おうじゅう》のところではみごとな李《すもも》がとれた。いつも売りにだしたが、その種子を手にいれられては大変だと、しじゅう錐《きり》で核《さね》をほじっていた。

けちんぼも、ここまで徹底すればむしろほほえましい。おまけに、右の話の主人公の王戎が、西晋時代の大官であっただけでなく、かの有名な「竹林《ちくりん》の七賢」の一人だったといえば、人はいかなる思いをいだくであろうか。このように、ひとり王戎についてみただけでも、『世説新語』が一面的な人間観察をいかに峻拒しているか、その一端をうかがうことができる。けちをもし悪徳とよぶとするならば、悪徳もまた人間の真実であるにちがいない。しかも、悪徳を悪徳そのものとしてえがくのであって、悪徳を反面教師としてえがこうとするお説教臭は微塵《みじん》もない。『世説新語』はそのような立場に立つ。

本書『魏晋清談集』には、『世説新語』を中心として、当時の清談のすぐれたものを集めた。

二　魏晋の時代——単眼から複眼へ

魏晋は、古代帝国の漢王朝が崩壊したその荒廃のなかから立ちあらわれた時代である。前二世紀、漢の武帝《ぶてい》が儒教を王朝の正統教学として採用して以後、儒教は漢帝国に政治理論を提供し、儒教に根拠をおく礼教《れいきょう》、名教《めいきょう》は人々の日常生活のすみずみにまで浸透した。漢代においては、儒教こそがすべての価値の源泉であった。儒教の徳を体現し実践することが人々の理想であった。たとえば前漢の劉向《りゅうきょう》の『説苑《ぜいえん》』。『説苑』も人間の行為をいくつかの類型に分けて記述するが、君道《くんどう》、臣術《しんじゅつ》、建本《けんほん》、立節《りっせつ》、貴徳《きとく》、復恩《ふくおん》、政理《せいり》、尊賢《そんけん》、正諫《せいかん》、敬慎《けいしん》云々とつづく二〇の篇名はいかにも儒教的なかたくるしさ、気まじめさを感じさせる。

だが、二世紀の中葉にいたって、漢帝国の支配にしだいに亀裂《きれつ》が生じ、ついに三世紀のはじめ、帝国が最終的に崩壊してあらたな時代をむかえると、文化の情況も一変する。ごく単純化していえば、漢帝国の崩壊にともなう政治力の弛緩《しかん》、まさしくその事実が、人々をして政治と一体化していた儒教、それ以外のものへの興味の目をひらかせたといってよい。

魏晋の人々のなかには、漢代的礼教ないし名教にたいして果敢に批判の太刀をあびせるものもあらわれた。たとえば、「竹林の七賢」のなかの領袖の位置にたつ阮籍《げんせき》は、その戦列の先頭にたってたたかった人物であった。阮籍は規範としての礼教をあくまで排斥し、人間の自然な感情、それにもとづく行動をたいせつにした。かれは「名教の罪人」とよばれることさえあったけれども、しかしたんなる破壊主義者であったのではない。深い反省に根ざした行動は、それ自体のうちに創造的なものがはらまれていた。

もっとも、このあらたな時代においても、おおむねの人々にとって、儒教は依然として基礎的な教養であり、人間形成のうえにおおきな力をもちつづけたけれども、その性格に漢代とはことなるすくなからざる変容の生じたことに注意しなければならない。漢代における儒教の政治教学としての性格は後景に退き、人間主義とでもよぶべき立場から反省が加えられ、解釈が行なわれる。かくして、儒教は人間の学となるであろう。学問それ自体として自立する道がひらかれるであろう。いささか唐突ながら、儒教が、一種の遊戯というべき談論の対象となるのもそのことと無関係ではあるまい。また文学や芸術を儒教的鑑《かん》戒《かい》主義から解きはなち、文学や芸術それ自体の意義をみとめる道もひらかれるであろう。魏晋時代の幕を開いた魏の武帝曹操《そうそう》は、武人であり政治家であるとともに、すぐれた詩人でもあった。その子の魏の文帝曹丕《そうひ》は、「文を論ず」という文章に、「文章は経国《けいこく》の大業《たいぎょう》にして、不朽《ふきゅう》の盛事《せいじ》なり」と述べ、文学のもつ偉大な力と不滅性をたたえた。そしてまた魏晋人は道家の思想に注目する。道家の思想の反政治主義や自然主義にひかれたからであろう。道家の思想の流行のもとに、老荘道家の哲学にもとづく儒教解釈さえ行なわれる。また仏教の本格的な受容がはじまるのも、この時代のことである。仏典を読んだ殷浩《いんこう》が、

「道理はここにもあるとにらんだぞ」といったという話を『世説新語』文学篇が伝えているのは、まことに印象的である。仏教によって、過去の中国人が知ることのなかった永遠の問題にたいする開示をあたえられたことであろう。このようにして、儒教はもはやすべての価値の源泉とはなりえない。人間と世界を見る目が単眼から複眼にかわったのである。『世説新語』はそのような立場を示している。

ところで、魏晋の社会のにない手は、後漢時代からしだいに形成され、やがて魏晋において地位をきずいたところの貴族であった。『世説新語』に登場するおよそ六五〇名の人物も、おおむねがそれらの人たちであり、また一一三〇条にのぼる話のおおむねは、貴族社交界で語り伝えられたものであったろう。そのことは、人間主義とよぶべき立場にも一定の限界をもたらす。とともにそのことは、『世説新語』に『世説新語』としての特色と精彩をもたらす。貴族はいかにも貴族らしく、かれらの関心は、挙措《きょそ》や言語にはじまって心ばせにいたるまで、およそ人間のありかたにかかわるすべてのことがらをいかにして美しく洗練されたものにしたてあげるか、そのことにもっぱらむけられたのであった。野暮《やぼ》はあくまで切りすてられるべきであり、野暮をいかように切りすてるか、そのことに人々の興味は集まった。

——桓南郡《かんなんぐん》（桓玄《かんげん》）は気のきかぬおとこにであうと、いつもむかっ腹をたてた。「君は哀《あい》さんのところの梨を手にいれても、煮て食うてあいじゃろう」。（軽詆篇）

「哀さんのところの梨――哀家梨」とは、口に入れたとたんにとろりととける美味な梨だという。野暮が切りすてられる反面、たっとばれるのは、気品や機智やユーモアやしゃれっ気など、要するに片々たる言葉や行動のうちにこそかえってよく表現されるであろう高度の洗練性であった。そのような高度の洗練性を意味する「清」は、魏晋人の愛用の言葉であった。

三 『世説新語』の評価

『世説新語』の撰述からおよそ一世紀、梁《りょう》の劉孝標《りゅうこうひょう》がこの書物に注釈をほどこした。劉孝標の注は四一四種にのぼる書物を引用し、まことに精審をきわめる。沈家本《しんかほん》『世説注所引書目』、参照。劉孝標は『世説新語』の種本となったであろうものとの比較考証のうえ、しばしば『世説新語』の誤りを指摘している。そして、唐代の史評家である劉知幾《りゅうちき》は、その『史通《しつう》』において『世説新語』にたいするまことに手きびしい批判を加え、むしろ劉孝標の注をたかく評価する。かれは劉孝標ほどの才智見識にめぐまれたものが、「委巷《いこう》（民間）の小説」、「流俗の短書」、劉知幾は『世説新語』をそのようにさげすんでいるのだが、そのようなものにたいして興味をもち、労力をついやしたのはまったく無駄なことであったと惜しんでいる（補注篇）。またつぎのようにも述べている。

――宋《そう》の臨川《りんせん》王劉義慶《りゅうぎけい》は世説新語を著わし、上は前漢、後漢、三国時代から西晋、東晋時代までのことを述べた。劉孝標が注釈をほどこしてそのまちがいを指摘し、偽跡《ぎせき》は明らかとなって言いつくろうことはできぬのだが、わが唐朝が晋代史（晋書《しんじょ》）を編集するにあたって、多くこの書物に取材した。かくて劉義慶の妄言《もうげん》をとりあげ、劉孝標の正説《せいせつ》にたがっている。（雑説篇中）

いったい、『世説新語』の「偽跡」、劉義慶の「妄言」とはいかなるものなのか。劉孝標の「正説」とはいかなるものなのか。一例をあげればこうだ。『世説新語』容止《ようし》篇につぎの一条がある。

——何平叔《かへいしゅく》（何晏《かあん》）はスマートで、顔の肌はぬけるように白かった。魏《ぎ》の明帝《めいてい》は白粉をつけているのではないかと疑い、暑い夏のさかりに、あつあつの湯麺《たんめん》を供した。食べおわると、どっと汗がふきだし、朱《あか》いハンケチでぬぐったところ、肌の色はいっそうあざやかとなった。

肌の白さと朱《あか》いハンケチ。白と朱の色彩の対照にこの話の妙味はあるが、劉孝標は注釈として、『魏略《ぎりやく》』からつぎの記事を引く。「晏《あん》は性として自《みずか》ら喜び（ナルシスト）、動静に粉白《おしろい》をば手より去らず、行歩《こうほ》するに影を顧《かえり》みる」。そのうえで、つぎのような按語をそえる。「この記事によるならば、何晏の妖麗はほんらい外飾によるものであった。しかも、何晏は母親が曹操《そうそう》の妾となったためにはやくから宮中で養われ、明帝といっしょに育ったのだから、明帝がことさらためしてみる必要はなかったであろう」。

だが、身《み》も蓋《ふた》もないとはまさしくこのようなことをいうのではあるまいか。われわれは『世説新語』をいちがいに「偽跡」、「妄言」としりぞけることができるであろうか。何晏と魏の明帝に関する事実関係は、なるほど劉孝標の指摘するとおりであるかも知れぬ。しかし、この逸話のもつ鮮やかな印象は、まぎれもなく魏晋のものである。かくこれを一例として、『世説新語』は時代のエトスを伝える点ですぐれた「正説」であった。すぐれた歴史書であった。明末清初の人、銭謙益《せんけんえき》は、梁慎可《りょうしんか》の『玉剣尊聞《ぎょくけんそんぶん》』に寄せた序につぎのようにいう。「余は少《わか》くして世説《せせつ》を読む。嘗《こころ》みに窃《ひそ》かに論じて曰わく、臨川王は史家の巧人《こうじん》なり。遷固《せんこ》の史法を変じてこれを為《な》す者なり。臨川は善《よ》く遷固を師とする者なり。史家を変じて説家《せつか》と為す。其《そ》の法は奇《き》」(『牧斎有学集』巻一四「玉剣尊聞序」)。遷固とは司馬遷《しばせん》と班固《はんこ》。司馬遷の『史記《しき》』と班固の『漢書《かんじょ》』の紀伝体による成功を、臨川王劉義慶の『世説新語』は「説家」、すなわち小説家流の手法によってかちとったというのである。劉孝標の注釈にあまた引かれている文章、それをもし『世説新語』のネタとよぶならば、『世説新語』がそれにどのような加工をほどこしているのか、そのことを明らかにするところにこそ、銭謙益が「奇」と評した『世説新語』の手法の成功の秘密を解く鍵がひそんでいるように思われる。

四　本書の構成

本書『魏晋清談集《ぎしんせいだんしゅう》』に選ばれた文章の実に九割以上は『世説新語』のものである。のこりは、主として『後漢書《ごかんじょ》』、『三国志《さんごくし》』とその注、『晋書《しんじょ》』、そして『世説新語』の注から選んだ。『後漢書』は劉義慶の同時代人である南朝宋《そう》の范曄《はんよう》の撰。『三国志』はそれにさきだつ西晋《せいしん》の陳寿《ちんじゅ》の撰。その注はやはり南朝宋の裴松之《はいしょうし》によって書かれた。『晋書』は唐の太《たい》宗《そう》御撰と銘うたれるが、実際は唐初における数人の史官による編纂である。『後漢書』、『三国志』、『晋書』いずれも正史であること、いうまでもない。そのほか、正史の『宋書《そうじょ》』、『魏書《ぎしょ》』、『南史《なんし》』のほか、『文選《もんぜん》』の注からも一条ずつ選んだ。

選ばれた文章は、第一部「清談がつづる魏晋小史」、第二部「人間、この複雑なるもの」の構成のもとに排列し、それぞれを数章に分かった。第一部、第二部ともいくらか後漢時代のものを含む。また彼此参照の便宜のため、全条にわたって通し番号を付した。魏晋時代の歴史が概観できるように第一部を設けたが、もとより一条一条についても味読していただきたい。また第二部について、魏晋人の人間の多様性にたいする興味がどのようなものであったのかを理解していただけるならば幸いである。第二部の第一章を「竹林の七賢」にあてたのは、この有名なグループのなかにもさまざまのタイプの人間が含まれ、しかも一人の人物の性向と行動にもおおきな振幅がみとめられるところから、魏晋人の人間の多様性にたいする興味を理解するうえにうってつけだと考えたからである。

正史は中華書局の標点本をテキストとしたが、いくらか句読を改めたところがある。また『世説新語』のテキストには、一九六二年、中華書局刊の影宋本を原則として用いた。原本はわが国の尊経閣《そんけいかく》に蔵せられる。『世説新語』関係の文献は、井波律子『中国人の機智――『世説新語』を中心として』（中公新書、一九八三年刊）の巻末に付された「主要参考文献」にゆずる。なお、井波さんの著書は、『世説新語』の機智の構造を解明した好著である。なお、井波さんの著書が発表されて以後、中国から『世説新語』の注釈二種が出版された。

（一）余《よ》嘉錫《かしやく》『世説新語箋疏《せんそ》』（中華書局、一九八三年刊）。余嘉錫氏の遺稿を周祖謨《しゆうそぼ》氏と余《よ》淑宜《しゆくぎ》女史の二人が整理されたもの。先人の説の博捜につとめ、周氏の前言にも述べられているように、とりわけ史実の考証に力がそそがれている。
（二）徐震堮《じよしんがく》『世説新語校箋《こうせん》』（中華書局、一九八四年刊。中国古典文学叢書）。余嘉錫氏の著書にくらべて簡にして要、附録の「世説新語詞語簡釈」も参考になる。

魏晋清談集——『世説新語』を中心として

第一部　清談がつづる魏晋小史

一章　三人の英雄たち

群雄がたがいにしのぎをけずる後漢末の乱世、そのなかからしだいに頭角をあらわした曹操《そうそう》（一五五―二二〇）と劉備《りゅうび》（一六一―二二三）と孫権《そんけん》（一八二―二五二）。この三人の英雄によって、中国は魏《ぎ》、蜀《しょく》、呉《ご》の三国鼎立《ていりつ》の時代をむかえる。三人のなかで、『世説新語《せせつしんご》』がもっともしばしばとりあげるのは曹操であり、智略にたけた悪玉としての印象が強調されている。後世の『三国志演義《さんごくしえんぎ》』において顕著となる曹操像の萌芽である。

一　曹公《そうこう》の少《わか》き時

曹公《そうこう》（曹操）はわかいころ喬玄《きょうげん》に会ったことがある。喬玄はいった。「天下は動乱の時代をむかえ、群雄たちは虎が獲物をねらうように争っている。この状態にしまつをつけるのはそなたではあるまいか。ところで、そなたはまことに乱世の英雄、治世の奸賊《かんぞく》。残念なのは、わしが年老いていることじゃ。そなたの出世したすがたを見ることはあるまい。ひとつ子孫たちのことをよろしくたのみますぞ」。（『世説新語』識鑒篇）

曹公の少《わか》き時、喬玄に見《まみ》ゆ。玄謂《い》いて曰《い》わく、「天下は方《まさ》に乱れ、群雄《ぐんゆう》は虎争《こそう》す。撥《おさ》めて之を理《おさ》むるは君に非《あら》ず乎《や》。然るに君は実《まこと》に是《こ》れ乱世の英雄、治世の姦賊《かんぞく》。恨《うら》むらくは吾は老《お》いたり。君の富貴を見ざらん。当《まさ》に子孫を以て相《あ》い累《わずら》わすべし」。

曹公少時見喬玄、玄謂曰、天下方乱、群雄虎争、撥而理之、非君乎、然君実是乱世之英雄、治世之姦賊、恨吾老矣、不見君富貴、当以子孫相累。

▼喬玄（一〇九―一八三）は、後漢の霊帝《れいてい》時代に三公の一である太尉《たいい》となり、人物鑑識眼をもってきこえた。本条をおさめる『世説新語』の篇名「識鑒《しきかん》」も、人物鑑定の意味にほかならない。当時は人物批評のさかんな時代であったが、とりわけ喬玄のような名士から評語をもらうことは、社会へのデビュー、また将来をうらなううえに千金のおもみをもったのである。なかでも有名なのが、汝南《じょなん》の許劭《きょしょう》の「月旦評《げったんひょう》」であった。許劭は従兄《いとこ》の許靖《きょせい》とともに、毎月の一日、すなわち月旦ごとに郷党《きょうとう》の人物の批評を発表したので「月旦評」とよばれた。本条の注に引かれている『世語《せいご》』や『雑語《ざつご》』によると、曹操に評語をあたえたのは喬玄ではなく、喬玄はただ許劭から評語をもらうようすすめただけであり、許劭が曹操にあたえた評語は、「治世の能臣《のうしん》、乱世の姦雄《かんゆう》」、であったという。

二　陳宮《ちんきゅう》、字《あざな》は公台《こうだい》

陳宮《ちんきゅう》、字《あざな》は公台《こうだい》は東《とう》郡の人である。剛直で果敢勇壮、わかいころから天下の知名人たちすべてと連絡を結んだ。天下が乱れると、さいしょ太祖《たいそ》（曹操）につき従ったが、後になってうさんくさく思い、そこで呂布《りょふ》に従った。呂布のために画策してやったのに、呂布はいつもかれの計略に従わなかった。下邳《かひ》（江蘇《こうそ》省睢寧《すいねい》の西北）が陥落すると、士官が呂布と陳宮を逮捕した。太祖は二人に会って昔話をはじめたので、呂布は生命をたすけてほしいと口にした。太祖は陳宮にむかっていった。「公台よ。おまえはふだんから智略がありあまるほどだとうぬぼれておったのに、今じゃどうなってしまったのだ」。陳宮は呂布の方をふりかえり、指さしていった。「このおとこがてまえの言うとおりにしなかったばっかりに、こんな破目になったのです。もし言うとおりにしておれば、縄目をうけるとはかぎらなかったものを」。太祖は笑いながらいった。「今日の事態はどうしたものか」。陳宮「臣としては不忠もの、子としては不孝もの。死はてまえにとってのさだめです」。太祖「おまえはそれでもよかろうが、おまえの年老いた母親をどうしたものか」。陳宮「てまえの聞くところ、孝をモットーに天下を治めようとするものは、人の親の生命をそこなわぬ、とか。老母が生きるか死ぬか、それは閣下しだいです」。太祖「おまえの妻と子をどうしたものか」。陳宮「てまえの聞くところ、仁政を天下にしこうとするものは、人の先祖の祀《まつ》りを絶やさせぬ、とか。妻子が生きるか死ぬか、それも閣下しだいです」。太祖が二の句をつがぬうちに、陳宮は「どうか外に出ておしおきをうけ、軍法を明らかにさせていただきたい」というなり、そのままかけだし、ひきとめることはできなかった。太祖は涙ながらにそれを見送ったが、陳宮はふりかえろうともしなかった。陳宮の死後、太祖はかれの家族を以前よりも手厚く遇した。（『三国志』魏書・呂布伝注『典略』）

陳宮、字は公台、東《とう》郡の人なり。剛直烈壮、少《わか》くして海内《かいだい》の知名の士と皆《み》な相《あ》い連結す。天下の乱るるに及び、始め太祖に随うも、後には自《みず》から疑い、乃《すなわ》ち呂布に従う。布の為に画策《かくさく》するも、布は毎《つね》に其の計に従わず。下邳《かひ》の敗《やぶ》るるや、軍士は布及び宮を執《とら》う。太祖は皆な之《これ》を見、与《とも》に平生《へいぜい》を語る。故に布は求活の言有り。太祖、宮に謂《い》いて曰《い》わく、「公台、卿《けい》は平常自から智計余《あま》り有りと謂いしに、今は竟《つい》に何如《いかん》」。宮顧《かえ》りみて布を指さして曰わく、「但《た》だ此の人の宮の言に従わざるに坐《ざ》し、以て此《ここ》に至る。若《も》し其れ従わるれば、亦《ま》た未《いま》だ必ずしも禽《とりこ》とは為らざるなり」。太祖笑って曰わく、「今日の事、当《まさ》に云何《いかん》すべし」。宮曰わく、「臣と為《な》りて不忠、子と為りて不孝。死は自からの分《ぶん》なり」。

陳宮字公台、東郡人也、剛直烈壮、少与海内知名之士、皆相連結、及天下乱、始随太祖、後自疑、乃従呂布、為布画策、布毎不従其計、下邳敗、軍士執布及宮、太祖皆見之、与語平生、故布有求活之言、太祖謂宮曰、公台、卿平常自謂智計有余、今竟何如、宮顧指布曰、但坐此人不従宮言、以至于此、若其見従、亦未必為禽也、太祖笑曰、今日之事、当云何、宮曰、為臣不忠、

太祖曰わく、「卿《けい》は是《か》くの如きも、卿の老母を奈何《いかん》せん」。宮曰わく、「宮聞くならく、将《まさ》に孝を以て天下を治めんとする者は人の親を害せず、と。老母の存否《そんぴ》は明公に在るなり」。太祖曰わく、「卿《けい》の妻子を若何《いかん》せん」。宮曰わく、「宮聞くならく、将《まさ》に仁政を天下に施さんとする者は人の祀《まつ》りを絶たず、と。妻子の存否も亦《ま》た明公に在るなり」。太祖未《いま》だ復《ま》た言わざるに、宮曰わく、「請《こ》うらくは出でて戮《りく》に就《つ》き、以て軍法を明らかにせん」。遂《つい》に趨《はし》り出で、止《とど》む可からず。太祖泣きて之を送り、宮は還顧《かんこ》せず。宮の死後、太祖は其の家を待つこと、皆《み》な初めより厚《あつ》し。

為子不孝、死自分也、太祖曰、卿如是、奈卿老母何、宮曰、宮聞将以孝治天下者、不害人之親、老母之存否、在明公也、太祖曰、若卿妻子何、宮曰、宮聞将施仁政於天下者、不絶人之祀、妻子之存否、亦在明公也、太祖未復言、宮曰、請出就戮、以明軍法、遂趨出、不可止、太祖泣而送之、宮不還顧、宮死後、太祖待其家、皆厚於初。

▼呂布は下邳を本拠として徐州刺史を自称した群雄の一人。建安《けんあん》三年（一九八）、曹操が呂布を滅ぼしたときの話である。原文「若其見従」の「見」は受身をあらわす助辞。

三　陳琳《ちんりん》の難《なん》を冀《き》州に避くるや

陳琳《ちんりん》が冀《き》州に難《なん》を避けると、袁本初《えんほんしょ》（袁紹）は文章のかかりを命じ、この檄文《げきぶん》（「袁紹の為に予《よ》州に檄《げき》する文」）を書かせて劉備《りゅうび》に通告した。曹公《そうこう》（曹操）は人間失格者で依附《いふ》するにたりず、本初にこそ帰順すべきだと説いたのである。その後、袁紹が敗れると、陳琳は曹公に身を寄せてきた。曹公はいった。「きみはむかし本初のために宣伝文を書いたとき、わしの罪だけを責めればよかったのだ。悪をにくんでもその本人だけにとどめるというのに、なぜまた父ぎみ祖父ぎみのことにまで筆をさかのぼらせたのだ」。陳琳は罪をわびていった。「矢は弦《つる》につがえられ、放たないわけにはゆかなかったのです」。曹公はかれの才能を愛してとがめなかった。（『文選』巻四四、陳琳「為袁紹檄予州」注『魏志』）

陳琳《ちんりん》の難《なん》を冀《き》州に避くるや、袁本初は文章を典《つかさ》どらしめ、此の檄《げき》を作りて以て劉備に告ぐ。曹公は徳を失い、依附《いふ》するに堪《た》えず、宜《よろ》しく本初に帰すべしと言えり。後に紹の敗るるや、琳は曹公に帰す。曹公曰わく、「卿昔《けいむか》し本初の為に移書《いしょ》す。但《た》だ孤《われ》を罪状す可き而已《のみ》。悪を悪《にく》むも其の身に止《とど》む。何ぞ乃《すなわ》ち上、父祖に及ぶ邪《や》」。琳、罪を謝して曰わく、「矢は絃《げん》上に在り。発せざる可からず」。曹公は其の才を愛して之を責《せ》めず。

陳琳避難冀州、袁本初使典文章、作此檄以告劉備、言曹公失徳、不堪依附、宜帰本初也、後紹敗、琳帰曹公、曹公曰、卿昔為本初移書、但可罪状孤而已、悪悪止其身、何乃上及父祖邪、琳謝罪曰、矢在絃上、不可不発、曹公愛其才而不責之。

▼建安五年（二〇〇）、冀州の鄴《ぎょう》（河《か》北《ほく》省臨漳《りんしょう》）を本拠とする袁紹（?—二〇二）と兗《えん》州の許（河南省許昌）を本拠とする曹操の両雄は、黄河畔の官渡《かんと》のわたしで激突する。戦にさきだって、そのころ予《よ》州刺史であった劉備のもとに袁紹から檄文がおくられてきたが、そこには曹操にたいする人身攻撃だけではなく、曹操の祖父や父にたいする悪口雑言のかぎりがつくされていた。「司空《しくう》曹操の祖父なる中常侍《ちゅうじょうじ》の騰《とう》は、左悺《さわん》、徐璜《じょこう》と並びに妖孽《ようげつ》を作《な》し、饕餮《むさぼりくら》うこと放横《ほしいまま》にして、化を傷《やぶ》り民を虐《しいた》ぐ。父の嵩《すう》は乞匄《こつじき》として携《ひきと》られ養われ、贓《わいろ》に因《よ》って位を仮《か》る。……操は贅閹《ぜいえん》の遺醜《いしゅう》、本《もと》より懿《うるわ》しき徳無し」。かく、曹操の祖父は宦官《かんがん》であり、父はその養子であった。中常侍は奥勤めの宦官が就く職であり、左悺と徐璜は二世紀後半に勢威をほこった宦官たちである。一方の袁紹は、四世代にわたって三公を輩出した「四世三公」の名門の出自であった。しかし、官渡の戦は曹操の大勝利に帰し、その結果、曹操の華北の覇権は確立される。右の檄文を書いた陳琳（?—二一七）が曹操の軍門に降ったのはそれから四年後の建安九年（二〇四）、やがて「建安《けんあん》の七子」とよばれる文学者グループの一人として文名をはせる。「移書」はふれ文、回状。「悪を悪《にく》むも其の身に止《とど》む」は『公羊伝《くようでん》』昭公二十年の言葉。「君子の善を善《ほ》むるや長く、悪を悪《にく》むや短かし。悪を悪《にく》んでは其の身に止《とど》め、善を善《ほ》めては子孫に及ぼす」。

曹操と袁紹の青年時代の逸話をつぎにとりあげよう。

四　魏武《ぎぶ》の少《わか》き時

魏《ぎ》の武帝《ぶてい》（曹操）の青年時代、いつも袁紹《えんしょう》と二人でやくざきどりであった。結婚式をひやかしに出かけたとき、そのまま主人の庭園内にしのびこみ、夜がふけてから「盗賊だ」と叫んだ。式場の人々はみんな見にとびだしてくる。魏の武帝はそこでなかにおし入り、刀を抜き花嫁をおどしつけると袁紹といっしょにひきあげたが、道に迷っていばらのなかにおちこんだ。袁紹は身動きできない。また大声で叫んだ。「盗賊はここだ」。袁紹はあわてふためいて自力ではいだし、かくて二人ともことなきを得た。（『世説新語』仮譎篇）

魏武の少《わか》き時、嘗《つね》に袁紹と好んで游俠《ゆうきょう》を為す。人の新婚を観《み》、因《よ》って潜《ひそ》かに主人の園中《えんちゅう》に入り、夜叫呼《きょうこ》して云わく、「偸児《ちゅうじ》の賊《ぞく》有り」。青廬《せいろ》中の人皆《み》な出で観《み》る。魏武は乃《すなわ》ち入り、刃《やいば》を抽《ひ》き新婦を劫《おど》し、紹と還《かえ》り出ず。道を失いて枳棘《ききょく》中に墜《お》つ。紹は動くことを得る能《あた》わず。復《ま》た大叫《たいきょう》して云わく、「偸児は此《ここ》に在り」。紹は遑迫《こうはく》、自《みずか》ら擲出《てきしゅつ》し、遂に以て倶《とも》に免がる。

魏武少時、嘗与袁紹好為游俠、観人新婚、因潜入主人園中、夜叫呼云、有偸児賊、青廬中人皆出観、魏武乃入、抽刃劫新婦、与紹還出、失道墜枳棘中、紹不能得動、復大叫云、偸児在此、紹遑迫、自擲出、遂以倶免。

▼婚儀は青い幔幕《まんまく》をめぐらした仮りの小屋、「青廬《せいろ》」のなかで行なわれた。無名氏の「焦仲卿《しょうちゅうけい》

の妻の為の作」（『玉台新詠集』巻二）に、「其の日馬牛嘶《いな》き、新婦は青廬に入る」とうたわれている。また『白虎通《びゃっこつう》』嫁娶《かしゅ》篇に「昏時《こんじ》に礼を行なう、故にこれを婚と謂《い》う」、『説文解字《せつもんかいじ》』に「婦を娶《めと》るには昏時を以てす」とあるなど、結婚式は日が暮れてから行なわれるならわしであった。

五　魏の甄后《しんこう》は恵《けい》にして色有り

魏の甄《しん》皇后は聡明で美貌だった。さいしょ袁熙《えんき》の妻となり、すこぶる寵愛をうけた。曹公（曹操）が鄴《ぎょう》を攻めおとすと、なにはともあれ甄氏をよびださせた。従者は報告した。「五官中郎将《ごかんちゅうろうしょう》どのがとっくに連れてゆかれました」。公はいった。「今年、賊を破ったのは、あいつのためにやくだっただけだった」。（『世説新語』惑溺篇）

魏の甄后は恵《けい》にして色有り。先に袁熙の妻と為り、甚だ寵を獲《え》たり。曹公の鄴《ぎょう》を屠《ほふ》るや、疾《すみや》かに甄を召さしむ。左右白《もう》す、「五官中郎将已《すで》に将《ひき》い去る」。公曰わく、「今年賊《ぞく》を破るは正《た》だ奴《ど》の為にす」。

魏甄后恵而有色、先為袁熙妻、甚獲寵、曹公之屠鄴也、令疾召甄、左右白、五官中郎将已将去、公曰、今年破賊正為奴。

▼袁熙は袁紹の子。袁紹の死後、長子の袁譚《えんたん》と末子の袁尚《えんしょう》のあいだに相続をめぐって反目が生

ずる。その間隙に乗じた曹操が袁氏の居城である鄴を攻めおとしたのは建安九年（二〇四）。五官中郎将とは皇帝の侍従官であるが、その職にあった曹操の長男の曹丕《そうひ》、のちの魏の文帝《ぶんてい》のことである。甄氏はやがて文帝の皇后に立てられる。

六　魏武将《まさ》に匈奴《きょうど》の使《つかい》を見んとす

魏の武帝（曹操）は匈奴《きょうど》の使者と会見しようとした。からだが貧弱なので遠国をおどしつける迫力にかけると考え、崔季珪《さいきけい》（崔琰《さいえん》）を代役にしたてたうえ、帝みずからは太刀《たち》をにぎって座のそばに立った。会見がすみ、間諜に「魏王はどうであったか」とたずねさせたところ、匈奴の使者はこたえた。「魏王は威風堂々としておられます。さりながら、座のそばで太刀をにぎっていたおとこ、あれこそ英雄です」。魏の武帝はそう聞くと、追手をやってこの使者を殺した。（『世説新語』容止篇）

魏武将《まさ》に匈奴の使《つかい》を見んとす。自《みず》から形陋《ろう》にして、遠国に雄《ゆう》たるに足らざると以《おも》い、崔季珪をして代らしめ、帝は自から刀を捉《と》って牀頭《しょうとう》に立つ。既《すで》に畢《おわ》り、間諜《かんちょう》をして問わしめて曰わく、「魏王は何如《いかん》」。匈奴の使答えて曰わく、「魏王は雅望《がぼう》非常なり。然《しか》れども牀頭に刀を捉《と》りし人、此れ乃《すなわ》ち

魏武将見匈奴使、自以形陋、不足雄遠国、使崔季珪代、帝自捉刀立牀頭、既畢、令間諜問曰、魏王何如、匈奴使答曰、魏王雅望非常、然牀頭捉刀人、此乃英

ち英雄なり」。魏武は之《これ》を聞き、追《お》いて此の使を殺す。

雄也、魏武聞之、追殺此使。

▼匈奴は北方の騎馬民族。前漢時代には中国をおおいに悩ませたが、後漢時代には南北に分裂して往時の勢いを失っていた。「牀」は腰掛け、椅子。注によれば、曹操は「姿貌《しぼう》は短小なるも神明《しんめい》は英発」、それにたいして崔琰は、「声姿《せいし》は高暢《こうちょう》、眉目《びもく》は疎朗《そろう》、須《ひげ》の長さは四尺、甚だ威重有り」。

曹操の悪智恵ぶりを伝えるエピソードであり、つぎの一条もまたそうである。

七　魏武は行役《こうえき》して汲道《きゅうどう》を失い

魏の武帝（曹操）は、行軍のさい水のあるルートからはずれ、全軍あげて喉《のど》をからからにかわかした。そこで命令をくだした。「前方に大梅林がある。甘酸《あまず》っぱい実がたわわにみのっている。それでかわきをいやせよう」。そう聞いた士卒《しそつ》たちは、口にどっとつばきがわき、まんまと前方の水源にたどりつくことができた。（『世説新語』仮譎篇）

魏武は行役して汲道《きゅうどう》を失い、三軍皆《み》な渇《かわ》く。乃ち令して曰わく、「前に大梅林有り。子《み》饒《おお》くして甘酸《かんさん》、以て渇《かわ》きを解《と》く可し」。士卒は之を聞き、口に皆な水を出だす。此れに

魏武行役失汲道、三軍皆渇、乃令曰、前有大梅林、饒子甘酸、可以解渇、士卒聞之、口皆出水、

乗じて前源《ぜんげん》に及ぶを得たり。

乗此得及前源。

▼『周礼《しゅらい》』夏官司馬に「王は六軍、大国は三軍……」。「三軍」は曹操配下の全軍の意。

八　建安《けんあん》十七年、董昭《とうしょう》等は共に

建安《けんあん》十七年（二一二）、董昭《とうしょう》たちは一致して曹操《そうそう》の爵位を国公《こくこう》に進め、九種類の栄典をととのえようとかんがえ、内密に荀彧《じゅんいく》に意向を打診した。彧はいった。「曹公はがんらい正義の兵をおこし、かくして漢王朝をたすけ盛んにされようとされたのだ。勲功はまことにめざましいが、いまなお忠正の節義をまもっておられる。君子は人を愛するには徳を重んずる、というではないか。そのようなことはなすべきではない」。計画はかくて沙汰《さた》やみとなり、曹操は内心おだやかでなかった。（その年、曹操は孫権《そんけん》征討のために出兵する）。荀彧は病いにたおれ寿春《じゅしゅん》（安徽省寿《あんきじゅ》）にとどまったが、そこへ曹操が食事をおくりとどけてきた。開けてみると、なんとからの器である。さればと、薬をあおいで果てた。（『後漢書』荀彧伝）

建安十七年、董昭等は共に曹操の爵を国公に進め、九錫《きゅうしゃく》、物を備えんと欲し、密《ひそ》かに以て荀彧に訪《たず》ぬ。彧曰わく、

建安十七年、董昭等欲共進曹操爵国公、九錫備物、密以訪荀彧、

「曹公は本《もと》より義兵を興《おこ》し、以《もっ》て漢朝を匡振《きょうしん》す。勲庸《くんよう》は崇《すう》著《ちょ》なりと雖《いえど》も、猶《な》お忠貞の節を秉《と》る。君子は人を愛するに徳を以てす。宜《よろ》しく此《か》くの如くすべからず」。事は遂《つい》に寝《や》み、操は心平かなる能《あた》わず。……彧は病《や》みて寿春に留《とど》まり、操は之《これ》に食を餽《おく》る。発《ひら》き視《み》れば乃《すなわ》ち空器《くうき》なり。是《ここ》に於《お》いて薬を飲みて卒す。

或曰、曹公本興義兵、以匡振漢朝、雖勲庸崇著、猶秉忠貞之節、君子愛人以徳、不宜如此、事遂寝、操心不能平、……彧病留寿春、操餽之食、発視、乃空器也、於是飲薬而卒。

▼曹操の華北の覇権は確立し、実権はかれの掌中に帰したけれども、しかし漢王朝を奪うまでにはいたらなかった。曹操を魏の武帝《ぶてい》とか太祖《たいそ》とかよぶのは、魏王朝創業後におくられた称号にすぎない。曹操の漢王朝簒奪《さんだつ》の意志をくじいたのは、意外にも、曹操から「吾が子房《しぼう》なり」とたのまれた荀彧（一六三—二一二）であった。子房とは漢の高祖劉邦《りゅうほう》の謀臣、張良《ちょうりょう》の字《あざな》である。

董昭はそのころ司空《しくう》であった。「九錫《きゅうしゃく》」は天子から元勲に賜る九種の栄典。すなわち、車馬、衣服、楽器、朱戸《しゅこ》（朱塗りの扉）、納陛《のうへい》（建物の昇り口を室内に設けて外部にむきだしにしないつくり）、虎賁《こほん》（儀仗兵）、斧鉞《ふえつ》（まさかり）、弓矢、秬鬯《きょちょう》（鬱金《うこん》の香りをつけた黒きびのリキュール）。前漢王朝を奪った王莽《おうもう》以後、九錫の授与は禅譲革命のさきぶれとなった。また『左伝《さでん》』定公四年に、「魯《ろ》公に分つに大いなる路《くるま》と大いなる旂《はた》、夏后《かこう》氏の璜《たま》、封父《ほうふ》の繁弱《おおゆみ》……備物典策、官司彝器《いき》を以てす」とあり、「備物《びぶつ》」は諸侯が一般には備えることのゆるされない礼器。また『礼記《らいき》』檀弓《だんぐう》上篇に、「君子の人を愛するや徳を以てし、細人の人を愛するや姑息《こそく》を以てす」とある。

九　曹公、裴潜《はいせん》に問いて曰わく

曹公（曹操）は裴潜《はいせん》にたずねた。「おまえはむかし劉備《りゅうび》とともに荊《けい》州におったことがあろう。おまえは劉備の才能をどのように思うかな」。裴潜「もし中原におりましたならば、人々をかきまわせても、うまく治めてゆくことはできますまい。もし辺地を足場とし険阻《けんそ》をたのんで守りますならば、じゅうぶんに一方の主《あるじ》となることができましょう」。（『世説新語』識鑒篇）

曹公、裴潜に問いて曰わく、「卿《けい》は昔し劉備と共に荊州に在《あ》り。卿は備の才如何《いかん》と以《おも》うや」。潜曰わく、「中国に居《お》らしむれば、能《よ》く人を乱すも、治を為す能《あた》わず。若《も》し辺《へん》に乗じ険《けん》を守らば、一方の主《あるじ》と為《な》るに足らん」。

曹公問裴潜曰、卿昔与劉備共在荊州、卿以備才如何、潜曰、使居中国、能乱人、不能為治、若乗辺守険、足為一方之主。

▼蜀《しょく》の先主劉備にかんして『世説新語』に見えるただ一つの話である。裴潜（?—二四四）は、後漢末の戦乱にあたって、襄陽《じょうよう》（湖《こ》北《ほく》省襄陽《じょうよう》）に拠《よ》った荊州牧《ぼく》劉表《りゅうひょう》（?—二〇八）のもとに

逃れたことがあり、そのころ劉備も劉表のもとに身を寄せていた。その後、蜀に入った劉備は、「辺に乗じ険を守り」、「一方の主」となった。

一〇　長沙桓王《ちょうさかんおう》、諱《いみな》は策《さく》、字《あざな》は伯符《はくふ》

長沙桓王《ちょうさかんおう》の名は策《さく》、字《あざな》は伯符《はくふ》。呉郡富春（浙江省富陽《せっこうしょうふよう》）の人である。わかいときから雄々しい容姿と風格のもちぬしであった。十九歳で父のあとを継ぎ、郎党たちは「孫《そん》の若様」とよんだ。江南を平定したが、許貢《きょこう》の食客に顔を射ぬかれた。鏡をひきよせてわが身をうつしつつ、従者にいった。「こんな顔では、もはや功《いさおし》はたてられまい」。そこで張昭《ちょうしょう》に、「中原はいまや動乱の時代をむかえた。そもそも呉越《ごえつ》の衆と三江《さんこう》のかためをもってすれば、事態のなりゆきを傍観するにたりよう。諸君はわしの弟をりっぱにもりたててやってくれ」、そのようにいい、大皇帝（孫権）をよんで印璽《いんじ》を手わたしつついった。「江南の衆をひきい、敵味方双方の戦陣の間に勝負を決する点では、おまえはわしに及ばぬ。が、賢者に仕事をまかせ、力のある人物をつかい、それぞれに存分にやらせる点では、わしはおまえに及ばぬ。ゆめゆめ江北に渡ってはならぬぞ」。そう語りおえると息をひきとった。二十六歳であった。（『世説新語』豪爽篇注『呉録』）

長沙桓王、諱《いみな》は策、字《あざな》は伯符。呉郡富春の人。少《わか》くして雄　　長沙桓王諱策、字伯符、呉郡富姿風気有り。年十九にして業を襲い、衆は孫郎《そんろう》と号す。江東を平定するも、許貢の客の為に其の面を射破《しゃは》せらる。鏡を引きて自から照《うつ》し、左右に謂いて曰わく、「面此《か》くの如し。豈《あ》に復《ま》た功を立つ可けん乎《や》」。乃《すなわ》ち張昭に謂いて曰わく、「中国方《まさ》に乱る。夫《そ》れ呉越の衆、三江の固《かため》を以て、以て成敗を観《み》るに足らん。公等善《よ》く吾《わ》が弟を相《たす》けよ」。大皇帝を呼び、授くるに印綬《いんじゅ》を以てして曰わく、「江東の衆を挙《あ》げ、機を両陣《りょうじん》の間《かん》に決するは、卿《けい》は我に如《し》かず。賢に任じ能《のう》を使い、各の其の心を尽《つ》くさしむるは、我は卿に如《し》かず。慎みて北渡《ほくと》すること勿《な》かれ」。語畢《おわ》りて薨《こう》ず。年は二十有六。

春人、少有雄姿風気、年十九而襲業、衆号孫郎、平定江東、為許貢客射破其面、引鏡自照、謂左右曰、面如此、豈可復立功乎、乃謂張昭曰、中国方乱、夫以呉越之衆、三江之固、足以観成敗、公等善相吾弟、呼大皇帝、授以印綬曰、挙江東之衆、決機於両陣之間、卿不如我、任賢使能、各尽其心、我不如卿、慎勿北渡、語畢而薨、年二十有六。

▼孫権《そんけん》にかんしても、『世説新語』は容止《ようし》篇にただ一条、それも孫権が主人公ではない話をとりあげるだけである。六九条、参照。そこで、孫権と兄の孫策（一七五―二〇〇）にかんする記事を豪爽《ごうそう》篇注の『呉録《ごろく》』からひろった。

　孫氏は孫策、孫権兄弟の父である孫堅《そんけん》以来の武将の家柄であった。許貢は呉郡の太守。「呉越」は江南地方。「三江」は、『周礼《しゅらい》』夏官職方氏《しょくほうし》に「東南を揚州と曰う。……其の川は三江」とあって、江南の揚州を流れる三つの河川。どれとどれをかぞえるかについては諸説あって一定しない。印璽《いんじ》には「綬《じゅ》」、すなわち組みひもがついているので「印綬」という。「賢に任じ能を使う」は『詩経』大雅「烝民《じょうみん》」の序の言葉。張昭（一五六―二三六）は孫策から文武のいっさいをまかされ、孫策の死後には、期待どおり孫権をもりたてて呉の創業につくした。建安五年（二〇〇）の孫策の死にかんしては、三〇五条をもあわせて参照されたい。

一一　是《こ》の時、文帝《ぶんてい》は五官将為《ごかんしようた》り

そのころ、文帝《ぶんてい》（曹丕《そうひ》）は五官将《ごかんしよう》であったが、おりしも臨菑侯《りんしこう》の曹植《そうしょく》は才知のほまれがたかかった。それぞれ派閥をもうけ、跡目あらそいの議がもちあがった。文帝が使者をやって賈詡《かく》に自衛策をたずねさせたところ、賈詡はいった。「願わくは将軍が品性をひろくたかくもたれ、純粋な士人としてのつとめを身につけられ、朝となく夜となく精進につとめ、子としての道にはずれないようにされること、ただそれだけでございます」。文帝はその言いつけに従い、修養一途につとめた、太祖《たいそ》（曹操）が、またあるときまわりのものを退けて賈詡に問いかけた。賈詡はおし黙ったままこたえない。太祖「そちと話しておるのにこたえないのは、何故じゃ」。詡「たまたま考えごとをしておりましたため、すぐにおこたえはしなかったのでございます」。太祖「何の考えごとをしておった」。詡「袁本初《えんほんしょ》（袁紹）と劉景升《りゅうけいしょう》（劉表）の父子《おやこ》のことを考えておりました」。太祖は声をあげて笑った。こうして太子は決定された。（『三国志』魏書・賈詡伝）

是《こ》の時、文帝は五官将為《た》り。而《しこ》うして臨菑侯の植は才名方《さいめいまさ》に盛んなり。各の党与《とうよ》を有し、奪宗の議有り。文帝は人をして賈詡に自から固むるの術を問わしむ。詡曰わく、「願わくは将軍、徳度《とくど》を恢崇《かいすう》し、素士《そし》の業を躬《み》にし、朝夕孜孜《しし》として子の道に違《たが》わざれ。此《か》くの如き而已《のみ》」。文帝は之に従い、深く自から砥礪《しれい》す。太祖又《ま》た嘗《か》つて左右を屏除《へいじょ》して詡に問う。詡は嘿然《もくねん》として対《こた》えず。太祖曰わく、「卿《けい》と言うに答えざるは何ぞや」。詡曰わく、「適《たま》ま思う所有るに属し、故に即《ただ》ちに対《こた》えざる耳《のみ》」。太祖曰わく、「何をか思う」。詡曰わく、「袁本初、劉景升父子を思うなり」。太祖大いに笑う。是《ここ》に於いて太子は遂《つい》に定まる。

是時文帝為五官将、而臨菑侯植才名方盛、各有党与、有奪宗之議、文帝使人問賈詡自固之術、詡曰、願将軍恢崇徳度、躬素士之業、朝夕孜孜、不違子道、如此而已、文帝従之、深自砥礪、太祖又嘗屏除左右問詡、詡嘿然不対、太祖曰、与卿言而不答、何也、詡曰、属適有所思、故不即対耳、太祖曰、何思、詡曰、思袁本初劉景升父子也、太祖大笑、於是太子遂定。

▼だれが曹操の太子となるか、そのことをめぐって、とりわけ長男の曹丕と弟の曹植の兄弟のあいだに確執を生じた。二人の確執は「七歩詩」の故事として有名である。曹丕が曹植に、七歩あるくうちに詩を作れ、もしできなければ死刑に処する、と命じたとき、曹植がすかさずつぎの詩を作ったという故事である。「豆を煮《に》て持して羹《スープ》を作り、豉《もろみ》を漉《こ》して以て汁《しる》と為す。萁《まめがら》は釜《かま》の下に在って然《も》え、豆は釜《かま》の中に在って泣く。本自《もとお》のずから根を同じくして生ぜしに、相《あ》い

煎《い》りつけること何ぞ太《はなは》だ急なる」（『世説新語』文学篇）。父の曹操、ならびに曹丕、曹植の兄弟はいずれも第一級の詩人としてすぐれ、「三曹《さんそう》」とよばれるが、なかでも曹植は異彩を放った。ここには、太子決定にいたるまでのいきさつを伝える話をとりあげた。曹丕が太子ときまったのは、建安二十二年（二一七）のことである。

五官将は五官中郎将。五条を参照。賈詡はそのころ太中大夫《たいちゆうたいふ》、すなわち政府審議官であった。「孜孜」はつとめはげむこと。「砥礪」の原義はといいし。といいしで刃物を磨くように、人格を磨きあげることをいう。袁紹と劉表はともにかつて曹操のライバルであった群雄であるが、それぞれ長子の袁譚《えんたん》、劉琦《りゆうき》をさしおいて、末子の袁尚《えんしよう》、劉琮《りゆうそう》に跡を継がせようとしたため、かれらの死後、両党が対立し、衰亡をはやめた。『三国志』魏書巻六の評にいう。「袁紹と劉表は咸《み》な威容と器観有り、名を当世に知らる。……嫡《ちやく》を廃し庶《しよ》を立て、礼を舎《す》て愛を崇《たつと》ぶ。後嗣は顚《たお》れ躓《つまず》き、社稷《しやしよく》は傾き覆《くつが》えるに至るは、不幸に非《あら》ざるなり」。

一二　魏《ぎ》の文帝の受禅《じゆぜん》するや

魏の文帝が禅《ゆず》りを受けたとき、陳群《ちんぐん》には憂いの表情がみられた。帝がたずねた。「朕《ちん》は天の意志に応じて使命を授かったのに、そちはどうしたわけで楽しまぬ」。陳群はいった。「臣は華歆《かきん》とともに先王朝に信服しておりました。今日、聖世の政治をうれしく存じますとはいえ、やはり忠義のこころが表情にあらわれるのでございます」。（『世説新語』方正

篇）

魏の文帝の受禅《じゆぜん》するや、陳群は慼容《せきよう》有り。帝問いて曰わく、「朕は天に応じ命を受く。卿《けい》、何を以て楽しまざるや」。群曰わく、「臣は華歆《かきん》と先朝を服膺《ふくよう》す。今《い》ま聖化を欣《よろこ》ぶと雖《いえど》も、猶《な》お義は色に形《あら》わる」。

魏文帝受禅、陳群有慼容、帝問曰、朕応天受命、卿何以不楽、群曰、臣与華歆服膺先朝、今雖欣聖化、猶義形於色。

▼西暦二二〇年、前漢、後漢をあわせると四百年以上の命脈をたもった漢王朝の禅《ゆず》りを受けて魏王朝を創業し、初代皇帝となったのは曹丕《そうひ》であった。魏の文帝である。文帝即位の翌年には劉備が、翌々年には孫権がそれぞれ即位し、正式に三国時代が開幕する。

「応天受命」は王朝革命のさいに使われる常套語。その原型は、『易経』革の卦《か》、「湯武《とうぶ》は命を革《あらた》め、天に順《したが》って人に応ず。革《かく》の時大いなるかな」にもとめられる。「服膺」は胸のうちにしっかりたたみこんで忘れないこと。『礼記《らいき》』中庸《ちゆうよう》篇に、「一善を得れば、則ち拳拳服膺《けんけんふくよう》して之を失わず」。また『公羊伝《くようでん》』桓公二年に、「孔父《こうふ》は義、色に形《あら》わると謂《い》う可し」とある。魏王朝が誕生すると、陳群（？—二三六）は尚書令に、華歆（一五七—二三一）は司徒《しと》に任ぜられた。

一三　亮《りよう》既に屢《しばし》ば使《つかい》を遣《つか》わして書を交《わた》さしめ

魏の第二代皇帝、明帝《めいてい》の青竜《せいりゆう》二年（二三四）、魏の司馬懿《しばい》と蜀《しよく》の諸葛亮《しよかつりよう》が渭水《いすい》南岸の五丈原《ごじょうげん》で対峙したとき、司馬懿はなかなか戦いをいどもうとしない。そこで――

諸葛亮は再三使者をつかわして書状を手交させるとともに、ボンネットなど女性の服飾品をおくりとどけて宣王《せんおう》（司馬懿）をかっかとさせた。宣王はいまにも出陣しようとするが、辛毗《しんぴ》が節をつき詔をささげもって宣王と士官以下をさえぎったので、思いとどまった。宣王は諸葛亮の使者と会見したさい、睡眠や食事のこと、また仕事の量がどれほどかについてたずねるだけで、軍事についてはたずねなかった。使者はこたえた。「諸葛公どのは朝はやくに床を離れ、夜分に就寝されます。鞭二十以上の刑罰についてはすべてご自分で目を通されます。お食事は数升にすぎません」。宣王はいった。「亮はからだがまいっておるな。ながくはもつまい」。（『三国志』魏書・明帝紀注『魏氏春秋』）

亮既《すで》に屢《しば》ば使を遣《つか》わして書を交《わた》さしめ、又《ま》た巾幗《きんかく》婦人の飾《しょく》を致し、以て宣王を怒らす。宣王将《まさ》に出で戦わんとす。辛毗は節を杖《つ》き詔を奉じ、宣王及び軍吏已下《いか》を勒《ろく》し、乃《すなわ》ち止《や》む。宣王は亮の使を見、唯《た》だ其の寝食及び其の事の煩簡《はんかん》を問い、戎事《じゅうじ》を問わず。使対《こた》えて曰わく、「諸葛公は夙《つと》に興《お》き夜に寐《い》ぬ。罰二十已上《いじょう》は皆《み》な親覧《しんらん》す。啖食《たんしょく》する所は数升に過ぎず」。宣王曰わく、「亮は体斃《つか》る。其れ能《よ》く久しから

亮既屢遣使交書、又致巾幗婦人之飾、以怒宣王、宣王将出戦、辛毗杖節奉詔、勒宣王及軍吏已下、乃止、宣王見亮使、唯問其寝食及其事之煩簡、不問戎事、使対曰、諸葛公夙興夜寐、罰二十已上、皆親覧焉、所啖食不過

ん乎《や》」。

数升、宣王曰、亮体斃矣、其能久乎。

▼蜀の先主劉備《りゅうび》の右腕となり、劉備の死後には後主劉禅《りゅうぜん》をもりたてた諸葛亮、字《あざな》は孔明《こうめい》（一八一―二三四）。かれについては、あらためて説明するまでもあるまい。司馬懿と対峙すること百日あまり、病いを得た孔明が五丈原に没したのは、この年の八月であった。蜀軍は撤退したが、諸葛亮の軍令はその死後にもよくゆきとどいて隊伍は乱れず、司馬懿は急追をあきらめて兵をかえした。かくして、「死せる諸葛、生ける仲達《ちゅうたつ》を走らす」の名言が生まれた（『三国志』蜀書・諸葛亮伝注『漢晋春秋』）。仲達は司馬懿の字《あざな》である。

ボンネットと訳した「巾幗《きんかく》」は、ひらひらのついた女性のかぶりもの。詳細は林巳奈夫編『漢代の文物』（京大人文科学研究所、一九七六年）、七九―八〇頁、参照。辛毗は天子の特命の使者として司馬懿の軍中に派遣されていた。「節」は賊軍討伐の命令をうけたものが天子から授けられる旗。天子の権威の象徴である。「数升」は現在の数合にあたる。食事量のすくないことを意味していること、いうまでもない。

ちなみに、辛毗を主人公とした一条が『世説新語』方正《ほうせい》篇にあるので、あわせて紹介しておこう。

――諸葛亮が渭水《いすい》の岸に陣どると、関中は大騒ぎとなった。魏の明帝は晋の宣王（司馬懿）が戦いをしかけることを深くおそれ、そこで辛毗を軍師としてつかわした。宣王が諸葛亮と渭水をさしはさんで陣を布くと、諸葛亮はあれやこれやと誘いの手をかけた。宣王は予想どおり激怒し、いまにも主力軍をもって応戦しようとする。諸葛亮が間諜をつかわして偵察させたところ、もどってきての報告に、「一人のじじいが、りりしくも黄金の鉞《まさかり》をでんとつき、軍門の前にたちはだかっているため、軍隊は出られません」。諸葛亮はいった。「そいつはきっと辛佐治《しんさち》だ」。

佐治は、辛毗の字《あざな》。黄金の鉞「黄鉞」も、「節」とともに天子から賊軍討伐の命令をうけたものが授けられる。

一四　諸葛瑾《しょかつきん》の南《なん》郡に在るや

諸葛瑾《しょかつきん》が南《なん》郡にいたときのことである。瑾のことをひそかに讒言するものがあり、その噂はかなり世間にひろまった。陸遜《りくそん》は瑾にはそのような事実はないと保証したうえ、かれの気持ちをほぐしてやるのがよろしいと上表した。孫権《そんけん》はつぎのように回答した。

「子瑜《しゆ》（諸葛瑾）はわしといっしょに多年にわたって仕事をやり、肉親も同然の信義のあいだがら、あいてのことはおたがいによく理解している。かれという人間は、道にはずれたことはやらず、義にそむいたことは口にしない。玄徳《げんとく》（劉備）どのがむかし孔明《こうめい》を呉《ご》につかわしてよこしたとき、わしはためしに子瑜にいったことがある。『きみは孔明と血を分けた兄弟だし、そのうえ弟が兄につき従うのはものの順序というものだ。なぜ孔明をひきとどめぬ。孔明がもしとどまってきみにつき従うなら、わしは書状をもって玄徳どのに釈明しよう。きっとわしに賛成してくれるであろう』。すると、子瑜はわしにこたえたものだ。『弟の亮《りょう》はすでにその身は他人のもの、君臣のちぎりを結び、二心のあろうはずはございません。弟がここにとどまらぬのは、瑾《わたし》があちらに出かけないのと同様でございます』。この言葉は神の心をもつらぬくに足るほどのもの。いまさら、世間で取沙汰されているようなことがあるわけがない。わしは以前、でたらめを書きつらねた文書をうけとると、そのまま封をして子瑜に示し、あわせて直筆の書状を子瑜にあたえた。さっそくかれから返書がとどいたが、天下の君臣の大節はぬきさしならぬけじめだと論じてあった。わしと子瑜とは、それこそ心をゆるしあった交わり、外部からの雑音でどうこうなるものではない。きみのひたむきな気持ちがわかった。きみがよこした上表文を、そのまま封をして子瑜に示し、きみの気持ちを知らせてやろう」。(『三国志』呉書・諸葛瑾伝注『江表伝』)

諸葛瑾の南郡に在《あ》るや、人の密《ひそ》かに瑾を讒《ざん》する者有り。此の語頗《すこぶ》る外に流聞《りゅうぶん》す。陸遜は表もて瑾に此れ無きを保明《ほめい》し、宜《よろ》しく以て其の意を散ずべし、と。孫権報じて曰わく、「子瑜は孤《われ》と事に従うこと積年、恩は骨肉《こつにく》の如く、深く相い明究す。其の人と為《な》り、非道は行なわず、非義は言わず。

諸葛瑾之在南郡、人有密讒瑾者、此語頗流聞於外、陸遜表保明瑾無此、宜以散其意、孫権報曰、子瑜与孤従事積年、恩如骨肉、深相明究、其為人非道不行、非

玄徳昔《むか》し孔明を遣《つか》わして呉に至らしむるや、孤《われ》は嘗《こころ》みに子瑜に語って曰わく、『卿は孔明と同産《どうさん》、且《か》つ弟の兄に随うは、義に於いて順と為す。何を以て孔明を留《とど》めざるや。孔明若《も》し留まって卿に従わば、孤《われ》は当《まさ》に書を以て玄徳に解すべし。意《おも》うに自《お》のずから人に随わん耳《のみ》』。子瑜は孤《われ》に答えて言わく、『弟の亮は以《すで》に身を人に失い、質《し》を委《ゆだ》ねて分を定め、義として二心《にしん》無し。弟の留まらざるは、猶《な》お瑾の往《ゆ》かざるがごときなり』。其の言は神明を貫くに足る。今ま豈《あ》に当《まさ》に此れ有るべけん乎《や》。孤《われ》は前に妄語の文疏《ぶんそ》を得るや、即ち封じて子瑜に示し、幷《あわ》せて手筆《しゅひつ》もて子瑜に与う。即ち其の報を得たるに、天下の君臣の大節は一定の分《ぶん》と論ず。孤《われ》は子瑜と神交《しんこう》と謂う可し。外言《がいげん》の間《かん》する所には非《あら》ざるなり。卿の意の至れるを知る。輒《すなわ》ち来表《らいひょう》を封じて以て子瑜に示し、卿の意を知らしめん」。

義不言、玄徳昔遣孔明至呉、孤嘗語子瑜曰、卿与孔明同産、且弟随兄、於義為順、何以不留孔明、孔明若留従卿者、孤当以書解玄徳、意自随人耳、子瑜答孤言、弟亮以失身於人、委質定分、義無二心、弟之不留、猶瑾之不往也、其言足貫神明、今豈当有此乎、孤前得妄語文疏、即封示子瑜、幷手筆与子瑜、即得其報、論天下君臣大節一定之分、孤与子瑜、可謂神交、非外言所間也、知卿意至、輒封来表、以示子瑜、使知卿意。

▼この条にみられるように、諸葛瑾（一七四―二四一）と諸葛亮の兄弟は呉《ご》と蜀《しょく》にわかれて仕えた。また、かれら二人の従弟《いとこ》の諸葛誕《しょかつたん》（?―二五八）は魏《ぎ》に仕えた。「蜀は其の竜を得、呉は其の虎を得、魏は其の狗《いぬ》を得」といわれたという（『世説新語』品藻篇）。諸葛氏の人たちは、

いわば国際社会をまたにかけて生きたのである。

諸葛瑾が讒言されたのは、建安二十四年（二一九）、綏南《すいなん》将軍、領南郡太守として公安《こうあん》（湖北省公安）に赴任したときのこと、蜀と通謀しているというのであった。そのころ、陸遜は撫《ぶ》辺《へん》将軍、領宜《ぎ》都《と》太守であった。諸葛亮が呉にやってきたのは建安十三年（二〇八）のことであり、孫権と劉備とのあいだに同盟が結ばれ、その結果、曹操の大軍を赤壁《せきへき》の戦で敗ることができた。建安二十年（二一五）には諸葛瑾が蜀をおとずれたが、そのときにも、「其の弟の亮と倶《とも》に公会にて相見《そうけん》するも、退いては私に面《あ》うこと無し」と伝えられる。「非道は行なわず、非義は言わず」は、『孝経《こうきょう》』卿大夫《けいたいふ》章「非法は言わず、非道は行なわず」にもとづく言葉。「委質定分」の「質」は贄《し》と通じ、君主の前に礼物をささげて臣下となること。また一説では、「質」を形質、肉体の意とし、「委質」とは、からだをなげだして君主の前に平伏することという。

二章　司馬氏の抬頭

幼少で即位した魏の第三代皇帝である斉王芳《せいおうほう》を輔佐することとなったのは、宗室の曹爽《そうそう》（?—二四九）および司馬懿《しばい》（一七九—二五一）の二人であった。卑弥呼《ひみこ》の使者難升米《なんしょうまい》が洛陽に到着したのは、斉王芳の景初《けいしょ》三年（二三九）のことである。ところで、曹爽と司馬懿の二人のあいだには対立が生じ、やがて司馬懿が曹爽とその一党を駆逐した。以後、司馬懿とその子の司馬師《しばし》（二〇八—二五五）、司馬昭（二一一—二六五）は、魏王朝内における地位を着実にかため、司馬昭の長子の司馬炎《しばえん》がついに魏王朝を奪って晋《しん》王朝を樹立する。

諸葛孔明《しょかつこうめい》に手玉にとられた司馬懿ではあったが、なかなかたいした狸おやじであり、曹爽との対立がふかまったとき、太傅《たいふ》の位にあった司馬懿は、病いと称して自宅に蟄居してしまう。しかしそれは、世間の目をごまかすための策略にすぎなかった。正始《せいし》九年（二四八）、曹爽の一党の李勝が荊州刺史《けいしし》に赴任するにあたり、お別れの挨拶にかこつけて司馬懿の様子をさぐるくだりからはじめよう。

せた。

一五　曹爽《そうそう》等は李勝《りしよう》をして宣王《せんおう》に辞《じ》せしめ

曹爽《そうそう》たちは李勝《りしよう》に宣王《せんおう》（司馬懿）のところへ別れの挨拶にゆかせ、同時に様子をさぐらせた。

宣王が李勝に会見すると、李勝はつぎのように述べた。「とりたてていうほどの手柄もございませんのに、過分にも特別の恩顧をこうむり、本州を治めることとなりました。お屋敷にご挨拶にあがりましたところ、はしなくもお心をかけてくださり、ご引見を賜ることができまして」。

宣王は二人の下女を側にはべらせて着物をもたせ、着物がずり落ちるとまたはおらせた。また、口もとを指さし、「かあ」といって飲物をもとめた。下女がおもゆをさしだすと、宣王はコップを持っておもゆを飲んだが、おもゆはすっかりこぼれて胸もとをべとべとにぬらした。李勝はあわれになり、涙を流しつつ宣王にいった。「ただいま、主上はまだご幼少にあらせられ、天下は殿を頼りとしております。ところが、殿にはまたわるいことに持病の中風の発作がおこったと世間では噂しておりますが、おからだがここまでお悪いとは思いもよりませんでした」。宣王は、ゆっくりゆっくりとしゃべり、やっとのことで息をつぎながらいった。「年はよるわ、病いにはかかるわ、いつとも知れぬ生命じゃ。君には幷《へい》州にご苦労ねがうとのことじゃが、幷州は胡《えびす》に近い。しっかりおやり。たぶんもう二度と会うまいが、どうしようもないい」。李勝「くににもどって本州の刺史《しし》を拝命することとなったのです。幷州じゃございません」。宣王はそれでもまだぼけたふりをよそおって、「君は幷州にゆかれたなら、よくよく自愛なされ」といい、言葉をとりちがえて、まるでたわごとのようであった。李勝が「荊《けい》州の刺史を拝命することとなったのです。幷州じゃございません」とくりかえすと、宣王はやっとすこしわかった様子で、李勝にいった。「わしは年がよって頭はぼけてしもうて、君のいうことがわからなんだ。いま本州の刺史としてもどられるとは、ご立派なことじゃ。しっかり手柄をおたてなされ。いま君とのお別れじゃが、わが身をかえりみると、気力はしだいに衰え、今後二度と会うことはゆめあるまい。よってひとつ元気をだし、そちらに粗餐《そさん》をさしあげ、今生《こんじょう》のお別れとしたい。せがれの師《し》と昭《しょう》の兄弟に君と友人のちぎりを結ばせるゆえ、お見すてにならぬように。わしのせめてもの心づくしにこたえて下されし」。そこで涙を流し声をつまらせた。李勝もふっとため息をついてこたえた。「たしかに仰《おお》せはうけたまわりました。天子さまの勅命《ちょくめい》をいただいてまいりましょう」。

李勝は辞去すると曹爽たちと会い、つぎのように話した。「太傅《たいふ》の言葉はとんちんかんで、口はうまくコップに運べず、南を北ととりちがえるしまつ。そのうえ、僕が幷州を治めることになって、などというものだから、荊州にもどることになったのです、幷州じゃありません、と僕がこたえると、ゆっくり話しているうちに、僕がだれだかわかったとみえ、荊州刺史としてもどることに気づいたようなありさまだ。そのうえ、送別の宴をもうけたいゆえ、見すてることなく、しばらく待っていてほしいということだ」。さらに曹爽たちにむかって涙を流しながらいった。「太傅《たいふ》の病気はもうよくはなるまい。いたましい気持ちにさせおる」。（『三国志』魏書・曹爽伝注『魏末伝』）

曹爽等は李勝をして宣王に辞《じ》せしめ、并《あわ》せて伺察《しさつ》せしむ。宣王は勝を見、勝は自陳《じちん》すらく、「他の功労無きに、横《ほしい》ままに特恩を蒙《こうむ》り、当《まさ》に本州と為るべし。閤《こう》に詣《いた》りて拝辞するに、悟《さと》らざりき恩を加えられ、引見を蒙《こうむ》るを得んとは」。宣王は両婢《りょうひ》をして辺《かたえ》に侍して衣《ころも》を持《じ》せしめ、衣落つれば復《ま》た上《のぼ》さしむ。口を指さし、渇《かつ》と言いて飲を求む。婢は粥《しゅく》を進め、宣王は盃を持し粥を飲むも、粥は皆《み》な流れ出でて胸を沾《ぬ》らす。勝は愍然《びんぜん》として之が為に涕泣《ていきゅう》し、宣王に謂いて曰わく、「今ま主上は尚《な》お幼く、天下は明公に恃頼《じらい》す。然れども衆情謂わく、明公は方《まさ》に旧《もと》の風疾発すと。何ぞ意《おも》わん尊体の乃《すなわ》ち爾《しか》るを」。宣王徐《おもむ》ろに更に寛言し、才《わず》かに気《き》息《そく》をして相《あ》い属《つづ》けしめて説くらく、「年老《お》い疾《しつ》に沈み、死は旦夕《たんせき》に在《あ》り。君は当《まさ》に并州に屈すべし。并州は胡に近し。

曹爽等令李勝辞宣王、并伺察焉、宣王見勝、勝自陳無他功労、横蒙特恩、当為本州、詣閤拝辞、不悟加恩、得蒙引見、宣王令両婢侍辺持衣、衣落復上、指口言渇求飲、婢進粥、宣王持盃飲粥、粥皆流出沾胸、勝愍然、為之涕泣、謂宣王曰、今主上尚幼、天下恃頼明公、然衆情謂明公方旧風疾発、何意尊体乃爾、宣王徐更寛言、才令気息相属、説年老沈疾、死在旦夕、君当屈并州、并州近胡、好善為之、恐不復相

好く善《よ》く之を為せ。恐らくは復《ま》た相い見ず。如何《いかん》せん」。勝曰わく、「当《まさ》に還《かえ》りて本州を忝《かたじ》けなくすべし。幷州には非《あら》ざるなり」。宣王は仍《な》お復《ま》た陽《あら》わに昏謬《こんびゅう》を為して曰わく、「君は方《まさ》に幷州に到らば、努力自愛《じあい》せよ」。其の辞を錯乱し、状は荒語《こうご》の如し。勝復《ま》た曰わく、「当《まさ》に荊州を忝《かたじ》けなくすべし。幷州には非《あら》ざるなり」。宣王乃《すなわ》ち微悟《びご》する者の若《ごと》く、勝に謂《い》いて曰わく、「懿は年老い、意は荒忽《こうこつ》、君の言を解せず。今《い》ま還《かえ》りて本州刺史と為るは盛徳壮烈、好く功勲を建てよ。今ま当《まさ》に君と別るべし。自《みず》から顧《かえ》りみるに気力は転《うた》た微《おと》ろう。後《の》ち必らず更に会せざらん。因《よ》って自から力《つと》め、薄《はく》を主人に設け、生死共《とも》に別れんと欲す。師、昭の兄弟をして君に結んで友と為らしめん。相い舎去《しゃきょ》す可からず。懿の区区《くく》の心に副《そ》え」。因って流涕哽咽《りゅうていこうえつ》す。勝も亦《ま》た長嘆し、答えて曰わく、「輒《すなわ》ち当《まさ》に教えを承《う》くべし。須《すべか》らく勅命を待つべし」。勝は辞出《じしゅつ》し、爽等と相い見て説くらく、「太傅は語言錯誤し、口は杯《はい》を摂《せっ》せず、南を指《さ》して北と為す。又《ま》た云う、吾当《まさ》に幷州と作《な》るべしと。吾答えて言う、当《まさ》に還《かえ》りて荊州と為るべし、幷州には非《あら》ざるなりと。徐徐

見、如何、勝曰、当還忝本州、非幷州也、宣王仍復陽為昏謬、曰、君方到幷州、努力自愛、錯乱其辞、状如荒語、勝復曰、当忝荊州、非幷州也、宣王乃若微悟者、謂勝曰、懿年老、意荒忽、不解君言、今還為本州刺史、盛徳壮烈、好建功勲、今当与君別、自顧気力転微、後必不更会、因欲自力、設薄主人、生死共別、令師昭兄弟結君為友、不可相舎去、副懿区区之心、因流涕哽咽、勝亦長嘆、答曰、輒当承教、須待勅命、勝辞出、与爽等相見、説太傅語言錯誤、口不摂杯、指南為北、又云、吾当作幷州、吾答言、当還為荊州、非幷州也、徐徐与語、有識人時、乃知当還

に与《とも》に語り、人を識《し》る時有って、乃ち当《まさ》に還《かえ》りて荊州と為るべきを知る耳《のみ》。又《ま》た主人の祖送《そそう》を設けんと欲す、舎去《しゃきょ》す可からず、宜《よろ》しく須《すべか》らく之《これ》を待つべしと」。更《さら》に爽等に向かい涙を垂《た》れて云わく、「太傅の患《わずらい》は復《ま》た済《すく》う可からず。人をして愴然《そうぜん》たらしむ」。

為荊州耳、又欲設主人祖送、不可舎去、宜須待之、更向爽等垂涙云、太傅患不可復済、令人愴然。

▼「本州」は出身地の州の意味。刺史は州の長官。李勝の出身地は南陽《なんよう》郡であり、南陽郡は荊州にふくまれるので「本州」といった。それを司馬懿が「并州」と聞きちがえるふりをよそおったのは、「本州 Ben - zhou」と「并州 Bing - zhou」の発音が近いからであるかも知れない。荊州刺史は長江中流域を、并州刺史は今日の山西《さんせい》省を治める。つまり荊州は南方にあり、并州は胡族に近い北方にある。

　ところで、司馬懿がクーデタを発動して曹爽の一党を除いたのは、李勝が荊州刺史となった翌年の嘉平《かへい》元年（二四九）。李勝ももとより曹爽の一党として殺された。このクーデタは、司馬氏が魏王朝簒奪にむけてふみだす確実な第一歩となった。曹爽の一族に嫁いだ一女性の悲話をつぎにとりあげる。

一六　曹爽の従弟《じゅうてい》の文叔《ぶんしゅく》の妻は

曹爽《そうそう》の従弟《いとこ》の文叔《ぶんしゅく》の妻は譙《しょう》郡の夏侯文寧《かこうぶんねい》の女《むすめ》であり、令女《れいじょ》といった。文叔は早世した。喪《も》があけると、年はまだわかく子供はないから、実家はきっと再婚させるであろうと恐れ、そこで髪の毛をばっさりおとして誓いをたてた。その後、実家では予想どおり再婚させようと考えた。令女はそう聞くと、さらにかみそりで両耳をきりおとした。平生いつも曹爽をたよりとしていたが、曹爽が殺され、曹氏一族が死にたえると、令女の叔父は上書して曹氏から籍をぬかせ、無理やり令女を連れもどした。そのとき、梁《りょう》国の相であった文寧は、彼女がわかいながら操《みさお》をまもっていることを不憫《ふびん》に思い、また曹氏にはだれも生きのこってはおらぬこととて、あきらめさせようと、そこでこっそり使いをやってそれとなく意見させた。令女はなげきかつ涙を流しながらいう。「わたしもそう思います。そのようにするのがよろしいのでしょう」。

家のものは本心だと思い、監視の目をすこしゆるめた。令女はかくしてこっそり寝室に入ると、かみそりで鼻をそぎおとし、布団《ふとん》をひっかぶって横になった。母親がよびかけて話をするが返事がない。布団をはいで見てみると、血がシーツ一面に流れている。家じゅうのものはあわてふためき、かけつけてその現場を見たものは、だれしもいたたまれない気分になった。あるものがいった。「人間がこの世に生まれてくるのは、ごく小さな塵がかよわい草の上にとまっているようなもの。なにもそこまで自分を痛めつけなくても。そのうえ、ご亭主の一家は死にたえてしまったというのに、そんなにかたくなになって、誰のためにつくそうとするのだ」。令女はいった。「仁者は栄枯《えいこ》盛衰《せいすい》によって節操をあらためず、義者は生死《せいし》存亡《そんぼう》によって心をかえないと聞いております。曹家がむかし盛んであったときですら終りまでまっすぐ生きようと考えておりました。ましてや火が消えたようになってしまったいま、なおさらのこと見すてるには忍びません。鳥けだもののようなふるまいは、わたしはいやです」。

司馬《しば》宣王《せんおう》（司馬懿《い》）はこのことを耳にしてこころをうたれ、子供をよそからもらいうけて養育し、曹氏の跡とりとすることをゆるした。評判は世のなかにあがった。（『三国志』魏書・曹爽伝注皇甫謐『列女伝』）

曹爽の従弟《じゅうてい》の文叔の妻は、譙郡の夏侯文寧の女《むすめ》、名は令女。文叔は早く死す。服闋《あ》くるや、自《みずか》ら年少《わか》く子無きを以て、家の必ず己《おの》れを嫁せしめんことを恐れ、乃《すなわ》ち髪を断《た》ちて以て信と為す。其の後、家果《はた》して之を嫁《か》せしめんと欲す。令女聞き、即ち復《ま》た刀を以て両耳《りょうじ》を截《き》る。居止《きょし》常に爽に依《よ》る。爽誅《ちゅう》せられ、曹氏尽《ことごと》く死するに及んで、令女の叔父は上書して曹氏と婚を絶たしめ、彊《し》いて令女を迎えて帰る。時

曹爽従弟文叔妻、譙郡夏侯文寧之女、名令女、文叔早死、服闋、自以年少無子、恐家必嫁己、乃断髪以為信、其後家果欲嫁之、令女聞、即復以刀截両耳、居止常依爽、及爽被誅、曹氏尽死、令女叔父上書与曹氏絶婚、彊迎

に文寧は梁相為《た》り。其の少《わか》くして義を執《と》るを憐《あわ》れみ、又《ま》た曹氏は遺類《いるい》無ければ、其の意の沮《おとろ》えんことを冀《ねが》い、迺《すなわ》ち微《ひそ》かに人をして之に諷《ふう》せしむ。令女は歎《たん》じ且《か》つ泣《なみだ》して曰わく、「吾も亦《ま》た之を惟《おも》う。之を許すこと是《ぜ》ならん」。家は以て信と為し、之を防ぐこと少しく懈《おこた》る。令女は是《ここ》に於いて窃《ひそ》かに寝室に入り、刀を以て鼻を断《た》ち、被《ひ》を蒙《こうむ》りて臥《が》す。其の母呼んで与《とも》に語るも応ぜず。被《ひ》を発《ひら》いて之を視《み》れば、血は流れて牀席《しょうせき》に満つ。家を挙《あ》げて驚惶《きょうこう》し、奔《はし》り往《ゆ》きて之を視《み》、酸鼻《さんぴ》せざるは莫《な》し。或《あ》るひと之に謂《い》いて曰わく、「人の世間に生まるるは、軽塵《けいじん》の弱草《じゃくそう》に棲《す》まうが如き耳《のみ》。何ぞ辛苦《しんく》して迺《すなわ》ち爾《しか》るに至らんや。且《か》つ夫家《ふか》は夷滅《いめつ》して已《すで》に尽《つ》く。此れを守りて誰の為にせんと欲する哉《や》」。令女曰わく、「仁者は盛衰を以て節を改めず、義者は存亡《そんぼう》を以て心を易《か》えずと聞く。曹氏の前《さき》に盛んなるの時すら尚《な》お終りを保たんと欲す。況《いわ》んや今ま衰亡す、何ぞ之を棄つるに忍びんや。禽《きん》獣《じゅう》の行ない、吾豈《あ》に為さん乎《や》」。司馬宣王は聞きて之を嘉《よ》みし、子を乞《こ》いて字養《じよう》し、曹氏の後《のち》と為すを聴《ゆる》す。名は世に顕《あら》わる。

令女帰、時文寧為梁相、憐其少執義、又曹氏無遺類、冀其意沮、迺微使人諷之、令女歎且泣曰、吾亦惟之、許之是也、家以為信、防之少懈、令女於是竊入寝室、以刀断鼻、蒙被而臥、其母呼与語、不応、発被視之、血流満牀席、挙家驚惶、奔往視之、莫不酸鼻、或謂之曰、人生世間、如軽塵棲弱草耳、何至辛苦迺爾、且夫家夷滅已尽、守此欲誰為哉、令女曰、聞仁者不以盛衰改節、義者不以存亡易心、曹氏前盛之時、尚欲保終、況今衰亡、何忍棄之、禽獣之行、吾豈為乎、司馬宣王聞而嘉之、聴使乞子字養、為曹氏後、名顕于世。

▼魏の李康《りこう》の「遊山序《ゆうざんじょ》」（『芸文類聚』巻六）にいう。「蓋《けだ》し人の天地の間に生まるるや、流電《りゅうでん》の戸牖《こよう》を過《よぎ》り、軽塵《けいじん》の弱草《じゃくそう》に栖《す》まうが若《ごと》し」。

一七　王導《おうどう》、温嶠《おんきょう》倶《とも》に明帝《めいてい》に見《まみ》ゆ

王導《おうどう》と温嶠《おんきょう》がそろって明帝《めいてい》に謁見《えっけん》したときのこと、帝は先代が天下を得た次第について温嶠にたずねた。温嶠はこたえあぐねている。ややあって王導はいった。「温嶠は年がわかくてよく存じませぬ。臣の口から陛下のために申上げたてまつりまする」。王導はそこで宣王（司馬懿）創業の当初、名族たちを誅滅《ちゅうめつ》して自分の一党をひいきにもりたてたことをことこまかに述べ、さらにまた文王《ぶんおう》（司馬昭）末年における高貴郷公《こうききょうこう》の事件に言及した。明帝はそれを聞くと、顔をおおい玉座《ぎょくざ》にうつぶせていった。「もし貴公の言うとおりならば、国の寿命はながかろうはずはない」。（『世説新語』尤悔篇）

王導、温嶠倶《とも》に明帝に見《まみ》ゆ。帝は温に前世の天下を得し所以《ゆえん》の由《よし》を問う。温は未《いま》だ答えず。頃《しばら》くして王曰わく、「温嶠は年少《わか》く未《いま》だ諳《そら》んぜず。臣、陛下の為に之《これ》を陳《の》べん」。王迺《すなわ》ち具《つぶ》さに宣王創業の始《はじ》め、名族を誅夷《ちゅうい》し、己《おの》れに同じきを寵樹《ちょうじゅ》せしを叙《の》べ、文王の末の高貴郷公の事に及ぶ。明

王導温嶠倶見明帝、帝問温前世所以得天下之由、温未答、頃王曰、温嶠年少未諳、臣為陛下陳之、王迺具叙宣王創業之始、誅夷名族、寵樹同己、及文王之末

帝は之を聞き、面を覆《おお》い牀《しょう》に著けて曰わく、「若《も》し公の言の如くんば、祚《そ》は安《いずく》んぞ長きを得ん」。

高貴郷公事、明帝聞之、覆面著牀曰、若如公言、祚安得長。

▼明帝は、後に説明するように、江南に遷った晋王朝、すなわち東晋王朝の第二代皇帝である。王導の言葉どおり、司馬氏は曹氏に忠節をつくす反対派とのあいだに血なまぐさい権力闘争を展開しつつ、実権をわがものとしていった。以下、権力闘争にまつわる話をいくつかとりあげる。高貴郷公事件は二〇条について見られたい。

一八　郭淮《かくわい》は関中都督《かんちゅうととく》と作《な》り

郭淮《かくわい》は関中《かんちゅう》の総司令官としてすこぶる民心をつかみ、しばしば戦功もたてた。淮の妻は太尉《たいい》の王凌《おうりょう》の妹であったため、凌の事件に連坐して同時に殺されることとなった。使者の召喚《しょうかん》はとてもきびしく、淮は旅支度をととのえさせて、出発の日どりまできまった。州や軍府の文武官や民衆たちは淮に挙兵をすすめるが、淮はききいれない。約束の日となり、妻をおくりだすと、泣き叫んであとを追う民衆の数は数万人。数十里行ったところで、淮はやっと夫人をとりもどすよう左右に命じた。かくして、文武官たちはまるで自分の生命がかかってでもいるかのように早馬を走らせた。もどってくると、淮は宣帝《せんてい》（司馬懿）に書状をおくった。「五人の子供は悲しみこがれて母親を慕っております。母親が死んでしまえば、五人の子供はおしまいです。五人の子供がもし生命をおとせば、この淮《わたし》もおしまいです」。宣帝はそこで上表のうえ、特別に淮の妻の生命をゆるした。（『世説新語』方正篇）

郭淮は関中都督と作《な》り、甚だ民情を得、亦《ま》た屢《しばし》ば戦庸《せんよう》有り。淮の妻は太尉王凌の妹。凌の事に坐《ざ》し、幷《あわ》せ誅《ちゅう》せらるるに当る。使者の徴摂《ちょうせつ》は甚だ急《きび》しく、淮は戒装《かいそう》せしめ、日を克《さだ》めて当《まさ》に発すべし。州府の文武及び百姓《ひゃくせい》は淮に挙兵を勧《すす》むるも、淮は許さず。期《き》に至り妻を遣《つか》わすに、百姓の号泣して追呼《ついこ》する者は数万人。行くこと数十里にして、淮は乃ち左右に命じ、夫人を追い還《かえ》さしむ。是《ここ》に於て文武は奔馳《ほんち》すること身首《しんしゅ》の急に徇《したが》うが如し。既《すで》に至るや、淮は宣帝に書を与えて曰わく、「五子は哀恋《あいれん》し、其の母を思念す。其の母既に亡《みま》かれば則ち五子無し。五子若《も》し殞《お》つれば亦《ま》た復た淮も無し」。宣帝は乃ち表し、特に淮の妻を原《ゆる》す。

郭淮作関中都督、甚得民情、亦屢有戦庸、淮妻、太尉王凌之妹、坐凌事、当幷誅、使者徴摂甚急、淮使戒装、克日当発、州府文武及百姓勧淮挙兵、淮不許、至期遣妻、百姓号泣追呼者数万人、行数十里、淮乃命左右、追夫人還、於是文武奔馳、如徇身首之急、既至、淮与宣帝書曰、五子哀恋、思念其母、其母既亡、則無五子、五子若殞、亦復無淮、宣帝乃表、特原淮妻。

▼郭淮は征西将軍・雍《よう》州刺史として長安に駐留していたので関中都督という。嘉平三年（二五一）、王凌は天子の斉王芳《せいおうほう》にかわって楚《そ》王彪《おうひょう》を立てようとはかったが、司馬懿に討たれて自殺した。「宣帝は乃ち表し……」というのは、天子はあくまで斉王芳であるから、郭淮の妻の生命をゆるすには上表による手続きが必要であったためである。

一九　夏侯玄《かこうげん》既に桎梏《しっこく》を被《こうむ》り

夏侯玄《かこうげん》が収監されると、そのとき鍾毓《しょういく》が廷尉《ていい》をつとめていた。鍾会《しょうかい》はそれまで夏侯玄と面識がなかったが、このときとばかりになれなれしい態度をとった。夏侯玄はいった。「廃残の身とて、言いなりにはなれぬぞ」。鞭が加えられても一言も発せず、東の市場でしおきをうけるさいにも、表情になんら変りはなかった。（『世説新語』方正篇）

夏侯玄既に桎梏《しっこく》を被《こうむ》るや、時に鍾毓は廷尉為《た》り。鍾会は先に玄と相い知らざるも、因《よ》って便《すなわ》ち之に狎《な》る。玄曰わく、「復《ま》た刑余の人と雖《いえど》も、未《いま》だ敢《あ》えて命を聞かず」。考掠《こうりょう》するも初めより一言無く、刑に東市《とうし》に臨《のぞ》むも、顔色異《こと》ならず。

夏侯玄既被桎梏、時鍾毓為廷尉、鍾会先不与玄相知、因便狎之、玄曰、雖復刑余之人、未敢聞命、考掠初無一言、臨刑東市、顔色不異。

▼嘉平六年（二五四）の事件である。中書令《ちゅうしょれい》の李豊《りほう》たちは、大将軍の司馬師《しばし》を除いたうえ太《たい》

常卿《じょうけい》の夏侯玄（二〇九―二五四）をその後にすえようと計画したが、失敗におわった。「桎梏」の原義は、足かせと手かせ。廷尉はいわば検察庁長官。鍾毓（？―二六三）は兄、鍾会（二二五―二六四）は弟であり、書芸術で名だかい鍾繇《しょうよう》の息子たちである。夏侯玄は当代きっての名士であったので、ちかづきになりたかったのであろう。東市は洛陽の東の城門を出たところに存在した。おおぜいの人が集まる市場は公開処刑の場でもあったのである。

二〇　高貴郷公薨《こうききょうこうこう》ずるや

高貴郷公《こうききょうこう》が崩御すると、国の内外は騒然となった。司馬《しば》文王《ぶんおう》（司馬昭《しょう》）は侍中《じちゅう》の陳泰《ちんたい》にたずねた。「いかにして鎮静化したものか」。陳泰「賈充《かじゅう》を殺して天下にわびるだけです」。文王「それ以下の方法はないものか」。「それ以上の方法が見つかるだけで、それ以下の方法は見つかりません」。（『世説新語』方正篇）

高貴郷公薨《こう》ずるや、内外は諠譁《けんか》す。司馬文王は侍中の陳泰に問いて曰わく、「何を以て之を静めん」。泰云わく、「唯《た》だ賈充を殺して以て天下に謝するのみ」。文王曰わく、「復《ま》た此れに下《くだ》る可き不《や》」。対《こた》えて曰わく、「但だ其の上を見るも、未だ其の下を見ず」。

高貴郷公薨、内外諠譁、司馬文王問侍中陳泰曰、何以静之、泰云、唯殺賈充以謝天下、文王曰、可復下此不、対曰、但見其上、未見其下。

▼高貴郷公曹髦《そうぼう》は魏の第四代皇帝。斉王芳が司馬氏によって廃された後、やはり司馬氏によって立てられたが、司馬氏の専横をにくみ、いちかばちかの挙にでた。しかし、反対に殺されてしまったのである。甘露《かんろ》五年（二六〇）のことである。その直接の下手人は賈充（二一七―二八二）であった。「其の上」というのは、もとより司馬昭自身が死んで天下にわびること。

高貴郷公が死にいたった顚末《てんまつ》は、注に引かれた『漢晋春秋《かんしんしゅんじゅう》』につぎのように叙されている。

――曹芳《そうほう》の事件後、魏の一党で宿衛にあたるものは削減され、鎧甲《よろいかぶと》もつけず、諸門をかためる兵士は老兵と弱卒ばかりとなった。曹髦《そうぼう》は権威が日ごとに離れてゆくのを目のあたりにして憤りにたえず、侍中の王沈《おうしん》、尚書《しょうしょ》の王経《おうけい》、散騎常侍《さんきじょうじ》の王業《おうぎょう》を召していった。「司馬昭の心の内は、道路を行きかうものだって見通しだ。わしは廃位になる屈辱をみすみすうけるわけにはゆかぬ。今日こそ諸君とともにうって出て討ちとりたい」。王経は諫《いさ》めたが耳をかさず、やおら懐《ふところ》から勅命をとりだすと、床になげつけていった。「行動はきまった。たとえ死んだとて、何の思いのこすことがあろう。まして、死ぬとはきまってはおらぬものを」。そこで太后のもとに参内してその旨を申上げた。王沈と王業はかけ参じて司馬昭に知らせ、昭は備えを設けた。曹髦はかくて数百名の下僕をひきつれ、戦さ太鼓を打ちならしつつ出陣した。昭の弟の屯騎校尉《とんきこうい》の司馬迪《しばてき》は宮城に突入し、髦と東の止車門のところで鉢あわせとなったが、供《とも》のものがしかりつけると、迪の手下は散りぢりに逃げ去った。中護軍《ちゅうごぐん》の賈充がさらに髦をむかえうち、南の城闕のところで戦いがはじまった。髦がみずから刀を振うと、あいての軍勢は退却しようとする。太子舎人《たいししゃじん》の成済《せいせい》が充にたずねる。「事態は急です。どういたしましょう」。充「閣下がおまえたちをやしなっておられるのは、まったく今日に備えてのこと。今日のこの事態に、何をとやかく言う」。済はただちに進みでて髦を刺した。刃は背中からつきだした。

二一　魏《ぎ》朝は晋《しん》の文王《ぶんおう》を封じて公と為《な》し

魏《ぎ》王朝は晋《しん》の文王《ぶんおう》（司馬昭《しばしょう》）に公爵の爵位をあたえ、九錫《きゅうしゃく》の栄典をととのえたが、文王は固辞して受けようとしない。公卿《こうけい》や将校たちが幕府を訪れて勧奨することとなった。司《し》空《くう》の鄭沖《ていちゅう》は急ぎ使者をつかわし、阮籍に勧進文《かんじんぶん》の制作を依頼させた。阮籍はそのとき袁孝《えんこう》尼《じ》（袁準《えんじゅん》）の家にいたが、二日酔いのからだを脇からかかえおこされ、木の札に文章を書きつけた。一字一句も書きなおさず、書きあげると使者にわたした。当時の人びとは神筆――神わざの文章――とよんだ。（『世説新語』文学篇）

魏朝は晋の文王を封じて公と為し、礼を九錫《きゅうしゃく》に備うるも、文王は固譲《こじょう》して受けず。公卿将校は当《まさ》に府に詣《いた》りて敦喩《とんゆ》すべし。司空の鄭沖は馳《は》せて信を遣《つか》わし、阮籍に就《つ》きて文を求めしむ。籍、時に袁孝尼の家に在《あ》り、宿酔するを扶起《ふき》せられ、札《さつ》に書して之を為す。点定する所無く、乃ち写して

魏朝封晋文王為公、備礼九錫、文王固譲不受、公卿将校当詣府敦喩、司空鄭沖馳遣信、就阮籍求文、籍時在袁孝尼家、宿酔扶起、書札為之、無所点定、乃写

使《つかい》に付す。時人は以て神筆と為す。

付使、時人以為神筆。

▼「九錫」については八条を見よ。九錫の授与は王朝交代の先ぶれであるが、賜る側は何度かにわたって辞退するのがしきたりであった。『晋書』文帝紀はこの「勧進文《かんじんぶん》」を景元《けいげん》四年（二六三）の条に収めている。阮籍は嵇康《けいこう》とあいならぶ竹林七賢の領袖。第二部一章「竹林の七賢」を参照されたい。豪放と細心を一身にかねそなえた人物であって、一一五条にみられるように、司馬昭は阮籍を「天下の至慎《ししん》」と評した。

三章　つかの間の天下統一

魏《ぎ》の咸熙《かんき》二年（二六五）八月に司馬昭《しばしょう》がなくなると、その年の十二月、太子の司馬炎《しばえん》はついに魏王朝を奪って晋《しん》王朝を創業し、泰始《たいし》と改元する。武帝《ぶてい》である。すでに魏の景元《けいげん》四年（二六三）に蜀《しょく》は亡び、太康《たいこう》元年（二八〇）には呉《ご》が亡ぼされて天下は統一されるが、武帝の死後、八王の乱とよばれる諸王子の権力闘争、またそれまでに中国の内地で定住生活をおくっていた異民族の活動がさかんとなり、北中国はふたたび荒廃に帰した。かくして、晋王朝は華北から江南に遷《うつ》る。都が洛陽におかれた時代を西晋とよび、都が江南の建《けん》康《こう》、今日の南京《なんきん》に遷った時代を東晋とよんで区別する。

二二　晋の武帝《ぶてい》始めて登祚《とうそ》し

晋の武帝が即位したばかりのころのことだ。札をつかって占なったところ「一」の数がひきあてられた。王者の世代数はこの数の多少にかかっている。帝はにがりきり、群臣たちも青くなって、だれ一人発言できるものはいない。侍中《じちゅう》の裴楷《はいかい》が進みでていった。「臣の聞きまするところ、天は一を得ることによって清澄、地は一を得ることによって安寧《あんねい》、諸侯王者は一を得ることによって天下の主となる、とか」。帝は相好《そうごう》をくずし、群臣たちは舌をまいた。（『世説新語』言語篇）

晋の武帝始めて登祚《とうそ》し、策《さく》を探りて一を得たり。王者の世数は此の多少に繋《かか》る。帝既《すで》に悦《よろこ》ばず、群臣は色を失い、能《よ》く言うこと有る者莫《な》し。侍中の裴楷進んで曰わく、「臣聞くならく、天は一を得て以て清く、地は一を得て以て寧《やす》く、侯王《こうおう》は一を得て以て天下の貞《てい》と為ると」。帝悦《よろこ》び、群臣は歎服《たんぷく》す。

晋武帝始登祚、探策得一、王者世数、繋此多少、帝既不悦、群臣失色、莫能有言者、侍中裴楷進曰、臣聞天得一以清、地得一以寧、侯王得一以為天下貞、帝悦、群臣歎服。

▼「探策得一」の「得一」を古典の言葉で解釈し、しらけきった場をうまくとりつくろったところにこの話の妙味がある。裴楷の言葉は、『老子』《ろうし》三十九章、「昔の一を得たる者、天は一を得て以て清く、地は一を得て以て寧《やす》く、神は一を得て以て霊に、谷は一を得て以て盈《み》ち、万物は一を得て以て生じ、侯王は一を得て以て天下の貞《てい》と為る。其の之を致すは一なり」にもとづく。「一」は「道」と同義。「探策」の具体的なやりかたはよくわからないが、後漢の応劭《おうしょう》の『風俗通』、その正失《せいしつ》篇にもつぎのようにいう。「岱宗《たいそう》（泰山）の上に金篋《きんきょう》の玉策《ぎょくさく》有り、能《よ》く人

の年寿の脩《なが》きと短かきを知る。（漢の）武帝は策を探って十八を得。因って到《さかし》まに読みて八十と曰う。其の後果《はた》して用《もっ》て耆長《きちょう》たり」。

二三　晋の武帝、孫皓《そんこう》に問う

晋の武帝が孫皓《そんこう》にたずねた。「江南の人間は爾《じ》汝歌《じょか》をやるのが好きだと聞いておるが、帝ちとはやれるかな」。そのときちょうど酒を飲んでいた孫皓は、すいと盃をさしあげ、帝にすすめつついった。「むかしゃ汝《なんじ》と隣国同士、いまじゃ汝の家来となった。汝にすすめん一杯の酒、汝の寿《よわい》とこしえに」。帝は後悔した。（『世説新語』排調篇）

晋の武帝、孫皓に問う、「南人は好んで爾汝歌を作《な》すと聞く。頗《すこぶ》る能く為す不《や》」。皓正《まさ》に飲酒す。因って觴《さかずき》を挙げ帝に勧《すす》めて言いて曰わく、「昔は汝と鄰《となり》と為りしも、今は汝の与《ため》に臣と為る。汝に上《たてま》つらん一桮《ぱい》の酒、汝をして寿《よわい》万春ならしめん」。帝は之を悔《く》ゆ。

晋武帝問孫皓、聞南人好作爾汝歌、頗能為不、皓正飲酒、因挙觴勧帝而言曰、昔与汝為鄰、今与汝為臣、上汝一桮酒、令汝寿万春、帝悔之。

▼孫皓（二四二―二八四）は呉の末帝。二八〇年に呉が亡ぼされると、晋の都の洛陽に連れてこられた。「爾汝歌」は、ご覧のとおり、「爾《なんじ》」なり「汝《なんじ》」なりをうたいこんだ歌謡だが、「爾」

「汝」は天子にむかって用いるべき二人称ではない。おまえ、といったところ。「頗〜不」は上下あい呼応して疑問文をつくる。「頗」は「スコブル」と訓ぜられるけれども、それほど重い意味はない。文頭に軽くそえられる助辞である。

二四　諸葛靚《しょかつせい》は後《の》ち晋に入り

諸葛靚《しょかつせい》はやがて晋に入朝し、大司馬《だいしば》を拝命したが、召されても腰をあげようとはしなかった。晋王室にたいして敵愾心《てきがいしん》をもやし、いつも洛水《らくすい》に背をむけて坐っている。武帝とは旧知の仲だったが、帝は会いたくてもすべがない。そこで諸葛妃《しょかつひ》にたのんで靚をよばせた。やがてやって来ると、帝は太妃《たいひ》のところで面会した。挨拶がおわり、酒もたけなわとなったころ、帝はいった。「きみはいまでも竹馬の《の》友のころの友情をおぼえておるだろうね」。靚は「やつがれ、炭を呑みからだに漆《うるし》をぬることもかなわず、今日ふたたび聖顔を拝することになろうとは」といいざま、滂沱《ぼうだ》の涙を流した。帝はそこで恥じいり後悔してひきあげた。（『世説新語』方正篇）

諸葛靚は後《の》ち晋に入り、大司馬に除《じょ》せらるるも、召せども起《た》たず。晋室と讎《あだ》有るを以て、常に洛水を背にして坐《ざ》す。武帝と旧有り、帝は之に見《まみ》えんと欲するも由《よし》無し。乃《すなわ》ち諸

諸葛靚後入晋、除大司馬、召不起、以与晋室有讎、常背洛水而坐、与武帝有旧、帝欲見之而無

葛妃に請《こ》いて靚を呼ばしむ。既に来るや、帝は太妃の間に就《つ》きて相見す。礼畢《おわ》り酒酣《たけなわ》にして、帝曰わく、「卿故《けいもと》より復《ま》た竹馬の好《よしみ》を憶《おも》う不《や》」。靚曰わく、「臣は炭を呑《の》み身に漆《うるし》すること能《あた》わず、今日復《ま》た聖顔を覩《み》たり」。因って涕泗《ていし》百行《ひゃくこう》す。帝は是《ここ》に於いて慙悔《ざんかい》して出づ。

由、乃請諸葛妃呼靚、既来、帝就太妃間相見、礼畢酒酣、帝曰、卿故復憶竹馬之好不、靚曰、臣不能呑炭漆身、今日復覩聖顔、因涕泗百行、帝於是慙悔而出。

▼諸葛靚は諸葛誕《しょかったん》の子。父の諸葛誕は魏の対呉戦線の総司令官であったが、甘露二年（二五七）、司馬昭はその兵柄を奪うため中央に召還した。諸葛誕は命令に従わず、寿春《じゅしゅん》（安徽省寿春）において反乱をくわだてたけれども敗れた。諸葛靚は呉に亡命し、呉の滅亡後、洛陽にもどったのである。諸葛妃といい、太妃というのは諸葛靚の姉。武帝の叔父の琅邪《ろうや》王《おう》司馬《しば》迪《てき》の妃であった。「炭を呑み身に漆す」は戦国時代の晋の予譲《よじょう》の故事。予譲は主人の智伯《ちはく》の仇を討つため、からだに漆をぬって癩患者をよそおい、炭をまるのみして声をつぶし、身元をかくした。『史記《しかく》』刺客列伝に見える。

二五　晋の武帝、武を宣武場《せんぶじょう》に講《こう》ず

晋の武帝が宣武場《せんぶじょう》で軍事演習を行なったさい、帝は軍備を縮小して文治につとめようと考え、みずからその場にのぞんで群臣たちをあまねく召集した。山公《さんこう》（山濤《さんとう》）はそんなことはすべきではないと考えたため、行政府の役人たちと孫武《そんぶ》、呉起《ごき》の用兵の本意についてかたりあい、徹底的に議論をつくした。列席者一同だれしも感歎し、「山少傅《さんしょうふ》どのこそは天下の名論家だ」といった。その後、諸王たちは驕慢となって軽がるしく戦乱をひきおこした。かくして群盗が各地に蟻のごとく集まったが、地方の郡も国もおおむね無防備のために制圧できず、しだいに勢いをつのらせた。まったく公のいったとおりとなったのである。当時の人々はそれで、「山濤《さんとう》は孫呉《そんご》の兵法を学んだわけでもないのに冥々《めいめい》のうちに理にかなっている」といった。王夷甫《おういほ》（王衍《おうえん》）も、「公は冥々のうちに道と一致している」といった。（『世説新語』識鑒篇）

晋の武帝、武を宣武場に講《こう》ず。帝は武を偃《ふ》せ文を修めんと欲し、親しく自《みず》から臨幸《りんこう》し、悉《ことご》とく群臣を召す。山公は宜《よろ》しく爾《しか》すべからずと謂《おも》い、因って諸尚書《しょうしょ》と孫呉用兵の本意を言い、遂に究論す。挙坐《きょざ》咨嗟《しさ》せざるは無し。皆な曰わく、「山少傅は乃《すなわ》ち天下の名言なり」。後《の》ち諸王は驕汰《きょうたい》にして、軽《かる》がるしく禍難《かなん》を遘《かま》う。是《ここ》に於いて寇盗《こうとう》は処処《しょしょ》に蟻合《ぎごう》するも、郡国は多く備え無きを以て、制服す能《あた》わず、遂に漸《よう》く熾盛《しせい》たり。皆な公の言の如し。時人は以て「山濤は孫呉を

晋武帝講武於宣武場、帝欲偃武修文、親自臨幸、悉召群臣、山公謂不宜爾、因与諸尚書言孫呉用兵本意、遂究論、挙坐無不咨嗟、皆曰、山少傅乃天下名言、後諸王驕汰、軽遘禍難、於是寇盗処処蟻合、郡国多以無備、不能制服、遂漸熾盛、皆如公言、時

学ばずして而《しか》も闇《あん》に之と理会《かい》す」と謂《い》う。王夷甫も亦《ま》た歎《たん》じて云わく、「公は闇《あん》に道と合《がっ》す」。

人以謂山濤不学孫呉、而闇与之理会、王夷甫亦歎云、公闇与道合。

▼宣武場は洛陽城北面の東門である大夏門《たいか》、その東北に設けられた練兵場。『洛陽伽藍記《らくようがらんき》』巻五禅虚寺《ぜんきょじ》の条、参照。「武を偃《ふ》せ文を修む」は『書経』武成《ぶせい》篇の言葉。孫武と呉起はともに春秋時代の兵法家。山濤の意見にもかかわらず、晋の武帝は地方の軍備を縮小し、大郡には武吏百人、小郡には五十人を配置するにとどめた。「郡国」の「国」も実質は郡とほぼおなじ。ある郡が王子の封地となると国とよばれる。諸王の乱とはいわゆる八王の乱のこと。武帝が没し、恵帝《けいてい》が即位した翌年の元康《げんこう》元年（二九一）からおよそ十五年にわたって、八人の諸王のあいだでたたかわれた闘争である。なお、山濤（二〇五—二八三）は皇太子の輔導役である太子少傅であったので山少傅とよばれた。「竹林の七賢」の一人である。

二六　和嶠《わきょう》は武帝の親重《しんじゅう》する所と為《な》る

和嶠《わきょう》は武帝から重宝がられた。帝は「東宮は最近めっきり進歩したようだが、おまえひとつ行って見てきてくれんか」と嶠につげた。もどってきて、「どうだったかな」とたずねたところ、「皇太子さまには、その御資質もとのとおりにあらせられます」。（『世説新

語』方正篇）

和嶠は武帝の親重《しんじゅう》する所と為る。嶠に語るらく、「東宮頃《ちかご》ろ更に進を成すに似たり、卿試《こころ》みに往き看《み》よ」。還《かえ》りて問う、「何如《いかん》」。答えて云わく、「皇太子は聖質《せいしつ》初めの如し」。

和嶠為武帝所親重、語嶠、東宮頃似更成進、卿試往看、還問何如、答云、皇太子聖質如初。

▼皇太子はやがて晋の第二代皇帝となる恵帝司馬衷《しばちゅう》。その暗愚のほどは天下周知の事実であった。和嶠（？―二九二）は侍従職の侍中《じちゅう》をつとめていた。

二七　晋の武帝は既《すで》に太子の愚《ぐ》を悟《さと》らず

晋の武帝は太子の暗愚なことに気づかずに、ぜひとも跡を継がせたいと考えた。名臣たちはさまざまに直言をたてまつった。帝が陵雲台《りょううんだい》上に坐していたある日のこと、そばにひかえていた衛瓘《えいかん》は、自分の気持ちを述べようと思った。そこで酔ったふりをよそおい、帝の前に跪《ひざまず》くと、手で玉座《ぎょくざ》をさすりつついった。「この座が惜しゅうございます」。帝ははっと気づいたが、笑いにまぎらせていった。「そちは酔ったのか」。（『世説新語』規箴篇）

晋の武帝は既に太子の愚を悟《さと》らず、必らず後を伝えんとす

晋武帝既不悟太子之愚、必有伝

る意有り。諸《もろ》ろの名臣は亦《ま》た多く直言《ちよくげん》を献ず。帝嘗《か》つて陵雲台上に在りて坐す。衛瓘側《かたわら》に在り、其の懐《おもい》を申《の》べんと欲す。因って酔えるが如く、帝の前に跪《ひざまず》き、手を以て牀《しよう》を撫《ぶ》して曰わく、「此の坐惜しむ可し」。帝は悟ると雖《いえど》も、因って笑いて曰わく、「公は酔える邪《や》」。

後意、諸名臣亦多献直言、帝嘗在陵雲台上坐、衛瓘在側、欲申其懐、因如酔、跪帝前、以手撫牀曰、此坐可惜、帝雖悟、因笑曰、公酔邪。

▼陵雲台は魏の文帝が築いた楼台。『世説新語』巧芸《こうげい》篇注の『洛陽宮殿簿《らくようきゆうでんぼ》』にいう。「陵雲台上の壁は方十三丈、高さ九尺。楼《ろう》は方四丈、高さ五丈、棟《むね》は地を去ること十三丈五尺七寸五分なり」。衛瓘（二二〇―二九一）は武帝時代に尚書令、侍中、司空をつとめた。

一部には武帝の弟の斉王攸《せいおうゆう》を後継者としようという動きがみられたが、けっきょく恵帝が立つ。皇后は賈充《かじゆう》の女《むすめ》であり、二歳年うえのこの姉さん女房に恵帝はまったく頭があがらなかった。

二八　楽令《がくれい》の女《むすめ》は大将軍の成都《せいと》王穎《おうえい》に適《とつ》ぐ

楽令《がくれい》（楽広《がくこう》）の女《むすめ》は大将軍の成都《せいと》王穎《おうえい》にとついだ。王の兄の長沙王《ちようさおう》が洛陽で権力を握ると、成都王は兵をかまえてあいてを倒そうとはかった。長沙王はくだらぬ連中を近づけ、れっきとした人物を疎外したので、朝廷に籍をおいているものはみんな不安をいだいた。楽令は朝廷のスターたる地位をしめ、しかも成都王の姻戚《いんせき》でもあったので、小人連中が長沙王に讒言《ざんげん》した。長沙王があるとき楽令に問いただすと、楽令はけろっとした顔をして、おもむろにこたえた。「五人の息子を一人の女《むすめ》ととりかえたりしましょうか」。それで釈然とし、疑念はすっかりなくなった。（『世説新語』言語篇）

楽令の女《むすめ》は大将軍の成都王穎に適《とつ》ぐ。王の兄の長沙王の権を洛に執《と》るや、遂に兵を構《かま》えて相い図《はか》る。長沙王は小人を親近《しんきん》し、君子を遠外《えんがい》す。凡《およ》そ朝に在る者、人ごとに危懼《きく》を懐《いだ》く。楽令は既に朝望《ちょうぼう》に処《お》り、加えて婚親《こんしん》有り。群小は長沙に讒《ざん》す。長沙嘗《かつ》て楽令に問う。楽令は神色自若《しんしょくじじゃく》、徐《おもむ》ろに答えて曰わく、「豈《あ》に五男を以て一女に易《か》えんや」。是《こ》れに由って釈然、復《ま》た疑慮《ぎりょ》無し。

楽令女適大将軍成都王穎、王兄長沙王執権於洛、遂構兵相図、長沙王親近小人、遠外君子、凡在朝者、人懐危懼、楽令既処朝望、加有婚親、群小讒於長沙、長沙嘗問楽令、楽令神色自若、徐答曰、豈以五男易一女、由是釈然、無復疑慮。

▼楽広は尚書令《しょうしょれい》であったので楽令という。長沙王乂《がい》は晋の武帝の第十七子、成都王穎《えい》は第十九子。いずれも八王のなかにかぞえられる。成都王が挙兵したのは恵帝の太安《たいあん》二年（三〇三）。『資治通鑑《しちつがん》』は晋紀七にこの話をとりあげ、そこの胡三省《こさんせい》の注は楽広のこたえを説明してつぎのようにいう。「穎に附《つ》けば則ち五男の誅せらるるを謂《い》う」。

二九　陸平原《りくへいげん》、河橋《かきよう》に敗るるや

陸平原《りくへいげん》（陸機《りくき》）は河橋《かきよう》で敗れると、盧志《ろし》に讒言《ざんげん》されて殺された。処刑されるにあたり、こう歎息した。「華亭《かてい》の鶴の声を聞きたくとも、もうだめだな」。（『世説新語』尤悔篇）

陸平原、河橋に敗るるや、盧志の讒《ざん》する所と為り、誅《ちゆう》せらる。刑に臨《のぞ》み歎《たん》じて曰わく、「華亭の鶴唳《かくれい》を聞かんと欲するも、復《ま》た得可けん乎《や》」。

陸平原河橋敗、為盧志所讒、被誅、臨刑歎曰、欲聞華亭鶴唳、可復得乎。

▼陸機（二六一―三〇三）は西晋時代を代表する文学者。呉《ご》の出身である。呉の滅亡後、弟の陸雲《りくうん》とともに洛陽におもむき、張華《ちようか》から「呉を平らぐるの利は二俊を獲《う》るに在り」とたたえられた。その後、成都王の先鋒部隊の指揮官として長沙王を討ったが、洛陽東郊の黄河のわたし、河橋で大敗を喫し、成都王の長史《ちようし》であった盧志から敗戦の責任をとらされて刑死した。太安二年（三〇三）のことである。華亭は陸機の故郷に近い由拳《ゆけん》県（浙江省嘉興）の郊外にあり、陸機は呉滅亡後の十数年間をそこの別荘でぶらぶらしていたことがある。陸機の詠嘆は、秦《しん》の丞相であった李斯《りし》が処刑されるにあたって息子にかたったつぎの言葉を想起させる。「吾は若《なんじ》と復《ま》た黄犬を牽《ひ》き、倶《とも》に上蔡《じようさい》の東門を出て狡兎《こうと》を逐《お》わんと欲するも、豈《あ》に得可けんや」。（『史記』李斯伝）。上蔡は李斯の故郷である。

三〇　郗《ち》公《こう》は永嘉《えいか》の喪乱《そうらん》に値《あ》い

郗《ち》公《こう》（郗鑒《ちかん》）は永嘉《えいか》の喪乱にあたり、郷里でひどい飢餓《きが》状態におちいった。村人たちは公のすぐれた人徳をおもい、交代で食べさせてやった。公はいつも兄の子の邁《まい》と甥《おい》の周翼《しゅうよく》の二人の子供を連れて食べに出かけた。村人たちはいった。「みんなそれぞれ腹をすかしているのです。あなたがえらいお人だから、みんなしてあなたを助けてあげたいと思うだけです。おそらく他のものの生命まですくってやることはできません」。公はそこで一人で食べに出かけると、いつも両側の頰《ほお》に飯をほおばり、もどってきてから吐きだして二人の子供にあたえた。その後、そろって無事に生命ながらえ、江南に遷《うつ》った。郗公がなくなると、剡《せん》県（浙江《せっこう》省嵊州《じょうしゅう》）の知事をつとめていた周翼は、辞職してひきあげ、公の祭壇のそばにむしろを敷き、三年の心喪《しんそう》をやりとげた。（『世説新語』徳行篇）

郗《ち》公は永嘉《えいか》の喪乱《そうらん》に値《あ》い、郷里に在《あ》って甚だ窮餒《きゅうだい》す。郷人《きょうじん》は公の名徳《めいとく》を以て、伝えて共に之を飴《やしな》う。公は常に兄の子の邁及び外生《がいせい》の周翼の二小児を携《たずさ》え往《ゆ》きて食らう。郷人曰わく、「各の自《お》のずから飢困《きこん》す。君の賢なるを以て、共に君を済《すく》わんと欲する耳《のみ》。恐らくは兼《か》ねて存する所有る能《あた》わず」。公は是《ここ》に於いて独《ひと》り往きて食らい、輒《すなわ》ち飯を含んで

郗公値永嘉喪乱、在郷里甚窮餒、郷人以公名徳、伝共飴之、公常携兄子邁及外生周翼二小児往食、郷人曰、各自飢困、以君之賢、欲共済君耳、恐不能兼有所存、公於是独往食、輒含飯着両頬辺、

両頰《きょう》の辺に着《つ》け、還《かえ》りて吐《は》きて二児に与う。後《の》ち並びに存するを得、同《とも》に江を過ぐ。郗公亡《みま》かるや、翼は剡《せん》県と為るも、職を解きて帰り、苫《せん》を公の霊牀頭《れいしょうとう》に席《し》き、心喪《しんそう》して三年を終《お》う。

還吐与二児、後並得存、同過江、
郗公亡、翼為剡県、解職帰、席
苫於公霊牀頭、心喪終三年。

▼永嘉は晋の第三代皇帝懐帝《かいてい》の年号。西暦三〇七—三一三。そのころになると、華北の各地に入りこんでいた異民族は、八王の乱によるアナーキーに乗じてしだいに自立的な国家建設の方向にむかった。まずさいしょに自立したのは、平陽《へいよう》（山西省臨汾）を都とし、漢を国号とした匈奴《きょうど》族である。永嘉五年（三一一）には、晋の都の洛陽は匈奴族の襲撃をうけ、懐帝は平陽に拉致され、その地に果てた。その後、愍帝《びんてい》が長安に即位するが、やはり平陽に蒙塵《もうじん》する。
郗鑒《ちかん》の郷里は高平《こうへい》郡金郷県（山東省金郷）。喪服は着けないが精神的な喪に服するのが「心喪」であり、三年は子が父の喪に服する期間である。「苫《せん》」はとまむしろの敷物。喪主はその上で寝る。

三一　王夷甫《おういほ》の父の乂《がい》は平北《へいほく》将軍と為《な》る

王夷甫《おういほ》（王衍《おうえん》）の父の乂《がい》は平北《へいほく》将軍であった。ある公用のため使者をやってかけあわせたが、らちがあかない。そのころ夷甫は都におり、車の支度を命ずると、僕射《ぼくや》の羊祜《ようこ》と尚《しょう》書《しょ》の山濤《さんとう》に面会した。夷甫は当時まだあげまきの少年だったが、容姿才能ともにすばらしく、弁舌はさわやかであるうえ、話の内容も筋道だっている。山濤はとても気にいった。退出してからも、いつまでも目をくれながら、「子をもつなら王夷甫のようでなくっちゃな」と感歎した。が、羊祜はいった。「天下を乱すのはきっとあいつだ」。(『世説新語』識鑒篇)

王夷甫の父の乂は平北将軍と為る。公事《こうじ》有り、行人《こうじん》をして
論ぜしむるも得ず。時に夷甫は京師《けいし》に在り、駕《が》を命じて僕
射の羊祜と尚書の山濤に見《まみ》ゆ。夷甫は時に総角《そうかく》なるも、姿《し》
才《さい》は秀異、叙致《じょち》は既に快《かい》にして、事は加うるに理有り。濤
甚だ之を奇《き》とす。既に退くも、之を看《み》て輟《や》まず。乃《すなわ》ち歎じ
て曰わく、「児を生むこと当《まさ》に王夷甫の如くなるべからず
邪《や》」。羊祜曰わく、「天下を乱す者は必らず此の子なり」。

王夷甫父乂為平北将軍、有公事、
使行人論不得、時夷甫在京師、命
駕見僕射羊祜尚書山濤、夷甫時
総角、姿才秀異、叙致既快、事
加有理、濤甚奇之、既退、看之不
輟、乃歎曰、生児不当如王夷甫邪、
羊祜曰、乱天下者、必此子也。

▼王衍(二五六―三一一)はやがて清談家として名をあげ、西晋末には宰相となるが、危急のさなかにも清談にうつつをぬかし、亡国をまねいたとして評判はすこぶるかんばしくない。永嘉五年(三一一)、羯《けつ》族の石勒《せきろく》に捕えられ、殺された。そのとき、かれ自身つぎのように慨歎

したという。「嗚呼《ああ》、吾曹《われら》は古人に如《し》かずと雖《いえど》も、向《さき》に若《も》し浮虚《ふきょ》を祖尚《そしょう》せず、力を戮《あわ》せて以て天下を匡《ただ》さば、猶《な》お今日に至らざる可し」(『晋書』王衍伝)。「浮虚」とは非現実的な清談をいう。

「行人」は使者。「総角」は、髪の毛を頭の両側にあつめ、角《つの》のかたちに結《ゆ》いあげる少年、少女の髪型。あげまき。『詩経』斉風「甫田《ほでん》」の詩に、「総角丱《かん》たり」とうたわれている。

三二 衛洗《えいせ》馬《ば》初め江を渡らんと欲し

衛洗《えいせ》馬《ば》(衛玠《えいかい》)はいよいよ江南に移住しようとするさい、肉体も精神も憔悴《しょうすい》しきってまわりのものにかたった。「このはてしもない光景を目前にすると、思わずさまざまのおもいがこみあげてくる。感情をふっきれないかぎり、いったいだれがこの始末をつけられようか」。(『世説新語』言語篇)

衛洗馬初《はじ》め江を渡らんと欲し、形神惨悴《けいしんさんすい》し、左右に語って云わく、「此の茫茫《ぼうぼう》を見れば、覚《おぼ》えず百端交《こもご》も集まる。苟《いやし》くも未《いま》だ有情《うじょう》を免れずんば、亦《ま》た復《ま》た誰か能《よ》く此れを遣《や》らんや」。

衛洗馬初欲渡江、形神惨悴、語左右云、見此茫茫、不覚百端交集、苟未免有情、亦復誰能遣此。

▼荒廃に帰した華北にみきりをつけた人々は、大挙して江南へ移動を開始する。それらの人々がだれしもいだいたであろう不安、それは「茫茫《ぼうぼう》 mang-mang」という無限定な音声をもつこの一語に凝縮されている。目前の光景は「茫茫」とひろがり、また不安の心理も「茫茫」とひろがる。衛玠《えいかい》（二八六―三一二）は東宮づきの太子洗馬であったので衛洗馬とよばれる。

四章　江南の囚《とら》われ人

華北から江南に移住した人々は、晋《しん》の宗室の一人、琅邪《ろうや》王《おう》司馬睿《しばえい》をもりたてて江南半壁の地に晋王朝の再興をはかる。司馬睿《しばえい》は下邳《かひ》（江蘇《こうそ》省睢寧《すいねい》の西北）から建康《けんこう》に、すなわち今日の南京《なんきん》に、安東《あんとう》将軍・都督《ととく》揚《よう》州諸軍事として移鎮してきた人物である。江南はおよそ三十年前に晋によって亡ぼされた呉の故地であり、建康は呉の旧都であった。江南人は華北から流寓してきた人々に無関心をよそおい、冷淡であった。かずかずの苦難を克服して、晋王朝はようやく江南に中興される。いわゆる東晋王朝であり、司馬睿は東晋初代の皇帝、元帝《げんてい》となる。

三三　帝の建康《けんこう》に徙鎮《しちん》するに及び

帝（司馬睿）が建康《けんこう》に鎮所を移したところ、呉《ご》の地方の人たちはいっこうになつかず、一月あまりにもなるというのに、士人も庶民もだれ一人としてやってくるものがいない。王導《おうどう》は頭を悩ませた。たまたま王敦《おうとん》が帰来したので王導はいった。「琅邪王《ろうやおう》（司馬睿）どのはなかなかの人格者だが、人気のほどはまだまだ知れたものだ。兄さんはとてもにらみがきく。ひとつりっぱにもりたてようではないか」。たまたま三月のさいしょの巳《み》の日にあたって、帝はみずから禊《みそぎ》の見物に出かけた。かごに乗り、威儀をそなえ、王敦、王導はじめ貴人たちがそろって騎馬で従った。呉の生まれの紀瞻《きせん》と顧栄《こえい》はどちらも江南の名望家である。物蔭からそっとうかがっていたが、その盛んなありさまを見て一様に驚き、思わず二人そろって道路のわきで拝礼を行なった。王導はそこで一計をすすめまいらせた。「古《いにしえ》の王者はだれしも土地の故老《ころう》を丁重に遇し、地方の習俗をたいせつに目にかけ、虚心《きょしん》坦懐《たんかい》に賢人たちを招致したものでございます。ましてやいま天下は喪乱し、全国はばらばらに分裂し、遠大な事業は緒についたばかりゆえ、人材を得ることこそが急務とされます。顧栄《こえい》と賀循《がじゅん》はこの土地の名望家。かれらを招いて人心をつなぎとめるのがなによりも大切でございます。二人がやってくれれば、やってこないものはありますまい」。帝がそこで王導本人にわざわざ賀循と顧栄を訪ねさせると、二人はどちらももとめに応じてやってきた。こうして江南地方は風になびくように服従し、民衆は心をよせたのである。(『晋書』王導伝)

帝の建康に徙鎮《しちん》するに及び、呉人は附《つ》かず。居《お》ること月余《げつよ》なるも、士庶《ししょ》至る者有る莫《な》し。導は之《これ》を患《うれ》う。会《たまた》ま敦来朝

及帝徙鎮建康、呉人不附、居月余、士庶莫有至者、導患之、会

す。導は之に謂《い》いて曰わく、「瑯邪王は仁徳厚《あつ》しと雖《いえど》も、而《しか》れども名論《めいろん》は猶《な》お軽し。兄は威風已《すで》に振う。宜《よろ》しく以て匡済《きょうさい》する者有るべし」。会《たま》ま三月上巳《じょうし》、帝は親しく禊《けい》を観《み》る。肩轝《けんよ》に乗り、威儀を具《そな》え、敦、導及び諸名勝皆《み》な騎《き》従《じゅう》す。呉人の紀瞻と顧栄は皆な江南の望《ぼう》。窃《ひそ》かに之を覘《うかが》い、其の此《か》くの如きを見て咸《み》な驚懼《きょうく》し、乃ち相い率《ひき》いて道左《どうさ》に拝す。導は因って計を進めて曰わく、「古の王者は、故老を賓礼《ひんれい》し、風俗を存問《そんもん》し、己《おの》れを虚《むな》しくし心を傾けて以て俊乂《しゅんがい》を招かざるは莫《な》し。況《いわ》んや天下は喪乱《そうらん》し、九州は分裂し、大業は草創《そうそう》、人を得るに急なる者を乎《や》。顧栄、賀循は此の土の望。未だ之を引きて以て人心を結ぶに若《し》かず、二子既に至らば則ち来らざるは無からん」。帝は乃ち導をして躬《みず》から循、栄に造《いた》らしむ。二人は皆な命に応じて至る。是《こ》れに由《よ》って呉会《ごかい》は風靡《ふうび》し、百姓《ひゃくせい》は心を帰す。

敦来朝、導謂之曰、瑯邪王仁徳雖厚、而名論猶軽、兄威風已振、宜有以匡済者、会三月上巳、帝親観禊、乗肩轝、具威儀、敦導及諸名勝皆騎従、呉人紀瞻顧栄、皆江南之望、窃覘之、見其如此、咸驚懼、乃相率拝於道左、導因進計曰、古之王者、莫不賓礼故老、存問風俗、虚己傾心、以招俊乂、況天下喪乱、九州分裂、大業草創、急於得人者乎、顧栄賀循、此土之望、未若引之以結人心、二子既至、則無不来矣、帝乃使導躬造循栄、二人皆応命而至、由是呉会風靡、百姓帰心焉。

▼三月の上巳《じょうし》、すなわち三月のさいしょの巳《み》の日には、川のほとりでみそぎが行なわれるなら

わしであった。それは本来、宗教的な行事であったはずであるが、いつしか、春の陽光のもとに人々が集まるはなやかな行楽の行事となり、その日どりも三月上巳から三月三日に固定した。王羲之《おうぎし》が主催した「蘭亭《らんてい》の会」も、東晋の永和《えいわ》九年（三五三）三月三日に開かれた。「九州」は『書経』禹貢《うこう》篇にもとづく。夏《か》の禹王《うおう》は治水に成功すると中国全土を九つの州に分けたという。「呉会」は江南でもっとも歴史の古い呉（蘇州）と会稽《かいけい》（紹興）。江南の代名詞。顧栄（？—三一二）は呉の人、賀循（二六〇—三一九）は会稽の人である。本条と関連して、『晋書《しんじょ》』元帝紀にもつぎのようにある。「永嘉《えいか》の初め、王導の計を用い、始めて建鄴《けんぎょう》（建康）に鎮するや、顧栄を以て軍司馬《ぐんしば》と為し、賀循を参佐《さんさ》と為し、王敦、王導、周顗《しゅうぎ》、刁協《ちょうきょう》を並びに腹心股肱《ここう》と為す。名賢を賓礼《ひんれい》し、風俗を存問《そんもん》し、江東（江南）は心を帰せり」。かく、王導とその従兄《いとこ》の王敦こそは司馬睿がもっとも信頼をよせたブレインであった。

三四　元帝《げんてい》の初め江東に鎮《ちん》するや

元帝《げんてい》が江南に鎮守した当初、武威名声はまださしてあがらなかった。王敦《おうとん》は従兄《いとこ》の王導《おうどう》たちと心をひとつにして輔翼推戴《ほよくすいたい》し、こうして中興の事業を盛んにした。当時の人々は、「王《おう》と馬《ば》と天下を共にす」とはやしたてた。（『晋書』王敦伝）

元帝の初め江東に鎮するや、威名は未だ著《あら》われず。王敦は

元帝初鎮江東、威名未著、王敦

従弟《じゅうてい》の導等と心を同じくして翼戴《よくたい》し、以て中興を隆《さか》んにす。時人は之が為に語って曰わく、「王と馬と天下を共にす」。

与従弟導等、同心翼戴、以隆中興、時人為之語曰、王与馬、共天下。

▼「王」はいうまでもなく王氏を、「馬」は司馬氏を意味する。つまり、王氏と司馬氏の共同政権というのであり、琅邪《ろうや》郡臨沂《りんき》県を本籍とするゆえに琅邪の王氏とよばれたこの一族は、東晋時代きっての名門貴族として聞こえることとなる。かの王羲之《おうぎし》もその一人。「馬」「下」は韻をふむ。

三五　元帝の始めて江《こう》を過ぎるや

元帝が江南に渡ってきたばかりのころ、顧驃騎《こひょうき》（顧栄）に、「人さまの国土に居候して内心つねに忸怩《じくじ》たるものがある」というと、顧栄は跪《ひざまず》いてこたえた。「王者は天下を家とすると臣は聞いております。だからこそ耿《こう》や亳《はく》にと都はひとところに落ち着かず、九つの鼎《かなえ》は洛邑《らくゆう》に遷されたのでございます。どうか陛下は都を遷すことにくよくよなさりまするな」。（『世説新語』言語篇）

元帝の始めて江を過ぎるや、顧驃騎に謂《い》いて曰わく、「人

元帝始過江、謂顧驃騎曰、寄人

の国土に寄せ、心に常に慙《はじ》を懐《いだ》く」。栄は跪《ひざまず》きて対《こた》えて曰わく、「臣聞くならく、王者は天下を以て家と為すと。是《ここ》を以て耿亳《こうはく》は定処《ていしょ》無く、九鼎《きゅうてい》は洛邑《らくゆう》に遷《うつ》る。願わくは陛下、遷都《せんと》を以て念と為すこと勿《な》かれ」。

国土、心常懐慙、栄跪対曰、臣聞王者以天下為家、是以耿亳無定処、九鼎遷洛邑、願陛下勿以遷都為念。

▼「天下を以て家と為す」という表現そのものは、『礼記《らいき》』礼運篇《れいうんへん》に「今ま大道は既に隠《かく》れ、天下を家と為す」とみえるが、その意味する内容は、『詩経』小雅「北山《ほくざん》」の詩、「溥天《ふてん》の下、王土に非《あら》ざるは莫《な》く、率土《そつど》の浜《ひん》、王臣に非《あら》ざるは莫《な》し」にもとづく。耿《こう》は殷《いん》王祖乙《そいつ》の都、亳《はく》は殷王盤庚《ばんこう》の都。『史記』殷本紀にいう。「帝盤庚の時、殷は已《すで》に河の北に都す。盤庚は河の南に渡り、復《ま》た成湯《せいとう》（殷の創業者湯王）の故居に居る。廼《すなわ》ち五たび遷りて定処無し」。「九鼎」は夏の禹王が鋳たと伝えられる祭器であって、王朝のシンボル。『左伝《さでん》』桓公二年に、「（周の）武王の商《しょう》（殷）に克《か》つや、九鼎を雒（洛）邑に遷す」とある。洛邑は周王朝の都。現在の洛陽である。なお、顧栄は驃騎将軍であったので顧驃騎というのだが、かれは元帝の即位以前に死亡しており、「陛下」とよびかけているのは事実とあわない。

この話に示されるように、都を建康に遷して晋王朝を再興しようとする機運はしだいにもりあがった。司馬睿に即位をすすめる声が内外からおこる。

三六　温嶠《おんきょう》は初め劉琨《りゅうこん》の使《つかい》と為《な》りて

温嶠《おんきょう》はさいしょ劉琨《りゅうこん》の使者として江南にやってきた。当時、江南では国づくりが緒についたばかりで、綱紀はまだ振わなかった。到着したばかりの温嶠は、あれやこれやと深く憂慮した。やがて王丞相《おうじょうしょう》（王導）をおとずれると、主上は異境にさすらわれ、社稷《しゃしょく》は焼きはらわれ、御陵が破壊された惨状に黍離《しょり》の詩の心のうずきを感ずる次第を述べた。温嶠の忠義の情は深くはげしく、言葉は涙とともに吐きだされ、丞相もかれを前にして泣いた。衷情《ちゅうじょう》を吐露《とろ》しおわると、心底から協力を約束し、丞相も厚くあいての気持をうけいれた。退出してからうれしげにいった。「江南にはちゃんと管夷吾《かんいご》がいる。これならもう何の心配もいらぬ」。（『世説新語』言語篇）

温嶠は初め劉琨の使と為りて来りて江を過ぐ。時に江左は営建始めて爾《しか》り、綱紀《こうき》は未だ挙《あ》がらず。温新たに至り、深く諸慮《しょりょ》有り。既に王丞相に詣《いた》り、主上は幽越《ゆうえつ》し、社稷は焚《ふん》滅《めつ》し、山陵夷毀《さんりょういき》の酷《こく》、黍離《しょり》の痛み有りと陳《の》ぶ。温は忠慨深烈、言は泗《なみだ》と倶《とも》にし、丞相も亦《ま》た之と対泣《たいきゅう》す。情を叙《の》ぶること既に畢《おわ》るや、便《すなわ》ち深く自《みず》から陳結《ちんけつ》し、丞相も亦《ま》た厚く相い酬納《しゅうのう》す。既に出で、懽然《かんぜん》として言いて曰わく、「江左

温嶠初為劉琨使来過江、于時江左営建始爾、綱紀未挙、温新至、深有諸慮、既詣王丞相、陳主上幽越、社稷焚滅、山陵夷毀之酷、有黍離之痛、温忠慨深烈、言与泗倶、丞相亦与之対泣、叙情既畢、便深自陳結、丞相亦厚相酬

には自《お》のずから管夷吾有り。此れ復《ま》た何をか憂えんや」。

納、既出、懽然言曰、江左自有管夷吾、此復何憂。

▼劉琨（二七一―三一八）は西晋末の幷《へい》州刺史。異民族が暴威を振う現在の山西《さんせい》省において孤軍奮闘した。太原《たいげん》出身の温嶠（二八八―三二九）は劉琨の司馬《しば》――幕僚長――であったが、建《けん》興《こう》五年（三一七）、司馬睿《しばえい》に即位を勧進《かんじん》する使者として江南に派遣された。劉琨の「勧進表」は『文選《もんぜん》』巻三七に収められている。かくして司馬睿はその翌年、西暦三一八年に即位した。元帝である。そして、王導が宰相となった。

「主上幽越」とは、愍帝《びんてい》が平陽《へいよう》に拉致《らち》されたことをいう。「社稷」は土地神と五穀神。国家のもっとも重要な守護神であり、転じて国家の意として用いられる。「黍離」は『詩経』王風の詩。周王朝が洛邑《らくゆう》へ遷都したばかりのころ、一人の重臣がもとの王都である鎬京《こうけい》へ旅行し、そこがすっかり黍《きび》畑となりはてているのを悲しんだ歌謡である。管夷吾は春秋時代の管仲《かんちゅう》。斉《せい》の桓公《かんこう》を輔佐《ほさ》してその霸業を成就させた。

三七　時に所在《しょざい》は饑荒《ききょう》し

当時、各地は大凶作に見舞われ、州内の人物でかねてから郗鑒《ちかん》の恩義に感じていたものたちは、かれに経済的援助をした。郗鑒はもらったものをさらに分配して宗族や郷里の孤児老人にめぐんでやった。そのおかげで生命のたすかったものは莫大な数にのぼった。みんなはたがいにいった。「いまや天子さまは流浪され、中原《ちゅうげん》には覇者はいない。ひとつ仁徳の人物に身をよせようではないか。そのうえで逃亡すればよい」。かくて一致して郗鑒を統領に推し、千余家のものがこぞって魯《ろ》の嶧山《えきざん》に避難した。元帝《げんてい》は江南に鎮守した当初、天子の代理として郗鑒に竜驤《りゅうじょう》将軍・兗《えん》州刺史の位をかしあたえ、鄒山《すうざん》に鎮守させた。そのころ、荀藩《じゅんはん》は李述《りじゅつ》を起用し、劉琨《りゅうこん》は兄の子の演《えん》を起用してどちらも兗州刺史とし、それぞれ一郡に駐屯して力であいてを倒そうとしていた。一州の民はどちらについてよいかわからない。おまけに、徐龕《じょがん》と石勒《せきろく》が左右双方から侵寇して連日の戦争つづき、外部からの救援はなく、民衆は饑饉におちいった。ときには野鼠や穴ごもりの燕を掘りだして食べるありさまだったが、あくまで離反者はなく、三年のあいだに衆の数は数万人に達した。

（『晋書』郗鑒伝）

時に所在は饑荒《きこう》し、州中の士素《も》と其の恩義に感ずる者有って、相い与《とも》に資贍《しせん》す。郗鑒は復《ま》た得る所を分ちて以て宗族及び郷曲《きょうきょく》の孤老《ころう》を賉《あわ》れむ。頼《よ》りて全済する者甚だ多し。咸《み》な相い謂《い》いて曰わく、「今ま天子は播越《はえつ》し、中原に伯《は》無し。当《まさ》に仁徳に帰依すべし。以て後に亡《のが》る可し」。遂《つい》に共に鑒

于時所在饑荒、州中之士素有感其恩義者、相与資贍、郗鑒復分所得、以賉宗族及郷曲孤老、頼而全済者甚多、咸相謂曰、今天子播越、中原無伯、当帰依仁徳、

を推《お》して主と為し、千余家を挙《あ》げて倶《とも》に難を魯の嶧山に避く。元帝の初め江左に鎮《ちん》するや、制を承《う》け、鑒に竜驤将軍・兗州刺史を仮《か》し、鄒山に鎮せしむ。時に荀潘は李述を用い、劉琨は兄の子の演を用いて並びに兗州と為し、各の一郡に屯《とん》して力を以て相い傾く。闔《こう》州の編戸《へんこ》は適《ゆ》く所を知る莫《な》し。又《ま》た徐龕、石勒は左右より交《こもご》も侵《おか》し、日に干戈《かんか》を尋《たず》ね、外に救援無く、百姓《ひゃくせい》は饑饉《ききん》す。或《あ》いは野鼠蟄燕《やそちつえん》を掘りて之を食らうも、終《つい》に叛《そむ》く者無し。三年の間に衆は数万に至る。

可以後亡、遂共推鑒為主、挙千余家、倶避難於魯之嶧山、元帝初鎮江左、承制、仮鑒竜驤将軍兗州刺史、鎮鄒山、時荀潘用李述、劉琨用兄子演、並為兗州、各屯一郡、以力相傾、闔州編戸、莫知所適、又徐龕石勒、左右交侵、日尋干戈、外無救援、百姓饑饉、或掘野鼠蟄燕而食之、終無叛者、三年間、衆至数万。

▼郗鑒については三〇条をあわせて参照のこと。「中原に伯《は》無し」の「伯」は「霸」とおなじ。覇者。嶧山は山東《さんとう》省鄒《すう》県の東南二十五里にあり、一名鄒山とよぶ。荀潘は永嘉のおわりに司空《しくう》となったが、洛陽陥落後、密《みつ》（河南省密）に奔《はし》った。劉琨については前条を参照。徐龕は羯《けつ》族の統領であった石勒の部将。「闔州」とは一州全体の意。「編戸」は戸籍に登録されている民。

この郗鑒の集団は、やがて鄒山をすてて南下をはじめ、合肥《がっぴ》（安徽省合肥）から広陵《こうりょう》（江蘇省揚州）、さらに京口《けいこう》（江蘇省鎮江）へと鎮所を移し、北府とよばれる東晋の精鋭軍団の中核を形成するにいたる。後ほどとりあげる王敦《おうとん》の乱、その鎮圧に威力を発揮したのも北府軍団であった。

三八　過江《かこう》の諸人、美日《びじつ》に至る毎《ごと》に

江南にやってきた人たちは、天気晴朗《せいろう》の日になるときまって新亭《しんてい》におちあい、草をしとねに酒宴を設けたものである。周侯（周顗《しゅうぎ》）が席のなかばで、「風も光もことならないのに、山河のたたずまいはまったくちがっている」と歎息すれば、一同たがいに顔を見あわせて涙を流した。ひとり王丞相（王導）だけはきりっと表情をあらためていった。「われわれ一同、王室と力をあわせ、中原をとりもどさなければならぬ。おめおめ楚《そ》の国の囚《とら》われ人となって対坐してなどおれるものか」。（『世説新語』言語篇）

過江《かこう》の諸人、美日に至る毎《ごと》に輒《すなわ》ち新亭に相い邀《むか》え、卉《き》を藉《し》きて飲宴《いんえん》す。周侯、中坐《ちゅうざ》にして歎じて曰わく、「風景は殊《こと》ならざるも、正《まさ》に自《お》のずから山河の異《こと》なる有り」。皆《み》な相《あい》い視《み》て涙を流す。唯《た》だ王丞相のみ愀然《しゅうぜん》として色を変《あらた》めて曰わく、「当《まさ》に共に力を王室に勠《あ》わせ、神州《しんしゅう》を克復《こくふく》すべし。何ぞ楚囚《そしゅう》と作《な》りて相い対するに至らんや」。

過江諸人、毎至美日、輒相邀新亭、藉卉飲宴、周侯中坐而歎曰、風景不殊、正自有山河之異、皆相視流涙、唯王丞相愀然変色曰、当共勠力王室、克復神州、何至作楚囚相対。

▼東晋《とうしん》王朝は創業されたものの、それは江南半壁の地を保つだけの流寓《りゅうぐう》政権にすぎなかった。江南に流寓してきた人たちは、墳墓の地である華北のことを一日として忘れることはできなかったのである。

新亭は建康《けんこう》城の西南にあった名勝の地。「克復」は武力で失地を恢復すること。蜀《しょく》の後主の「出軍詔」に、「患《うれい》を除き乱を寧《やす》んじ、旧都を克復す」（『三国志』蜀書・後主伝注『諸葛亮集』）とある。「神州」は、戦国時代の騶衍《すうえん》が中国を「赤県神州」とよんだのにもとづく（『史記』孟子荀卿列伝）。「楚囚」は、『左伝《さでん》』成公九年に、晋に執えられた楚《そ》の鍾儀《しょうぎ》についていわれる言葉。なお、周顗《しゅうぎ》（二六九—三二二）は尚書省の長官である尚書左僕射《さぼくや》であった。

三九　祖車騎《そしゃき》の江《こう》を過ぎし時

祖車騎《そしゃき》（祖逖《そてき》）が江南にやってきたころといえば、おかみも民間もつつましやかで、たいしたファッションとてなかった。王（王導）、庾《ゆ》（庾亮）の諸公がそろって祖逖《そてき》のところに出かけたところ、毛皮や綿入れが山と積まれ、高級アクセサリーがところせましとならんでいるのがふと目にとまった。諸公がけげんに思ってたずねると、祖逖はいった。「昨晩またちょっと南塘《なんとう》にくり出したのさ」。祖逖はそのころいつも若い衆に戦《いく》さ太鼓を打たせてかっぱらいをやらせていたが、当局者たちも見て見ぬふりをしていたのである。（『世説新語』任誕篇）

祖車騎の江《こう》を過ぎし時、公私は倹薄《けんはく》、好き服玩《ふくがん》無し。王庾の諸公共に祖に就《つ》き、忽《たちま》ち裘袍《きゅうほう》の重畳《ちょうじょう》し、珍飾《ちんしょく》の盈列《えいれつ》するを見る。諸公怪《あや》しんで之を問う。祖曰わく、「昨夜復《ま》た南塘に一出す」。祖は時に于《お》いて恒《つね》に自《お》のずから健児《けんじ》をして鼓行劫鈔《ここうごうしょう》せしむるも、在事《ざいじ》の人も亦《ま》た容《ゆる》して問わず。

祖車騎過江時、公私倹薄、無好服玩、王庾諸公共就祖、忽見裘袍重畳、珍飾盈列、諸公怪問之、祖曰、昨夜復南塘一出、祖于時恒自使健児鼓行劫鈔、在事之人、亦容而不問。

▼南塘《なんとう》は建康城の南を流れる秦淮《しんわい》水の南岸にきずかれた堤。祖逖《そてき》（二六六―三二一）も、郗鑒《ちかん》とおなじように、華北の混乱を親党数百家とともに淮水《わいすい》、泗《し》水《すい》の地域に避け、やがて江南にやってきた北来軍団の統領であった。しかし、掠奪行為だけではなく、「神州《しんしゅう》の克復《こくふく》」に生命をかけたおとこであったこと、祖車騎とよばれる理由とともにつぎの条に明らかである。

四〇　祖逖《そてき》は司空《しくう》の劉琨《りゅうこん》と倶《とも》に

祖逖《そてき》は司空《しくう》の劉琨《りゅうこん》とそろってますらおぶりで名を知られた。二十四歳のとき、劉琨と同時に司《し》州の部長として召され、友情は纏綿《てんめん》として一枚の布団で眠った。夜なかに鶏が鳴くのを聞き、二人そろって起きだしていうのには、「こいつは悪い声じゃない」。いつも世情についてかたりあうときには、真夜中でも起きだして腰をかけ、あいてにいったものだ。

「もし天下が鼎《かなえ》のようにわきたち、豪傑どもがいっせいに決起するときには、ぼくはそなたと中原に身を避けよう」。

汝南《じょなん》の太守《たいしゅ》となったとき、たまたま都がひっくりかえると、数百家の流民をひきつれて江南に遷った。泗水《しすい》の合流点まで行きつき、安東《あんとう》将軍から仮に徐《じょ》州の刺史を命ぜられた。祖逖は豪気のものとて、たえず悲憤慷慨《ひふんこうがい》しては中原こそ自分のはたらき場所とこころえ、そこで中宗《ちゅうそう》（元帝）に中原の恥をそそいでその地をとりかえす計略を説き、予《よ》州の刺史を拝命のうえ、自由に招募することをゆるされた。祖逖《そてき》はかくて百余家からなる部隊をひきつれて長江を北に渡った。そのさい誓いをたてていう。「この祖逖さまが中原を一掃せずしてふたたびここを渡ること、この大江《おおかわ》のごとくあらん」。町を攻め土地をかすめ取り、義士たちをなつけ、しばしば石虎《せきこ》の出鼻をくじいたため、石虎はもはや黄河の南をうかがおうとはせず、石勒《せきろく》は祖逖の母の墓のために墓守役人をおくほどだった。劉琨は旧知のものにつぎのような書簡をおくった。「ぼくは戈《ほこ》を枕に夜の明けるのを待ちかね、逆虜《ぎゃくりょ》どもの首をさらしてやりたい志をいだいているが、祖君がぼくに先んじて唾《つば》をつけてしまいはせぬかとたえず恐れている」。

たまたま病気のために死んだが、それにさきだって、不気味な星が予州の方面の空にあらわれた。祖逖はいった。「これはきっとぼくのためだ。天は賊を滅ぼすことをまだ欲してはいないからだろう」。車騎《しゃき》将軍の位を贈られた。（『世説新語』賞誉篇注『晋陽秋』）

祖逖は司空の劉琨と倶《とも》に雄豪《ゆうごう》を以て名を著《あら》わす。年二十四にして、琨と同《とも》に司州の主簿《しゅぼ》に辟《め》さる。情好は綢繆《ちゅうびゅう》、被《ひ》を共にして寝《い》ぬ。中夜《ちゅうや》に鶏鳴《けいめい》を聞き、倶《とも》に起きて曰わく、「此れ悪声に非《あら》ざるなり」。毎《つね》に世事《せじ》を語り、或《ある》いは中宵《ちゅうしょう》に起坐《きざ》し、相い謂いて曰わく、「若《も》し四海鼎沸《ていふつ》し、豪傑共に起《た》たば、吾は足下と中原に相い避けん耳《のみ》」。汝南の太守と為るや、京師《けいし》の傾覆《けいふく》するに値《あ》い、流民数百家を率《ひき》いて南度《なんと》す。行きて泗口《しこう》に達し、安東は板《ばん》もて徐州刺史と為す。逖は既に豪才有り、常に慷慨して中原を以て己《おの》れの任と為し、乃《すなわ》ち中宗に神州を雪復《せっふく》するの計を説く。拝して予州刺史と為し、自《みず》から招募《しょうぼ》せしむ。逖は遂に部曲《ぶきょく》百余家を率《ひき》い、北のかた江を度《わた》り、誓って曰わく、「祖逖若《も》し中原を清めずして復《ま》た此れを済《わた》る者、大江《たいこう》の如き有らん」。城を攻め地を略し、義士を招懐《しょうかい》し、屢《しばし》ば石虎を摧《くじ》く。虎は敢《あ》えて復《ま》た河南を闚《うかが》わず。石勒は逖の母の墓の為に守吏《しゅり》を置く。劉琨は親旧《しんきゅう》に書を与えて曰わく、「吾は戈《ほこ》を枕にして旦《あした》を待ち、逆虜を梟《さら》さんと志ざすも、常に祖生の吾に先んじて鞭《べん》を著《つ》くを恐るる耳《のみ》」。其の病卒するに会《あた》り、先に妖星《ようせい》の予《よ》州の

祖逖与司空劉琨倶以雄豪著名、年二十四、与琨同辟司州主簿、情好綢繆、共被而寝、中夜聞鶏鳴、倶起曰、此非悪声也、毎語世事、或中宵起坐、相謂曰、若四海鼎沸、豪傑共起、吾与足下相避中原耳、為汝南太守、値京師傾覆、率流民数百家南度、行達泗口、安東板為徐州刺史、逖既有豪才、常慷慨以中原為己任、乃説中宗雪復神州之計、拝為予州刺史、使自招募、逖遂率部曲百余家、北度江、誓曰、祖逖若不清中原而復済此者、有如大江、攻城略地、招懐義士、屢摧石虎、虎不敢復闚河南、石勒為逖母墓置守吏、劉琨与親旧書曰、吾枕戈待旦、志梟逆虜、常恐祖生先

分《ぶん》に見《あら》わるる有り。逖曰わく、「此れ必らず我の為なり。天は未《いま》だ寇《こう》を滅ぼすを欲せざるが故耳《のみ》」。車騎将軍を贈らる。

吾著鞭耳、会其病卒、先有妖星、見予州分、逖曰、此必為我也、天未欲滅寇故耳、贈車騎将軍。

▼鶏が夜中に鳴くのは、一般に戦乱を告げる不吉のしるしと考えられた。安東将軍は司馬睿《しばえい》。「板《ばん》もて徐州刺史と為す」の「板」は、中央からの辞令がくだらない授官をいう。そのころ愍《びん》帝《てい》は平陽《へいよう》に拉致され、司馬睿はまだ即位以前であった。「大江の如き有らん」は、誓いの言葉の結びのきまり文句。たとえば『南斉書《なんせいじょ》』始《し》安《あん》王遥光《ようこう》伝に、「信賞必罰、大江の如き有らん」。かかる表現のそもそもは、『左伝』僖公二十四年のつぎの記事であろう。晋の公子の重耳《ちょうじ》、すなわち後に晋の文公となる人物の即位前における諸国放浪時代のこと、秦にやって来るや、黄河のほとりで従者の子犯とつぎのように約束をかわす。「舅氏《きゅうし》と心を同じくせざる所の者有らば、白水の如き有らん」。そのうえで誓いのしるしとして璧玉を黄河に投げこんだ。舅氏とは母方の叔父のこと。子犯と重耳とは叔父と甥の関係であった。『左伝』の注釈の『正義』にはつぎのようにある。「諸《もろ》ろの有如（如き有らん）と言うは、皆な是れ誓いの辞《ことば》。有如日（日の如き有らん）、有如河（河の如き有らん）、有如皦日《きょうじつ》（皦日の如き有らん）、有如白水（白水の如き有らん）は、皆な明白の義を取り、心の明白なること、日の如く水の如きを言うなり」。石虎（二九五―三四九）、石勒（二七四―三三三）はともに羯《けつ》族の出身。石勒は襄《じょう》国（河北省邢台《けいだい》）を都とした後趙《こうちょう》王国の君主。石虎は石勒の従子《おい》。祖逖は范陽遒《はんようしゅう》（河北省涞水《らいすい》）の人で

あり、母の墓はそこにあったのであろう。

五章　苦悩する東晋王朝

晋《しん》王朝は江南に再興されたけれども、元帝《げんてい》および元帝を継いだ明帝《めいてい》の二代にわたって王朝の内外を震撼させたのは、王朝の再興に尽力し、長江中流地域のしずめとして荊州刺史《けいしし》に任ぜられていた王敦《おうとん》が、永昌《えいしょう》元年（三二二）、武昌《ぶしょう》（湖北省鄂州《こほくしょうがくしゅう》）に兵を挙げたことである。王敦は劉隗《りゅうかい》や刁協《ちょうきょう》など君側《くんそく》の姦《かん》を除くことを大義名分として挙兵した。東晋王朝にとっても、また琅邪《ろうや》の王氏の人たちにとっても大事件であった王敦の乱は、公人としてまた私人としての王導《おうどう》の手腕によってなんとかのりきることができたものの、第三代成帝《せいてい》の咸和《かんわ》二年（三二七）には、またまた蘇峻《そしゅん》の乱がおこる。東晋王朝の苦悩は深い。

四一　王右軍《おうゆうぐん》、年十歳を減《げん》ぜし時

王右軍《おうゆうぐん》（王羲之《おうぎし》）がまだ十歳になる以前のことだ。大将軍（王敦）はとても可愛がって、いつもおなじベッドのカーテンのなかで眠らせた。大将軍はあるときさきに起きだしたが、右軍はまだ起きてこない。ほどなく銭鳳《せんほう》が部屋に入ってきて、人ばらいをしたうえ相談をはじめ、右軍がカーテンのなかにいることもすっかり忘れて謀叛《むほん》の計画を話しあった。目ざめた右軍は、ことの次第を聞いてしまった以上、生かしておいてはもらえまいと観念した。そこで、指をつっこんでへどを吐きだし、顔や布団《ふとん》をべとべとに汚すと、眠りこけているふりをよそおった。王敦は相談のなかばで、右軍が起きてこないことにやっと気づいた。二人はおおいにうろたえていう。「片づけてしまわねばならぬ」。カーテンを開けてみると、あたり一面に吐きちらしているではないか。本当に熟睡しているのだと信じた。こうして生命《いのち》びろいした。当時、かれの智恵者ぶりをたたえたものである。(『世説新語』仮譎篇)

王右軍年減十歳時、大将軍甚愛之、恒置帳中眠、大将軍嘗先出、右軍猶未起、須臾銭鳳入、屏人論事、都忘右軍在帳中、便言逆節之謀、右軍覚、既聞所論、知無活理、乃剔吐汙頭面被褥、詐孰眠、敦論事造半、方意右軍未起、相与大驚曰、不得不除之、

王右軍、年十歳を減《げん》ぜし時、大将軍は甚だ之を愛し、恒《つね》に帳中《ちょうちゅう》に置きて眠らしむ。大将軍嘗《か》つて先に出ずるも、右軍は猶《な》お未だ起きず。須臾《しゅゆ》にして銭鳳入り、人を屏《しりぞ》けて事を論じ、都《すべ》て右軍の帳中に在るを忘れ、便《すなわ》ち逆節の謀《はかりごと》を言う。右軍覚《めざ》め、既に論ずる所を聞けば、活《い》くる理無きを知り、乃ち剔吐《てきと》して頭面《とうめん》と被褥《ひじょく》を汙《けが》し、詐《いつわ》って孰眠《じゅくみん》す。敦は事を論じて半《なか》ばに造《いた》り、方《はじ》めて右軍の未だ起きざるを意《おも》う。相い与《とも》に大いに驚いて曰わく、「之を除かざるを得ず」。

帳を開くに及んで、乃ち吐唾《とだ》すること従横《じゅうおう》なるを見、其の実《まこと》に孰眠すと信ず。是《ここ》に於いて全きを得たり。時に其の智有るを称す。

及開帳、乃見吐唾従横、信其実孰眠、於是得全、于時称其有智。

▼王右軍は、右軍将軍であったがゆえにそうよびならわされる書聖王羲之《おうぎし》（三〇七？―三六五？）。王羲之の父と王敦とはいとこ同士であった。ただし、この話の主人公を王羲之とすることには事実とあわぬ点があり、王允之《おういんし》の話とするのがよいようである。銭鳳は王敦の懐刀。王敦がいずれ謀叛人となるべき残忍で豪胆な人物であったことを印象づける話を二条とりあげてみよう。

四二　石崇《せきすう》は客を要《むか》えて燕集《えんしゅう》する毎《ごと》に

石崇《せきすう》は客をまねいて宴会をひらくときには、いつもホステスにお酌をさせ、客のなかに盃をほさないものがあると、茶坊主に命じてホステスをめった斬りにさせた。王丞相《おうじょうしょう》（王導）が大将軍（王敦《おうとん》）とあるとき連れだって石崇をおとずれた。丞相はふだんから飲めもしないのに、ついつい無理をしてひどく酔っぱらってしまったが、大将軍のところにまわってくると、まったく口をつけず、なりゆきをうかがっている。すでに三人が斬られたというのに、眉の根ひとつ動かさず、それでもまだ飲もうとはしない。丞相が責めると、

大将軍はいった。「かってにやつの家のものを殺しているのだ。おまえには何も関係がないじゃないか」。(『世説新語』汰侈篇)

石崇は客を要《むか》えて燕集《えんしゅう》する毎《ごと》に、常に美人《びじん》をして酒を行《めぐ》らしめ、客の酒を飲みて尽《つ》くさざれば、黄門をして美人を交《こう》斬《ざん》せしむ。王丞相は大将軍と嘗《か》つて共に崇に詣《いた》る。丞相は素《も》と飲む能《あた》わざるも、輒《すなわ》ち自《みず》から勉彊《べんきょう》し、沈酔《ちんすい》するに至る。大将軍に至る毎《ごと》に、固《もと》より飲まず、以て其の変を観《み》る。已《すで》に三人を斬《き》るも、顔色は故《もと》の如く、尚《な》お飲むを肯《がえ》んぜず。丞相之《これ》を譲《せ》む。大将軍曰わく、「自《お》のずから伊《かれ》の家人を殺す。何ぞ卿《けい》の事に預《あず》からんや」。

石崇毎要客燕集、常令美人行酒、客飲酒不尽者、使黄門交斬美人、王丞相与大将軍嘗共詣崇、丞相素不能飲、輒自勉彊、至于沈酔、毎至大将軍、固不飲、以観其変、已斬三人、顔色如故、尚不肯飲、丞相譲之、大将軍曰、自殺伊家人、何預卿事。

▼西晋時代の話である。石崇(二四九—三〇〇)は荊《けい》州刺史時代にきずいた巨万の富をもって豪奢無頼の生活にふけった人物。「黄門」は宦者。

四三　石崇の廁《かわや》には常に十余婢《ひ》

石崇のところのトイレットには、いつも十人あまりの腰元が列をなしてひかえ、それぞれ美しい衣裳をアクセサリーで飾りたて、甲煎粉《こうせんふん》や沈香汁《じんこうじゅう》のたぐいが用意されて至れりつくせりであった。そのうえ、あたらしい着物をわたし、着がえたうえで外に出させる。客はとても羞《は》ずかしがってトイレットにゆけなかった。王大将軍（王敦）が出かけると、もとの着物をぬぎすて、あたらしい着物をつけてふんぞりかえっている。腰元たちはたがいにいった。「このおかたはきっと謀叛《むほん》をやってのけなさるわ」。（『世説新語』汰侈篇）

石崇の厠《かわや》には常に十余婢《ひ》の侍列《じれつ》する有って皆《み》な麗服藻飾《れいふくそうしょく》し、甲煎粉《こうせんふん》、沈香汁《じんこうじゅう》の属《たぐい》を置き、畢《ことごと》く備わらざるは無し。又《ま》た新衣を与《あた》えて著《つ》けて出ださしむ。客は多く羞《は》じ、厠に如《ゆ》く能わず。王大将軍の往《ゆ》くや、故衣《こい》を脱《ぬ》ぎ、新衣《しんい》を著《つ》け、神色《しんしょく》は傲然《ごうぜん》。群婢《ぐんぴ》は相い謂いて曰わく、「此の客は必らず能《よ》く賊《ぞく》を作《な》さん」。

石崇厠常有十余婢侍列、皆麗服藻飾、置甲煎粉沈香汁之属、無不畢備、又与新衣著令出、客多羞、不能如厠、王大将軍往、脱故衣、著新衣、神色傲然、群婢相謂曰、此客必能作賊。

▼甲煎粉と沈香汁は香料と香水。さしずめ、コティとシャネルといったところ。

四四　王敦《おうとん》既に下り

王敦《おうとん》は長江を下り、石頭《せきとう》に船をとどめると、明帝《めいてい》を廃そうとの心をいだいた。賓客は坐にみちている。王敦は帝が聡明であることを知っていたので、不孝のかどで廃位においこもうと考え、なにかにつけて帝の不孝の行状を述べたてはそのたびにこういった。「温《おん》太真《たいしん》（温嶠《おんきょう》）のしゃべったことだ。温はむかし東宮の侍衛《じえい》をつとめておった。その後、わしの司馬《しば》となったのでなにもかも知っているのだ」。ほどなく温嶠がやってきた。王敦はさっそく威たけだかに温嶠にたずねた。「皇太子の人柄はどうだ」。温嶠「小人には君子のことなど見当がつきません」。王敦は言葉と表情をあらげ、おどしつけて自分に従わせようと、そこでかさねて温嶠にたずねた。「太子はどこに美点があるというのだ」。温嶠「深みに釣針《つりばり》をたれ、遠いものをひきよせようとしても、浅智恵のものには見当もつきかねます。さりながら、礼のおしえどおりに親御《おやご》さまにおつかえになっておられるのは、孝とたたえてよろしいでしょう」。（『世説新語』方正篇）

王敦既《すで》に下り、船を石頭に住《とど》むるや、明帝を廃する意有らんと欲す。賓客は坐に盈《み》つ。敦は帝の聡明なるを知り、不孝を以て之を廃せんと欲す。毎《つね》に帝の不孝の状を言い、而《しこ》うして皆な云わく、「温太真の説く所。温は嘗《か》って東宮の率《そつ》と為り、後に吾《わ》が司馬と為り、甚だ之を悉《つ》くす」。須臾《しゅゆ》にして温来る。敦は便《すなわ》ち其の威容《いよう》を奮《ふる》い、温に問いて曰わ

王敦既下、住船石頭、欲有廃明帝意、賓客盈坐、敦知帝聡明、欲以不孝廃之、毎言帝不孝之状、而皆云温太真所説、温嘗為東宮率、後為吾司馬、甚悉之、須臾温来、敦便奮其威容、問温曰、

く、「皇太子の人と作《な》りは何似《いかん》」。温曰わく、「小人《しょうじん》は以て君子を測《はか》る無し」。敦は声色《せいしょく》並びに厲《はげ》まし、威力《いりき》を以て己《おの》れに従わしめんと欲し、乃ち重《かさ》ねて温に問う、「太子は何を以て佳《か》と称するや」。温曰わく、「深きに鉤《かぎ》し遠きを致すは、蓋《けだ》し浅識《せんしき》の測《はか》る所に非《あら》ず。然れども礼を以て親に侍《じ》するは、称して孝と為す可し」。

皇太子作人何似、温曰、小人無以測君子、敦声色並厲、欲以威力使従己、乃重問温、太子何以称佳、温曰、鉤深致遠、蓋非浅識所測、然以礼侍親、可称為孝。

▼温嶠については三六条を参照のこと。一時期、王敦の左司馬《さしば》をつとめていたことがあるが、王敦の乱のころには、都知事にあたる丹陽《たんよう》の尹《いん》であった。石頭は建康《けんこう》城の西方、長江にのぞむ要衝。石頭城が築かれていた。東宮率《そつ》は東宮づきの属官。軍隊をひきいて警護にあたる。司馬は将軍の幕府の属官。位は長史《ちょうし》につぎ、いわば参謀部長。「小人」と「君子」は対語。『左伝《さでん》』昭公二十八年に、「小人の腹を以て君子の心と為す」とある。「深きに鉤《かぎ》し遠きを致す」は『易経』繋辞《けいじ》上伝の言葉。「賾《さく》を探り隠を索《もと》め、深きに鉤《かぎ》し遠きを致し、以て天下の吉凶を定め、天下の亹亹《びび》を成す者は、蓍亀《しき》より善《よ》きは莫《な》し」。

四五　王大将軍《おうだいしょうぐん》の事を起《おこ》すや

王大将軍（王敦）が謀叛をおこすと、丞相（王導）の兄弟は宮城の城門におもむいて罪をわびた。周侯（周顗《しゅうぎ》）は王家の人たちのことを心の底から心配し、参内《さんだい》しようとするはじめからとても沈痛な表情である。丞相は周侯に、「一家のことはそちらにおまかせしましたぞ」とよびかけるが、周はすたすたと通りすぎてこたえない。参内すると、必死になって助命につとめた。そして、ゆるされることがきまると、周顗はおおよろこびして祝盃をあげた。退出してきても、王家の人たちはあいかわらず城門のところにたっている。周顗はいった。「今年こそ賊どもをやっつけ、ひしゃくほどもでっかい金印《きんいん》をいただいて腕の後にぶらさげてみせるぞ」。大将軍が石頭《せきとう》にのりこむと、丞相にたずねた。「周侯を三公《さんこう》にしてよかろうか」。丞相はこたえない。あらためてたずねた。「尚書令《しょうしょれい》にしてよかろうか」。やはりこたえない。そこでいった。「ならば、殺すよりほかはあるまい」。やはりおし黙ったままである。周侯が殺害されてから、丞相はようやく周侯が自分をたすけてくれたことを知って悲歎にくれた。「わしが周侯どのを殺したわけではない。だが、周侯どのはわしのせいで死んだのだ。あの世であの人に借りがある」。（『世説新語』尤悔篇）

王大将軍の事を起すや、丞相兄弟は闕《けつ》に詣《いた》りて謝す。周侯は深く諸王を憂《うれ》う。始めて入るに、甚だ憂色有り。丞相は周侯を呼んで曰わく、「百口は卿に委《ゆだ》ぬ」。周は直《ただ》ちに過ぎて応ぜず。既に入るや、苦《ねんご》ろに相い存救《そんきゅう》す。既に釈《ゆる》さるる

王大将軍起事、丞相兄弟詣闕謝、周侯深憂諸王、始入、甚有憂色、丞相呼周侯曰、百口委卿、周直過不応、既入、苦相存救、既釈、

や、周は大いに説《よろこ》びて飲酒す。出ずるに及んで、諸王は故《もと》のごとく門に在り。周曰わく、「今年、諸賊奴《しょぞくど》を殺し、当《まさ》に金印の斗大《とだい》の如きを取りて肘後《ちゅうご》に繫《か》くべし」。大将軍、石頭に至るや、丞相に問いて曰わく、「周侯は三公と為す可き不《や》」。丞相答えず。又《ま》た問う、「尚書令と為す可き不《や》」。又《ま》た応ぜず。因《よ》って云わく、「此《か》くの如くんば唯《た》だ当《まさ》に之を殺すべき耳《のみ》」。復《ま》た黙然《もくねん》たり。周侯の害せらるるに逮《およ》んで、丞相は後に周侯の己《おの》れを救うを知り、歎《たん》じて曰わく、「我は周侯を殺さざるも、周侯は我に由《よ》って死す。幽冥《ゆうめい》中、此の人に負《お》う」。

周大説飲酒、及出、諸王故在門、周曰、今年殺諸賊奴、当取金印如斗大繫肘後、大将軍至石頭、問丞相曰、周侯可為三公不、丞相不答、又問、可為尚書令不、又不応、因云、如此唯当殺之耳、復黙然、逮周侯被害、丞相後知周侯救己、歎曰、我不殺周侯、周侯由我而死、幽冥中負此人。

▼「百口」は百人。一家、一族を意味する慣用語である。「金印」は丞相、将軍など二品官以上のものがもらい、紫綬《しじゅ》、すなわち紫色の帯でぶらさげる。三公は太尉《たいい》、司徒《しと》、司空《しくう》。尚書令は尚書省の長官。周顗は、永昌元年（三二二）、王敦によって殺害された。

四六　王処仲《おうしょちゅう》は酒後《しゅご》の毎《ごと》に

王処仲《おうしょちゅう》（王敦《おうとん》）は酒がすむと、きまって「老《お》いたる馬は厩《うまや》に伏《ふ》せども、めざすは千里のかなた。猛《たけ》きおのこは年《よわい》かたむくも、壮《さか》んなる心はつきず」とうなりつつ、如意《にょい》で唾壺《たんつぼ》をたたいた。壺の口はすっかりかけおちてしまった。（『世説新語』豪爽篇）

王処仲は酒後の毎《ごと》に輒《すなわ》ち「老驥《ろうき》は櫪《うまや》に伏《ふ》すも、志は千里に在り。烈士《れっし》の莫《ぼ》（暮）年《ねん》、壮心已《や》まず」と詠《えい》じ、如意《にょい》を以て唾壺《だこ》を打つ。壺口は尽《ことごと》く欠《か》く。

王処仲毎酒後、輒詠老驥伏櫪、志在千里、烈士莫年、壮心不已、以如意打唾壺、壺口尽欠。

▼王敦がうなったのは、曹操《そうそう》の楽府《がふ》「歩出夏門行《ほしゅつかもんこう》」。「如意」は払子《ほっす》。永昌《えいしょう》元年（三二二）に都に攻めこんだ王敦は、丞相・江《こう》州牧の位を獲得したうえ、いったん本拠地の武昌《ぶしょう》にひきあげたが、同年、元帝《げんてい》が崩じ明帝《めいてい》が即位すると、ふたたび王朝をおどしつけて揚州牧の地位をせしめ、都に近い姑孰《こじゅく》（安徽省当塗）に移鎮した。しかしそのころ、かれの肉体はすでに病魔にむしばまれ、太寧《たいねい》二年（三二四）、王朝がさしむけた討伐軍との合戦のさなかに死んだ。こうして、東晋王朝はしばしの平穏の時間をたのしむ。

四七　庾《ゆ》公《こう》は権《けん》重く

庾《ゆ》公《こう》（庾亮《ゆりょう》）は実権派として王公（王導）をしのぐほどの勢いであった。庾亮は石頭城《せきとうじょう》に、王導は冶城《やじょう》に坐している。大風が塵をまきあげると、王導は扇で塵をはらいながら、

「元規《げんき》どのはわしを塵まみれにしおる」。（『世説新語』軽詆篇）

庾公は権重く、王公を傾くに足る。庾は石頭に在り、王は冶城に在《あ》りて坐《ざ》す。大風の塵《ちり》を揚《あ》ぐるや、王は扇を以て塵を払《はら》いて曰わく、「元規は人を塵汙《じんお》す」。

庾公権重、足傾王公、庾在石頭、王在冶城坐、大風揚塵、王以扇払塵曰、元規塵汙人。

▼東晋第三代の皇帝となった幼主の成帝《せいてい》を輔佐する中書令《ちゅうしょれい》庾亮（二八九―三四〇）は明帝の皇后の兄、すなわち成帝のおじ。その実権は王導をしのいだ。『晋書《しんじょ》』庾亮伝にいう。「王導の輔政するや、寛和《かんわ》を以て衆を得るも、亮は法に任じて物《たみ》を裁《あし》らい、頗《すこぶ》る此れを以て人心を失う」。王導はハト派、庾亮はタカ派の政治家であったのである。元規はもとより庾亮の字《あざな》。冶城は建康《けんこう》城の西南の郊外に存在した。三国呉《ご》の時代に冶鋳《やちゅう》を行なったところなのでこの名がある。

四八　丞相《じょうしょう》嘗《か》つて夏月《かげつ》に石頭《せきとう》に至りて

丞相《じょうしょう》（王導）がある夏の日に石頭に出かけて庾公《ゆこう》（庾亮）を見舞うと、庾公は執務のまっさいちゅうである。丞相が「暑さのおりとてすこし手をぬかれては」というと、庾公「貴公がさぼっておられるのを、世間でもよいことだとは考えておりませんぞ」。（『世説新

語』政事篇）

丞相嘗《か》つて夏月《かげつ》に石頭に至りて庾公を看《み》る。庾公正《まさ》に事を料《りょう》す。丞相云わく、「暑ければ小《すこ》しく之《これ》を簡《かん》にす可し」。庾公曰わく、「公の事を遺《わす》る、天下も亦《また》た未《いま》だ以て允《よ》しとは為さず」。

丞相嘗夏月至石頭看庾公、庾公正料事、丞相云、暑可小簡之、庾公曰、公之遺事、天下亦未以為允。

四九　蘇峻《そしゅん》既に石頭に至るや

蘇峻《そしゅん》が石頭にのりこんでくると、百官たちはちりぢりに逃亡したが、侍中《じちゅう》の鍾雅《しょうが》だけは帝のそばを離れない。ある人が鍾雅にいった。「よしと見たら進み、だめだとわかれば退くのが古《いにしえ》のやりかただ。君の一本気の性格では、きっと賊軍に見のがしてはもらえまい。なぜ風見鶏《かざみどり》の態度をとらずにむざむざと死を待っているのだ」。鍾「国は乱れているのに正《ただ》すこともできず、主上は窮地にたっておられるのにおたすけすることもできず、めいめい言いのがれをしては延命をはかっている。ぼくは董狐《とうこ》がノートを手にとってやって来はせぬかとびくびくしているのだ」。（『世説新語』方正篇）

蘇峻既《すで》に石頭に至るや、百僚は奔散《ほんさん》するも、唯《た》だ侍中の鍾

蘇峻既至石頭、百僚奔散、唯侍

雅のみ独《ひと》り帝の側《かたわら》に在り。或《あ》るひと鍾に謂《い》いて曰わく、「可《か》を見て進み、難《なん》を知って退《しりぞ》くは、古の道なり。君は性亮直《りょうちょく》、必らず寇讎《こうしゅう》に容《ゆる》されじ。何ぞ時に随うの宜《ぎ》を用いずして坐して其の弊《へい》を待つ邪《や》」。鍾曰わく、「国乱るるも匡《ただ》す能《あた》わず、君危うきも済《すく》う能《あた》わずして、各の遜遁《そんとん》して以て免れんことを求む。吾は董狐《とうこ》の将《まさ》に簡を執《と》りて進まんとするを懼《おそ》る」。

中鍾雅独在帝側、或謂鍾曰、見可而進、知難而退、古之道也、君性亮直、必不容於寇讎、何不用随時之宜而坐待其弊邪、鍾曰、国乱不能匡、君危不能済、而各遜遁以求免、吾懼董狐将執簡而進矣。

▼成帝の咸和《かんわ》二年（三二七）、冠軍《かんぐん》将軍・歴陽内史《れきようないし》の蘇峻がまたもや歴陽（安徽省和）に兵を挙げた。蘇峻は北来軍団の統領の一人である。王敦の乱の平定に手柄があったにもかかわらず、執政の庾亮《ゆりょう》が王導たちの反対をおしきって蘇峻軍団の兵力をそごうとしたのに抗議したのである。祖逖《そてき》の弟の鎮西《ちんぜい》将軍・予《よ》州刺史祖約《そやく》も呼応した。二万の軍勢をひきいて都に攻めこんだ蘇峻は、石頭城に陣どり、成帝もそこに遷された。

『左伝《さでん》』宣公十二年に、「可《か》を見て進み、難を知って退くは、軍の善政なり」。『易経』随《ずい》の卦《か》に、「時に随うの義（宜）、大なる哉《かな》」。また『左伝』襄《じょう》公二十五年に、「君昏《くら》くして匡《ただ》す能《あた》わず、危うくして救う能《あた》わず」とある。董狐は春秋時代の晋《しん》の史官。趙穿《ちょうせん》が晋の霊《れい》公をあやめたとき、宰相の趙盾《ちょうとん》は国外亡命をはかったが、まだ国境をこえないうちにひきかえしてきた。董狐は「趙盾、其の君を弑《あや》めり」と記録した。趙盾が事実ではないと抗議すると、董狐はいった。「子《なんじ》は正卿《せいけい》為り。亡《に》げて竟《さかい》を越えず、反《かえ》りて賊を討たず。子《なんじ》に非《あら》ずして誰ぞ」。孔子は「董狐は古の良き史《ふひと》なり」とたたえた。『左伝』宣公二年にみえる話である。またおなじく『左伝』襄公二十五年に、董狐とあいならぶ良史として名だかい斉《せい》の南史氏《なんし》について、「簡《かん》を執《と》りて以て往く」とある。「簡」は記録のための木簡ないし竹簡。史官は歴史の冷徹な批判者である、というのが中国の伝統である。

五〇　蘇峻の乱、諸庾《ゆ》は逃散《とうさん》す

蘇峻《そしゅん》の乱にあたって、庾《ゆ》氏の人たちはちりぢりに逃亡した。当時、呉《ご》郡の太守であった庾冰《ゆひょう》は単身で落ちのびた。民も役人もすっかりいなくなってしまったなかで、たったひとり郡づとめの足軽だけが小船に庾冰をのせて銭塘江《せんとうこう》の河口に脱出し、アンペラのおおいをかけた。そのころ、蘇峻は懸賞づきで庾冰の行方をさがし、各地にきびしく検問するよういいわたした。足軽は船を市場の河岸に乗りすてたまま、酒を飲んでほろ酔いきげんでもどってくると、棹《ふなざお》を振りまわしながら船にむかっていった。「どこをいったい庾呉郡《ゆごぐん》をさがしているんだ。このなかにいるのがそれじゃ」。庾冰はふるえがとまらぬが、身動きするわけにはゆかぬ。見回りの役人は、船が小さく、造りもみすぼらしいのを見ると、足軽が酔ってふざけているのだと思い、まったく疑いをもたなかった。こうして、わざわざ銭塘江を向こう岸までおくりとどけ、山陰（浙江省紹興）の魏《ぎ》家にあずけてことなきを得た。

その後、事件がかたづくと、庾冰は足軽に恩がえしをして望みをかなえてやろうと思った。足軽はいった。「しがない生まれのわっし、名誉や地位はほしくありません。わかいころからの下積みの生活で、いつも思いっきり酒の飲めぬのがつろうござんした。酒さえ十分にあれば、余生は満足です。ほかには何もいりません」。庾冰は大きな屋敷をたててやり、下男と下女を買いあたえ、家のなかに百石の酒をそなえて一生をおくらせてやった。当時、この足軽は智恵があるだけではない、人生の達人だ、といったものだ。（『世説新語』任誕篇）

蘇峻乱、諸庾逃散、庾冰時為呉郡、単身奔亡、民吏皆去、唯郡卒独以小船載冰、出銭塘口、蘧篨覆之、時峻賞募覔冰、属所在捜検甚急、卒捨船市渚、因飲酒酔還、舞棹向船曰、何処覔庾呉郡、此中便是、冰大惶怖、然不敢動、監司見船小装狭、謂卒狂酔、都不復疑、自送過淛江、寄

蘇峻の乱、諸庾は逃散《とうさん》す。庾冰は時に呉《ご》郡と為り、単身奔《ほん》亡《ぼう》す。民吏皆《み》な去り、唯《た》だ郡卒《ぐんそつ》独《ひと》り小船を以て冰を載《の》せ、銭塘口《せんとうこう》に出で、蘧篨《きよじよ》もて之を覆《おお》う。時に峻は賞募《しようぼ》して冰を覔《もと》め、所在に属《しよく》して捜検《そうけん》せしむること甚だ急なり。卒《そつ》は船を市渚《ししよ》に捨て、因《よ》って酒を飲みて酔い還《かえ》り、棹《さお》を舞わし船に向かいて曰わく、「何《いず》れの処《ところ》にか庾呉郡を覔《もと》む。此の中便《すなわ》ち是《こ》れなり」。冰《ひよう》は大いに惶怖《こうふ》するも、然れども敢《あ》えて動かず。監司《かんし》は船の小さく装《よそお》いの狭きを見て、卒の狂酔すと謂《おも》い、都《すべ》て復《ま》た疑わず。自《みず》から送りて淛《せつ》江を過ぎ、山陰《さんいん》

の魏家に寄せて免るるを得たり。後《の》ち事平《たいら》ぐや、氷は卒に報《むく》い、其の所願《しょがん》を適《かな》えしめんと欲す。卒曰わく、「厮下《しか》に出自し、名器《めいき》を願わず。少《わか》きより執鞭《しつべん》に苦しみ、恒《つね》に快《こころ》よく飲酒するを得ざるを患《うれ》う。其の酒をして足らしむれば、余年《よねん》は畢《おわ》れり。復《ま》た須《もち》うる所無し」。氷は為に大舎を起《た》て、奴婢《ぬひ》を市《か》い、門内をして百斛《こく》の酒有らしめ、其の身を終《お》えしむ。時に此の卒は唯《た》だに智有るのみには非《あら》ず、且《か》つ亦《ま》た生に達すと謂う。

山陰魏家得免、後事平、冰欲報卒、適其所願、卒曰、出自厮下、不願名器、少苦執鞭、恒患不得快飲酒、使其酒足、余年畢矣、無所復須、冰為起大舎、市奴婢、使門内有百斛酒、終其身、時謂此卒非唯有智、且亦達生。

▼庾冰（二九六―三四四）は庾亮の弟。『左伝』成公二年に「唯《た》だ器《き》と名《な》とは以て人に仮《か》す可からず」とあり、その注に「器は車服、名は爵号」という。つまり「名器」とは、爵位ならびにステイタス・シンボルの車や衣裳。「執鞭」は馬の別当。『論語』述而《じゅつじ》篇に、「富にして求む可くんば、執鞭《しつべん》の士と雖も、吾亦《ま》た之を為さん。如《も》し求む可からずんば、吾が好む所に従わん」。「達生」は『荘子《そうじ》』の篇名であり、その冒頭にいう。「生の情《まこと》に達する者は、生の以て為す無き所を務《つと》めず」。人生の実相を達観するものは背のびして人生を生きない、との意味である。

五一　石頭の事故、朝廷は傾覆《けいふく》す

石頭《せきとう》の事件で朝廷はひっくりかえった。温忠武《おんちゅうぶ》（温嶠《おんきょう》）は庾《ゆ》文康《ぶんこう》（庾亮）とともに陶《とう》公（陶侃《とうかん》）に身を投じた。陶侃はいった。「粛祖《しゅくそ》（明帝《めいてい》）さまご臨終の最後のご命令の中に加えてはいただけなかった。そのうえ、蘇峻《そしゅん》が乱をおこしたその責任は庾《ゆ》氏一族にある。かれら兄弟をぶち殺したって天下にわびきれないほどだ」。そのとき、庾亮は温嶠の船の尾で聞いていたが、恐怖のためどうしてよいかわからなかった。後日、温嶠は陶侃と会うよう庾亮にすすめた。庾亮はぐずぐずしぶってよく出かけられないでいる。温嶠はいった。「山犬のことはぼくがよく知っている。きみは会いさえすればよい。けっして心配はいらぬ」。庾亮はさっそうたる美貌の主。陶侃は会ったとたんに態度をあらため、一日じゅう話にうち興じ、親愛尊敬の念が一気にわいた。（『世説新語』容止篇）

石頭の事故、朝廷は傾覆《けいふく》す。温忠武は庾文康と陶公に投ず。云わく、「粛祖の顧命《こめい》は及ぶを見ず。且《か》つ蘇峻の乱を作《な》す、釁《つみ》は諸庾に由《よ》る。其の兄弟を誅《ちゅう》するも、以て天下に謝するに足らず」。時に庾は温の船後に在って之を聞き、憂怖《ゆうふ》して計無し。別日、温は庾に勧《すす》めて陶に見《まみ》えしむ。庾は猶予《ゆうよ》して未《いま》だ往《ゆ》く能《あた》わず。温曰わく、「渓狗《けいく》は我の悉《つ》くす所。

石頭事故、朝廷傾覆、温忠武与庾文康投陶公、云、粛祖顧命不見及、且蘇峻作乱、釁由諸庾、誅其兄弟、不足以謝天下、于時庾在温船後聞之、憂怖無計、別日温勧庾見陶、庾猶予未能往、

卿但《けいた》だ之に見《まみ》えよ。必らず憂い無きなり」。庾は風姿《ふうし》神貌《しんぼう》あり。陶は一見して便《すなわ》ち観《かん》を改め、談宴《だんえん》すること竟日《きょうじつ》、愛《あい》重《じゅう》は頓《とみ》に至る。

温曰、渓狗我所悉、卿但見之、必無憂也、庾風姿神貌、陶一見便改観、談宴竟日、愛重頓至。

▼石頭の事件とは、蘇峻が石頭城を占拠し、成帝をそこに遷したこと。当時、温嶠は平南《へいなん》将軍・江《こう》州刺史として尋陽《じんよう》（江西省九江）に、陶侃《とうかん》は征西《せいせい》大将軍・荊《けい》州刺史として武昌《ぶしょう》（湖北省鄂州《がくしゅう》）に鎮していた。陶侃が統領する軍団は、西府とよばれて長江中流域のしずめであり、北府とならぶ東晋王朝の二大軍団の一つであったが、その陶侃を味方につけることによって蘇峻の乱を鎮圧することができたのである。

「顧命《こめい》」は、天子臨終のさい、遺言によって後事を臣下に託すこと。『書経』に周の成王《せいおう》の崩御にあたって康王《こうおう》を輔佐することを召公《しょうこう》と畢公《ひつこう》に命じた「顧命」篇があり、その注に「臨終の命を顧命と曰う」。明帝の遺詔で成帝を輔佐するよう命ぜられたのは、西陽王《せいようおう》の司馬《しば》羕《よう》、司徒《しと》の王導、尚書令の卞壼《べんこん》、車騎《しゃき》将軍の郗鑒《ちかん》、護軍《ごぐん》将軍の庾亮、領軍《りょうぐん》将軍の陸曄《りくよう》、丹陽尹《たんよういん》の温嶠の七人であった。陶侃はその遺詔のなかから自分の名を除いたのは庾亮だとかんぐっていた。またそもそも蘇峻を都に召したのは庾亮であって、蘇峻を討伐しようという陶侃の進言をいれなかったために事件をおおきくしたのである。「渓狗」は現在の江西《こうせい》省地方の人たちをよぶ蔑称。陶侃は尋陽の出身であり、『南史《なんし》』胡諧之《こかいし》伝では、南昌《なんしょう》（江西省南昌）出身の胡諧之が「傒狗」とよばれている。ちなみに、陶侃は陶淵明《とうえんめい》の曾祖父である。

五二　成帝《せいてい》の石頭に在るや

成帝《せいてい》が石頭にいたときのこと、任譲《じんじょう》は帝の面前で侍中《じちゅう》の鍾雅《しょうが》と右衛《ゆうえい》将軍の劉超《りゅうちょう》を捕えた。帝は「わしの侍中をかえしてくれ」と泣きさけんだが、任譲は天子の言葉にはおかまいなしに劉超と鍾雅を斬りすててしまった。事件がかたづいてから、陶《とう》公（陶侃）は任譲と旧知であったので赦してやろうと思った。一方、許柳《きょりゅう》の息子の思妣《しひ》（許永《きょえい》）はとてもいいおとこだったので、諸公たちは生命をたすけてやろうと思った。もし思妣の生命をたすけるならば、陶侃の顔をたてて任譲の生命をたすけてやらねばならぬ。そこで、二人とも赦そうということになった。そのことが上奏されると、帝はいった。「譲はわしの侍中を殺したやつ。赦すわけにはゆかぬ」。諸公たちは幼主のこととてさからうわけにゆかず、二人とも斬り殺した。（『世説新語』政事篇）

成帝の石頭に在るや、任譲は帝前に在って侍中の鍾雅と右衛将軍の劉超を録《ろく》す。帝泣いて曰《い》わく、「我の侍中を還《かえ》せ」。譲は詔を奉ぜず、遂《つい》に超と雅を斬る。事平《たいら》ぐの後、陶公は譲と旧有れば、之を宥《ゆる》さんと欲す。許柳の児《じ》の思妣なる者至って佳《よ》し。諸公は之《これ》を全うせんと欲す。若《も》し思妣を全うすれば、則《すなわ》ち陶の為《ため》に譲を全うせざるを得ず。是《ここ》に於いて

成帝在石頭、任譲在帝前録侍中鍾雅右衛将軍劉超、帝泣曰、還我侍中、譲不奉詔、遂斬超雅、事平之後、陶公与譲有旧、欲宥之、許柳児思妣者至佳、諸公欲全之、若全思妣、則不得不為陶

并《なら》びに之を宥《ゆる》さんと欲す。事奏せらるるや、帝曰わく、「譲は是《こ》れ我の侍中を殺せし者。宥《ゆる》す可からず」。諸公は少主なるを以て違《たが》う可からず、并《なら》びに二人を斬る。

全譲、於是欲并宥之、事奏、帝曰、譲是殺我侍中者、不可宥、諸公以少主不可違、并斬二人。

▼鍾雅については四九条を参照。許柳の詳しいことはわからぬが、もちろん蘇峻の乱に加担したのである。蘇峻の乱が平いだ咸和《かんわ》四年（三二九）、成帝はわずか九歳、「少主」とよばれる所以である。

五三　蘇《そ》子《し》高《こう》の事平《たい》らぐや

蘇《そ》子《し》高《こう》（蘇峻《そしゅん》）の事件がかたづくと、王（王導）庾《ゆ》（庾亮）の諸公は孔廷尉《こうていい》（孔坦《こうたん》）を丹《たん》陽《よう》の長官に起用しようとした。戦乱後のこととて民衆は疲弊しきっている。孔坦は、「むかし粛祖《しゅくそ》（明帝《めいてい》）さま崩御のみぎり、諸公は玉座《ぎょくざ》のそばちかくにのぼって特別の目をかけられ、そろって遺詔をたまわられたが、それがし孔坦は素姓いやしく、最期《さいご》のご命令をうけるなかまに加えてはいただけなかった。それが、むつかしい世のなかになったとなると、それがしをまっさきにたてられる。いまじゃ俎《まないた》にのせられた腐れ肉が切りきざまれるままになっているのも同然です」、そう啖呵《たんか》をきると、袖をはらってたち去った。諸公たちも断念した。（『世説新語』方正篇）

蘇子高の事平《たいら》ぐや、王庾の諸公は孔廷尉を用いて丹陽と為さんと欲す。乱離《らんり》の後、百姓《ひゃくせい》は彫弊《ちょうへい》す。孔は慨然《がいぜん》として曰わく、「昔《むかし》粛祖の崩《ほう》に臨《のぞ》むや、諸君は親しく御床《ぎょしょう》に升《のぼ》り、並びに眷識《けんしき》を蒙《こうむ》り、共に遺詔《いしょう》を奉ず。孔坦は疎賤《そせん》、顧命《こめい》の列に在らず。既に艱難《かんなん》有れば、則ち微臣《びしん》を以て先と為す。今は猶お俎上《そじょう》の腐肉《ふにく》の人の膾截《かいせつ》に任《まか》すがごとき耳《のみ》」。是《ここ》に於いて衣《ころも》を払《はら》って去る。諸公も亦《ま》た止む。

蘇子高事平、王庾諸公欲用孔廷尉為丹陽、乱離之後、百姓彫弊、孔慨然曰、昔粛祖臨崩、諸君親升御床、並蒙眷識、共奉遺詔、孔坦疎賤、不在顧命之列、既有艱難、則以微臣為先、今猶俎上腐肉任人膾截耳、於是払衣而去、諸公亦止。

▼丹陽は建康のお膝もと。その長官は都知事にあたる。「顧命」については五一条を参照。

五四　何次道《かじどう》、庾季堅《ゆきけん》の二人

何次道《かじどう》（何充《かじゅう》）と庾季堅《ゆきけん》（庾冰《ゆひょう》）の二人がそろって宰相となった。成帝が崩御したばかりのことで、ときに後継の天子はまだきまっていなかった。何充は嗣子を立てようと思ったが、庾冰《ゆひょう》と朝臣たちの意見は、外敵の力がおりしも強く、嗣子は幼少だということで、康帝《こうてい》を立てることとなった。康帝は即位し、群臣たちをあつめて何充にいった。「朕《ちん》が今日大業を継ぐこととなったのは、だれの意見なのじゃ」。何充はこたえた。「陛下が御位に即《つ》かれましたるは、これぞ庾冰どのの手柄にて、臣の力ではござりませぬ。あのおり、それがしの意見が用いられておりましたならば、今日、この盛明の世を目にすることはなかったでございましょう」。帝はいたみいった表情をした。（『世説新語』方正篇）

何次道、庾季堅の二人、並びに元輔《げんほ》と為る。成帝初《はじ》めて崩じ、時に嗣君《しくん》は未だ定まらず。何は嗣子《しし》を立てんと欲するも、庾及び朝議は、外寇方に強《まさ》く、嗣子は沖幼《ちゅうよう》なるを以て、乃《すなわ》ち康帝を立つ。康帝登祚《とうそ》するや、群臣を会し、何に謂《い》いて曰わく、「朕今《い》ま大業を承《う》くる所以《ゆえん》は、誰の議と為すや」。何答えて曰わく、「陛下の竜飛《りゅうひ》したまうは、此れは是《こ》れ庾冰の功、臣の力には非《あら》ず。時に微臣《びしん》の議を用いしかば、今ま盛明《せいめい》の世を覩《み》ず」。帝は慙《は》ずる色有り。

何次道庾季堅二人、並為元輔、成帝初崩、于時嗣君未定、何欲立嗣子、庾及朝議、以外寇方強、嗣子沖幼、乃立康帝、康帝登祚、会群臣、謂何曰、朕今所以承大業、為誰之議、何答曰、陛下竜飛、此是庾冰之功、非臣之力、于時用微臣之議、今不覩盛明之世、帝有慙色。

▼咸康《かんこう》五年（三三九）七月に王導《おうどう》、八月に郗鑒《ちかん》、そして翌年正月には庾亮《ゆりょう》があいついで他界した。これら三人の元老の死去によって、東晋王朝はいわば第二世代をむかえたといってよい。何充（二九二―三四六）は王導の妻の姉の子。何充が王導をたずねたとき、王導が麈尾《しゅび》――団

扇――で自分の席をさしながら、「さあ、さあ、ここが君の席だよ」と、いっしょに坐るようよびかけた話があるように（『世説新語』賞誉篇）、王導から後継者として目をかけられた。庾冰（二九六―三四四）は庾亮の弟である。

康帝は成帝の弟。その即位は西暦三四三年。「竜飛」は天子の即位にたとえる。もとづくところは『易経』乾《けん》の卦《か》の九五、「飛竜《ひりゅう》は天に在り、大人《たいじん》を見るに利あり」。その注に、「聖人に竜徳有って飛騰《ひとう》して天の位に居るが若《ごと》し」。

五五　庾《ゆ》稚恭《ちきょう》既に常に中原《ちゅうげん》の志を有するも

庾《ゆ》稚恭《ちきょう》（庾翼《ゆよく》）は中原《ちゅうげん》奪回の志をいだきつづけていたが、文康《ぶんこう》（庾亮《ゆりょう》）時代には実権はまだ掌中になかった。季堅《きけん》（庾冰《ゆひょう》）が宰相となると、戦争をきらい戦禍をおそれたため、稚恭とながらくすったもんだのすえ、ようやく出兵がきまった。荊《けい》州漢水《かんすい》地域の兵力をかたむけ、舟と車の威勢をつくして軍勢は襄陽《じょうよう》（湖北《こほく》省襄陽）に集結した。参謀たちを盛大に召集し、旗とかぶとをならべ、みずから弓矢を手にとって、「拙者のこのたびの出兵は、この矢のごときだ」といいつつ、三度たてつづけに矢を射ると、三度どんと太鼓が鳴った。兵士たちは目をみはり、勇気は百倍した。（『世説新語』豪爽篇）

庾稚恭既《すで》に常に中原の志を有するも、文康の時には権重《けんじゅう》は

庾稚恭既常有中原之志、文康時

未《いま》だ己《おの》れに在《あ》らず。季堅の相と作《な》るに及んで、兵を忌《い》み禍を畏《おそ》れ、稚恭と同異《どうい》を歴《ふ》る者之《こと》を久しくして、乃《すなわ》ち行くを果《はた》す。荊漢《けいかん》の力を傾け、舟車《しゅうしゃ》の勢を窮《つ》くし、師は襄陽に次《やど》る。大いに参佐《さんさ》を会し、其の旌甲《せいこう》を陳《つら》ね、親しく弧矢《こし》を援《と》って曰わく、「我の此の行《こう》、此の射《しゃ》の若《ごと》し」。遂《つい》に三起《さんき》三《さん》畳《じょう》す。徒衆《としゅう》は属目《しょくもく》し、其の気は十倍す。

権重未在己、及季堅作相、忌兵畏禍、与稚恭歴同異者久之、乃果行、傾荊漢之力、窮舟車之勢、師次于襄陽、大会参佐、陳其旌甲、親援弧矢曰、我之此行、若此射矣、遂三起三畳、徒衆属目、其気十倍。

▼庾翼（三〇五―三四五）は庾亮ならびに庾冰の弟。安西《あんせい》将軍・荊《けい》州刺史庾翼が征討大都督となって武昌《ぶしょう》から襄陽に移鎮したのは、康帝《こうてい》の建元《けんげん》元年（三四三）。蘇峻《そしゅん》の乱後、庾亮が荊州刺史として西府の軍団長をつとめ、そのあとを庾翼がひきついだのである。

「弧矢」は弓と矢。『易経』繋辞《けいじ》下伝に、「木に弦《つる》して弧《ゆみ》と為し、木を剡《けず》りて矢と為し、弧矢《こし》の利、以て天下を威《おど》す」。なお、原文は「親授弧矢曰」となっているが、「授」を「援」と改める。「三起三畳」の「起」は発射すること。「畳」は太鼓をうつこと。斉《せい》の謝朓《しゃちょう》の「鼓吹曲《こすいきょく》」（『文選』巻二八）に「凝笳《ぎょうか》は高蓋《こうがい》を翼《おく》り、畳鼓《じょうこ》は華輈《かちゅう》を送る」とうたわれ、その李善注に「鼓を小撃す、これを畳と謂う」。矢が的を射ぬいた合図にどんと太鼓を鳴らすのである。

五六　庾《ゆ》征西《せいせい》、大挙して胡《こ》を征す

庾征西《ゆせいせい》（庾翼《ゆよく》）は大挙して胡《こ》族を討伐せんものと、軍勢はととのえられたが、襄陽《じょうよう》（湖《こ》北省《ほく》襄陽）に駐屯したままであった。殷予章《いんよしょう》（殷羨《いんせん》）は書状をあたえ、角《つの》の折れた一本の如意《にょい》を送りつけてからかった。庾翼は返書にしたためた。「頂戴物拝領。傷ものながら、修理のうえ用いたく存じ候」。（『世説新語』排調篇）

庾征西、大挙して胡を征す。既に行《こう》を成すも、襄陽に止鎮《しちん》す。殷予章は書を与え、一折角《せっかく》の如意《にょい》を送りて以て之を調《あざ》ける。庾の答書《とうしょ》に曰わく、「致す所を得たり。是《こ》れ敗物《はいぶつ》なりと雖《いえど》も、猶《な》お理《おさ》めて之を用いんと欲す」。

庾征西大挙征胡、既成行、止鎮襄陽、殷予章与書、送一折角如意以調之、庾答書曰、得所致、雖是敗物、猶欲理而用之。

▼意気ごんで襄陽に移鎮した庾翼だったが、建元二年（三四四）、康帝《こうてい》が崩御し、兄の庾冰《ゆひょう》が他界すると、初志はくじけ、夏口《かこう》（湖北省武漢）にひきあげてしまった。

六章　桓温《かんおん》の登場

庾翼《ゆよく》の死後、あらたに西府軍団の統領となった桓温《かんおん》（三一二―三七三）は、その地位を足場として着実に勢力を扶植し、東晋王朝にとって脅威の存在となった。まず殷浩《いんこう》（？―三五六）に、つづいて謝安《しゃあん》（三二〇―三八五）に、桓温をおさえるきりふだとしての役割が期待される。

五七　小庾《しょうゆ》は臨終に

小庾《しょうゆ》（庾翼《ゆよく》）は臨終のさい、息子の園客《えんきゃく》（庾爰之《ゆえんし》）を後任としたい旨、上表におよんだ。朝廷ではかれが命令に従わぬことを憂慮した。が、だれを派遣してよいものかわからぬ。そこで協議のうえ桓温《かんおん》を起用した。劉《りゅう》（劉惔《たん》）はいった。「もしかれが行けば、きっと西《せい》楚《そ》地方を制圧できる。だがおそらく、おさえがきかなくなるであろう」。（『世説新語』識鑒篇）

小庾は臨終に、自《みず》から表して子の園客を以て代と為さんとす。朝廷は其の命に従わざるを慮《おも》んばかるも、未《いま》だ遣《つか》わす所を知らず。乃《すなわ》ち共に議して桓温を用う。劉曰わく、「伊《かれ》をして去《ゆ》かしむれば、必らず能く西楚を克定《こくてい》せん。然れども恐らくは復《ま》た制す可からず」。

小庾臨終、自表以子園客為代、朝廷慮其不従命、未知所遣、乃共議用桓温、劉曰、使伊去、必能克定西楚、然恐不可復制。

▼徐《じょ》州刺史桓温が安西《あんせい》将軍・荊《けい》州刺史に起用されたのは、穆帝《ぼくてい》の永和《えいわ》元年（三四五）のこと。「西楚」は長江中流の地域。

五八　桓公《かんこう》の荊《けい》州に在るや

桓公《かんこう》（桓温）は荊《けい》州に滞在したとき、ひたすら長江漢水《かんすい》の地域に恩徳をおよぼすことにこころがけ、威力や刑罰で人々をちぢみあがらせることを恥とした。吏員が鞭をうけるさいには、赤い上着のうえからかすらせるだけであった。桓式《かんしき》（桓歆《かんきん》）のわかいころ、外からやってきていったものだ。「さきほど役所の前を通りかかって、事務員が鞭をうけているのを見かけましたが、上は雲のわくあたりをかすめ、下は地の底をはらうありさまでした」。鞭があたっていないのを皮肉ったつもりだったが、桓公はいった。「わしはそれでもまだ重すぎはせぬかと心配しておるのだ」。（『世説新語』政事篇）

桓公の荆州に在るや、全く徳を以て江漢《こうかん》に被《こうむ》らせんと欲し、威刑を以て物を粛《ただ》すを恥《は》ず。令史の杖《むち》を受くるや、正《た》だ朱《しゅ》衣《い》の上従《よ》り過ごす。桓式年少にして外従《よ》り来って云わく、「向《さき》に閣下《こうか》従《よ》り過ぎ、令史の杖《むち》を受くるを見るに、上は雲《うん》根《こん》を捎《かす》め、下は地足《ちそく》を払《はら》う」。意は著《つ》かざるを譏《そし》るも、桓公云わく、「我は猶お其の重きを患《うれ》う」。

桓公在荆州、全欲以徳被江漢、恥以威刑粛物、令史受杖、正従朱衣上過、桓式年少従外来云、向従閣下過、見令史受杖、上捎雲根、下払地足、意譏不著、桓公云、我猶患其重。

▼桓歆《かんきん》は桓温の第三子。式はその幼名。令史は下級吏員。「雲根」は雲の生ずる山のたかいところ。張協《ちょうきょう》の「雑詩《ざつし》」（『文選』巻二九）に、「雲根は八極《はっきょく》に臨《のぞ》み、雨足は四溟《しめい》に灑《そそ》ぐ」。

五九　殷淵源《いんえんげん》は墓所《ぼしょ》に在ること十年に幾《ちか》し

殷淵源《いんえんげん》（殷浩《いんこう》）は墓地で十年ちかく暮らしていた。当時、官民いずれともかれを管仲《かんちゅう》や諸葛孔明《しょかつこうめい》になぞらえ、腰をあげるかあげないかで江南の興亡をうらなった。（『世説新語』賞誉篇）

殷淵源は墓所に在ること十年に幾《ちか》し。時に朝野《ちょうや》は以て管葛《かんかつ》に擬《ぎ》し、起《た》つか起《た》たざるか、以て江左の興亡を卜《ぼく》す。

殷淵源在墓所幾十年、于時朝野以擬管葛、起不起以卜江左興亡。

▼このように、世間はなかば隠者の生活を送っていた殷浩に多大の期待をよせ、「淵源起《た》たざれば当《まさ》に蒼生《そうせい》（民草）を如何《いかん》すべし」といったともいう（『世説新語』識鑒篇）。管仲はすでに三六条に見えていた。

六〇　桓公は少《わか》くして

桓公（桓温《かんおん》）はわかいころ殷侯《いんこう》（殷浩）と名声が拮抗《きっこう》し、たえずライバル意識をもやしつづけていた。桓温が殷浩にたずねた。「きみはぼくにくらべてどうだね」。殷浩「ぼくはぼくとながらくつきあっている。やっぱりぼくの方だろうな」。（『世説新語』品藻篇）

桓公は少《わか》くして殷侯と名を斉《ひと》しくし、常に競《きそ》う心有り。桓、殷に問う、「卿《けい》は我に如何《いかん》」。殷云わく、「我は我と周旋《しゅうせん》すること久し。寧《むし》ろ我と作《な》さん」。

桓公少与殷侯斉名、常有競心、桓問殷、卿何如我、殷云、我与我周旋久、寧作我。

▼殷浩に期待がよせられたのは、かれがわかくからの桓温のライバルであり、桓温をおさえうるであろうと考えられたからである。

六一　殷浩《いんこう》の始めて揚州《ようしゅう》と作《な》るや

殷浩が揚《よう》州の長官となったばかりのころ、外出した劉尹《りゅういん》（劉惔《たん》）は、日がすこしかたむきかけると、まわりのものに黒頭巾をもってこさせた。人がそのわけをたずねると、「刺《し》史《し》がきびしいので、夜歩きはしたくないのさ」。（『世説新語』政事篇）

殷浩の始めて揚州と作《な》るや、劉尹行き、日小《すこ》しく晩《く》れんと欲して便《すなわ》ち左右をして襆《ぼく》を取らしむ。人、其の故を問う。答えて曰わく、「刺史厳《きび》しく、敢《あ》えて夜行せず」。

殷浩始作揚州、劉尹行、日小欲晩、便使左右取襆、人問其故、答曰、刺史厳、不敢夜行。

▼殷浩が要請にこたえて腰をあげ、揚州の長官である刺史となったのは永和二年（三四六）。揚州は都をふくむ長江下流地域であり、東晋王朝の心臓部である。この話にうかがえるように、揚州刺史に就任した殷浩はやる気十分であった。「襆《ぼく》」は顔をすっぽりつつむ頭布。そのころの都市では、「夜行」、すなわち夜間外出が禁止されていた。一八二条をも参照。

六二　桓公将《まさ》に蜀《しょく》を伐《う》たんとす

桓公（桓温）は蜀《しょく》の征伐にのりだした。政権担当の面々は、李勢《りせい》はながらく蜀の地にあって先祖伝来の地盤をうけつぎ、しかも長江上流を足場としていて三峡《さんきょう》はそうたやすくは抜けまい、と一致して考えた。ひとり劉尹《りゅういん》（劉惔）はいった。「かれならきっと蜀に勝てる。かれの博奕《ばくち》のやりかたを見ていると、きっと取れるときまっていないとやらぬからな」。（『世説新語』識鑒篇）

桓公将《まさ》に蜀を伐《う》たんとす。在事《ざいじ》の諸賢は咸《み》な以《おも》えらく、李勢は蜀に在ること既に久しく、承藉《しょうしゃ》すること累葉《るいよう》、且《か》つ形は上流に拠《よ》り、三峡は未だ剋《か》つ可きに易《やす》からずと。唯だ劉尹云わく、「伊《かれ》は必らず能く蜀に克《か》たん。其の蒲博《ほはく》を観《み》るに、必らず得るにあらずんば則ち為さず」。

桓公将伐蜀、在事諸賢、咸以李勢在蜀既久、承藉累葉、且形拠上流、三峡未易可剋、唯劉尹云、伊必能克蜀、観其蒲博、不必得則不為。

▼西晋末の混乱期に、流民集団の統領である李特《りとく》が蜀の地を占拠して以後、蜀には李勢にいたるまで数代にわたって成《せい》国がたてられていた。三峡は荊楚《けいそ》の地から長江をさかのぼって蜀に入る途中の大峡谷。両側に絶壁がせまり、奔流がうずまく。

六三　桓宣武《かんせんぶ》の蜀を平《たいら》ぐるや

桓宣武《かんせんぶ》（桓温）は蜀を平げると、幕僚たちをあつめ、李勢《りせい》の宮殿で酒宴をもうけた。

巴蜀《はしょく》の紳士たちものこらず参会した。桓温はもともと勇壮で豪快な人物であるうえ、かてくわえてその日は音吐《おんと》も朗々と、古今の成功失敗は人しだいであり、国家の存亡は人材いかんにかかっていることを述べた。その磊落《らいらく》なありさまに、列席者一同はほれぼれとし、おひらきになってからも、人々はまだ余韻《よいん》をかみしめていた。そのとき、尋陽《じんよう》の周馥《しゅうふく》がいった。「諸君が王《おう》大将軍（王敦《おうとん》）に会ったことがないのが残念じゃ」。（『世説新語』豪爽篇）

桓宣武の蜀を平ぐるや、参僚《さんりょう》を集め、李勢の殿に置酒《ちしゅ》す。巴蜀《はしょく》の縉紳《しんしん》も来り萃《あつ》まらざるは莫《な》し。桓は既に素《もと》より雄情《ゆうじょう》爽気《そうき》有り、加えて爾《そ》の日は音調英発し、古今の成敗《せいばい》は人に由《よ》り、存亡《そんぼう》は才に繋《かか》ると叙《の》ぶ。其の状は磊落《らいらく》、一坐は歎賞す。既に散じ、諸人は余言《よげん》を追味《ついみ》す。時に尋陽の周馥曰わく、「卿輩《けいはい》の王大将軍を見ざるを恨《うら》みとす」。

桓宣武平蜀、集参僚、置酒於李勢殿、巴蜀縉紳、莫不来萃、桓既素有雄情爽気、加爾日音調英発、叙古今成敗由人、存亡繫才、其状磊落、一坐歎賞、既散、諸人追味余言、于時尋陽周馥曰、恨卿輩不見王大将軍。

▼桓温が蜀《しょく》を征服したのは永和三年（三四七）。成都《せいと》を中心とした地域が蜀、その東が巴《は》。「巴蜀の縉紳」とは、つまり李勢に仕えていた人たち。周馥はかつて王敦に仕えたことがある。王敦は桓温以上の人物だったというのである。

六四　殷侯《いんこう》既に廃《はい》せられ

殷侯《いんこう》（殷浩）が首になってから、桓公（桓温）は人びとにかたった。「小供のころ、淵源《えんげん》（殷浩）といっしょに竹馬に乗ってあそんだことがあるが、わしが棄てたのをいつも拾っておったものだ。わしに頭があがらんのはあたりまえだよ」。（『世説新語』品藻篇）

殷侯既に廃せられ、桓公は諸人に語って曰わく、「少《わか》き時、淵源と共に竹馬《ちくば》に騎《の》る。我棄《き》去《きょ》し已《おわ》れば輒《すなわ》ち之を取る。故《もと》より当《まさ》に我の下に出ずべし」。

殷侯既廃、桓公語諸人曰、少時与淵源共騎竹馬、我棄去已輒取之、故当出我下。

▼桓温の対抗馬と期待された殷浩は、江南に流寓していた人々すべてにとって悲願ともいうべき華北の故地の奪還、いわゆる北伐をこころみる。しかし、軍事はかれの得意ではなかった。多大の犠牲をはらって行なわれた北伐は、もののみごとに失敗した。桓温一派から責任を追及された殷浩は、いっさいの官爵を剝奪されたうえ、蟄居《ちっきょ》をおおせつかった。永和十年（三五四）のことである。

六五　殷中軍《いんちゅうぐん》は廃せられて信安《しんあん》に在り

殷中軍《いんちゅうぐん》（殷浩）は首になると信安《しんあん》（浙江省《せっこう》衢州《くしゅう》）に住まった。一日じゅう空《くう》にむかって字をなぞっている。義理がたくかれについてきた揚州の吏員や民がこっそりのぞいてみると、「咄咄怪事《とつとつかいじ》――くそ、くそ、何てえことだ――」の四字ばかりを書いているのだった。

（『世説新語』黜免篇）

殷中軍は廃せられて信安に在り。終日恒《つね》に空に書して字を作《な》す。揚《よう》州の吏《り》民《みん》、義を尋《たず》ねて之を逐《お》う。窃《ひそ》かに視《み》るに、唯だ咄咄怪事《とつとつかいじ》の四字を作《な》す而已《のみ》。

殷中軍被廃在信安、終日恒書空作字、揚州吏民尋義逐之、窃視、唯作咄咄怪事四字而已。

六六　桓公は洛《らく》に入り

桓公（桓温《かんおん》）が洛陽にのりこんだとき、淮水《わいすい》、泗水《しすい》を通過し、華北の土地に足をふみいれると、幕僚たちと船櫓《ふなやぐら》にのぼって中原を眺めやりつつ、思いいれよろしくいった。「中国を陥没させ、百年の廃墟と化せしめたことに、王夷甫《おういほ》（王衍《おうえん》）たちがその責任を負わねばなるまい」。袁虎《えんこ》（袁宏《えんこう》）がなにげなしにこたえた。「運勢には盛衰があるものです。かれらの罪ときめられるわけではありますまい」。桓公はきびしく表情をあらため、一坐の面々をかえりみていった。「諸君は劉景升《りゅうけいしょう》（劉表）のことを聞いたことがあるか。そこに重さ千斤もある大牛がおった。普通の牛の十倍も草や豆を食らいおったが、重い荷を背おって遠くへ運ぶとなると、ひよわな一匹の牝牛《めす》にもかなわぬ。魏《ぎ》の武帝《ぶてい》（曹操《そうそう》）は荆州《けい》にのりこむと、そいつを煮て兵卒たちにふるまった。当時だれしも快哉《かいさい》をさけんだものだ」。袁宏にあてつけようとしたのである。一坐の面々は腰をぬかし、袁宏も血の気がひいた。

（『世説新語』軽詆篇）

桓公は洛に入り、淮泗《わいし》を過ぎ、北境を践《ふ》むや、諸僚属《りょうぞく》と平《へい》乗楼《じょうろう》に登り、中原を眺矚《ちょうしょく》し、慨然《がいぜん》として曰わく、「遂《つい》に神《しん》州《しゅう》をして陸沈《りくちん》せしめ、百年の丘墟《きゅうきょ》たらしむ、王夷甫諸人、其の責《せめ》に任ぜざるを得ず」。袁虎率爾《そつじ》として対《こた》えて曰わく、「運には自《お》のずから廃興有り。豈《あ》に必らずしも諸人の過《とが》ならんや」。桓公懍然《りんぜん》として色を作《な》し、顧《かえ》りみて四坐《しざ》に謂《い》いて曰わく、「諸君頗《すこぶ》る劉景升を聞きし不《や》。大牛の重さ千斤なる有り。芻豆《すうとう》を噉《く》らうこと常牛に十倍するも、重きを負《お》い遠きに致すは、曾《すなわ》ち一羸牸《るいじ》にも若《し》かず。魏武《ぎぶ》、荊《けい》州に入るや、烹《に》て以て士卒に饗《きょう》す。時に快と称せざるは莫《な》し」。意は以て袁に況《たと》う。四坐は既に駭《おどろ》き、袁も亦《ま》た色を失う。

桓公入洛、過淮泗、践北境、与諸僚属登平乗楼、眺矚中原、慨然曰、遂使神州陸沈、百年丘墟、王夷甫諸人不得不任其責、袁虎率爾対曰、運自有廃興、豈必諸人之過、桓公懍然作色、顧謂四坐曰、諸君頗聞劉景升不、有大牛重千斤、噉芻豆十倍於常牛、負重致遠、曾不若一羸牸、魏武入荊州、烹以饗士卒、于時莫不称快、意以況袁、四坐既駭、袁亦失色。

▼殷浩が失敗した北伐に桓温は成功する。この話を『晋書《しんじょ》』桓温伝と『資治通鑑《しちつがん》』はともに永和十二年（三五六）にかける。ただし、淮水、泗水を通過したのは、太和《たいわ》四年（三六九）、鮮《せん》卑《ぴ》族の慕容暐《ぼようい》を征討したときのことであって、事実とのくいちがいがある。「平乗楼」は、『資治通鑑』の胡三省《こさんせい》の注に「大船の楼」。王衍《おうえん》は西晋末の宰相。三一条を参照のこと。やはり胡三省の注に、「王衍等は清談を尚《たっと》んで王事を恤《あわ》れまず、以て夷狄《いてき》の華（中国）を乱すを致《まね》く」という。「神州」は中国。「陸沈」は水もなしに沈むこと。『荘子《そうじ》』則陽《そくよう》篇に、「方《まさ》に且《まさ》に世と違《たが》いて心は之と倶《とも》にするを屑《いさぎ》よしとせざるは是れ陸沈者なり」。劉表は後漢末の群雄。荊州襄陽《じょうよう》に拠ったが、魏の武帝曹操に亡ぼされた。蜀の龐統《ほうとう》が呉《ご》の顧劭《こしょう》を評した言葉に、「顧子《こし》は駑牛《どぎゅう》の能《よ》く重きを負《お》いて遠きに致すと謂《い》う可きなり」（『三国志』蜀書・龐統伝）。

六七　桓公は遷都《せんと》して

桓公（桓温《かんおん》）は遷都《せんと》して華北平定の事業を盛大にしようと思いたったが、孫長楽《そんちょうらく》（孫綽《そんしゃく》）は上表して諫止《かんし》した。その議論はたいそう筋が通っていた。桓温は上表文を読んで内心は感心したものの、異をとなえたことに腹をたて、自分の気持ちを孫綽に伝えさせた。「君はなぜ遂初賦《すいしょふ》にうたった初心をつらぬかずに、やたらと他人の国家のことに首をつっこむのだ」。（『世説新語』軽詆篇）

桓公は遷都《せんと》して以て拓定《たくてい》の業を張らんと欲す。孫長楽は上表して諫む。此の議甚だ理有り。桓は表を見て心服《しんぷく》するも、而《しか》れども其の異を為すを忿《いか》り、人をして意を孫に致《いた》さしめて云わく、「君は何ぞ遂初賦《すいしょふ》を尋《たず》ねずして彊《し》いて人の家国《かこく》の事を知らんとするや」。

桓公欲遷都以張拓定之業、孫長楽上表諫、此議甚有理、桓見表心服、而忿其為異、令人致意孫云、君何不尋遂初賦而彊知人家国事。

▼永和十二年（三五六）、桓温は羌《きょう》族を撃破して故都洛陽の奪還に成功すると、そこに都を遷そうとした。注に引かれた孫綽の上表にいう。「中宗《ちゅうそう》（元帝）の竜飛《りゅうひ》（即位）したまうや、実《まこと》に万里の長江に頼《よ》り、画《かく》して之を守る耳《のみ》。然らずんば、胡《えびす》の馬は久しく已《すで》に建康《けんこう》の地を践《ふ》み、江東は犲狼《さいろう》の場と為りしならん」。また、孫綽の「遂初賦」には、分に安んじて隠棲をつらぬきたい気持ちがうたわれていたので、桓温はこのようにからかったのである。

　ところで、桓温が洛陽遷都を表明したのはたんなるジェスチァーにすぎなかったであろう。かれはわずかの残留部隊を洛陽にのこしただけでそそくさと江南にひきあげる。かれの関心は江南にこそあった。先人のだれしも果しえなかった北伐、それをなしとげた名声を背景として王朝を奪おうという野心が、しだいにおおきくふくらみはじめたのである。あたかもかつての王敦《おうとん》のように。また孫権《そんけん》や司馬懿《しばい》のように。

六八　桓温行きて王敦《おうとん》の墓辺《ぼへん》を経《へ》て過ぎ

桓温は王敦《おうとん》の墓のそばを通りかかると、そちらをながめながらいった。「いいおとこだった。いいおとこだった」。（『世説新語』賞誉篇）

桓温行きて王敦の墓辺《ぼへん》を経《へ》て過ぎ、之を望《のぞ》んで云わく、「可児《かじ》、可児《かじ》」。

桓温行経王敦墓辺過、望之云、可児可児。

▼王敦は「可人《かじん》」、愛すべきおとことの評を一般に得ていたらしい。孫綽《そんしゃく》が庾亮《ゆりょう》にあたえた書簡が注に引かれており、「王敦可人の目（評価）、数十年間なり」とある。「可児」も「可人」とおなじ。

六九　劉尹《りゅういん》、桓公を道《い》わく

劉尹《りゅういん》（劉惔《たん》）の桓公（桓温）評。「もみあげはそりかえった針鼠《はりねずみ》の毛のよう、眉《まゆ》は紫水《ずい》晶《しょう》のかどのよう。それだけでも孫仲謀《そんちゅうぼう》（孫権）、司馬宣王（司馬懿《しばい》）ばりの人物だ」。（『世説新語』容止篇）

劉尹、桓公を道《い》わく、「鬢《びん》は反《そ》れる猬《い》の皮の如く、眉は紫《し》

劉尹道桓公、鬢如反猬皮、眉如

石《せき》の稜《りょう》の如し。自《お》のずから是れ孫仲謀、司馬宣王一流の人」。

紫石稜、自是孫仲謀司馬宣王一流人。

七〇　謝公《しゃこう》は東山《とうざん》に在って妓《ぎ》を畜《やしな》う

謝公《しゃこう》（謝安）は東山《とうざん》で妾妓《しょうぎ》をやしなっていた。簡文帝《かんぶんてい》はいった。「安石《あんせき》はきっと出馬する。人と楽しみをともにするからには、人と憂いをともにせぬわけにはゆくまい」。（『世説新語』識鑒篇）

謝公は東山に在って妓《ぎ》を畜《やしな》う。簡文曰わく、「安石は必らず出でん。既に人と楽しみを同じくすれば、亦《ま》た人と憂いを同じくせざるを得ず」。

謝公在東山畜妓、簡文曰、安石必出、既与人同楽、亦不得不与人同憂。

▼桓温のあらたな対抗馬として世間が注目したのは謝安であった。そのころ、謝安は会稽《かいけい》の上虞県《じょうぐ》（浙江省紹興市上虞）、その西南四十五里にある東山で気ままな隠棲の生活を楽しんでいた。かれによせられた期待は、数年前の殷浩《いんこう》によせられた期待とおなじだったが、謝安の器量は殷浩をはるかにうわまわった。謝安なら桓温をおさえることができるのではないか。謝安、字《あざな》は安石。琅邪《ろうや》の王氏と肩をならべる名門、陳《ちん》郡の謝氏の出身である。なお簡文帝は東晋の第

八代皇帝だが、そのころはまだ即位前であり、琅邪《ろうや》王《おう》であった。

七一　謝太傅《しゃたいふ》、東山に盤桓《ばんかん》せし時

謝太傅《しゃたいふ》（謝安）が東山でぶらぶらしていたころのこと、孫興公《そんこうこう》（孫綽《しゃく》）などの連中と海で船遊びをした。風がおこって波がさわぐと、孫綽や王羲《おうぎ》之《し》の連中はみなそわそわし、もどろうといいだしたが、太傅は意気ますます軒昂《けんこう》、詩を吟じてなにもいわない。船頭は公が呑気《のんき》に楽しんでいるので、なおも漕ぎだした。やがて風はますます強く波もはげしくなると、面々は騒ぎたててじっとしていない。公がおもむろに、「これじゃ帰らざなるまい」というと、連中はそこで得たりとひきかえした。ここにおいて、朝野《ちょうや》のしずめとなるに足るその器量のほどが見通された。（『世説新語』雅量篇）

謝太傅、東山に盤桓《ばんかん》せし時、孫興公の諸人と海に汎《うか》んで戯《たわ》むる。風起《お》こり浪湧《わ》き、孫王の諸人は色並びに遽《あわた》だしく、便《すなわ》ち唱して還《かえ》らしむ。太傅は神情方《まさ》に王《さか》んに、吟嘯《ぎんしょう》して言わず。舟人は公の貌《ぼう》は閑《のどか》に意は説《よろこ》ぶを以て、猶お去《ゆ》きて止《や》まず。既に風は転《うた》た急に浪は猛《はげ》しく、諸人は皆《み》な諠動《けんどう》して坐せず。公徐《おもむ》ろに云わく、「此《か》くの如くんば将《は》た帰ること

謝太傅盤桓東山時、与孫興公諸人汎海戯、風起浪湧、孫王諸人色並遽、便唱使還、太傅神情方王、吟嘯不言、舟人以公貌閑意説、猶去不止、既風転急浪猛、諸人皆諠動不坐、公徐云、如此

無からんや」。衆人は即ち響《ひびき》を承《う》けて回《かえ》る。是《ここ》に於いて其の量《りょう》の以て朝野を鎮安《ちんあん》するに足るを審《つまび》らかにす。

将無帰、衆人即承響而回、於是審其量足以鎮安朝野。

▼王羲之は永和七年（三五一）に会稽《かいけい》郡の長官である会稽内史《ないし》となり、同十一年（三五五）に官界を退いてからも会稽に隠棲し、謝安と親密につきあった。

七二　初め謝安《しゃあん》の東山に在って

さいしょ謝安《しゃあん》が東山で無位無官であったとき、兄弟のなかにはすでに出世したものがあり、一門にどっと集中して世間の人々の耳目《じもく》を聳動《しょうどう》させた。劉《りゅう》夫人が冗談まがいに、「おとこなら、ああなくっちゃなりませんこと」と謝安にいうと、謝安は鼻をつまみながら、「たぶん免れまいことだろうよ」。（『世説新語』排調篇）

初め謝安の東山に在って布衣《ふい》に居《お》りし時、兄弟已《すで》に富貴なる者有り、家門《かもん》に集翕《しゅうきゅう》し、人物を傾動《けいどう》す。劉夫人戯《たわ》むれに安に謂《い》いて曰わく、「大丈夫当《まさ》に此《か》くの如くなるべからず乎《や》」。謝は乃《すなわ》ち鼻を捉《と》りて曰わく、「但《た》だ恐らくは免れざらん耳《のみ》」。

初謝安在東山居布衣時、兄弟已有富貴者、集翕家門、傾動人物、劉夫人戯謂安曰、大丈夫不当如此乎、謝乃捉鼻曰、但恐不免耳。

▼そのころ、謝安の兄の謝奕《しゃえき》、弟の謝万《しゃばん》、従兄《いとこ》の謝尚《しゃしょう》たちはすでに栄達をとげていた。桓温の洛陽奪還後、鄴《ぎょう》（河北省臨漳）に都をおいた鮮卑《せんぴ》族慕容《ぼよう》部の前燕《ぜんえん》がしだいに南進をはじめたが、その進攻に備える防衛基地の一つ、歴陽（安徽省和）の鎮守府長官たる安西《あんせい》将軍・予《よ》州刺史を、謝尚、謝奕、謝万があいついでつとめた。自分もいずれかれらのようになることを免れまい、というのである。

七三　謝万《しゃばん》の北征するや

謝万《しゃばん》が北征に出かけたとき、いつも鼻歌まじりにもったいをつけ、一度として士官たちをねぎらおうとはしなかった。謝公（謝安）は謝万の人物をとてもかっていたが、失敗するにちがいないと判断し、同行することとした。そして、さりげなく謝万にいった。「おまえは最高司令官だ。しょっちゅう将軍連をまねいて宴会をひらき、みんなの心をなごませんといかん」。謝万はその意見に従って将軍たちを招待したが、まったく何もいわず、なみいるものたちを如意《にょい》で指しながら、ぽつりとただ一言、「諸君はみんな勇敢な兵卒である」といった。将軍たちはかんかんに腹をたて恨みに思った。謝公は恩情と信義を精いっぱい示しておこうと考え、隊長と指揮官以下のところをいちいちまわって丁重にわびをいれた。謝万が敗れると、軍隊内部では、この機会にやっつけてしまおうとの動きがみられたが、思いなおしたうえ、「ひとつ隠士の顔をたててやろう」ということになり、幸運

にもことなきをえた。（『世説新語』簡傲篇）

謝万の北征するや、常に嘯詠《しょうえい》を以て自からを高くし、未だ嘗《か》つて衆士を撫慰《ぶい》せず。謝公は甚だ万を器愛《きあい》するも、而《しか》れども其の必らず敗れんことを審《つまび》らかにし、乃ち倶《とも》に行く。従容《しょうよう》として万に謂いて曰わく、「汝は元帥為《た》り。宜《よろ》しく数《しばし》ば諸将を喚《よ》びて宴会し、以て衆心を悦《よろこ》ばすべし」。万は之に従い、因って諸将を召集す。都《すべ》て説く所無く、直《た》だ如意《にょい》を以て四坐《しざ》を指して云わく、「諸君は皆な是れ勁卒《けいそつ》」。諸将は甚だ之を忿恨《ふんこん》す。謝公は深く恩信を著《あら》わさんと欲し、隊《たい》主将《しゅしょう》 帥《すい》自《よ》り以下、身みずから造《いた》りて厚く相い遜謝《そんしゃ》せざるは無し。万の事敗《やぶ》るるに及んで、軍中は因《よ》って之を除かんと欲するも、復《ま》た云わく、「当《まさ》に隠士の為にすべし」。故に幸いにして免るるを得たり。

謝万北征、常以嘯詠自高、未嘗撫慰衆士、謝公甚器愛万、而審其必敗、乃倶行、従容謂万曰、汝為元帥、宜数喚諸将宴会、以悦衆心、万従之、因召集諸将、都無所説、直以如意指四坐云、諸君皆是勁卒、諸将甚忿恨之、謝公欲深著恩信、自隊主将帥以下、無不身造厚相遜謝、及万事敗、軍中因欲除之、復云、当為隠士、故幸而得免。

▼謝万は前燕《ぜんえん》の慕容儁《ぼようしゅん》を討つべく寿春《じゅしゅん》（安徽省寿）北方の下蔡《かさい》まで軍を進めたが、惨敗を喫する。『資治通鑑』は升平三年（三五九）にこの話をとりあげ、その胡三省《こさんせい》の注にいう。「凡《およ》そ身

を行伍《こうご》（兵卒）より奮《おこ》せし者は、兵と卒とを以て諱《タブー》と為す。既《すで》に将と為れるに之を称して卒と為す。益《ますま》す恨む所以《ゆえん》なり」。謝万のことを心配したのは、ひとり兄の謝安だけではなかった。謝万が予《よ》州の都督となることがきまったとき、王羲之もつぎのような書状をあたえた。「ひとりよがりで他人のことを気にしない君の性格で、大勢のものと調子をあわせてゆくのは、まったくやりきれないことだろう。だが、いわゆる識見ある人間というものは、事態に即して適当にふるまってこそねうちがあるのだ。どうか君がふだんから下級士官たちともいっしょにつきあってくれるよう願っている。そうすれば完璧だ」（『晋書』王羲之伝）。

七四　謝中郎《しやちゆうろう》の寿春《じゆしゆん》に在って敗《やぶ》るるや

謝中郎《しやちゆうろう》（謝万）が寿春《じゆしゆん》（安徽省寿）で敗れたときのこと、逃げだすさいになってもまだ玉をはめこんだ鐙《あぶみ》をさがしている。軍中にいた太傅《たいふ》（謝安《しやあん》）は、後にも先にもああしろこうしろとは何ひとついわなかったが、その日はさすがにいったものだ。「この期《ご》におよんで、まだそんなもののお世話になる必要があるのか」。（『世説新語』規箴篇）

謝中郎の寿春に在《あ》って敗るるや、奔走《ほんそう》に臨《のぞ》み、猶お玉帖鐙《ぎよくちようとう》を求む。太傅は軍に在《あ》って、前後初めより損益《そんえき》の言無きも、爾《そ》の日は猶《な》お云わく、「当今須《とうこんすべか》らく此れを煩《わずら》わすべきや」。

謝中郎在寿春敗、臨奔走、猶求玉帖鐙、太傅在軍、前後初無損益之言、爾日猶云、当今須煩此。

▼「爾《そ》の日は猶お云わく」の「猶」は、そんな謝安ですら、の気分をあらわす。

七五　謝公《しゃこう》の東山《とうざん》に在るや

謝公《しゃこう》（謝安）が東山《とうざん》にいたころ、朝命はしばしばくだったが腰をあげようとはしなかった。その後、桓宣武《かんせんぶ》（桓温）の司馬《しば》として出馬した。新亭《しんてい》を出発するにあたって、朝臣たちはおそろいで見送りに出かけた。当時、中丞《ちゅうじょう》をつとめていた高霊《こうれい》（高崧《こうしょう》）もやはり送別に出かけた。あらかじめいくらか酒がはいっていたこととて、酔ったそぶりでしなだれかかり、こうからかった。「きみがしばしば朝廷のご意志にそむき、東山で安閑《あんかん》と暮らしていたころには、みんなはいつもよってたかって、安石《あんせき》くんが出馬しようとせんことにはいったい民草どもはどうなるんだ、といったものだ。今じゃ民草どもはいったいきみをどうあつかえばいいのだね」。謝安は笑ってとりあわなかった。（『世説新語』排調篇）

謝公の東山に在《あ》るや、朝命屢《しばし》ば降《くだ》るも動かず。後《の》ち出でて桓宣武の司馬と為る。将《まさ》に新亭を発せんとして、朝士は咸《み》な出でて瞻送《せんそう》す。高霊は時に中丞為《た》り、亦《ま》た往《ゆ》きて相い祖《あそ》す。先時、多少酒を飲み、因って倚《よ》りて酔えるが如くし、戯《たわむ》れて曰わく、「卿《けい》の屢《しばし》ば朝旨《ちょうし》に違《たが》い、東山に高臥《こうが》するや、

謝公在東山、朝命屢降而不動、後出為桓宣武司馬、将発新亭、朝士咸出瞻送、高霊時為中丞、亦往相祖、先時多少飲酒、因倚如酔、戯曰、卿屢違朝旨、高臥

諸人は毎《つね》に相い与《とも》に言わく、安石肯《あ》えて出でずんば、将《は》た蒼生《そうせい》を如何《いかん》せんと。今ま《ま》亦た蒼生は将《は》た卿を如何《いかん》せん」。謝は笑って答えず。

東山、諸人毎相与言、安石不肯出、将如蒼生何、今亦蒼生将如卿何、謝笑而不答。

▼謝安が東山の隠棲にきりをつけ、官界出馬にふみきったのは、弟の謝万《しゃばん》の失脚が原因であったようである。升平四年（三六〇）、謝安四十一歳のときのことである。謝安がいよいよ出馬したこと、しかもさいしょに就任したのが、なんと江陵《こうりょう》（湖北省江陵）の桓温の幕府の司馬、すなわち参謀部長であったことは、おおいに世間に話題を提供した。

新亭は建康城の西南にあり、そこでしばしば宴会がもよおされたこと、三八条を参照。中丞は御史中丞《ぎょし》。すなわち検察庁の次官。「高臥」は枕をたかくして寝ること。安閑無事の形容。「蒼生」は青々としげる草木。転じて衆民、万民の意となる。

七六　謝公は始め東山の志有るも

謝公（謝安）はさいしょ東山隠棲の志をかためていたが、後になって出仕の厳命がしばしばとどき、なりゆきとしてやむを得ずやっと桓公（桓温）の司馬に就任した。そのころのことだが、ある人が桓公に薬草をとどけ、そのなかに遠志《おんじ》がふくまれていた。桓公はそれをつまみあげて謝安にたずねた。「この薬草はまたの名を小草《しょうそう》という。なぜ一つのものがすかさずこたえた。「そんなのはわかりきったことです」。謝安はすぐにはこたえない。そのとき同席していた郝隆《かくりゅう》がすかさずこたえた。「そんなのはわかりきったことです。ひきこもっておれば遠志だし、出てくれば小草なんです」。謝安はとても恥ずかしそうな顔をした。桓公は謝安に目くばせしながら笑っていった。「郝参軍《かくさんぐん》のこのたびの解釈はなかなかのものじゃ。おまけに、とてもどんぴしゃだ」。（『世説新語』排調篇）

謝公は始め東山の志有るも、後《の》ち厳命屢《しばし》ば臻《いた》り、勢い已《や》むを獲《え》ず、始めて桓公の司馬に就《つ》く。時に人の桓公に薬草を餉《おく》る有り、中に遠志《おんじ》有り。公は取りて以て謝に問う、「此の薬又《ま》た小草と名づく。何ぞ一物にして二称有るや」。謝は未だ即《ただ》ちに答えず。時に郝隆坐《ざ》に在《あ》り、声に応じて答えて曰わく、「此れは甚だ解《かい》し易《やす》し。処《お》れば則ち遠志為《た》り、出ずれば則ち小草為り」。謝は甚だ愧《は》ずる色有り。桓公、謝を目《もく》して笑いて曰わく、「郝参軍の此の過《たび》は乃《すなわ》ち悪《あ》しからず、亦《ま》た極めて会《かい》有り」。

謝公始有東山之志、後厳命屢臻、勢不獲已、始就桓公司馬、于時人有餉桓公薬草、中有遠志、公取以問謝、此薬又名小草、何一物而有二称、謝未即答、時郝隆在坐、応声答曰、此甚易解、処則為遠志、出則為小草、謝甚有愧色、桓公目謝而笑曰、郝参軍此過乃不悪、亦極有会。

▼「遠志」は強壮剤となる薬草。根が遠志、葉が小草とよばれる。その対応が出処の「処」と

「出」にぴったりなところに、郝隆のこたえの妙味がある。「処れば遠志」の遠志には遠大な志、「出ずれば小草」の小草にはつまらぬただの草の含意のあること、いうまでもない。参軍は幕僚の一官名。

七七　謝太傅《しやたいふ》は桓公《かんこう》の司馬《しば》と為《な》る

謝太傅《しやたいふ》（謝安）は桓公（桓温）の司馬《しば》となった。桓温が謝安をたずねると、ちょうど謝安は髪に櫛《くし》をいれており、急いで上着と頭巾を手にとった。桓公は「かまわん」といいつつ車からおり、日がとっぷり暮れるまでかたりあった。ひきあげてから、左右のものにいった。「これまでにあのような人物に会ったことがあるかな」。（『世説新語』賞誉篇）

謝太傅は桓公の司馬と為る。桓の謝に詣《いた》るや、値《たま》ま謝は頭を梳《くしけ》ずり、遽《にわ》かに衣幘《いさく》を取る。桓公云わく、「何ぞ此れを煩《わずら》わさん」。因って下り、共に語りて瞑《めい》に至る。既《すで》に去り、左右に謂《い》いて曰わく、「頗《すこぶ》る曾《か》つて此《か》くの如き人を見し不《や》」。

謝太傅為桓公司馬、桓詣謝、値謝梳頭、遽取衣幘、桓公云、何煩此、因下、共語至瞑、既去、謂左右曰、頗曾見如此人不。

▼さすがの桓温も謝安の人物に一目《いちもく》おいたのである。

七章　謝安の勝利

桓温《かんおん》はしだいに王朝簒奪《さんだつ》の意志をあらわにしだしたが、桓温のおどしを適当にはぐらかしつつ、寧康《ねいこう》元年（三七三）のその死までじっとたえ、桓温の野心をいっさい無に帰せしめたのは、謝安《しゃあん》のタクチクスによるところがすくなくなかった。桓温の幕府に司馬《しば》として出仕した謝安は、その後、侍中《じちゅう》、吏部《りぶ》尚書、尚書僕射《ぼくや》と、中央政府の要職を歴任した。さいしょ桓温の幕府をえらんだのは、あいての人物を自分の目でしかと見とどけておこうとのしたたかな魂胆《こんたん》にもとづいてのことであったのかも知れない。東山《とうざん》隠棲時代に示された謝安の器量のほどは、政治の世界においても本物であることが証明されたのである。

七八　宣武《せんぶ》の南州《なんしゅう》に移鎮《いちん》するや

宣武《せんぶ》（桓温）は南州《なんしゅう》に鎮所を移すと、整然と市街を区画した。ある人が王東亭《おうとうてい》（王珣《おうじゅん》）に、「丞相《じょうしょう》（王導）がさいしょ建康《けんこう》の町づくりをされたとき、伝統に従わず、ぐねぐねと道をつけられたのは、これにくらべるとひどいものだ」といえば、王東亭「それこそ丞相のたくみなところ。江南は土地が狭く、中原《ちゅうげん》とは比較にならぬ。もし東西の道をまっすぐつけたなら、一目で見わたせてしまう。だから、ぐねぐねうねうねと見当がつかぬようにされたのだ」。（『世説新語』言語篇）

宣武の南州に移鎮《いちん》するや、街衢《がいく》を制すること平直《へいちょく》。人、王東亭に謂《い》いて曰わく、「丞相の初め建康を営《いとな》むや、因承《いんしょう》する所無く、而《しこ》うして制置《せいち》すること紆曲《うきょく》なり。此れに方《くら》べて劣れりと為す」。東亭曰わく、「此れぞ丞相の乃ち巧《たく》みと為す所以《ゆえん》。江左は地促《せま》く、中国に如《し》かず。若《も》し阡陌《せんぱく》をして条《じょう》暢《ちょう》ならしむれば、則ち一覧《いちらん》にして尽《つ》く。故に紆余委曲《うよいきょく》、測《はか》る可からざる若《ごと》くす」。

宣武移鎮南州、制街衢平直、人謂王東亭曰、丞相初営建康、無所因承、而制置紆曲、方此為劣、東亭曰、此丞相乃所以為巧、江左地促、不如中国、若使阡陌条暢、則一覧而尽、故紆余委曲、若不可測。

▼興寧《こうねい》二年（三六四）、揚《よう》州牧の位を得た桓温は、江陵《こうりょう》（湖北省江陵）から南州に、すなわち姑孰《こじゅく》（安徽省当塗）に移鎮して王朝へのにらみをきかせた。しかし、洛陽がふたたび前燕《ぜんえん》によって占拠されたのはこの年のことである。

王珣《おうじゅん》は王導の孫。桓温の主簿《しゅぼ》であった。「測《はか》る可からず」は『荘子《そうじ》』天道《てんどう》篇の言葉。「道」の縁語として用いられている。「夫《そ》れ道は、……淵乎《えんこ》として其れ測る可からざるなり」。

七九　郗司空《ちしくう》の北府に在るや

郗司空《ちしくう》（郗愔《ちいん》）が北府に滞在していたとき、桓宣武《かんせんぶ》（桓温）はかれが兵権の座にいるのが気にくわなかった。郗愔《ちいん》はことの機微を見ぬくことにもともと暗く、つぎのような書状を桓温のもとにつかわした。「一致協力して王室をもりたて、園陵《えんりょう》の修復につとめたき所存に御座候」。長男の嘉賓《かひん》（郗超）は外出中であったが、外出先で使者が到着したと聞くと、急いで書状をとりよせさせた。読みおわるとずたずたにひきさき、すぐにとってかえして書状を書きあらため、こう述べた。「老残の身は世務にたえず、閑職をちょうだいのうえ養生につとめたく存じ候」。桓宣武は書状をうけとって大喜び。さっそく詔をもって、郗公（郗愔）は督《とく》五郡・会稽太守《かいけいたいしゅ》に配置がえとなった。（『世説新語』捷悟篇）

郗司空の北府に在《あ》るや、桓宣武は其の兵権に居《お》るを悪《にく》む。郗は事機《じき》に於いて素《もと》より暗く、牋《せん》を遣《つか》わして桓に詣《いた》らしめ、「方《まさ》に共に王室を奨《すす》め、園陵を脩復《しゅうふく》せんと欲す」と。世子《せいし》の嘉賓は出行《しゅつこう》し、道上に於いて信の至るを聞き、急ぎ牋《せん》を取らしむ。視竟《みおわ》るや、寸寸に毀裂《きれつ》し、便《すなわ》ち廻還《かいかん》して更《あらた》めて牋を作り、自陳《じちん》すらく、「老病は人間《じんかん》に堪《た》えず。閑地《かんち》を乞《こ》いて自養《じよう》せんと欲す」。宣武は牋を得て大いに喜ぶ。即ち

郗司空在北府、桓宣武悪其居兵権、郗於事機素暗、遣牋詣桓、方欲共奨王室、脩復園陵、世子嘉賓出行、於道上聞信至、急取牋、視竟、寸寸毀裂、便廻還、更作牋、自陳老病不堪人間、欲乞閑地自養、宣武得牋大喜、即

詔して公を督五郡会稽太守に転ぜしむ。

詔転公督五郡会稽太守。

▼太和《たいわ》四年（三六九）の事件。「北府」は鎮北《ちんほく》将軍、征北《せいほく》将軍、北中郎将《ほくちゅうろうじょう》など「北」の字のつく将軍が統領する京口《けいこう》（江蘇省鎮江）駐屯の軍団であり、その長官は同時に徐《じょ》州刺史ないしは兗《えん》州刺史の民政官を兼ねた。北府の兵士は精鋭ぞろいであって、桓温はつぎのようにいったという。「京口《けいこう》の酒は飲むに可《よ》し、箕《み》は用うに可《よ》し、兵は使うに可《よ》し」。三七条の注をあわせて参照されたい。郗愔《ちいん》は郗鑒《ちかん》の長男であって、父の地位をついだのである。郗愔の息子の郗超《ちちょう》は桓温の幕府に仕え、その目から鼻にぬけるような才智をかわれて桓温の懐刀となった。

「園陵を脩復す」とは、華北にある晋の御陵を修復すること。つまり中原の奪還を意味する。督五郡は五郡の軍事権を統《す》べる都督五郡諸軍事の略。

八〇　桓公《かんこう》北征し

桓公《かんこう》（桓温）は北征の途次、金城《きんじょう》を通過した。かつて琅邪《ろうや》内史《ないし》であった時代に植えた柳がどれもすでに十囲のおおきさになっているのを見て、「木ですらこのとおり。人間がどうしてこらえられようか」、そうしみじみいいつつ、枝をたぐりよせ小枝を手にとって、さめざめと涙を流した。（『世説新語』言語篇）

桓公北征し、金城を経《へ》たり。前に琅邪為《た》りし時に種《う》えし柳の皆《み》な已《すで》に十囲《い》なるを見、慨然《がいぜん》として曰わく、「木すら猶《な》お此《か》くの如し。人何を以てか堪《た》えんや」。枝を攀《よ》じ条《えだ》を執《と》り、泫然《げんぜん》として涙を流す。

桓公北征、経金城、見前為琅邪時種柳、皆已十囲、慨然曰、木猶如此、人何以堪、攀枝執条、泫然流涙。

▼太和四年（三六九）、北府の軍団をも掌中におさめた桓温が、前燕を討つべく、姑孰《こじゅく》からふたたび北伐の途にのぼったときの話であろう。金城は南京の東方郊外、名刹の棲霞寺《せいかじ》のあるあたりである。両方の手のひらをひろげてできる輪が一囲。その十倍のおおきさが十囲。おおきいことの形容であるにはちがいないが、日本語の十かかえではない。『世説新語』容止《ようし》篇に、「庾子嵩《ゆしすう》（庾敳《ゆがい》）は身長は七尺にもたりぬのに、腰まわりは十囲。ぐったりとなげやりだ」とあるのから、およそのおおきさが想像できよう。

八一　桓石虔《かんせきけん》は司空豁《しくうかつ》の長庶《ちょうしょ》なり

桓石虔《かんせきけん》は司空桓豁《しくうかんかつ》のいちばん年上の庶子《しょし》である。幼名は鎮悪《ちんあく》。十七、八になってもいっこうだつがあがらず、小姓たちはそのころから「鎮悪坊《ちんあくぼう》」とよんでいた。いつも宣武《せんぶ》（桓温）の部屋住みである。枋頭《ほうとう》の役に従軍したさい、車騎《しゃき》将軍の桓沖《かんちゅう》が戦場でゆくえ知れずとなった。まわりのなかに先にたって救出しようとするものはいない。宣武はいった。

「おまえの叔父は賊の手におちた。おまえは知っておるか」。石虔はそう聞くと、武者ぶるいした。朱辟《しゆへき》を副官に命じ、数万の軍勢のなかを馬に鞭をあてて馳《か》けめぐると、はむかえるものはなく、ただちに桓沖をつれもどした。全軍はこぞって感服した。河北《かほく》地方では、その後、かれの名をよんで瘧《おこり》の発作をとめたものである。(『世説新語』豪爽篇)

桓石虔は司空豁の長庶《ちようしよ》なり。小字《しようじ》は鎮悪。年十七八なるも未《いま》だ挙《あ》げられずして、而《しか》して童隷《どうれい》は已《すで》に呼んで鎮悪郎と為す。嘗《つね》に宣武の斎頭《さいとう》に住《じゆう》す。従って枋頭を征し、車騎の沖は陣《じん》に没す。左右能《よ》く先んじて救う莫《な》し。宣武謂いて曰わく、「汝の叔は賊に落つ。汝知る不《や》」。石虔は之を聞き、気甚だ奮《ふる》う。朱辟を命じて副と為し、馬を数万衆中に策《むちう》ち、抗《こう》する者有る莫《な》く、径《ただ》ちに沖を致《いた》して還《かえ》る。三軍は歎服《たんぷく》す。河朔《かさく》は後《の》ち其の名を以て瘧《ぎやく》を断《た》つ。

桓石虔、司空豁之長庶也、小字鎮悪、年十七八未被挙、而童隷已呼為鎮悪郎、嘗住宣武斎頭、従征枋頭、車騎沖没陳、左右莫能先救、宣武謂曰、汝叔落賊、汝知不、石虔聞之、気甚奮、命朱辟為副、策馬於数万衆中、莫有抗者、径致沖還、三軍歎服、河朔後以其名断瘧。

▼太和四年(三六九)の桓温の北伐は、枋頭(河南省濬)において敗北を喫し、撤退した。そのときの話である。桓豁、桓沖、ともに桓温の弟。さいごの一句の意味は、「悪を鎮《しず》める」と

いう「鎮悪 zhen-e」の名を呪文《じゅもん》のようにとなえて瘧《おこり》の発作をしずめたというのである。

八二　桓宣武《かんせんぶ》は簡文帝《かんぶんてい》に対し

桓宣武《かんせんぶ》（桓温）は簡文帝《かんぶんてい》の前では思う存分にしゃべれなかった。海西公《かいせいこう》を廃位させたあと、自分の口から説明するのがよかろうと、あらかじめ数百語ばかり用意して廃立《はいりつ》の次第を述べようと思った。さて簡文帝に謁見すると、簡文帝ははらはらとめどもなく涙を流す。宣武はいたみいって一言も発することができなかった。（『世説新語』尤悔篇）

桓宣武は簡文帝に対し、甚だしくは語るを得ず。海西を廃せし後、宜《よろ》しく自《みず》から申叙《しんじょ》すべく、乃ち予《あらか》じめ数百語を撰《せん》し、廃立《はいりつ》の意を陳《の》べんとす。既《すで》に簡文に見《まみ》ゆるに、簡文は便《すなわ》ち泣《なみだ》下ること数十行。宣武は矜愧《きんかい》し、一言を得ず。

桓宣武対簡文帝、不甚得語、廃海西後、宜自申叙、乃予撰数百語、陳廃立之意、既見簡文、簡文便泣下数十行、宣武矜愧、不得一言。

▼海西公司馬奕《しばえき》は東晋の第七代皇帝。廃位されたうえ海西公におとされ、かわって宰相であった琅邪王《ろうやおう》司馬昱《しばいく》が立てられた。簡文帝である。この廃立が行なわれたのは西暦三七一年。王朝簒奪をもくろむ桓温の布石の一つであった。

八三　桓宣武は既《すで》に太宰《たいさい》父子を廃し

桓宣武（桓温）は太宰《たいさい》父子を罷免のうえ、なおつぎのように上表した。「つまらぬ私情などふっきって、久遠の計をたいせつになさるべきです。もし太宰父子を除きますならば、後顧《こうこ》の憂いはなくなりましょう」。簡文帝は親書をもって上表にこたえた。「口にするのも忍びないこと。ましてやこんなひどい言い草」。宣武はまたかさねて上表し、その言辞はいっそう強硬となった。簡文帝はあらためてこたえた。「もし晋王室が長久であるのならば、貴殿はこの詔を励行《れいこう》されるがよい。もし運命から見離されたのなら、どうか賢者に道をゆずらせてもらおう」。桓公は詔を読むと、手はぶるぶるふるえ、冷汗が流れた。こうして沙汰《さた》やみとなり、太宰父子は新安《しんあん》（浙江省衢州）へ遠島《えんとう》となった。（『世説新語』黜免篇）

桓宣武は既に太宰父子を廃し、仍《な》お上表して曰わく、「応《まさ》に近情を割《さ》きて以て遠計を存すべし。若《も》し太宰父子を除かば、後憂《こうゆう》無かる可し」。簡文は手ずから表に答えて曰わく、「言うに忍びざる所。況《いわ》んや言に過ぐるをや」。宣武又《ま》た重《かさ》ねて表し、辞は転《うた》た苦切《くせつ》なり。簡文更《あらた》めて答えて曰わく、「若《も》し晋室霊長《れいちょう》ならば、明公《めいこう》便《すなわ》ち宜しく此の詔を奉行すべ

桓宣武既廃太宰父子、仍上表曰、応割近情以存遠計、若除太宰父子、可無後憂、簡文手答表曰、所不忍言、況過於言、宣武又重表、辞転苦切、簡文更答曰、若晋室霊長、明公便宜奉行此詔、若

し。如《も》し大運《たいうん》去らば、請《こ》う賢路《けんろ》を避けん」。桓公は詔を読み、手は戦《おのの》き汗を流す。此《ここ》に於いて乃《すなわ》ち止《や》む。太宰父子は遠く新安に徙《うつ》る。

如大運去矣、請避賢路、桓公読詔、手戦流汗、於此乃止、太宰父子遠徙新安。

▼太宰父子というのは簡文帝の兄の武陵王《ぶりょうおう》司馬晞《しばき》とその子の司馬綜《しばそう》。桓温参内の機をねらって殺害しようと計画したのがもれたのである。太宰は三公の一つである太師《たいし》のこと。晋《しん》では司馬《しば》師《し》の諱《いみな》を避けて太宰とよんだ。「賢路を避けん」とは、桓温に天子の位を譲ろうとの意味。

八四　初め熒惑《けいわく》、太微《たいび》に入り

さいしょ火星が太微《たいび》の星座に入り、つづいて海西公《かいせいこう》が廃位された。簡文帝《かんぶんてい》が即位すると、またしても太微の星座に入り、帝は気味わるがった。そのとき、郗超《ちちょう》が中書郎《ちゅうしょろう》として直《とのい》していたが、郗超をまねきいれていった。「天命の長短はもとより計算の外のことながら、本当に近日のような事件は二度とあるまいな」。郗超「大司馬《だいしば》（桓温）どのにはおりしも外は領土をかため、内は国家を安んじようとしておられます。けっしてそのような心配はございませぬ。臣が陛下のために一家の生命をかけて保証いたします」。帝はそこで庾仲《ゆちゅう》初《しょ》（庾闡《ゆせん》）の詩を口ずさんだ。「志士は朝《みかど》の危うきを痛《いた》み、忠臣は主《あるじ》の辱《はずか》しめらるるを哀《かな》しむ」。その声はまことに悽絶《せいぜつ》であった。郗超が休暇をとって東にもどるさい、帝はいった。「父上に伝えてほしい。わが一家もわが国家も、こんな破目にたちいたってしまった。これも、ほかならぬこのわしが道義によってしっかりとまもることもできず、禍患《かかん》に気づいてあらかじめくいとめることができなかったせいだ。ふがいなさを歎ずること深く、言葉ではなんともたとえようがない、とな」。そういうと、涙は襟《えり》に流れおちた。（『世説新語』言語篇）

初め熒惑《けいわく》、太微《たいび》に入り、尋《つ》いで海西を廃す。簡文登祚《とうそ》するや、復《ま》た太微に入り、帝は之を悪《にく》む。時に郗超は中書と為りて直《とのい》に在《あ》り。超を引き入れて曰わく、「天命の脩短《しゅうたん》は故《もと》より計《はか》る所に非《あら》ざるも、政《まさ》に当《まさ》に復《ま》た近日の事無かるべき否《や》」。超曰わく、「大司馬は方《まさ》に将《まさ》に外は封疆《ふうきょう》を固《かた》め、内は社稷《しゃしょく》を鎮《しず》めんとす。必らず此《か》くの若《ごと》きの慮《りょ》無し。臣は陛下の為に百口を以て之を保《ほ》す」。帝は因って庾仲初の詩を誦《しょう》して曰わく、「志士は朝《ちょう》の危うきを痛《いた》み、忠臣は主の辱《はずかし》めらるるを哀《かな》しむ」。声甚だ悽厲《せいれい》たり。郗の仮《か》を受けて東に還《かえ》るや、帝曰わく、「意を尊公《そんこう》に致《いた》せ。家国《かこく》の事、遂に此《ここ》に至る。是れ身の道を以て匡衛《きょうえい》し、患を思いて預《あらか》じめ防

初熒惑入太微、尋廃海西、簡文登祚、復入太微、帝悪之、時郗超為中書在直、引超入曰、天命脩短、故非所計、政当無復近日事否、超曰、大司馬方将外固封疆、内鎮社稷、必無若此之慮、臣為陛下以百口保之、帝因誦庾仲初詩曰、志士痛朝危、忠臣哀主辱、声甚悽厲、郗受仮還東、帝曰、致意尊公、家国之事、遂至於此、由是身不能以道匡衛、

ぐ能《あた》わざるに由《よ》る。愧歎《かいたん》の深き、言何ぞ能《よ》く喩《たと》えん」。因って泣《なみだ》下りて襟《きん》に流る。

思患預防、愧歎之深、言何能喩、因泣下流襟。

▼「熒惑」は、人の目をまどわせるというのが本義。火星の運行は、前進したり逆行したり、その軌跡が定まらないのでこの名でよばれる。「太微」は地上の天子に対応する星座。『晋書《しんじょ》』天文志《てんもんし》上に、「太微は天子の庭なり、五帝の坐なり」とある。「近日の事」とは天子の廃立事件。簡文帝が口ずさんだのは庾闡《ゆせん》の「従征詩」。庾闡は東晋の人である。郗超《ちちょう》の父は郗愔《ちいん》。そのご機嫌うかがいのため、郗超は東の会稽《かいけい》にもどったのである。七九条を参照されたい。

八五　桓宣武は郗超《ちちょう》と

桓宣武（桓温）は郗超《ちちょう》をあいてに朝臣たちを誅滅《ちゅうめつ》せんことを相談し、リストができあがると、その夜は同宿した。翌朝、起床すると、謝安《しゃあん》と王坦之《おうたんし》をよびいれて、書きつけをぽんとつきつけた。郗はまだベッドのカーテンのなか。謝安はまったく無言である。王坦之はすぐにつきかえして、「多すぎます」といった。宣武が筆をとりあげて削ろうとすると、郗超は思わずカーテンのかげからこっそり宣武にささやきかけた。謝安はにやりとして、「郗先生はこれこそ黒幕というものだ」。（『世説新語』雅量篇）

桓宣武は郗超と与《とも》に朝臣を芟夷《さんい》せんと議す。条牒《じょうちょう》既に定まり、其の夜同宿す。明晨《みょうしん》起き、謝安と王坦之を呼び入れ、疏《そ》を擲《なげう》ちて之に示す。郗は猶お帳内《ちょうない》に在り。謝は都《すべ》て無言なり。王は直《ただ》ちに擲還《てきかん》して云わく、「多し」。宣武、筆を取って除かんと欲す。郗は覚《おぼ》えず窃《ひそ》かに帳中従《よ》り宣武と言う。謝、笑いを含みて曰わく、「郗生は入幕《にゅうまく》の賓《ひん》と謂《い》う可きなり」。

桓宣武与郗超議芟夷朝臣、条牒既定、其夜同宿、明晨起、呼謝安王坦之入、擲疏示之、郗猶在帳内、謝都無言、王直擲還云、多、宣武取筆欲除、郗不覚窃従帳中与宣武言、謝含笑曰、郗生可謂入幕賓也。

▼『資治通鑑《しじつがん》』はこの話を、簡文帝《かんぶんてい》を継いだ孝武帝《こうぶてい》の即位初年、寧康《ねいこう》元年（三七三）にかけている。そのころ謝安は吏部尚書《りぶしょうしょ》、王坦之は侍中《じちゅう》であった。

八六　桓公は甲《よろい》を伏せ饌《せん》を設け

桓公《かんこう》（桓温《かんおん》）は鎧《よろい》武者をしのばせ、食事を用意し、盛大に朝臣たちを招待して、その機会に謝安と王坦之をなきものにしようと考えた。王坦之はそわそわして謝安にたずねる。「何としたものか」。謝安は表情ひとつかえず、文度《ぶんど》（王坦之）にむかって、「晋王朝の存亡はこの行動ひとつにかかっているのだ」といい、二人ならんで進んだ。王坦之の恐怖のさまはますます表情にあらわれたが、謝安のゆったりした様子はいよいよ容貌にうかがわれ、階段をめざし席におもむくにあたって、洛陽の書生節《ぶし》で「浩浩《こうこう》たる洪《ひろ》き流れよ」となった。桓温はその悠揚《ゆうよう》せまらざる態度におそれをなし、ただちに武装を解除させた。王坦之と謝安はかねて名声をひとしくしたが、ここにおいてはじめて優劣がついた。(『世説新語』雅量篇)

桓公は甲《よろい》を伏せ饌《せん》を設け、広く朝士を延《まね》き、此れに因《よ》って謝安、王坦之を誅《ちゅう》せんと欲す。王は甚だ遽《あわ》て、謝に問いて曰わく、「当《まさ》に何の計を作《な》すべきや」。謝は神意《しんい》変ぜず、文度に謂いて曰わく、「晋阼《しんそ》の存亡は此の一行《いっこう》に在り」。相い与《とも》に倶《とも》に前《すす》む。王の恐状《きょうじょう》は転《うた》た色に見《あら》われ、謝の寛容《かんよう》は愈《いよい》よ貌に表《あら》わる。階を望《のぞ》み席に趨《はし》るや、方《まさ》に洛生詠《らくせいえい》を作《な》し、「浩浩《こうこう》たる洪流《こうりゅう》」と諷《ふう》す。桓は其の曠遠《こうえん》を憚《はば》かり、乃ち趣《ただ》ちに兵を解《と》く。王謝は旧《も》と名を斉《ひと》しくせしも、此《ここ》に於いて始めて優劣を判《わか》つ。

桓公伏甲設饌、広延朝士、因此欲誅謝安王坦之、王甚遽、問謝曰、当作何計、謝神意不変、謂文度曰、晋阼存亡、在此一行、相与倶前、王之恐状、転見於色、謝之寛容、愈表於貌、望階趨席、方作洛生詠、諷浩浩洪流、桓憚其曠遠、乃趣解兵、王謝旧斉名、於此始判優劣。

▼簡文帝の死にあたって桓温にあたえられた遺詔には、「諸葛亮《しょかつりょう》、王導《おうどう》の故事に依れ」、つまり、かれらのようにつぎに立つ幼主――孝武帝《こうぶてい》――を輔佐して王朝をもりたてよ、とあった。王朝

簒奪計画の出鼻をくじかれた桓温は、この遺詔が謝安と王坦之のいれ智恵によるものとかんぐり、二人を除こうとしたのである。

「洛生詠」は「洛下書生詠」。洛陽の書生たちが書物を声にだして読むさいの重く濁った調子をまねた歌いかただという。『世説新語』軽詆《けいてい》篇に、顧長康《こちょうこう》、すなわち顧愷之《こがいし》の話として、「なぜ洛生詠をやらんのだ」とたずねられ、「どうして婆さん節《ぶし》（老婢声《ろうひせい》）をやらねばならぬ」、とこたえたという話がある。がんらい鼻疾のあった謝安はこれがお得意であり、人々は鼻をつまんで真似た。「浩浩たる洪流」は、嵆康《けいこう》の「秀才《しゅうさい》の軍に入るに贈る詩」の一節。

八七　謝太傅《しゃたいふ》は王文度《おうぶんど》と共に

謝太傅《しゃたいふ》（謝安）は王文度《おうぶんど》（王坦之《おうたんし》）とともに郗超《ちちょう》を訪れた。日はとっぷり暮れたのにまだ通してもらえない。王坦之はひきあげようとした。謝安はいった。「生命のためにちょっとの間のしんぼうができぬのか」。（『世説新語』雅量篇）

謝太傅は王文度と共に郗超に詣《いた》る。日旰《く》るるも未《いま》だ前《すす》むを得ず。王は便《すなわ》ち去らんと欲す。謝曰わく、「性命の為に俄《が》頃《けい》を忍ぶ能《あた》わざるや」。

謝太傅与王文度共詣郗超、日旰未得前、王便欲去、謝曰、不能為性命忍俄頃。

▼注にいう。「超は桓温に寵を得、殺生の威を専《もっぱ》らにす」。

八八　桓公臥語《がご》して

桓公（桓温）はベッドにふせりながらつぶやいた。「火が消えたようなこの寂しさ。きっと文王《ぶんおう》や景王《けいおう》に笑われようぞ」。やがてがばと起きあがり、坐りなおしていった。「芳名《ほうめい》を後世に流すこともできず、臭声《しゅうせい》を万歳にのこすこともかなわぬのか」。（『世説新語』尤悔篇）

桓公臥語して曰わく、「此の寂寂《じゃくじゃく》を作《な》す。将《まさ》に文景の笑う所と為らん」。既にして屈起《くつき》して坐して曰わく、「既に芳《ほう》を後世に流す能《あた》わず、亦《ま》た復《ま》た臭《しゅう》を万載《ばんさい》に遺《のこ》すに足らず邪《や》」。

桓公臥語曰、作此寂寂、将為文景所笑、既而屈起坐曰、既不能流芳後世、亦不足復遺臭万載邪。

▼文王は司馬師《しばし》、景王は司馬昭《しばしょう》。孝武帝即位初年の寧康《ねいこう》元年（三七三）に桓温は死んだ。東晋の政局を二十年以上にわたって騒がせたこのおとこの死を、『晋書《しんじょ》』孝武帝紀は長い肩書のもとにつぎのように記している。「秋七月己亥《きがい》、使持節・侍中・都督中外諸軍事・丞相・録尚書・大司馬・揚州牧・平北将軍・徐兗《じょえん》二州刺史・南郡公なる桓温薨《こう》ず」。六十二歳であった。

八九　謝公《しやこう》の時、兵厮逋亡《へいしほぼう》し

謝公《しやこう》（謝安《しやあん》）の執政時代のこと、雑兵《ぞうひよう》どもが逃亡し、多数のものが近くの南塘《なんとう》河岸の舟のなかにまぎれこんだ。あるものが一斉捜索をしたいと願いでたところ、謝公はゆるさず、「もしこやつらをかかえこめんようでは、京都《みやこ》の名が泣くさ」というのであった。（『世説新語』政事篇）

謝公の時、兵厮逋亡《へいしほぼう》し、多く近く南塘《なんとう》下の諸舫《ぼう》中に竄《のが》る。或《あ》るひと一時の捜索を求めんと欲す。謝公許さずして云わく、「若《も》し此の輩《はい》を置くを容《ゆる》さずんば、何を以て京都《けいと》と為さん」。

謝公時、兵厮逋亡、多近竄南塘下諸舫中、或欲求一時捜索、謝公不許云、若不容置此輩、何以為京都。

▼南塘については三九条を見よ。
桓温の死後、謝安が録尚書事《ろくしようしよじ》として宰相の位についたのは孝武帝の太元《たいげん》元年（三七六）。この話にみられるように、謝安は東晋初代の宰相であった王導《おうどう》の寛容の政治にならった。つぎの一条をあわせて見ていただきたい。

九〇　王右軍《おうゆうぐん》は謝太傅と共に

王右軍《おうゆうぐん》（王羲之《おうぎし》）は謝太傅《しゃたいふ》（謝安）とともに冶城《やじょう》に登った。謝安は悠然《ゆうぜん》と遠くに思いをはせ、超俗の志をいだいている。王羲之は謝安にいった。「夏《か》の禹《う》王は王事にいそしんで手足にまめができた。周《しゅう》の文王《ぶんおう》は夜おそくなってから食事をとり、時間もたりぬほどであった。現在、四方の郊外には塁《とりで》がたくさん築かれ、めいめいがんばらなければならぬ。それなのに、空疎な談論のためにしごとをほうりだし、益《やく》にもたたぬ文学によって要務をだいなしにするのは、おそらく時局にかなったことではあるまい」。謝安はこたえた。「秦《しん》は商鞅《しょうおう》を信任したが二代で亡んでしまった。いったい清談がわざわいをまねいたのかね」。

（『世説新語』言語篇）

王右軍は謝太傅と共に冶城《やじょう》に登る。謝は悠然《ゆうぜん》と遠く想い、高世《こうせい》の志有り。王は謝に謂いて曰わく、「夏禹《かう》は王に勤《つと》め、手足胼胝《しゅそくへんち》す。文王は旰食《かんしょく》し、日も給するに暇《いとま》あらず。今《い》ま四郊は多塁《たるい》、宜しく人人自《みず》から効《いた》すべし。而《しか》るに虚談《きょだん》もて務《つとめ》を廃し、浮文《ふぶん》もて要を妨《さまた》ぐるは、恐らく当今《とうこん》の宜《よろ》しき所に非《あら》ず」。謝答えて曰わく、「秦は商鞅に任じ、二世にして亡ぶ。豈《あ》に清言《せいげん》の患《わざわ》いを致《いた》せし邪《や》」。

王右軍与謝太傅共登冶城、謝悠然遠想、有高世之志、王謂謝曰、夏禹勤王、手足胼胝、文王旰食、日不暇給、今四郊多塁、宜人人自効、而虚談廃務、浮文妨要、恐非当今所宜、謝答曰、秦任商鞅、二世而亡、豈清言致患邪。

▼治城については四七条を参照。夏の禹王は夏王朝の創業者。天下の治水につとめた。皇甫謐《こうほひつ》の『帝王世紀《ていおうせいき》』に、「禹は洪水を治《おさ》め、手足胼胝《へんち》す」とある。周の文王は周王朝の創業者。『書経』無逸《むいつ》篇に、「朝自《よ》り日の中し昃《かたむ》くに至るまで食らうに遑暇《いとま》あらず」とある。「旰食《かんしょく》」は多忙のため夜おそくなってから食事をとること。「日も給するに暇《いとま》あらず」とは、日数もたりぬほど忙しいこと。「四郊多塁」は『礼記《らいき》』曲礼《きょくらい》上篇の言葉。防衛のため多事多難なことをいう。商鞅は前四世紀、戦国時代の法家に属する政治家。秦の孝公に登用され、苛酷な法令にもとづく政治改革を断行した。その結果、秦は戦国七雄のなかの最強国にのしあがり、秦の始皇帝の天下統一の基礎がきずかれたが、しかしその秦帝国も、始皇帝をついだ二世皇帝のときに崩壊してしまった。

九一　苻堅《ふけん》の遊魂《ゆうこん》、境に近づく

苻堅《ふけん》がふらふらさまよいだして国境に近づくと、謝太傅《しゃたいふ》（謝安）は子敬《しけい》（王献之《おうけんし》）にいった。「ひとつ、要路のものがこのしまつをつけるべきかな」。（『世説新語』雅量篇）

苻堅の遊魂《ゆうこん》、境に近づく。謝太傅は子敬に謂《い》いて曰わく、「将《ある》いは当軸《とうじく》、其れ此の処《ところ》を了《りょう》す可し」。

苻堅遊魂近境、謝太傅謂子敬曰、可将当軸了其此処。

▼苻堅（三三八―三八五）は前秦《ぜんしん》の君主。氐《てい》族の出身である。華北の統一に成功した苻堅は、江南征服を計画し、晋の太元八年（三八三）、みずから軍勢をひきいて南にむかった。苻堅には桓温《かんおん》の北伐にたいするしかえしの感情もあり、「毎《つね》に桓温の寇《こう》を思えば、江東（江南）は滅ぼさざる可からず」と群臣にかたっていたという（『晋書』苻堅載紀下）。その軍勢の威容は、「堅《けん》の長安を発するや、戎卒《じゆうそつ》は六十余万、騎は二十七万、前後千里、旗鼓《きこ》は相《あ》い望む」と伝えられている（同上）。東晋がむかえた最大の危機であった。

「遊魂」の原義は浮遊する霊魂。『易経』繋辞《けいじ》上伝に、「精気《せいき》は物と為り、遊魂は変を為す」。ここでは、胡《えびす》の苻堅が幽霊のようにさまよいでることをいう。たとえば『宋書《そうじよ》』劉勔《りゆうべん》伝に、「虜《えびす》は汝陰《じよいん》を囲逼《いひつ》し、遊魂すること二歳」とあるのもおなじ用例。「当軸」は政治の要路にあるもの。

九二　郗超《ちちよう》は謝玄《しやげん》と善《よ》からず

郗超《ちちよう》は謝玄《しやげん》と仲がわるかった。苻堅《ふけん》は晋の鼎《かなえ》の軽重を問わんものと、梁《りよう》山、岐《き》山の地方を蚕食《さんしよく》したうえ、さらに淮水《わいすい》の南を虎視《こし》眈眈《たんたん》とつけねらった。そのとき、朝廷会議では謝玄に北伐させることがきまったが、世間は賛否の両論でわきかえった。ひとり郗超はいった。「成功まちがいなしだ。ぼくは以前、かれといっしょに桓宣武《かんせんぶ》（桓温《かんおん》）の幕府にいたことがあるが、人の能力を十二分にひきだし、草履《ぞうり》とりにいたるまで適役を得たものだ。

このことから考えて、きっと手柄をたてられよう」。やがて大功をたてると、当時の人々はだれしも郗超の先見の明に感心するとともに、かれが愛憎によってあいての長所を反故《ほご》にしなかったことに敬意をはらった。（『世説新語』識鑒篇）

郗超は謝玄と善《よ》からず。苻堅は将《まさ》に晋の鼎を問わんとし、既《すで》に已《すで》に梁岐《りょうき》を狼噬《ろうぜい》し、又《ま》た淮陰《わいいん》を虎視《こし》す。時に朝議は玄を遣《つか》わして北討せしむるも、人間《じんかん》には頗《すこぶ》る異同《いどう》の論有り。唯《た》だ超のみ曰わく、「是《こ》れ必らず事を済《な》さん。吾昔《むかし》嘗《か》つて与《とも》に共に桓宣武の府に在《あ》って、使才《しさい》皆《み》な尽くすを見る。履屐《りげき》の間《かん》と雖《いえど》も、亦《ま》た其の任を得たり。此れを以て之を推《お》すに、容《ある》いは必らず能く勲《いさお》を立てん」。元功既《すで》に挙《あ》がるや、時人は咸《み》な超の先覚《せんがく》を歎じ、又《ま》た其の愛憎を以て善を匿《かく》さざるを重んず。

郗超与謝玄不善、苻堅将問晋鼎、既已狼噬梁岐、又虎視淮陰矣、于時朝議遣玄北討、人間頗有異同之論、唯超曰、是必済事、吾昔嘗与共在桓宣武府、見使才皆尽、雖履屐之間、亦得其任、以此推之、容必能立勲、元功既挙、時人咸歎超之先覚、又重其不以愛憎匿善。

▼苻堅を迎え撃つ東晋軍の指揮にあたったのは、謝安《しゃあん》の弟の謝石《しゃせき》、ならびに甥《おい》の謝玄であった。「晋の鼎を問う」、すなわち鼎の軽重を問うというのは、天下を奪う野心のあった楚《そ》の荘王《そうおう》が、周《しゅう》の定王《ていおう》にその伝国の宝である鼎の重さをたずねたという『左伝《さでん》』宣公三年にみえる故事にも

とづく。「虎視」は『易経』頤《い》の卦《か》の「虎視耽耽《たんたん》」。「梁岐」は梁山と岐山。『書経』禹貢《うこう》篇に「壺口《ここう》より梁及び岐を治む」とあるのにもとづくが、梁山と岐山が存在する関中の地はいうまでもなく晋の故地、またがんらい漢民族の住地である。

九三　謝公、人と囲碁《いき》す

謝公《しやこう》（謝安）が客と碁《ご》をうっているところへ、突然、謝玄の淮水《わいすい》戦線からの使者が到着した。書簡を読みおえると、黙然と無言のまま、おもむろに盤にむかいなおした。客が淮水戦線の戦局についてたずねたところ、「ぼうずどもが敵を大敗させおった」とこたえた。表情もふるまいも、ふだんと変るところがなかった。（『世説新語』雅量篇）

謝公、人と囲碁《いき》す。俄《にわ》かにして謝玄の淮上《わいじよう》の信至る。書を看竟《みおわ》り、黙然《もくねん》と言無く、徐《おもむ》ろに局に向かう。客、淮上の利害を問う。答えて曰わく、「小児輩《しようじはい》、大いに賊を破れり」。意色挙止《いしよくきよし》、常に異《こと》ならず。

謝公与人囲棊、俄而謝玄淮上信至、看書竟、黙然無言、徐向局、客問淮上利害、答曰、小児輩大破賊、意色挙止、不異於常。

▼謝玄は苻堅《ふけん》のひきいる前秦軍を、寿春《じゆしゆん》（安徽省寿）の西方、肥水《ひすい》が淮水《わいすい》に注ぎこむ附近で迎え撃ち、潰滅《かいめつ》させた。いわゆる肥水の戦いである。『晋書《しんじよ》』謝玄伝にいう。「堅《けん》の衆は奔潰《ほんかい》し、

自《みず》から相《あ》い蹈藉《とうしゃ》し、水に投じて死する者は勝《あ》げて計《はか》る可からず。肥水は之が為《ため》に流れず。余衆は甲《よろい》を棄てて宵《よい》に遁《のが》れ、風の声《おと》、鶴の唳《こえ》を聞くも、皆《み》な以て王師已《すで》に至れりと為す」。この大勝利の報に接した謝安がうれしくなかったはずはない。『晋書』謝安伝は、本条の話を引いたあとにつぎのように書きたしている。「対局がおわって部屋にもどるさい、しきいをまたぐと、うれしさがこみあげ、下駄の歯が折れたのにも気づかなかった」。

九四　桓車騎《かんしゃき》の上明《じょうめい》に在って畋猟《でんりょう》するや

桓車騎《かんしゃき》（桓沖）が上明《じょうめい》で狩をしているところへ東方からの使者が到着し、淮水戦線の大勝利を伝えた。「謝《しゃ》家の若者どもが賊を大敗させおった」と従者にかたると、そのまま病気になって死んでしまった。口さがない連中は、かれのこの死は揚《よう》州を譲って荊《けい》州に赴任したことよりもあっぱれだ、とかたりあった。（『世説新語』尤悔篇）

桓車騎の上明に在って畋猟《でんりょう》するや、東信至り、淮上《わいじょう》の大捷《しょう》を伝う。左右に語って云わく、「群謝《ぐんしゃ》の年少大いに賊を破れり」。因《よ》って病を発して薨《こう》ず。談者以為《おも》えらく、此の死は揚《よう》を譲り荊《けい》に之《ゆ》くに賢《まさ》る、と。

桓車騎在上明畋猟、東信至、伝淮上大捷、語左右云、群謝年少大破賊、因発病薨、談者以為此死賢於譲揚之荊。

▼桓沖は桓温の弟。揚州刺史のポストを謝安に譲って荊州刺史に移った。かれは謝玄たちがよもや苻堅軍を敗《ま》かそうとは予想だにしなかったのである。上明は湖《こ》北《ほく》省松滋《しょうじ》県。荊州刺史の治所の所在地である。

八章　東晋王朝の落日

太元《たいげん》十年（三八五）に謝安《しゃあん》が他界すると、政権を担当することとなったのは、簡文帝《かんぶんてい》の第五子、すなわち孝武帝《こうぶてい》の弟の会稽王《かいけいおう》司馬道子《しばどうし》（三六四―四〇三）であったが、アルコールが過ぎ、とりまきは佞臣《ねいしん》ばかりでかためられ、政治は極度の腐敗と無秩序におちいった。かくして、北府軍団長の王恭《おうきょう》（?―三九八）が兵を挙げ、また孫恩《そんおん》によってひきいられた民衆叛乱が勃発し、かかる混乱に乗じて、桓温《かんおん》の子の桓玄《かんげん》（三六九―四〇四）が王朝を奪いとる。桓玄王朝は百日天下におわったけれども、東晋《とうしん》王朝の息の根は、北府軍団たたきあげの武将、劉裕《りゅうゆう》（三六三―四二二）によってたたれた。劉裕は宋《そう》王朝を創業する武帝《ぶてい》である。

九五　王緒《おうしょ》と王国宝《おうこくほう》は相《あ》い脣歯《しんし》と為《な》り

王緒《おうしょ》と王国宝《おうこくほう》はおなじ穴のむじな、二人して権力の座をおもちゃのようにもてあそんだ。王大《おうだい》（王忱《おうしん》）はそんなことに我慢がならず、そこで王緒にいった。「おまえはすさまじい

勢いだが、獄卒《ごくそつ》のえらさを考えてみたことがないのかね」。（『世説新語』規箴篇）

王緒と王国宝は相《あ》い脣歯《しんし》と為り、並びに権要《けんよう》を上下す。王大は其の此《か》くの如きに平《たいら》かならず、乃《すなわ》ち緒に謂《い》いて曰わく、「汝は此の欻欻《こつこつ》を為すも、曾《か》つて獄吏《ごくり》の貴きと為すを慮《おも》んばからざる乎《か》」。

王緒王国宝相為脣歯、並上下権要、王大不平其如此、乃謂緒曰、汝為此欻欻、曾不慮獄吏之為貴乎。

▼王緒と王国宝は司馬道子《しばどうし》の寵愛をうけた二人である。王忱は王国宝の弟。また王緒は国宝、忱兄弟の従弟《いとこ》。「脣歯」はもちつもたれつの関係をいう言葉。『左伝《さでん》』僖公《きこう》五年に、「脣《くちびる》亡べば歯寒し」。「欻欻」は風の吹きおこるさま。「獄吏の貴き……」は『史記《しき》』絳侯周勃《こうこうしゅうぼつ》世家にもとづく。謀叛のかどで捕えられた周勃は、釈放されるといった。「吾は嘗《か》つて百万の軍に将たり。然れども安《いずく》んぞ獄吏の貴きを知らんや」。

九六　王忱《おうしん》死し、西鎮《せいちん》は未《いま》だ定まらず

王忱《おうしん》が他界すると、西の鎮《しず》めはまだきまらず、朝廷の貴人たちはそれぞれに望みをかけた。当時、殷仲堪《いんちゅうかん》は門下省《もんかしょう》に在籍し、枢要の地位ではあったが、資格も名声もとるに足らず、世評では一方の長官にふさわしいとみとめるまでにはいたらなかった。晋の孝武帝《こうぶてい》は

そばづかえの腹心を抜擢しようと思い、かくて殷仲堪を荆《けい》州刺史とすることにきめた。内定はしたけれども、詔はまだ出ない。王珣《おうじゅん》は殷仲堪にたずねた。「陝西《せんせい》についてなぜまだ沙汰《さた》がないのかね」。殷「もう人間はきまっています」。王珣は公卿の名を一人一人あげてたずねてみたが、すべて「ちがう」という。器量と門地をもって自認していた王珣は、きっと自分なのだろうと考え、あらためて「ぼくじゃないの」とたずねてみたが、殷は「そうでもないようです」といった。その夜、詔が出て殷仲堪が起用された。王珣は親しいものにかたった。「黄門郎《こうもんろう》でこれほどの任務を授かったものがあっただろうか。仲堪のこのたびの登用は、これこそ国が亡びる前兆だ」。（『世説新語』識鑒篇）

王忱死し、西鎮《せいちん》は未だ定まらず、朝貴《ちょうき》は人人望みを有す。時に殷仲堪は門下に在《あ》り。機要《きよう》に居《お》ると雖《いえど》も、資名《しめい》は軽小《けいしょう》、人情は未《いま》だ方岳《ほうがく》を以て相い許さず。晋の孝武は親近《しんきん》の腹心を抜かんと欲し、遂に殷を以て荆《けい》州と為す。事定まるも、詔は未だ出でず。王珣、殷に問いて曰わく、「陝西《せんせい》は何の故に未だ処分《しょぶん》有らざるや」。殷曰わく、「已《すで》に人有り」。王は公卿を歴問《れきもん》するに、咸《み》な「非」と云う。王は自《みず》から才地《さいち》を許し、必らず応《まさ》に己《おの》れに在《あ》るべし、と。復《ま》た問う、「我

王忱死、西鎮未定、朝貴人人有望、時殷仲堪在門下、雖居機要、資名軽小、人情未以方岳相許、晋孝武欲抜親近腹心、遂以殷為荆州、事定、詔未出、王珣問殷曰、陝西何故未有処分、殷曰、已有人、王歴問公卿、咸云非、王自許才地、必応在己、復問、

に非《あら》ず邪《や》」。殷曰わく、「亦《ま》た非に似たり」。其の夜、詔出でて殷を用う。王は親しき所に語って曰わく、「豈《あ》に黄門郎にして此《か》くの如き任を受くるもの有らんや。仲堪の此の挙《きょ》、迺《すなわ》ち是れ国の亡徴《ぼうちょう》なり」。

非我邪、殷曰、亦似非、其夜詔出用殷、王語所親曰、豈有黄門郎而受如此任、仲堪此挙、迺是国之亡徴。

▼荊州刺史王忱の死とそれにかわる殷仲堪の起用は太元十七年（三九二）のこと。「方岳」は一方の鎮《しず》めとなる山岳、転じて一方の長官。「西鎮」と「方岳」は縁語である。「陝西」は荊州。江南のもっとも重要な地域は長江下流域の揚《よう》州と中流域の荊州であるので、弘農《こうのう》の陝《せん》を境として周公《しゅうこう》が陝東を、召公が陝西を統治した故事にちなみ、荊州を陝西とよぶ。黄門郎は天子の侍従職。門下省に属する。

九七　孝武《こうぶ》の山陵《さんりょう》の夕《ゆうべ》

孝武帝《こうぶてい》が山陵《さんりょう》に葬られた夜、葬儀にかけつけた王孝伯《おうこうはく》（王恭《おうきょう》）は弟たちにつげた。「たる木は新しくはなったけれども、かのうらさびれた黍《きび》畑の悲しみがこみあげてくる」。

（『世説新語』傷逝篇）

孝武の山陵の夕、王孝伯は入臨《にゅうりん》し、其の諸弟に告げて曰わ

孝武山陵夕、王孝伯入臨、告其

く、「榱桷《すいかく》は惟《こ》れ新たなりと雖も、便《すなわ》ち自《お》のずから黍離《しょり》の哀《かな》しみ有り」。

諸弟曰、雖榱桷惟新、便自有黍離之哀。

▼孝武帝が隆平陵《りゅうへいりょう》に葬られたのは太元二十一年（三九六）十月。あらたに安帝《あんてい》が立ったが、依然として司馬道子一派が権力をほしいままにした。王恭は太元十五年（三九〇）以来の北府軍団長であり、京口《けいこう》（鎮江）からかけつけたのである。「黍離」は『詩経』王風の詩。三六条を参照。

九八　王長史《おうちょうし》は茅山《ぼうさん》に登り

王長史《おうちょうし》（王廞《おうきん》）は茅山《ぼうさん》に登り、大声をあげて慟哭《どうこく》した。「この琅邪《ろうや》の王伯輿《おうはくよ》はけっきょく情におぼれて死ぬのであろう」。（『世説新語』任誕篇）

王長史は茅山に登り、大いに慟哭《どうこく》して曰わく、「琅邪《ろうや》の王伯輿、終《つい》に当《まさ》に情の為に死すべし」。

王長史登茅山、大慟哭曰、琅邪王伯輿、終当為情死。

▼安帝《あんてい》の隆安《りゅうあん》元年（三九七）、王恭は司馬道子《しばどうし》打倒の兵を京口に挙げた。その挙兵にあたり、王恭は喪中の王廞《おうきん》を呉国内史《ごこくないし》に起用した。しかし、司馬道子が王国宝《おうこくほう》と王緒《おうしょ》を斬って謝罪の意

を示すと、王恭はほこをおさめ、王廞にふたたび喪に服するようすすめた。王廞は怒り、呉郡に拠って叛乱をおこした。王恭は部下の劉牢之《りゅうろうし》に王廞を討たせた。茅山は建康《けんこう》の東南の句容《くよう》県にあり、後世、ここはいわゆる茅山派道教の本山となる。王廞の言葉の表現自体は、王羲之《おうぎし》の言葉、「我は卒《つい》に当《まさ》に楽しみを以て死すべし――我卒当以楽死――」（『晋書』王羲之伝）に類似する。

九九　謝景重《しゃけいじゅう》の女《むすめ》は王孝伯《おうこうはく》の児《じ》に適《とつ》ぎ

謝景重《しゃけいじゅう》（謝重）の女《むすめ》は王孝伯《おうこうはく》（王恭《おうきょう》）の息子にとつぎ、両家のご当主はとても敬愛しあっていた。謝重は太傅《たいふ》（司馬道子）の長史《ちょうし》であったが、弾劾されると、王恭は即座に長史として採用し、晋陵《しんりょう》郡の太守《たいしゅ》を兼任させることとした。太傅はすでに孝伯とのあいだに溝を生じていたこととて、かれに謝重をとられまいと、ふたたび諮議《しぎ》参軍《さんぐん》として採用した。孝伯が表むきはひきとめたように見せかけて、実際は二人の仲をさこうとしたのである。孝伯が敗死してから、太傅が東府城《とうふじょう》のまわりを散歩したおり、幕僚たちはそろって南門で待ちうけて挨拶をした。そのとき謝重にいった。「王寧《おうねい》（王恭）の謀叛のたくらみは、ほかならぬおまえが計画したということだが」。謝重はまったく臆《おく》する様子もなく、笏《しゃく》をおしいただいてこたえた。「楽彦輔《がくげんほ》（楽広《がくこう》）の言葉に、五人の息子を一人の女《むすめ》とひきかえにしようか、とございます」。太傅はそのこたえが気にいったため、酒盃をたかく挙げてあいてに

すすめた。「なるほどよいおとこじゃ、なるほどよいおとこじゃ」。（『世説新語』言語篇）

謝景重の女は王孝伯の児《じ》に適《とつ》ぎ、二門の公は甚だ相《あ》い愛美《あいび》す。謝は太傅の長史と為り、弾ぜらるるや、王は即ち取りて長史と作《な》し、晋陵郡を帯《お》びしむ。太傅は已《すで》に嫌《けん》を孝伯に構《かま》え、其れをして謝を得しむるを欲せず、還《ま》た取りて諮議《しぎ》と作《な》す。外は縶維《ちゅうい》を示すも、而《しか》れども実は以て之を乖間《かいかん》す。孝伯の敗れし後に及んで、太傅は東府城を繞《めぐ》りて行散《こうさん》し、僚属《りょうぞく》は悉《ことご》とく南門に在って要望し候拝《こうはい》す。時に謝に謂いて曰わく、「王寧の異謀《いぼう》、是《こ》れ卿《けい》其の計を為すと云う」。謝は曾《すなわ》ち懼《おそ》るる色無く、笏《こつ》を斂《おさ》めて対《こた》えて曰わく、「楽彦輔に言有り、豈《あ》に五男を以て一女に易《か》えんや、と」。太傅は其の対《こた》えを善《よ》しとし、因って酒を挙げて之に勧《すす》めて曰わく、「故《もと》より自《お》のずから佳《よ》し、故《もと》より自《お》のずから佳《よ》し」。

謝景重女適王孝伯児、二門公甚相愛美、謝為太傅長史、被弾、王即取作長史、帯晋陵郡、太傅已構嫌孝伯、不欲使其得謝、還取作諮議、外示縶維、而実以乖間之、及孝伯敗後、太傅繞東府城行散、僚属悉在南門要望候拝、時謂謝曰、王寧異謀、云是卿為其計、謝曾無懼色、斂笏対曰、楽彦輔有言、豈以五男易一女、太傅善其対、因挙酒勧之曰、故自佳、故自佳。

▼謝重は謝安《しゃあん》の甥の謝朗《しゃろう》の子。いったんほこをおさめた王恭は、翌隆安二年（三九八）、ふたたび兵を挙げたが、司馬の劉牢之《りゅうろうし》が司馬道子に籠絡されたため、あえない最期をとげた。

長史も諮議参軍も参謀。諮議参軍は長史に一等さがる。「行散」は、五石散《ごせきさん》ないし寒食散《かんしょくさん》とよばれる散薬を服用したあと、それをさますために散歩すること。三四一条を参照されたい。東府城は建康《けんこう》城内にあり、司馬道子はそこを居城としていた。王寧は王恭の小字、すなわち幼名。楽広の言葉は二八条に見える。

一〇〇　王孝伯死し、其の首を大桁《だいこう》に県《か》く

王孝伯《おうこうはく》（王恭）が殺されると、その首は大桁《だいこう》につるされた。司馬太傅《しばたいふ》（司馬道子《しばどうし》）は車を用意させ、高札のところまで出かけると、しげしげと首を見つめながらいった。「おまえはまたどうしてそうせっかちにわしを殺そうとしたのだ」。（『世説新語』仇隟篇）

王孝伯死し、其の首を大桁《だいこう》に県《か》く。司馬太傅は駕《が》を命じ、出でて標所《ひょうしょ》に至り、首を熟視《じゅくし》して曰わく、「卿は何の故に趣《にわか》に我を殺さんと欲せし邪《や》」。

王孝伯死、県其首於大桁、司馬太傅命駕、出至標所、熟視首曰、卿何故趣欲殺我邪。

▼大桁は、建康《けんこう》の宮城からまっすぐ南にのびる御街《ぎょがい》が秦淮水《しんわいすい》をまたぐ朱雀橋《すざくきょう》の別名。「桁」は「航」とも書き、船をならべた上にかけられた浮橋である。

一〇一　初め司馬《しば》徳宗《とくそう》の新安《しんあん》太守孫泰《そんたい》

さいしょ、司馬徳宗《しばとくそう》（東晋の安帝《あんてい》）の新安《しんあん》郡太守であった孫泰《そんたい》は、邪道によって大衆をかどわかしたかどで刑戮《けいりく》された。兄の子の孫恩《そんおん》が海上の島嶼《とうしょ》に逃亡すると、あやしげな連中がつき従い、ここにいたっていっそうその数をました。上虞《じょうぐ》（浙江省上虞）を攻め、県令を殺したうえ、百人あまりの集団がまっすぐ山陰《さんいん》（浙江省紹興《しょうこう》）をめざした。会稽内史《かいけいないし》の王凝之《おうぎょうし》は五斗米道《ごとべいどう》の信者であった。孫恩が攻めよせてきても、あらかじめ軍隊をさしむけず、なんと道室にぬかずき、跪《ひざまず》いて呪文《じゅもん》をとなえ、空中にむかって指図し、まるでなにかを手配している様子である。属官たちが孫恩を討つよう勧告すると、王凝之はいった。「わしはすでに大道《たいどう》さまに出兵をおたのみした。あらゆる渡しの要所はそれぞれ数万人がかためている」。孫恩がしだいに迫ってくると、ようやく軍隊をさしむけることをききいれたが、出兵したときには、孫恩がすでにのりこんできた。戦いに敗れ、王凝之は逃げだしたけれども、二晩後に捕えられた。（『魏書』僭晋司馬叡伝）

初め司馬徳宗の新安太守孫泰、左道《さどう》もて衆を惑《まど》わすを以て戮《りく》せらる。其の兄の子の恩は海嶼《かいしょ》に竄《のが》れ、妖党《ようとう》之に従い、是《ここ》に至って転《うた》た衆《おお》し。上虞《じょうぐ》を攻め、県令を殺し、衆百人許《ばか》り径《ただ》ちに山陰《さんいん》に向かう。会稽内史の王凝之は五斗米道に事《つか》

初司馬徳宗新安太守孫泰、以左道惑衆被戮、其兄子恩竄于海嶼、妖党従之、至是転衆、攻上虞、殺県令、衆百許人径向山陰、会

う。恩の来るや、先に軍を遣《つか》わさず、乃《すなわ》ち道室に稽顙《けいそう》し、跪《ひざまず》いて呪説《じゅせつ》し、空中に指麾《しき》し、処分有る者の若《ごと》し。官属は其の恩を討《う》たんことを勧《すす》む。凝之曰わく、「我は已《すで》に大道に出兵を請う。凡そ諸《すべ》ての津要《しんよう》、各の数万人有り」。恩の漸《ようや》く近づくや、乃ち軍を遣《つか》わすことを聴《ゆる》すも、兵の出ずる比《ころおい》、恩は已《すで》に至る。戦い敗れ、凝之は奔走《ほんそう》するも、再《さい》宿《しゅく》にして之を執《とら》う。

稽内史王凝之事五斗米道、恩之来也、弗先遣軍、乃稽顙于道室、跪而呪説、指麾空中、若有処分者、官属勧其討恩、凝之曰、我已請大道出兵、凡諸津要各有数万人矣、恩漸近、乃聴遣軍、比兵出、恩已至矣、戦敗、凝之奔走、再宿執之。

▼王凝之は王羲之の第二子。会稽内史は会稽郡の長官であって、会稽太守というのとほぼおなじ。その治所は山陰におかれた。孫恩の乱は道教信仰を精神的紐帯として結ばれた民衆の叛乱であり、隆安三年（三九九）から数年にわたって、長江下流のデルタ地帯から銭塘江《せんとうこう》の南の会稽地方に猖獗《しょうけつ》をきわめた。孫恩の叔父の孫泰は、さまざまの道術をつかって信者をあつめたことが、「左道惑衆《さどうわくしゅう》」の罪として処刑されたのである。琅邪《ろうや》の王氏の人たちも、信者から五斗の米を献納させたために五斗米道とよばれた道教の信者であったけれども、孫恩の叛乱軍の標的《ターゲット》となることをまぬがれなかった。「道室」は道教徒がいろいろの儀式を行なうための建物。静室とか靖室《せいしつ》とかよばれるのが普通であり、『晋書《しんじょ》』王凝之伝では、「靖室に入って請禱《せいとう》す」と記している。「大道」は神様の名。「道」の神格化。

一〇二　呉《ご》郡の陳《ちん》遺は至《し》孝《こう》

呉《ご》郡の陳《ちん》遺はたいへんな孝行もの。母親は鍋の底のこげ飯《めし》が大好物であった。陳遺は郡の主簿《しゅぼ》になると、いつも一枚の袋を用意し、炊事のたびにこげ飯をとっておいては家にもどって母親への贈りものとした。その後、孫恩《そんおん》の賊が呉郡にあらわれると、袁府君《えんふくん》（袁山《えんざん》松《しょう》）はその日ただちに討伐にむかった。陳遺はすでに数斗のこげ飯をためこんでいたが、家にかえるいとまもなく、そのままたずさえて従軍した。滬瀆《ことく》の戦《いくさ》で敗れ、兵隊はちりぢりになって山や沢に逃亡し、ほとんどのものが餓死したが、陳遺だけはこげ飯で生命をつなぐことができた。当時の人々は、ひたむきな孝心の報《むく》いであると考えた。（『世説新語』徳行篇）

呉郡の陳遺は（家）至孝。母好《この》んで鐺底《とうてい》の焦飯《しょうはん》を食らう。遺は郡の主簿と作《な》るや、恒《つね》に一嚢《いちのう》を装《よそ》おい、食を煮《に》る毎《ごと》に輒《すなわ》ち焦飯を貯録《ちょろく》し、帰りて以て母に遺《おく》る。後《の》ち孫恩の賊の呉郡に出ずるに値《あ》い、袁府君は即日便《すなわ》ち征す。遺は以《すで》に聚歛《しゅうれん》して数斗の焦飯を得るも、未《いま》だ家に帰るに展《およ》ばず、遂《つい》に帯《お》びて以て従軍す。滬瀆《ことく》に戦いて敗れ、軍人は潰散《かいさん》し、山沢《さんたく》に逃走し、皆な多く餓死す。遺は独《ひと》り焦飯を以て活《い》く

呉郡陳遺家至孝、母好食鐺底焦飯、遺作郡主簿、恒装一嚢、毎煮食、輒貯録焦飯、帰以遺母、後値孫恩賊出呉郡、袁府君即日便征、遺以聚歛得数斗焦飯、未展帰家、遂帯以従軍、戦於滬瀆敗、軍人潰散、逃走山沢、皆多

るを得たり。時人は以て純孝《じゅんこう》の報《むくい》と為《な》せり。

餓死、遺独以焦飯得活、時人以為純孝之報也。

▼主簿は帳簿をつかさどる属官。総務部長。「府君」は太守の尊称。袁山松は呉郡太守であった。滬瀆《ことく》は今日の上海《シャンハイ》附近。なお、原文「家至孝」の「家」は衍字《えんじ》とみなす。

孫恩との攻防にあけくれていたころ、長江中流地方で勢力を確立していたのは桓玄《かんげん》であった。桓玄はほかならぬ桓温《かんおん》の子。庶子《しょし》の生まれであったが、桓温は臨終のさいに嗣子とさだめ、父の南郡公を襲爵した。

一〇三　桓宣武《かんせんぶ》薨《こう》ずるや、桓南郡《かんなんぐん》は年五歳

桓宣武《かんせんぶ》（桓温）がなくなったとき、桓南郡《かんなんぐん》（桓玄）は五歳であった。喪《も》があけたばかりのころ、桓車騎《かんしゃき》（桓沖《かんちゅう》）は故人を見送った文武官たちと別れをつげた。そのさい、かれらを指さしながら桓南郡にかたった。「あれはみんなおまえの家のもとの部下だったのだよ」。桓玄はとたんに大声をあげて泣き、はたのものまでしゅんとなった。桓車騎はいつも自分の椅子に目をやって、「霊宝《れいほう》が成人したなら、この椅子をかえしてやらねば」といい、わが子以上に目をかけて可愛がった。（『世説新語』夙恵篇）

桓宣武薨《こう》ずるや、桓南郡は年五歳。服始めて除き、桓車騎は送故《そうこ》の文武と別る。因って指《ゆび》さして南郡に語るらく、「此れ皆な汝の家の故《もと》の吏佐《りさ》」。玄は声に応じて慟哭《どうこく》し、傍《ぼう》人《じん》を酸感《さんかん》せしむ。車騎は毎《つね》に自《みず》から己《おの》れの坐を目《もく》して曰わく、「霊宝成人せば、当《まさ》に此の坐を以て之に還《かえ》すべし」。鞠《きく》愛《あい》すること所生《しょせい》に過ぐ。

桓宣武薨、桓南郡年五歳、服始除、桓車騎与送故文武別、因指語南郡、此皆汝家故吏佐、玄応声慟哭、酸感傍人、車騎毎自目己坐曰、霊宝成人、当以此坐還之、鞠愛過於所生。

▼桓沖は桓温の弟、桓玄の叔父。州、郡の長官が任地で死亡したさい、部下がその霊柩《れいきゅう》を故郷に送りとどけることを「送故」という。「己《おの》れの坐」とは荊州刺史のポスト。かつて桓温が荊州刺史であり、その後、桓沖がその地位に就《つ》いた。霊宝は桓玄の幼名。誕生にあたって神光が部屋を照らしたため、このように名づけられたという。道教風の命名である。

一〇四　桓玄《かんげん》、義興《ぎこう》より還《かえ》りし後

桓玄《かんげん》が義興《ぎこう》からひきあげてきてから司馬《しば》太傅《たいふ》（司馬道子）に会見したときのことだ。太傅はすでに酔っぱらい、席は客でうずまっている。あるおとこに問いかけた。「桓温《かんおん》どのがやって来て謀叛のたくらみとは、あれはどういうことじゃ」。桓玄はひれ伏したまま顔をあげることができない。謝景重《しゃけいじゅう》（謝重）はそのとき長史《ちょうし》をつとめていたが、笏《しゃく》をさし挙げてこたえた。「いまはなき宣武公《せんぶこう》（桓温）どのが暗愚《あんぐ》の君をしりぞけ、聖明の主を登位させたその功績は伊尹《いいん》や霍光《かくこう》をしのぐほどです。とかくの風評は、天子さまのご裁断におまかせしましょう」。太傅は「わかった、わかった」、そういうなり酒盃を挙げ、「桓義興《かんぎこう》どの、一献《いっこん》進ぜよう」といった。桓玄が退出してからわが非をわびた。（『世説新語』言語篇）

桓玄、義興より還《かえ》りし後、司馬太傅に見《まみ》ゆ。太傅已《すで》に酔い、坐上に客多し。人に問いて云わく、「桓温来《きた》り、賊を作《な》さんと欲す。如何《いかん》」。桓玄伏《ふ》して起きるを得ず。謝景重は時に長史為《た》り。板《ばん》を挙《あ》げて答えて曰わく、「故《もと》の宣武公は昏《こん》暗《あん》を黜《しりぞ》け、聖明《せいめい》を登せ、功は伊霍《いかく》を超ゆ。紛紜《ふんうん》の議は之を聖鑒《せいかん》に裁《さい》せん」。太傅曰わく、「我知る、我知る」。即ち酒を挙《あ》げて云わく、「桓義興、卿《けい》に酒を勧《すす》めん」。桓出でて過《とが》を謝す。

桓玄義興還後、見司馬太傅、太傅已酔、坐上多客、問人云、桓温来、欲作賊、如何、桓玄伏不得起、謝景重時為長史、挙板答曰、故宣武公黜昏暗、登聖明、功超伊霍、紛紜之議、裁之聖鑒、太傅曰、我知、我知、即挙酒云、桓義興、勧卿酒、桓出謝過。

▼桓玄は太元十七年（三九二）、義興太守として赴任したが、「父は九州の伯《は》（覇）たるに、児は五湖の長たり――おやじは天下の旗がしら、息子はたった五つの湖の長官か――」と不満を

もらし、父の地盤である荊州《けい》の江陵《こうりよう》（湖北省江陵）にひきあげてしまう。その途次、都にたちよったときの話であろう。「桓温来り、賊を作《な》さんと欲す——桓温来、欲作賊——」というのは、一種のはやり歌のようになっていた世間の風評、「紛紜の議」ではあるまいか。『晋書』司馬道子伝では、「桓温の晩塗《ばんと》（晩年）賊を作《な》さんと欲す——桓温晩塗欲作賊——」となっている。これもやはり歌謡の調子である。しかも、あいての父の実名——諱《いみな》——を口にだしていうことはぜったいに避けるべきタブーである。それで、桓玄はいよいよもって「伏して起きるを得ざる」こととなったのである。伊尹は殷《いん》の湯王《とうおう》の宰相。湯王の死後、孫の太甲《たいこう》が無道であったので相《しよう》の地に放逐し、太甲が罪を反省したうえで帝位に復帰させた。霍光《かくこう》は前漢の宰相。昭帝《しようてい》の死後、いったん昌邑王《しようゆう》賀《が》を立てたが、淫乱のかどで廃し、あらたに宣帝《せんてい》を立てた。「昏暗を黜《しりぞ》け、聖明を登す」というのは、桓温が海西公《かいせいこう》を廃し、簡文帝《かんぶんてい》を立てたこと。ときの天子の孝武帝《こうぶてい》は簡文帝の第三子であり、司馬道子は孝武帝の弟である。

一〇五　桓公《かんこう》初め報《むく》いて殷荊州《いんけいしゆう》を破る

桓公《かんこう》（桓玄《かんげん》）が意趣がえしとして殷荊州《いんけいしゆう》（殷仲堪《いんちゆうかん》）を破ったばかりのころ、『論語《ろんご》』を講義したことがある。「富《とみ》と貴《たつと》きとは是《こ》れ人の欲する所なるも、其の道をもってこれを得ざれば処《お》らず」の一段までくると、桓玄の機嫌はとてもわるくなった。（『世説新語』尤悔篇）

桓公初め報《むく》いて殷荊州を破る。曾《か》つて論語を講ず。富と貴きとは是《こ》れ人の欲する所なるも、其の道を以て之を得ざれば処《お》らずに至り、玄は意色《いしょく》甚だ悪し。

桓公初報破殷荊州、曾講論語、至富与貴是人之所欲、不以其道得之不処、玄意色甚悪。

▼『論語』は里仁《りじん》篇。富と地位はだれでもほしいものだが、しかるべき方法で手にいれたのでなければそこに安住しない、の意。殷仲堪が荊州刺史として赴任した次第は九六条を参照。生まれ故郷でしばらくぶらぶらしていた桓玄は、王恭《おうきょう》の挙兵のさい、二万五千の水軍をひきいて長江をくだった。そのときは王恭が敗れたためにひきあげ、朝廷の宥和策として江《こう》州刺史の地位を獲得する。殷仲堪は桓玄の人気がたかく、自分の地位がおびやかされることを懸念し、中央政府にたいして桓玄の失脚を工作した。そのことを察知した桓玄は、隆安三年（三九九）、先手をうって殷仲堪を亡ぼし、長江中流域を制圧した。

一〇六　桓南郡既《かんなんぐんすで》に殷荊州を破り

桓南郡《かんなんぐん》（桓玄）は殷荊州（殷仲堪）を破ると、その将校十名ばかりを逮捕した。諮議参《しぎさん》軍《ぐん》の羅企生《らきせい》もそのなかにふくまれていた。桓玄はかねてから企生に目をかけていたので、処刑を行なおうとするにあたり、あらかじめ人をつかわして、「もしわしに謝罪すれば、罪をゆるしてやろう」と伝えさせた。企生はこたえた。「殷荊州どのの部下であるぼく。

いま荊州どのは逃亡され、生死もつきかねるというのに、このぼくがおめおめと桓公に謝罪できようか」。刑場の市場にひきずり出されてからも、桓玄はまた人をつかわして、「何かいいたいことはないか」とたずねさせた。「その昔、晋《しん》の文王《ぶんおう》（司馬昭《しばしょう》）さまは嵆康《けいこう》を殺害されたが、嵆紹《けいしょう》どのは晋の忠臣となった。公から一人の弟の生命をちょうだいして老母を養わせたい」。桓玄もその言葉どおりに弟の生命をゆるした。桓玄は以前に一枚の小羊の皮ごろもを企生の母の胡《こ》氏におくったことがある。胡氏はそのとき予章《よしょう》（江西《こうせい》省南昌《なんしょう》）に住んでいたが、企生の死亡のしらせがとどくと、その日ただちに皮ごろもを焼きすてた。

（『世説新語』徳行篇）

桓南郡既《すで》に殷荊州を破り、殷の将佐《しょうさ》十人許《ばか》りを収む。諮議《しぎ》の羅企生も亦《ま》た在《あ》り。桓は素《もと》と企生を待つこと厚《あつ》く、将《まさ》に戮《りく》する所有らんとして、先ず人を遣《つか》わして語って曰わく、「若《も》し我に謝せば、当《まさ》に罪を釈《ゆる》すべし」。企生答えて曰わく、「殷荊州の吏為《た》り。今《い》ま荊州は奔亡《ほんぼう》し、存亡《そんぼう》未《いま》だ判《わか》たず。我は何の顔《かんばせ》もて桓公に謝せんや」。既《すで》に市に出で、桓又《ま》た人を遣《つか》わして問う、「何をか言わんと欲す」。答えて曰わく、「昔《むか》し晋の文王は嵆康を殺すも、而《しか》れども嵆紹は晋の忠臣

桓南郡既破殷荊州、収殷将佐十許人、諮議羅企生亦在焉、桓素待企生厚、将有所戮、先遣人語云、若謝我、当釈罪、企生答曰、為殷荊州吏、今荊州奔亡、存亡未判、我何顔謝桓公、既出市、桓又遣人問、欲何言、答曰、昔晋文王殺嵆康、而嵆紹為晋忠臣、

と為る。公従《よ》り一弟を乞《こ》い、以て老母を養わしめん」。桓も亦《ま》た言の如く之《これ》を宥《ゆる》す。桓は先に嘗《か》つて一羔裘《こうきゅう》を以て企生の母の胡に与う。胡は時に予章に在《あ》り。企生の問《もん》至るや、即日裘《きゅう》を焚《や》く。

従公乞一弟、以養老母、桓亦如言宥之、桓先曽以一羔裘与企生母胡、胡時在予章、企生問至、即日焚裘。

▼「将佐」は高級武官。嵆康が刑死したのも洛陽の東市であったように、市場は刑場でもあった。嵆康の死については一三五条を参照。嵆紹は嵆康の子。西晋末の八王の乱のさなか、永興元年（三〇四）、恵帝が蕩陰《とういん》（河南省蕩陰）で敗れると、つき従っていたものすべてが逃亡したなかで嵆紹だけは帝をまもり、兵刃にたおれた。『晋書《しんじょ》』はかれを忠義伝に立伝している。

一〇七　桓玄初《はじ》め西夏《せいか》を并《あわ》せ

桓玄《かんげん》はさいしょ中国の西部を統一すると、荊《けい》州と江《こう》州の二州刺史《しし》、二つの軍府、一つの封国を管領した。ちょうど雪のちらつきはじめる季節、五つの役所からそろって賀をのべ、五通の祝辞が同時にとりつがれた。桓玄は執務室で、祝辞がとどくと、祝辞のあとにすらすら返事をしたためた。いずれもあざやかな文章のできばえ、たがいに混乱することなしに書きわけた。（『世説新語』文学篇）

桓玄初め西夏を幷《あわ》せ、荊江二州、二府、一国を領す。時に始めて雪ふり、五処倶《とも》に賀し、五版《ばん》並びに入る。玄は庁事《ちょうじ》上に在って、版至るや即ち版後に答う。皆な粲然《さんぜん》として章を成し、相い揉雑《じゅうざつ》せず。

桓玄初幷西夏、領荊江二州二府一国、于時始雪、五処倶賀、五版並入、玄在庁事上、版至、即答版後、皆粲然成章、不相揉雑。

▼当時の桓玄の肩書は、都督八州諸軍事・後将軍・荊江二州刺史・南郡公であった。二府は都督将軍府と南蛮《なんばん》校尉府、一国は南郡公国をさす。南蛮校尉は荊州の軍事長官が兼領するならわしであった。「粲然として章を成す」は、『論語』公冶長《こうやちょう》篇「斐然《ひぜん》として章を成す」を借りた表現。

一〇八　桓玄西下《せいか》して石頭《せきとう》に入る

桓玄は西方から長江を下り、石頭《せきとう》城に入城した。「司馬梁王《しばりょうおう》が逃亡して寝返りました」と外部からの報告があったが、桓玄は時すでに天下の形勢はきまっていたこととて、船《ふな》櫓《やぐら》の上で笛や鼓《つづみ》をはやしつつ、「簫《しょう》の笛にはなつかしの音《ね》あれども、梁王はいずこにおわす」と声たからかに吟ずるだけであった。（『世説新語』豪爽篇）

桓玄西下《せいか》して石頭《せきとう》に入る。外より「司馬梁王奔叛《ほんはん》す」と白《もう》す。

桓玄西下入石頭、外白司馬梁王

す。玄は時に事形《じけい》已《すで》に済《な》れば、平乗《へいじょう》の上に在《あ》って笳鼓《かこ》並び作《おこ》り、直《た》だ高詠《こうえい》して云わく、「簫管《しょうかん》には遺音《いおん》有れども、梁王は安《いず》くに在り哉《や》」。

奔叛、玄時事形已済、在平乗上、笳鼓並作、直高詠云、簫管有遺音、梁王安在哉。

▼元興《げんこう》元年（四〇二）、司馬道子《しばどうし》の子の司馬元顕《しばげんけん》を征討大都督として桓玄の征討が宣言されたが、長江を下った桓玄は、無抵抗のまま建康《けんこう》への入城をはたした。こうして司馬道子、元顕の父子は斬られた。司馬《しば》梁王は司馬珍之《ちんし》。建康から尋陽《じんよう》（江西省九江）に逃亡した。石頭城については四四条を、「平乗」については六六条を参照のこと。桓玄が吟じたのは、阮籍《げんせき》の「詠懐《えいかい》詩《し》」第三十一首の句。そこにうたわれている梁王は、戦国時代の梁（魏）王魏嬰《ぎえい》である。魏嬰はあるとき諸侯たちと范台《はんだい》で盛大な酒宴を張ったが、その梁王もいまはいずこ、との意。司馬梁王にかけていることはいうまでもない。

一〇九　桓玄は位《くらい》を簒《うば》うに当り

桓玄《かんげん》は帝位を奪うにあたって卞鞠《べんきく》（卞範《べんはん》）にかたった。「以前、羊子《ようし》道《どう》（羊孚《ようふ》）はいつもわしのこんな気持ちをおさえてくれたものだ。いまや腹心として羊孚はなく、股肱《ここう》として索元《さくげん》を失いながら、あたふたとこんな闇雲《やみくも》なことをしでかして、天の御心《みこころ》にかなうのだろうか」。（『世説新語』傷逝篇）

桓玄は位を簒《うば》うに当り、卞鞠に語って云わく、「昔《むか》し羊子道は恒《つね》に吾の此の意を禁ず。今《い》ま腹心は羊孚を喪《うしな》い、爪牙《そうが》は索元を失う。而《しか》るに怱怱《そうそう》として此の詆突《ていとつ》を作《な》す、詎《なん》ぞ天心に允《あた》らんや」。

桓玄当簒位、語卞鞠云、昔羊子道恒禁吾此意、今腹心喪羊孚、爪牙失索元、而怱怱作此詆突、詎允天心。

▼簒奪を行なうにあたっての桓玄の不安。羊孚、索元いずれも桓玄の入京前に死亡した。「詆突」はおなじ子音をかさねた双声《そうせい》の言葉。音も意味も「唐突《とうとつ》」というのに近い。

一一〇　桓玄既に位を簒いし後

桓玄が帝位を奪った後のことである。玉座《ぎょくざ》がすこしずりおち、群臣たちは青ざめた。侍《じ》中《ちゅう》の殷仲文《いんちゅうぶん》が進みでていった。「かならずや聖徳の深く重くあらせられまするゆえ、厚き大地もものせかねたものと存じまする」。当時の人々はうまいと思った。（『世説新語』言語篇）

桓玄既に位を簒いし後、御床《ぎょしょう》微《すこ》しく陥《おち》いり、群臣は色を失う。侍中の殷仲文進んで曰わく、「当《まさ》に聖徳は淵重《えんじゅう》、厚き地も所以《ゆえ》に《の》載す能《あた》わざるに由《よ》るべし」。時人《じじん》は之を善《よ》しと

桓玄既簒位後、御床微陥、群臣失色、侍中殷仲文進曰、当由聖徳淵重、厚地所以不能載、時人

善之。す。

▼殷仲文は殷仲堪《いんちゅうかん》の従弟《いとこ》、桓玄の妹壻。『易経』坤《こん》の卦《か》に、「坤厚くして物を載《の》す」とある。坤はすなわち地。また『荘子《そうじ》』徳充符篇《とくじゅうふ》に、「天は覆《おお》わざる無く、地は載《の》せざる無し」とある。

桓玄が父の桓温《かんおん》も果せなかった簒奪を行なったのは元興二年（四〇三）十二月。楚《そ》を国号とし、永始《えいし》と改元し、東晋の安帝《あんてい》は尋陽《じんよう》（江西省九江）に幽閉された。ときに桓玄三十五歳。しかし、桓玄王朝は百日天下におわった。翌元興三年（四〇四）、桓玄の年号では永始二年の三月、北府軍団の青年将校たちが一致して反桓玄の兵をおこし、桓玄は長江を上流にむけて逃亡したが、まもなく敗死した。

一一 桓玄走るや

桓玄《かんげん》が逃亡すると、武帝《ぶてい》（劉裕《りゅうゆう》）はさっそく臧熹《ぞうき》に命じて宮中に入らせ、図書や器物を接収し、宝物庫に封印させた。そのなかに黄金で装飾をほどこした楽器があった。武帝が熹に、「おまえはこれがほしいかな」とたずねると、熹はきっとしていった。「天子さまは幽閉されたまま異境にさすらわれ、将軍は先頭にたって大義をたて、王室のために骨身をけずっておられる。いくら馬鹿のわたしでも、音楽なぞにはまるで興味がわきません」。武帝は笑いながらいった。「ちょっと冗談をいったまでだよ」。（『南史』臧熹伝）

桓玄走るや、武帝は便《すなわ》ち臧熹をして宮に入り、図《と》書器《しょき》物《ぶつ》を収め、府庫《ふこ》を封ぜしむ。金飾《きんしょく》の楽器有り。武帝は熹に問う、「卿《けい》は此れを欲する乎《か》」。熹は色を正して曰わく、「主上は幽逼《ゆうひつ》し、非所《ひしょ》に播越《はえつ》し、将軍は首《かしら》として大義を建て、王室に劬労《くろう》す。復《ま》た不肖《ふしょう》なりと雖《いえど》も、実《まこと》に楽《がく》に情無し」。帝笑って曰わく、「聊《いささ》か以て戯《たわむ》る耳《のみ》」。

桓玄走、武帝便使臧熹入宮、収図書器物、封府庫、有金飾楽器、武帝問熹、卿欲此乎、熹正色曰、主上幽逼、播越非所、将軍首建大義、劬労王室、雖復不肖、実無情於楽、帝笑曰、聊以戯耳。

▼北府軍団の青年将校たちは、京口《けいこう》（江蘇省鎮江）を制圧したうえ、建康《けんこう》に攻めこんだ。このクーデタの主謀者は、北府軍団たたきあげの劉裕であった。「主上」というのは尋陽《じんよう》に幽閉されている安帝《あんてい》。「播越」は流浪。『左伝《さでん》』昭公二十六年に、「茲《ここ》に不穀《ふこく》は震盪《しんとう》播越《はえつ》し、竄《のが》れて荆《けい》蛮《ばん》に在り」。「劬労」は苦労。『詩経』邶《はい》風の「凱風《がいふう》」の詩に、「母氏《ぼし》は劬労《くろう》す」。

一一二　初め桓玄の位を簒い

さいしょ桓玄が位を奪い、安帝《あんてい》が宮城を去るにあたり、徐広《じょこう》は見送りの列に侍して悲しみのあまり声をあげて泣き、まわりのものまでをいたたまれない気持ちにさせた。高祖《こうそ》（劉裕《りゅうゆう》）が禅《ゆず》りを受け、恭帝《きょうてい》が退位するときになって、徐広はまた悲しみにうち震《ふる》え、しとどの涙を流した。謝晦《しゃかい》がそれを見て、「徐公《じょこう》どの、すこし度がすぎはしまいか」というと、徐広は涙をこらえてこたえた。「ぼくは君とはちがう。君は王朝の創業に一肌ぬぎ、千載一遇《せんざいいちぐう》のめでたい機会にめぐりあわれたが、ぼくは何代にもわたって晋の恩徳をちょうだいし、もとのご主人さまが慕《した》わしくてならぬのだ」。そういうと、またあらためてすすりあげた。(『宋書』徐広伝)

初め桓玄の位を簒《うば》い、安帝の宮を出ずるや、徐広は列に陪《ばい》して悲慟《ひどう》し、左右を哀動《あいどう》せしむ。高祖の禅《ゆず》りを受け、恭帝の位を遜《ゆず》るに及んで、広は又《ま》た哀感《あいかん》し、涕泗《ていし》交《こもご》も流る。謝晦は之《これ》を見、之に謂いて曰わく、「徐公、将《は》た小《すこ》しく過ぎること無からんや」。広は涙を収めて答えて曰わく、「身は君と同じからず。君は命《めい》を佐《たす》け王を興《おこ》し、千載の嘉運《かうん》に逢うも、身は世《よよ》晋徳を荷《にな》い、実《まこと》に故主《こしゅ》を眷恋《けんれん》す」。因って更《あらた》めて歔欷《きょき》す。

初桓玄簒位、安帝出宮、徐広陪列悲慟、哀動左右、及高祖受禅、恭帝遜位、広又哀感、涕泗交流、謝晦見之、謂之曰、徐公将無小過、広収涙答曰、身与君不同、君佐命興王、逢千載嘉運、身世荷晋徳、実眷恋故主、因更歔欷。

▼桓玄を打倒した劉裕は、その後、北府軍団長に就任して北伐を敢行、華北の南燕《なんえん》や後秦《こうしん》を亡《ほろ》ぼした。その武威を背景として、西暦四二〇年、東晋にかわる宋《そう》王朝を創業したのである。「涕泗」は、どちらも涙。分けていえば、目から出るのが涕、鼻から出るのが泗。『詩経』陳

風の「沢陂《たくひ》」の詩に、「涕泗《ていし》滂沱《ぼうだ》たり」。「佐命興王」は天命を受けた人物を輔佐してあらたな王朝をおこすこと。徐広は歴史学者としてきこえ、『史記《しき》』のもっともはやい注釈である『集《しっ》解《かい》』の著者である。

第二部　人間、この複雑なるもの

一章　竹林の七賢

七賢そろいぶみ

一一三　陳留《ちんりゅう》の阮籍《げんせき》

陳留《ちんりゅう》の阮籍《げんせき》、譙《しょう》国の嵆康《けいこう》、河《か》内《だい》の山濤《さんとう》、この三人はほぼ同年輩で、嵆康がすこしわかかった。かれらの交遊に加わったのは、沛《はい》国の劉伶《りゅうれい》、陳留の阮咸《げんかん》、河内の向秀《しょうしゅう》、琅邪《ろうや》の王《おう》戎《じゅう》である。七人はいつも竹林のもとにつどい、心ゆくまで痛飲して気をはらした。だから世間では「竹林《ちくりん》の七賢」とよぶのである。（『世説新語』任誕篇）

陳留の阮籍、譙国の嵆康、河内の山濤、三人は年皆《み》な相《あ》い比《なら》び、康、年少《わか》く之《これ》に亜《つ》ぐ。此の契《けい》に預《あず》かる者、沛国の劉伶、陳留の阮咸、河内の向秀、琅邪の王戎。七人は常に竹林の下に集《つど》い、肆意酣暢《しいかんちょう》す。故《ゆえ》に世は竹林の七賢と謂《い》う。

陳留阮籍、譙国嵆康、河内山濤、三人年皆相比、康年少亜之、預此契者、沛国劉伶、陳留阮咸、河内向秀、琅邪王戎、七人常集

于竹林之下、肆意酣暢、故世謂
竹林七賢。

▼画題にもしばしばとりあげられる「竹林の七賢」。一九六〇年には、南京《なんきん》市の西善橋《せいぜんきょう》の南朝《なんちょう》墓から、七賢に春秋《しゅんじゅう》時代の栄啓期《えいけいき》を加えた八人の磚画《せんが》が発見された。長さ二・四メートル、高さ〇・八メートルの大作であって、それぞれの風格がたくみに画きだされている。阮籍と嵆康をリーダーとする「竹林の七賢」は、魏晋《ぎしん》交代期の暗くけわしい時代を生きた人たちであった。七人の性向や行動はかならずしも一致せず、東晋時代につくりあげられた仮想の交友グループであるとの説が有力であるけれども、さまざまの性向や行動の人たちを一つのグループにまとめたところに、魏晋人の人間の多様なありかたにたいする興味と関心をうかがいうるように思われる。グループについてそのようにいえるだけではない。たとえば、阮籍が豪放と細心をかねそなえた人物であったように、個人の性向と行動にも振幅がみられる。本章には、『世説新語』に登場する「竹林の七賢」をひとまとめにして紹介する。

阮籍

一一四　晋《しん》の文王《ぶんおう》は功徳盛大《こうとくせいだい》

晋《しん》の文王《ぶんおう》（司馬昭《しばしょう》）は功業《こうぎょう》まことにめざましく、その席は厳粛で王者と見まがうばかりであったが、ひとり阮籍だけはその席であぐらをかいたまま放歌《ほうか》高吟《こうぎん》し、すきなだけ酒を飲んで平然としていた。(『世説新語』簡傲篇)

晋《しん》の文王《ぶんおう》は功徳盛大《こうとくせいだい》、坐席は厳敬《げんけい》、王者に擬《ぎ》す。唯《た》だ阮籍のみ坐に在《あ》って箕踞嘯歌《ききょしょうか》し、酣放《かんほう》し自若《じじゃく》たり。

晋文王功徳盛大、坐席厳敬、擬於王者、唯阮籍在坐、箕踞嘯歌、酣放自若。

一一五　晋の文王称すらく

晋の文王(司馬昭)がたたえていうのに、「阮嗣宗《げんしそう》(阮籍)はこのうえもなく慎重なおとこ。かれとの話といえば、いつも深遠な哲学談義ばかりで、人物をとやかく批評したことは一度たりとてない」。(『世説新語』徳行篇)

晋の文王称すらく、「阮嗣宗は至慎《ししん》。毎《つね》に之と言うに、言は皆《み》な玄遠《げんえん》、未だ嘗《か》つて人物を臧否《ぞうひ》せず」。

晋文王称、阮嗣宗至慎、毎与之言、言皆玄遠、未嘗臧否人物。

▼「臧否」はよしあし、可否。その判断をくだすこと。嵆康《けいこう》の「絶交書《ぜつこうしょ》」(『文選』巻四三)にもいう。「阮嗣宗は口に人の過《あやま》ちを論ぜず。吾は毎《つね》に之を師とするも、未《いま》だ及ぶ能《あた》わず」。

一一六　阮歩兵《げんほへい》の嘯《しょう》は数百歩に聞こゆ

阮歩兵《げんほへい》（阮籍《げんせき》）の口笛は数百歩にわたってきこえた。蘇門山《そもんざん》にとつぜん神仙があらわれ、山の木こりたちは口々にそのことを言い伝えた。阮籍が様子を見に出かけると、そのおとこが巌《いわお》のかたわらで膝をかかえているのが見られた。阮籍は嶺《みね》を登ってそこまでゆき、あぐらをかいてむかいあった。阮籍は太古の歴史をあげつらって、上は黄帝《こうてい》や神農《しんのう》の幽玄《ゆうげん》の道を述べ、くだっては夏殷周《かいんしゅう》三代の盛徳のすばらしさをとりあげ、それについて質問するが、きっと顔をあげたままこたえない。さらにまた政治教化とは無縁の精神安定や呼吸の術について述べ、それでもって様子をうかがうが、あいてはやはり前とおなじく、まばたきひとつしない。阮籍がそこであいてにむかってながーく口笛を吹くと、しばらくしてからやっとにっこり笑っていう。「もう一度やってみろ」。阮籍はあらためて口笛を吹き、はればれした気分になった。嶺の中腹あたりまでもどってくると、山上からウァーンと音がきこえ、まるで数隊のブラスバンドのように、林や谷にこだました。ふりかえってみると、なんとさきほどのおとこが口笛を吹いているのだった。（『世説新語』棲逸篇）

阮歩兵の嘯《しょう》は数百歩に聞こゆ。蘇門山中に忽《たちま》ち真人《しんじん》有り。樵伐《しょうばつ》する者咸《み》な共に伝説す。阮籍往《ゆ》き観《み》、其の人の膝《ひざ》を巌《がん》側《そく》に擁《よう》するを見る。籍は嶺を登りて之に就《つ》き、箕踞《ききょ》して相

阮歩兵嘯、聞数百歩、蘇門山中忽有真人、樵伐者咸共伝説、阮籍往観、見其人擁膝巌側、籍登

い対す。籍は終古《しゅうこ》を商略《しょうりゃく》し、上は黄農《こうのう》の玄寂《げんじゃく》の道を陳《の》べ、下は三代の盛徳の美を考え、以て之に問うも、仡然《きつぜん》として応ぜず。復《ま》た有為《うい》の外、棲神導気《せいしんどうき》の術を叙《の》べて以て之を観《うか》がうも、彼は猶お前の如く、凝矚《ぎょうしょく》して転ぜず。籍は因って之に対して長嘯《ちょうしょう》す。良《や》や久しくして乃《すなわ》ち笑って曰わく、「更に作《な》す可し」。籍復《ま》た嘯して意尽《つ》く。退きて半嶺許《はんれいばか》りに還《かえ》り、上に嗆然として声有るを聞く。数部の鼓吹《こすい》の如く、林谷《りんこく》に伝響《でんきょう》す。顧《かえ》り看《み》れば、迺《すなわ》ち向《さき》の人嘯するなり。

嶺就之、箕踞相対、籍商略終古、上陳黄農玄寂之道、下考三代盛徳之美、以問之、仡然不応、復叙有為之外、棲神導気之術、以観之、彼猶如前、凝矚不転、籍因対之長嘯、良久乃笑曰、可更作、籍復嘯意尽、退還半嶺許、聞上嗆然有声、如数部鼓吹、林谷伝響、顧看、迺向人嘯也。

▼「嘯」にかんしては、沢田瑞穂氏に「嘯の源流」と題する論考がある。『中国の呪法』（平河出版社、一九八四年）所収。蘇門山は太行山《たいこうざん》の支脈。河南《かなん》省輝《き》県の西北にあるという。「真人」は道教の神である神仙。黄帝と神農は上古の聖王。「有為《うい》」は無為の対語。教化、政治をいい、「有為の外」はそれをこえたところ。「棲神導気の術」は、精神を静かにたもち、宇宙の「気――エネルギー――」を体内に導きいれる道術。「嗆然」の「嗆」は音、意味ともに不明。「ウァーンと音がきこえ」とするのは、ひとまずの訳。阮籍は蘇門山からもどると、「大人先生《たいじんせんせい》伝《でん》」を書いたと伝えられ、それはつぎのように書きはじめられている。「大人先生は蓋《けだ》し老人なり。姓も字《あざな》も知らず。天地の始めを陳《の》べ、神農《しんのう》、黄帝《こうてい》の事を言い、昭然《しょうぜん》たり。其の生年の数

を知る莫《な》し。嘗《か》つて蘇門《そもん》の山に居る、故に世に或《ある》いはこれを間《かん》と謂う（?）。性を養い寿を延ばし、自然と光を斉《ひと》しくす。其の堯《ぎょう》、舜《しゅん》の事とする所を視《み》ること手中の若《ごと》き耳《のみ》」。

一一七　阮籍は母の喪《も》に遭《あ》い

阮籍《げんせき》は母がなくなったさい、晋《しん》の文王《ぶんおう》（司馬昭《しばしょう》）の席で酒や肉を口にした。司隷校尉《しれいこうい》の何曾《かそう》も同席しており、こういった。「閣下はおりしも孝のイデオロギーをもって天下を治めてゆこうとしておられる。しかるに阮籍は、親が死んだというのに、閣下の席で公然と酒を飲み肉を食らっております。海外に追放して風紀を粛正なさるべきです」。文王はいった。「嗣宗《しそう》はあんなにやつれきっている。君はかれと悲しみをわかちあうこともできぬのに、なんという言い草だ。そのうえ、病気ならば酒を飲み肉を食べるのはちゃんと喪中《もちゅう》の礼にかなったことだ」。阮籍は飲み、かつ食らいつづけて涼しい顔をしていた。（『世説新語』任誕篇）

阮籍は母の喪に遭《あ》い、晋の文王の坐に在って酒肉《しゅにく》を進む。司隷の何曾も亦《ま》た坐に在り。曰わく、「明公《めいこう》は方《まさ》に孝を以て天下を治む。而《しか》るに阮籍は重喪《じゅうそう》を以て、顕《あから》さまに公の坐に於いて酒を飲み肉を食らう。宜しく之を海外に流し、以

阮籍遭母喪、在晋文王坐進酒肉、司隷何曾亦在坐、曰、明公方以孝治天下、而阮籍以重喪、顕於公坐飲酒食肉、宜流之海外、以

て風教《ふうきょう》を正すべし」。文王曰わく、「嗣宗は毀頓《きとん》すること此《か》くの如し。君は共に之を憂う能《あた》わざるに、何をか謂《い》う。且《か》つ疾《やま》い有って酒を飲み肉を食らうは、固《もと》より喪礼《そうれい》なり」。籍は飲噉輟《いんかんや》めず、神色自若《しんしょくじじゃく》たり。

正風教、文王曰、嗣宗毀頓如此、君不能共憂之、何謂、且有疾而飲酒食肉、固喪礼也、籍飲噉不輟、神色自若。

▼司隷校尉は首都圏の警察の元締。警視総監。司馬昭の言葉は『礼記《らいき》』曲礼《きょくらい》上篇をふまえる。「喪に居るの礼、頭に創《きず》有れば則ち沐《もく》し、身に瘍《おでき》有れば則ち浴し、疾《やま》い有れば則ち酒を飲み肉を食らい、疾《やま》い止《や》めば初めに復《ふく》す」。

一一八　歩《ほ》兵校尉《へいこうい》欠《か》く

歩《ほ》兵校尉《へいこうい》のポストがあいた。そこの廚房《ちゅうぼう》には数百石の酒が貯蔵されていた。阮籍《げんせき》はそこでたのみこんで歩兵校尉にしてもらった。(『世説新語』任誕篇)

歩兵校尉欠《か》く。廚《ちゅう》中に貯酒《ちょしゅ》数百斛《こく》有り。阮籍は乃《すなわ》ち求めて歩兵校尉と為る。

歩兵校尉欠、廚中有貯酒数百斛、阮籍乃求為歩兵校尉。

▼歩兵校尉は宮城の守備にあたる。阮籍を阮歩兵とよぶ所以《ゆえん》である。注に引かれた「竹林七賢

論」に、「籍は（劉《りゅう》）伶《れい》と共に歩兵の廚《ちゅう》中に飲み、並びに酔いて死す」というのは、もちろんできすぎた話である。

一一九　阮籍の嫂《そうか》嘗つて家に還《かえ》る

阮籍の嫂《あによめ》が里帰りするさい、阮籍は見送った。そのことをとやかくいうものがあった。阮籍はいった。「礼のおきては、ぼくたちあいてにつくられたものじゃあるまい」。（『世説新語』任誕篇）

阮籍の嫂嘗《そうか》つて家に還《かえ》る。籍見て与《とも》に別る。或るひと之を譏《そし》る。籍曰わく、「礼は豈《あ》に我が輩《はい》の為《ため》に設けんや」。

阮籍嫂嘗還家、籍見与別、或譏之、籍曰、礼豈為我輩設也。

▼阮籍の有名な言葉。『礼記』曲礼上篇に、「嫂叔《そうしゅく》は問《もん》を通ぜず」、嫂《あによめ》とおとうととは挨拶をかわさない、とある。

一二〇　阮公《げんこう》の鄰家《りんか》の婦は美色《びしょく》有り

阮公《げんこう》（阮籍）の隣の家のおかみさんはなかなかの別嬪《べっぴん》、居酒屋をやっている。阮籍は王《おう》安豊《あんほう》（王戎《おうじゅう》）といつもそのおかみさんのところで酒を飲んだ。阮籍は酔っぱらうと、すぐおかみさんの横で寝てしまう。亭主はさいしょひどく疑ったが、よく観察してみると、下心はまったくなかった。(『世説新語』任誕篇)

阮公の鄰家《りんか》の婦は美色有り。壚《ろ》に当って酒を酤《う》る。阮は王安豊と常に婦に従って酒を飲む。阮酔えば便《すなわ》ち其の婦の側《かたわら》に眠る。夫《おっと》は始め殊《こと》に之を疑うも、伺察《しさつ》するに、終《つい》に他意無し。

阮公鄰家婦有美色、当壚酤酒、阮与王安豊常従婦飲酒、阮酔、便眠其婦側、夫始殊疑之、伺察、終無他意。

▼「壚《ろ》」は土をつみあげた台。その上に酒がめを置き、それをとりかこんで飲む。漢の文学者の司馬相如《しばしょうじょ》が卓文君《たくぶんくん》とかけおちしたさきでバーを開き、「卓文君をして壚《ろ》に当らしめ」、自分はふんどし一枚で下働きに精を出した話は有名。

一二一 阮籍は母を葬《ほう》むるに当り

阮籍《げんせき》は母親の葬儀にあたって、まるまるふとった一匹の豚を蒸《む》し、二斗の酒を飲んだうえ、最後の別れの場にのぞんだ。「だめだ」とたった一言いったきり、わっと号泣すると、そのまま血を吐き、しばらくのあいだぐったりしていた。(『世説新語』任誕篇)

阮籍は母を葬むるに当り、一肥豚《ひとん》を蒸し、酒二斗を飲み、然《しか》る後《の》ち訣《けつ》に臨《のぞ》む。直《た》だ「窮《きゅう》せり」と言い、都《すべ》て一号を得、因《よ》って血を吐《は》き、廃頓《はいとん》すること良《や》や久し。

阮籍当葬母、蒸一肥豚、飲酒二斗、然後臨訣、直言窮矣、都得一号、因吐血、廃頓良久。

一二三　阮歩兵、母を喪《うしな》い

阮歩《げんほ》兵《へい》（阮籍）が母親をなくし、裴令公《はいれいこう》（裴楷《はいかい》）が弔問に出かけた。阮籍はそのとき酔っぱらっていて、ざんばら髪で椅子にかけ、あぐらをかいたまま哭泣《こくきゅう》もしていない。裴楷はやってくると、むしろを床に敷き、哭泣しおくやみの言葉をのべるとすぐたち去った。ある人が裴楷にたずねた。「弔問といえば、喪主が哭泣してから、客ははじめてしきたりどおりにするものだ。阮《げん》は哭泣していないのに、君はなぜ哭泣したのだ」。裴楷「阮は世俗の外の人間、だから礼のさだめを尊重しない。ぼくたちは世俗のなかの人間、だから軌範のなかに身をおくのだ」。当時の人々は二人ともよろしきにかなっていると感心した。
（『世説新語』任誕篇）

阮歩兵、母を喪《うしな》い、裴令公は往《ゆ》きて之を弔《とむら》う。阮は方《まさ》に酔い、散髪《さんぱつ》して牀《しょう》に坐し、箕踞《ききょ》して哭《こく》せず。裴至るや、席を地に下し、哭し弔唁《ちょうげん》し畢《おわ》るや便《すなわ》ち去る。或《あ》るひと裴に問う、

阮歩兵喪母、裴令公往弔之、阮方酔、散髪坐牀、箕踞不哭、裴至、下席於地、哭弔唁畢便去、

「凡《およ》そ弔《ちょう》、主人哭すれば客乃《すなわ》ち礼を為す。阮は既に哭せざるに、君何為《なんす》れぞ哭すや」。裴曰わく、「阮は方外《ほうがい》の人、故に礼制を崇《あが》めず。我《わ》が輩《はい》は俗中の人、故に儀軌《ぎき》を以て自《みず》から居《お》る」。時人は歎《たん》じて両《ふた》つながら其の中《ちゅう》を得たりと為す。

或問裴、凡弔、主人哭、客乃為礼、阮既不哭、君何為哭、裴曰、阮方外之人、故不崇礼制、我輩俗中人、故以儀軌自居、時人歎為両得其中。

▼「哭」は声をあげて泣くことだが、自然の情としてのそれではなく、礼のきまりとしてのそれ。「方外の人」と「俗中の人」は、『荘子《そうじ》』大宗師篇《だいそうし》、子桑戸《しそうこ》が死んだとき、友人の孟子反《もうしはん》と子琴張《しきんちょう》の二人が歌をうたっていたのを孔子が評した言葉、「彼は方《ほう》の外に遊ぶ者なり。而《しか》るに丘《われ》は方の内に遊ぶ者なり」にもとづく。「方」は礼教規範であり、それが支配するところの世俗。

一二三　阮渾長成《げんこんちょうせい》は、風気韻度《ふうきいんど》

阮渾《げんこん》、字《あざな》は長成《ちょうせい》は、風格ももち味《あじ》も父親そっくり、やはり放達《ほうたつ》をまなびたいと思った。歩兵（阮籍《げんせき》）はいった。「仲容《ちゆうよう》（阮咸《げんかん》）がすでにグループに加わっている。おまえまでがそんなことをしてはいかん」。（『世説新語』任誕篇）

阮渾長成は、風気《ふうき》韻度《いんど》、父に似、亦《ま》た達を作《な》さんと欲す。歩兵曰わく、「仲容已《すで》に之に預《あず》かる。卿復《ま》た爾《しか》するを得ず」。

阮渾長成、風気韻度似父、亦欲作達、歩兵曰、仲容已預之、卿不得復爾。

▼阮渾は阮籍の子。阮咸は甥。後条を見よ。注に引かれた「竹林七賢論」にいう。「籍の渾《こん》を抑《おさ》うるは、蓋《けだ》し渾の未だ己《おの》れの達を為す所以《ゆえん》を識《し》らざるを以てなり」。なぜ自分が放達の行為をやっているのか、その本心がわからず、外形だけをまねるエピゴーネンとなることをおそれたのである。なお、書きだしの「阮渾長成」の四字、阮渾は成人すると、の意味にも読める。

一二四　王戎《おうじゅう》弱冠《じゃくかん》にして阮籍に詣《いた》る

王戎《おうじゅう》の二十《はたち》前後のころのこと、阮籍のところを訪問すると、たまたま劉公栄《りゅうこうえい》（劉昶《りゅうちょう》）が居あわせた。阮籍は王戎にいった。「うまい具合《ぐあい》に二斗の美酒がある。君といっしょに一杯やろうじゃないか。あの公栄なんかはほっておけばよい」。二人はさしつさされつ盃をかわし、公栄はちょこ一杯にすらありつけなかったが、語りあって話に興ずること、三人いずれとも変わりがなかった。あるものがそのわけをたずねると、阮籍は答えた。「公栄よりえらいやつとはいっしょに飲まんわけにはいかん。公栄に及ばないやつともいっしょに飲まんわけにはいかん。ただ公栄とだけはいっしょに飲まんでもよろしい」。（『世説新

語』簡傲篇）

王戎弱冠《じゃくかん》にして阮籍に詣《いた》る。時に劉公栄坐《ざ》に在《あ》り。阮は王に謂《い》いて曰わく、「偶《たまた》ま二斗の美酒有り。当《まさ》に君と共に飲むべし。彼《か》の公栄なる者は預《あず》かる無し」。二人は觴《さかずき》を交《かわ》して酬酢《しゅうそ》し、公栄は遂《つい》に一桮《はい》を得ざるも、而《しか》れども言語《げんご》談戯《だんぎ》すること、三人異《こと》なる無し。或《あ》るひと之を問う者有り。阮答えて曰わく、「公栄に勝《まさ》る者は与《とも》に酒を飲まざるを得ず。公栄に如《し》かざる者は与《とも》に酒を飲まざる可からず。唯《た》だ公栄のみ与《とも》に酒を飲まざる可し」。

王戎弱冠詣阮籍、時劉公栄在坐、阮謂王曰、偶有二斗美酒、当与君共飲、彼公栄者無預焉、二人交觴酬酢、公栄遂不得一桮、而言語談戯、三人無異、或有問之者、阮答曰、勝公栄者不得不与飲酒、不如公栄者不可不与飲酒、唯公栄可不与飲酒。

▼「弱冠」は男子の二十歳をいう。『礼記《らいき》』曲礼《きょくらい》上篇に、「二十を弱《じゃく》と曰う。冠《かん》す」。本条とよく似た話が、『世説新語《せせつしんご》』任誕《にんたん》篇に劉公栄を主人公としてある。それによると、劉公栄はみんなでわいわい騒ぎながら飲むのが好きで、「わしよりえらいやつとはいっしょに飲まんわけにはいかん。わしに及ばんやつともいっしょに飲まんわけにはいかん。このわしの同類とはいっそういっしょに飲まんわけにはいかん――勝公栄者不可不与飲、不如公栄者亦不可不与飲、是公栄輩者又不可不与飲――」といって終日酔っぱらっていた。

一二五　王孝伯《おうこうはく》、王大《おうだい》に問う

王孝伯《おうこうはく》（王恭《おうきょう》）が王大《おうだい》（王忱《おうしん》）にたずねた。「阮籍《げんせき》は司馬相如《しばしょうじょ》にくらべてどうかね」。王大「阮籍の胸のなかにたくわえられた固いしこりは、酒で洗いながす必要があったのだ」。

（『世説新語』任誕篇）

王孝伯、王大に問う、「阮籍は司馬相如に何如《いかん》」。王大曰わく、「阮籍の胸中《きゆうちゆう》の塁塊《るいかい》、故《もと》より須《すべか》らく酒もて之を澆《そそ》ぐべし」。

王孝伯問王大、阮籍何如司馬相如、王大曰、阮籍胸中塁塊、故須酒澆之。

▼東晋時代になってからの阮籍評である。司馬相如は漢の武帝時代を代表する文学者。一二〇条を参照。司馬相如の「大人賦《たいじんふ》」と阮籍の「大人先生伝」を念頭においた質問であろう。そして王忱のこたえの意味は、注にいうように、「阮は皆《み》な相如に同じきも、而《しか》れども酒を飲むこと異なる耳《のみ》」。

嵇康《けいこう》

一二六　王戎《おうじゆう》云わく

王戎《おうじゆう》の言葉。「嵇康《けいこう》どのとは二十年にわたってごいっしょしたけれども、はしゃいだり怒ったりされたお顔を一度として見たことがなかった」。（『世説新語』徳行篇）

王戎云わく、「嵇康と居《お》ること二十年、未《いま》だ嘗《か》つて其の喜《き》慍《おん》の色を見ず」。

王戎云、与嵇康居二十年、未嘗見其喜慍之色。

一二七　嵇康は身《み》の長《たけ》七尺八寸

嵇康は身長七尺八寸、風姿はことのほかひいでていた。かれに会った人は感歎した。「さびさびさわさわ、爽快《そうかい》ですがすがしい」。あるいはこういった。「さわさわと松の木蔭《こかげ》に通う風が高くそしておもむろに吹くようだ」。また山公《さんこう》（山濤《さんとう》）はいった。「嵇叔夜《けいしゆくや》（嵇康）の人がらは、たかだかと一本松がつったっているようだ。かれが酔っぱらうと、がらがらと玉山《ぎよくざん》がいまにも崩れようとするいきおいだ」。（『世説新語』容止篇）

嵇康は身の長《たけ》七尺八寸、風姿《ふうし》は特に秀《ひい》ず。見る者歎《たん》じて曰

嵇康身長七尺八寸、風姿特秀、

わく、「蕭蕭《しょうしょう》肅肅《しゅくしゅく》、爽朗《そうろう》として清挙《せいきょ》」。或《ある》いは云わく、「肅肅《しゅくしゅく》として松下《しょうか》の風の高くして徐《おもむ》ろに引くが如し」。山公曰わく、「嵆叔夜の人と為りや、巌巌《がんがん》として孤松《こしょう》の独立するが若《ごと》し。其の酔えるや、傀俄《かいが》として玉山《ぎょくざん》の将《まさ》に崩《くず》れんとするが若《ごと》し」。

見者歎曰、蕭蕭肅肅、爽朗清挙、或云、肅肅如松下風高而徐引、山公曰、嵆叔夜之為人也、巌巌若孤松之独立、其酔也、傀俄若玉山之将崩。

▼七尺八寸は一八〇センチほど。本条にみられる表現と類似のものとして、『世説新語』賞誉《しょうよ》篇に、李元礼《りげんれい》（李膺《りよう》）について「謖謖《しょくしょく》として勁《つよ》き松の下の風の如し」、また容止《ようし》篇に、李豊《りほう》について「頽唐《たいとう》として玉山の将《まさ》に崩れんとするが如し」とある。

一二八　人有って王戎に語って曰わく

ある人が王戎《おうじゅう》にかたった。「嵆延祖《けいえんそ》はまるで一羽の野生の鶴が群鶏《ぐんけい》のなかにいるようにきわだっている」。するとこういいかえした。「君はかれのおやじさんに会ったことがないのだな」。（『世説新語』容止篇）

人有って王戎に語って曰わく、「嵆延祖は卓卓《たくたく》として野鶴《やかく》の雞群《けいぐん》に在《あ》るが如し」。答えて曰わく、「君は未《いま》だ其の父を

有人語王戎曰、嵆延祖卓卓如野鶴之在雞群、答曰、君未見其父

見ざる耳《のみ》」。

耳。

▼嵆延祖は嵆康の子の嵆紹《けいしょう》。

一二九　嵆康《けいこう》は汲《きゅう》郡の山中に遊《あそ》び

嵆康《けいこう》は汲《きゅう》郡の山中に遊んだおり、道士《どうし》の孫登《そんとう》とばったり出あって、ともにつきあった。嵆康がたち去るさい、孫登はいった。「君は才能はたいしたものだ。だが、保身の術がいまひとつだ」。（『世説新語』棲逸篇）

嵆康は汲《きゅう》郡の山中に遊び、道士の孫登に遇《あ》い、遂《つい》に之《これ》と遊ぶ。康の去るに臨《のぞ》んで、登曰わく、「君、才は則《すなわ》ち高し。保《ほ》身《しん》の道足らず」。

嵆康遊於汲郡山中、遇道士孫登、遂与之遊、康臨去、登曰、君才則高矣、保身之道不足。

▼汲郡は河《か》南《なん》省汲県。注に引かれた「嵆康集序」にいう。「孫登なる者は何許《いずこ》の人なるやを知らず。家無く、汲郡の北山の土窟《どくつ》に住《じゅう》す。夏には則ち草を編《あ》んで裳《はかま》と為し、冬には則ち被髪《ざんばらがみ》もて自《みず》からを覆《おお》う。好《この》んで易《えき》を読み、一絃琴《いちげんきん》を鼓《つまび》く。見《み》る者は皆な之を親しみ楽しむ」。孫登の言葉は嵆康の不幸な将来の予言であり、呂安《りょあん》の事件に連坐《れんざ》して獄につながれたとき、嵆康は

「昔は柳恵《りゅうけい》（柳下恵）に慚《は》じ、今は孫登に愧《は》ず」と「幽憤詩《ゆうふんし》」（『文選』巻二三）にうたった。

一三〇　嵆中散《けいちゅうさん》、趙景真《ちょうけいしん》に語るらく

嵆中散《けいちゅうさん》（嵆康《けいこう》）は趙景真《ちょうけいしん》（趙至《ちょうし》）にかたった。「きみの瞳《ひとみ》は白い部分と黒い部分がはっきりしていて、白起《はくき》のおもかげがあるが、残念なのはおおきさが小さいことだ」。趙「一尺の表《ノーモン》が天文観測器の度盛をぴたりとさだめ、一寸の管《パイプ》が季節に応じて循環する陰陽の気を計測することができる。なにも大きいばかりが能じゃありません。見識いかんが問題となるだけです」。（『世説新語』言語篇）

嵆中散語趙景真、卿瞳子白黒分明、有白起之風、恨量小狭、趙云、尺表能審璣衡之度、寸管能測往復之気、何必在大、但問識如何耳。

嵆中散、趙景真に語るらく、「卿《けい》の瞳子《どうし》は白黒分明《ぶんめい》、白起の風有るも、量の小狭《しょうきょう》なるを恨《うら》みとす」。趙云わく、「尺《せき》表《ひょう》は能《よ》く璣衡《きこう》の度を審《つまび》らかにし、寸管は能《よ》く往復の気を測《はか》る。何ぞ必らずしも大に在らん。但《た》だ識《しき》の如何《いかん》を問う耳《のみ》」。

▼趙至は嵆康の人がらをしたって数年をいっしょにすごしたわかい友人。白起は戦国時代の秦《しん》の将軍。注に引かれた厳尤《げんゆう》の「三将叙《さんしょうじょ》」に、「武《ぶ》安君《あんくん》（白起）は……瞳子の白黒分明。……瞳

子の白黒分明なる者は、事を見ること明らかなり」とある。「表」は太陽の影のながさをはかる観測棒。ノーモン。「璣衡」は「璇璣玉衡《せんきぎょくこう》」の略。天文観測の儀器である。『書経』舜典に、「璇璣玉衡を在《み》て以て七政（日月五星の七曜）を斉《とと》のう」。「管」は六律《りつ》と六呂《りょ》のオクターブの基準となる調子笛。ピッチ・パイプ。陰陽二気の消長によって十二月それぞれに固有の律呂が存在すると考えられた。

一三一　山公《さんこう》は将《まさ》に選曹《せんそう》を去らんとし

山公《さんこう》（山濤《さんとう》）は吏部《りぶ》の職を離れるにあたって嵆康《けいこう》を推薦しようとした。嵆康は書簡をおくって絶交を宣言した。（『世説新語』棲逸篇）

山公は将《まさ》に選曹を去らんとし、嵆康を挙げんと欲す。康は書を与えて絶《ぜつ》を告ぐ。

山公将去選曹、欲挙嵆康、康与書告絶。

▼「選曹」は人事をあつかう吏部。山濤は景元《けいげん》二年（二六一）以来、吏部郎《りぶろう》に就任していた。嵆康の書簡、「山巨源《さんきょげん》に与うる絶交書」は『文選』巻四三に収められている。

一三二　鍾士季《しょうしき》は精《せい》にして才理《さいり》有り

鍾士季《しょうしき》（鍾会《しょうかい》）はきれもので理論家肌。それまで嵆康と面識がなかったが、当時の俊秀たちをさそいあわせ、連れだって嵆康を訪れた。嵆康はおりしも大樹の下で鍛冶《かじ》をうち、向子期《しょうしき》（向秀《しょうしゅう》）が助手となってふいごをおしている。嵆康はハンマーをふるいつづけ、そばに人がいるのには目もくれず、一時《いっとき》がたったのに一言もかわさない。鍾会がたちあがってひきあげようとすると、嵆康「何を聞いてやってきたのだ。何を見て帰るのだ」。鍾会「聞いたことを聞いてやってきたのだ。見たことを見て帰るのだ」。（『世説新語』簡傲篇）

鍾士季は精《せい》にして才理《さいり》有り。先に嵆康を識《し》らざるも、鍾は時に于《お》ける賢儁《けんしゅん》の士を要《むか》え、倶《とも》に往《ゆ》きて康を尋《たず》ぬ。康は方《まさ》に大樹下に鍛《たん》し、向子期は佐《さ》と為って排《はい》を鼓《こ》す。康は槌《つち》を揚《あ》げて輟《や》めず、傍《かたわら》に人無きが若《ごと》く、時を移すも一言を交《かわ》さず。鍾の起《た》ち去らんとするや、康曰わく、「何の聞く所にして来るや、何の見る所にして去るや」。鍾曰わく、「聞く所を聞きて来り、見る所を見て去る」。

鍾士季精有才理、先不識嵆康、鍾要于時賢儁之士、倶往尋康、康方大樹下鍛、向子期為佐鼓排、康揚槌不輟、傍若無人、移時不交一言、鍾起去、康曰、何所聞而来、何所見而去、鍾曰、聞所聞而来、見所見而去。

▼「排」は韛《はい》と通ず。ふいご。

一三三　鍾会《しょうかい》は四本論《しほんろん》を撰《せん》し

鍾会《しょうかい》は「四本論《しほんろん》」を著わし、やっとできあがると、是が非でも嵆公《けいこう》（嵆康《けいこう》）に一度読ませたいものだと思い、懐《ふところ》につっこんだ。そう決心はしたものの、批判されるのがこわい。懐からよくとりださずに門の外はるか遠くから投げこむと、くるっと身をかえし、一目散に逃げだした。（『世説新語』文学篇）

鍾会は四本論を撰《せん》し、始めて畢《おわ》るや、甚だ嵆公をして一見せしめんと欲し、懐中《かいちゅう》に置く。既に定むるも、其の難を畏《おそ》る。懐《かい》より敢《あ》えて出ださず、戸外に於いて遥《はる》かに擲《なげう》ち、便《すなわ》ち回《めぐ》りて急ぎ走る。

鍾会撰四本論、始畢、甚欲使嵆公一見、置懐中、既定、畏其難、懐不敢出、於戸外遥擲、便回急走。

▼「四本論」は一般に「才性四本論《さいせいしほんろん》」とよばれる哲学論文。人間の「才」才能と「性」本性の関係を同、異、合、離の立場から論ずる。傅嘏《ふか》が同、李豊《りほう》が異、鍾会が合、王広《おうこう》が離の立場をそれぞれ論じ、鍾会がひとつにまとめた。清談の重要なテーマであって、『世説新語』にしばしばとりあげられているほか、南斉《なんせい》の王僧虔《おうそうけん》は「言家《げんか》の口実《こうじつ》」、清談家のねた、とよんでいる。

一三四　嵆康は呂安《りよあん》と善《よ》し

嵆康は呂安《りよあん》と仲がよかった。ふっとあいてが恋しくなると、千里の遠くでも車を用意させた。呂安がその後やってきたとき、あいにく嵆康は不在。嵆喜《けいき》が表に出て迎えたが、なかに入ろうとはせず、門のうえに「鳳《ほう》」の文字を書きつけてたち去った。嵆喜はわけがわからぬままに、ともかくうれしいからそう書いたのだろう、と考えた。「鳳」の文字は「凡鳥《ぼんちよう》──平凡な鳥──」の意だったのである。（『世説新語』簡傲篇）

嵆康は呂安と善《よ》し。一《ひと》たび相《あ》い思う毎《ごと》に、千里も駕《が》を命ず。安、後に来り、値《たま》た ま康は在《あ》らず。喜は戸を出でて之を延《まね》く も入らず、門上に題して鳳の字を作《な》して去る。喜は覚《さと》らざるも、猶《な》お以て欣《よろこ》ぶが故に作《な》すと為す。鳳の字は凡鳥《ぼんちよう》なり。

嵆康与呂安善、毎一相思、千里命駕、安後来、値康不在、喜出戸延之、不入、題門上作鳳字而去、喜不覚、猶以為欣故作、鳳字凡鳥也。

▼嵆喜は嵆康の兄。かれは弟とことなってよほどの俗物であったのであろう。好きな人間は青眼をもってむかえ、きらいな人間は白眼をもってむかえた阮籍《げんせき》から、白眼をもってむかえられたという（『晋書』阮籍伝）。「鳳」は吉祥《きつしよう》の鳥だが、その文字は「凡」と「鳥」に分解される。『説文解字《せつもんかいじ》』に、「鳳は神鳥なり。……見《あら》わるれば則ち天下は大いに安寧《あんねい》。鳥に从《したが》い凡の声」。

一三五　嵆中散《けいちゅうさん》は刑に東市《とうし》に臨《のぞ》むや

嵆中散《けいちゅうさん》（嵆康《けいこう》）は東の市場で処刑されるにあたって、表情ひとつかえず、琴《こと》をとらせてつまびき、広陵散《こうりようさん》の曲を演奏した。曲が終るといった。「袁孝尼《えんこうじ》（袁準《えんじゆん》）がむかしこの曲を習いたいと所望したことがあったが、わしはしぶって教えなかった。広陵散はいまここで絶えるのだ」。太学の学生三千人が意見書をたてまつり、教授とするように請願したが、認められなかった。文王《ぶんおう》（司馬昭《しばしよう》）もやがて後悔した。（『世説新語』雅量篇）

嵆中散は刑に東市に臨むや、神気《しんき》変《へん》ぜず、琴を索《もと》めて之を弾《つまび》き、広陵散《こうりようさん》を奏す。曲終《おわ》りて曰わく、「袁孝尼嘗《か》つて此の散《さん》を学ばんことを請《こ》うも、吾は靳固《きんこ》して未《いま》だ与えず。広陵散は今に於いて絶ゆ」。太学生《たいがくせい》三千人上書し、以て師と為さんことを請うも、許さず。文王も亦《ま》た尋《つ》いで悔《く》ゆ。

嵆中散臨刑東市、神気不変、索琴弾之、奏広陵散、曲終曰、袁孝尼嘗請学此散、吾靳固未与、広陵散於今絶矣、太学生三千人上書、請以為師、不許、文王亦尋悔焉。

▼親友の呂安《りよあん》が兄とのいさかいで罪に問われたのに嵆康も連坐する。しかしそれは言いがかりにすぎず、最大の理由は、司馬《しば》氏の反対党と目されたからである。直接の仕掛人は鍾会《しようかい》であった。景元三年（二六二）のことである。

東市は夏侯玄《かこうげん》も処刑されたところ。一九条を参照。「広陵散」は琴の曲名。嵇康はこよなく琴を愛し、「琴《こと》の賦《ふ》」（『文選』巻十八）の作品もある。その序にはつぎのように述べられている。「余《われ》は少《わか》くして音声を好み、長じて之を翫《もてあ》そぶ。以為《おも》えらく、物には盛衰《せいすい》有れど此れには変《へん》ずること無し。滋味《じみ》には猒《あ》くこと有れど此れには勌《う》まず。以て神気を導き養い、情志を宣《の》べ和《とと》のう可し。窮独《きゅうどく》に処《お》りて悶《もだ》えざる者は、音声より近きは莫《な》きなり」。袁準は暗い世に生きたために仕官をもとめなかったと伝えられる純粋な人物。太学生は、都の洛陽におかれた国立中央大学、すなわち太学の学生。

一三六　簡文《かんぶん》云わく

簡文帝《かんぶんてい》の言葉。「何平叔《かへいしゅく》（何晏《かあん》）は技巧にはしる点が理にとってのさまたげ、嵇叔夜《けいしゅくや》（嵇《けい》康《こう》）は頭がきれすぎて道をだめにしている」。（『世説新語』品藻篇）

簡文云わく、「何平叔は巧《こう》にして理を累《わず》らわせ、嵇叔夜は儁《しゅん》にして其の道を傷《やぶ》る」。

簡文云、何平叔巧累於理、嵇叔夜儁傷其道。

▼東晋の簡文帝の評である。注にいう。「理は本《もと》より真率《しんそつ》、巧なれば則ち其の致に乖《そむ》く。道は唯《た》だ虚澹《きょたん》、儁なれば則ち其の宗に違《たが》う」。何晏《かあん》は王弼《おうひつ》とあいならぶ魏《ぎ》の哲学者。儒家《じゅか》の哲学を

老荘《ろうそう》の哲学によって解釈しようとしたその学風は、玄学《げんがく》とよばれた。『論語集解《ろんごしっかい》』が代表作である。

山濤《さんとう》

一三七　山公《さんこう》は器重朝望《きじゅうちょうぼう》なるを以て

山公《さんこう》（山濤《さんとう》）は人物がどっしりとしており、朝臣たちの信望をあつめていたので、七十歳をこしてもまだ政務を担当した。貴族の若者たち、たとえば和嶠《わきょう》や裴楷《はいかい》や王済《おうせい》たちはみんなしてかつぎあげた。官庁の柱につぎのように書きつけたものがいた。「役所の東に大牛がいる。和嶠は胸がいをつけ、裴楷は尻がいをあて、王済はなぶりものにして休むひまもなし」。潘尼《はんじ》の作だともいう。（『世説新語』政事篇）

山公は器重朝望なるを以て、年は七十を踰《こ》ゆるも猶《な》お時任《じにん》を知管《ちかん》す。貴勝《きしょう》の年少、和、裴、王の徒の若《ごと》き、並びに共に宗詠《そうえい》す。閣柱《かくちゅう》に署する有って曰わく、「閣東《かくとう》に大牛有り。和嶠は鞅《おう》し、裴楷は鞦《しゅう》し、王済は剔嬲《てきじょう》して休むを得ず」。或《あ》るいは潘尼之《これ》を作ると云う。

山公以器重朝望、年踰七十、猶知管時任、貴勝年少、若和裴王之徒、並共宗詠、有署閣柱曰、閣東有大牛、和嶠鞅、裴楷鞦、王済剔嬲不得休、或云潘尼作之。

▼『礼記《らいき》』曲礼《きょくらい》上篇に「大夫《たいふ》は七十にして事を致す」とあるように、七十歳で引退するのがならわしであるが、山濤はなお尚書僕射《ぼくや》であるうえ、人事をあつかう吏部《りぶ》尚書を兼ねた。そのころ、和嶠は中書令《ちゅうしょれい》、裴楷と王済はともに侍中《じちゅう》。大牛はもとより山濤の比喩であって、身動きのとれぬことをからかった。「剔嬲」は煩擾《はんじょう》のさま。ただし注に引く王隠《おういん》の『晋書《しんじょ》』では、山濤が吏部尚書をつとめることを心よく思わぬ潘岳《はんがく》が、「閣東に大牛有り。王済は鞅し、裴楷は鞦し、和嶠は刺促《しそく》して（あくせくつっついて）休むを得ず」との謡言をばらまいたのだとする。「牛《ぎゅう》」「鞦《しゅう》」「休《きゅう》」と韻をふむ。潘尼は西晋時代の文学者。

一三八　山司徒《さんしと》の前後の選《せん》

山司徒《さんしと》（山濤）が担当した前後の人事は、百官のほとんどすべてにわたり、推薦したなかに不適格者はいなかった。品評をくだしたものすべてがかれの言葉どおりとなった。ただ陸亮《りくりょう》の任用の場合だけは勅命《ちょくめい》による任用にかかって公と意見がくいちがい、反対したけれども従われなかった。陸亮もやはりやがて収賄《しゅうわい》の罪で失脚した。（『世説新語』政事篇）

山司徒の前後の選《せん》、殆《ほと》んど百官を周遍《しゅうへん》し、挙《あ》ぐるに失才《しっさい》無し。凡《およ》そ題目する所、皆《み》な其の言の如し。唯《た》だ陸亮を用うるのみ是《こ》れ詔の用うる所。公と意異《こと》なり、之を争うも従わ

山司徒前後選、殆周遍百官、挙無失才、凡所題目、皆如其言、唯用陸亮、是詔所用、与公意異、

れず。亮も亦《ま》た尋《つ》いで賄《わい》の為に敗る。

争之不従、亮亦尋為賄敗。

▼山濤は官吏の任用を担当する吏部尚書《りぶしょうしょ》として能力を発揮した。人事を行なうにあたってかれがあたえた「題目」、すなわち品評は、『山公啓事《さんこうけいじ》』とよばれる書物にまとめられた。

一三九　山公は嵇《けい》、阮《げん》と一面し

山公《さんこう》（山濤）は嵇康《けいこう》、阮籍《げんせき》と面識をもったとたんに親交を結んだ。山公の妻の韓《かん》氏は公と二人とのつきあいが尋常ではないことに気づき、そのことを公にただした。公「僕はこの世の中で友とできるのは、このお二方《ふたかた》だけなのだ」。妻「僖負羈《きふき》の妻だって自分の目で狐偃《こえん》と趙衰《ちょうし》をたしかめました。こっそり様子をうかがってみたいと思うのですが、よろしいでしょうか」。後日、二人がやってきた。妻はひきとめて泊まらせるよう公にすすめ、酒と肉を用意した。夜がふけると、妻は壁に穴をあけてのぞき見し、夜が明けるまでひきあげるのも忘れはてた。公がやってきていう。「お二人はどうだ」。妻「あなたは才気の点ではまるでくらべものになりません。ただ見識と度量でもって友達づきあいをなさるべきです」。公「かれらもつねづね僕の度量をたかくかってくれているよ」。（『世説新語』賢媛篇）

山公は嵆、阮と一面し、契《ちぎり》は金蘭《きんらん》の若《ごと》し。山の妻の韓氏は公と二人と常交に異《こと》なるを覚《おぼ》え、公に問う。公曰わく、「我、当年《とうねん》以て友と為す可き者は、唯だ此の二生耳《のみ》」。妻曰わく、「負羈《ふき》の妻も亦《ま》た親しく狐《こ》、趙《ちょう》を観《み》る。意、之を窺《うかが》わんと欲す。可ならん乎《や》」。他日、二人来る。妻は公に勧《すす》めて之を止《とど》めて宿《やど》らしめ、酒肉を具《そな》う。夜、墉《よう》を穿《うが》ちて以て之を視《み》、旦《あした》に達するまで反《かえ》るを忘る。公入りて曰わく、「二人何如《いかん》」。妻曰わく、「君は才殊《こと》に如《し》かず。正《た》だ当《まさ》に識《しき》度《ど》を以て相い友とすべき耳《のみ》」。公曰わく、「伊《か》の輩《はい》も亦《ま》た常に我が度《ど》を以て勝《まさ》れりと為す」。

山公与嵆阮一面、契若金蘭、山妻韓氏、覚公与二人異於常交、問公、公曰、我当年可以為友者、唯此二生耳、妻曰、負羈之妻亦親観狐趙、意欲窺之、可乎、他日二人来、妻勧公止之宿、具酒肉、夜穿墉以視之、達旦忘反、公入曰、二人何如、妻曰、君才殊不如、正当以識度相友耳、公曰、伊輩亦常以我度為勝。

▼「契《ちぎり》は金蘭《きんらん》の若《ごと》し」とは、金のようにかたく、蘭のようにかぐわしい交友。『易経《えききょう》』繫辞《けいじ》上伝に、「二人心を同じくすれば其の利《する》どきことは金をも断《た》ち、同心の言は其の臭《かぐ》わしきこと蘭《らん》の如し」。また、曹《そう》の国の僖負羈《きふき》の妻は、流浪《るろう》してきた晋《しん》の公子の重耳《ちょうじ》とその従者の狐偃《こえん》と趙衰《ちょうし》をみて、将来の覇業の成就を予想した。重耳は春秋の五覇の一人、晋《しん》の文公《ぶんこう》となる。『左《さ》伝《でん》』僖《き》公二十三年に見える故事である。

一四〇　嵆康《けいこう》の誅《ちゅう》せられし後

嵆康《けいこう》が殺されてから、山公《さんこう》（山濤《さんとう》）は嵆康の息子の紹《しょう》を秘書丞《ひしょじょう》に推薦した。嵆紹が出処進退のありかたについて公に相談すると、公はいった。「君のためにずっとそのことを考えつづけてきたのだ。天地や四季にだってすら消長がある。人間ならばなおさらのことだ」。（『世説新語』政事篇）

嵆康の誅《ちゅう》せられし後、山公は康の子の紹を挙《あ》げて秘書丞と為す。紹、公に出処《しゅつしょ》を諮《はか》る。公曰わく、「君の為《ため》に之を思うこと久し。天地四時すら猶《な》お消息《しょうそく》有り。而《しか》るを況《いわ》んや人を乎《や》」。

嵆康被誅後、山公挙康子紹為秘書丞、紹諮公出処、公曰、為君思之久矣、天地四時猶有消息、而況人乎。

▼嵆康は司馬昭《しばしょう》によって殺されたため、嵆紹は司馬氏の晋王朝に仕えるべきかどうか、迷ったのである。山濤の言葉は、『易経』豊《ほう》の卦《か》、「日中《ちゅう》すれば則ち昃《かたむ》き、月盈《み》つれば則ち食《か》く。天地の盈虚《えいきょ》、時と消息す。而《しか》るを況《いわ》んや人に於いてをや、況《いわ》んや鬼神に於いてをや」をふまえる。

一四一　王戎《おうじゅう》は山巨源《さんきょげん》を目《もく》す

王戎《おうじゅう》の山巨源《さんきょげん》（山濤）評。「まるで掘りだされたままのあら玉《だま》かあら金《がね》のようだ。人々

はみんな宝としてめでるけれども、さて何という器物と名づけてよいのかわからない」。（『世説新語』賞誉篇）

王戎は山巨源を目《もく》す、「璞玉渾金《はくぎょくこんきん》の如く、人は皆《み》な其の宝を欽《め》ずるも、其の器に名づくるを知る莫《な》し」。

王戎目山巨源、如璞玉渾金、人皆欽其宝、莫知名其器。

▼器物に加工される以前のあら玉、あら金のもつ素朴さと可能性。『論語』為政《いせい》篇に、「君子は器《き》ならず」。また『老子《ろうし》』二十八章に、「樸《ぼく》散ずれば則ち器《き》と為る」。

一四二　人、王夷甫《おういほ》に問う

ある人が王夷甫《おういほ》（王衍《おうえん》）にたずねた。「山巨源（山濤）の哲学はどんなものですか。だれの部類でしょうか」。王「この人は哲学談義にみずから尻をすえようとしたことはまったくない。ところが、老子《ろうし》や荘子《そうじ》を読んではいないのに、おりおりにその発言を聞いてみると、往々にしてその主旨に合致している」。（『世説新語』賞誉篇）

人、王夷甫に問う、「山巨源の義理《ぎり》は何如《いかん》。是れ誰の輩《はい》ぞ」。王曰わく、「此の人初めより肯《あ》えて談《だん》を以て自《みず》から居《お》らず。

人問王夷甫、山巨源義理何如、是誰輩、王曰、此人初不肯以談

然《しか》れども老荘《ろうそう》を読まざるに、時に其の詠《えい》を聞けば、往往《おうおう》にして其の旨《むね》と合《がっ》す」。

自居、然不読老荘、時聞其詠、往往与其旨合。

一四三　晋《しん》の武《ぶ》帝《てい》は山濤に

晋の武帝から山濤に下賜《かし》される品はいつもほんの少量であったとか。謝太傅《しゃたいふ》（謝安《しゃあん》）がそのわけを若者たちにたずねたところ、車騎《しゃき》（謝玄《しゃげん》）のこたえは、「きっともらう側があまり多くをほしがらなかったので、与える側にも少ないことをつい忘れさせたのでしょう」。（『世説新語』言語篇）

晋の武帝は山濤に餉《おく》る毎《ごと》に恒《つね》に少なし。謝太傅以て子弟に問う。車騎答えて曰わく、「当《まさ》に欲する者多からずして、与うる者をして少なきを忘れしむに由《よ》るべし」。

晋武帝毎餉山濤恒少、謝太傅以問子弟、車騎答曰、当由欲者不多而使与者忘少。

劉伶《りゅうれい》

一四四　劉伶《りゅうれい》は身《み》の長《たけ》六尺

劉伶《りゅうれい》は身長六尺、容貌はまったくしおたれていたが、ゆったりとしてつかまえどころが

なく、なりふりに頓著しなかった。(『世説新語』容止篇)

劉伶は身の長《たけ》六尺、貌《ぼう》は甚だ醜悴《しゅうすい》なるも、而《しか》れども悠悠忽《ゆうゆうこつ》忽《こつ》、形骸《けいがい》を土木《どぼく》にす。

劉伶身長六尺、貌甚醜悴、而悠悠忽忽、土木形骸。

▼嵆康の身長は七尺八寸、それにたいして劉伶は短軀《たんく》であった。六尺は一四〇センチほどか。「忽忽」は恍惚《こうこつ》たるさま。『淮南子《えなんじ》』兵略訓《へいりやく》に、「与《とも》に飄飄《ひょうひょう》と往《ゆ》き、与《とも》に忽忽《こつこつ》と来り、其の之《ゆ》く所を知る莫《な》し」。「形骸を土木にす」とは、「形骸」すなわち肉体を土や木の無機物のようにみなしたのである。『荘子《そうじ》』斉物論《せいぶつろん》篇に、「形《からだ》は固《もと》より槁《か》れ木の如くあらしむ可し」とある。

一四五　劉伶は酒を病《や》み

劉伶はアル中のため、焼けつくような喉《のど》のかわきをおぼえ、妻に酒をせがんだ。妻は酒を流し、酒器をたたきわって涙ながらに意見した。「あなたはお酒の度がすぎます。おからだによくありません。断《た》たれないとだめです」。劉伶「いかにも。だが、わしは自力ではやめられん。神さまに祝詞《のりと》を捧げ、誓いをたてて断つよりほかにはない。さあ、酒と肉をととのえるのだ」。妻は、「かしこまりました」といい、酒と肉を神前に供《そな》えると、劉伶に祝詞を唱え誓いをたてるよううながした。劉伶は跪《ひざまず》いて祝詞を唱えた。「天は劉伶を生み、酒を以て名と為《な》す。一飲には一斛《こく》、五斗もて酲《てい》を解《と》く。婦人の言、慎《つつし》んで聴《き》く可《べ》からず。——天はわれ劉伶を生み、酒をば誉《ほまれ》としたまえり。一度の酒量は一石、酔いざましには五斗。女の言うことなど、ゆめ耳をかされまじ——」。そして酒をひきよせ、肉をほおばると、もうすでにぐんなりと酔っぱらっていた。（『世説新語』任誕篇）

> 劉伶は酒を病《や》み、渇《かわ》くこと甚だしく、婦従《よ》り酒を求む。婦は酒を捐《す》て器を毀《こぼ》ち、涕泣《ていきゅう》して諫《いさ》めて曰わく、「君飲むこと太《はなは》だ過ぐ。摂生《せっせい》の道に非《あら》ず。必らず宜しく之を断《た》つべし」。伶曰わく、「甚だ善《よ》し。我は自《みず》から禁ず能《あた》わず。唯だ当《まさ》に鬼神に祝《しゅく》し、自から誓《ちか》いて之を断つべき耳《のみ》。便《すなわ》ち酒肉を具《そな》う可し」。婦曰わく、「敬《つつし》んで命を聞かん」。酒肉を神前に供《そな》え、伶に祝誓《しゅくせい》せんことを請《こ》う。伶 跪《ひざまず》いて祝《しゅく》して曰わく、「天は劉伶を生み、酒を以て名と為す。一飲には一斛《こく》、五斗もて酲《てい》を解《と》く。婦人の言、慎《つつし》んで聴《き》く可からず」。便《すなわ》ち酒を引き肉を進め、隗然《かいぜん》として已《すで》に酔えり。

> 劉伶病酒、渇甚、従婦求酒、婦捐酒毀器、涕泣諫曰、君飲太過、非摂生之道、必宜断之、伶曰、甚善、我不能自禁、唯当祝鬼神、自誓断之耳、便可具酒肉、婦曰、敬聞命、供酒肉於神前、請伶祝誓、伶跪而祝曰、天生劉伶、以酒為名、一飲一斛、五斗解酲、婦人之言、慎不可聴、便引酒進肉、隗然已酔矣。

▼『世説新語』のなかでももっともすさまじく、それでいてユーモラスな酒。祝詞の文句は、

「伶」「名」「酲」「聴」と韻をふむ。宋《そう》の蘇東坡《そとうば》は自分の奥さんを劉伶の妻と比較してつぎのようにうたっている。「大いに勝《まさ》る劉伶の婦《つま》の、区々《こせこせ》として酒銭の為にするに」（「小児」）。

一四六　劉伶は嘗《つね》に酒を縦《ほしい》ままにして

劉伶《りゅうれい》はいつも酒びたりでやりたいほうだい、一糸まとわぬすっぱだかのまま部屋にいることもある。ある者がそれを見とがめて文句をつけると、劉伶「ぼくにとっては天地がわが家、そのなかの部屋は猿股《さるまた》。諸君はなぜぼくの猿股のなかなんかにもぐりこんでくるのだ」。（『世説新語』任誕篇）

劉伶は嘗《つね》に酒を縦《ほしい》ままにして放達、或《ある》いは衣《ころも》を脱《ぬ》ぎ裸形《らけい》にて屋中《おくちゅう》に在り。人見て之を譏《そし》る。伶曰わく、「我は天地を以て棟宇《とうう》と為し、屋室《おくしつ》を幝衣《こんい》と為す。諸君何為《なんす》れぞ我の幝《こん》中に入るや」。

劉伶嘗縦酒放達、或脱衣裸形在屋中、人見譏之、伶曰、我以天地為棟宇、屋室為幝衣、諸君何為入我幝中。

▼阮籍《げんせき》の「大人先生伝《たいじんせんせいでん》」に、「汝《なんじ》君子の寰区《かんく》の内に処《お》るは亦《ま》た何ぞ夫《か》の虱《しらみ》の幝《こん》中に処《お》るに異ならんや」と、世俗の君子人をふんどしのなかをはいずりまわるしらみにたとえた表現のあるのが想起される。

一四七　劉伶は酒徳頌《しゅとくしょう》を著《あら》わす

劉伶の「酒徳頌《しゅとくしょう》」は、かれの気概を託した作品である。（『世説新語』文学篇）

劉伶は酒徳頌を著《あら》わす。意気《いき》の寄《よ》する所。

劉伶著酒徳頌、意気所寄。

▼「酒徳頌」は、酒のめでたさをことほぐ文章。「唯だ酒のみを是《こ》れ務《つと》めとする」大人先生が主人公である。『文選《もんぜん》』巻四七に収められている。

阮咸《げんかん》

一四八　山公《さんこう》は阮咸を挙《あ》げて

山公《さんこう》（山濤《さんとう》）は阮咸《げんかん》を吏部郎《りぶろう》に推薦した。そのときの品評。「清潔純粋で寡欲、何物もかれの態度をあらためさせることはできない」。（『世説新語』賞誉篇）

山公は阮咸を挙《あ》げて吏部郎と為す。目《もく》して曰わく、「清真《せいしん》にして寡欲《かよく》、万物も移す能《あた》わざるなり」。

山公挙阮咸為吏部郎、目曰、清真寡欲、万物不能移也。

▼いわゆる『山公啓事《さんこうけいじ》』の一例。「万物も移す能《あた》わず」は、『荘子《そうじ》』天道《てんどう》篇に、聖人の心の平静を説いて、「万物の以て心を鐃《みだ》すに足る者無きが故に静なり」とあるのをふまえよう。

一四九 荀勗《じゅんきょく》は善《よ》く音声を解し

荀勗《じゅんきょく》は音をよく聴きわけ、世評では「闇解《あんかい》――第六感的理解――」とよんだ。かくて音律をととのえ、雅楽《ががく》の改革にあたった。新年宴会のさい、宮廷で音楽を演奏するたびに、みずから音階を調律し、ぴたりと音律にかなった。阮咸はすばらしい耳をもち、当時、「神解《しんかい》――神わざ的理解――」とよばれていた。公式の宴会で音楽が演奏されるたびに、内心、調子がはずれていると思った。一言として荀勗の音律がただしいといわないので、荀勗はけむたく思い、阮咸を始平《しへい》郡の長官の太守《たいしゅ》に転出させた。その後、一人の農夫が畠を耕《たが》やしていて、周代の玉製の物差《ものさ》しを見つけた。それこそ天下の標準となるべき物差しである。荀勗がためしにそれをつかって自分が製作した鐘《かね》や太鼓《たいこ》をはじめとする打楽器、絃楽器、管楽器の類《たぐい》をしらべてみたところ、どれも黍《きび》一粒分ずつ短かいことに気づいた。そこで阮咸の神わざ的な鑑識力に舌をまいた。(『世説新語』術解篇)

荀勗は善《よ》く音声を解し、時論《じろん》は之を闇解《あんかい》と謂う。遂に律呂《りつりょ》を調《とと》のえ、雅楽《ががく》を正す。正会《せいかい》に至り、殿庭《でんてい》に楽《がく》を作《な》す毎《ごと》に、

荀勗善解音声、時論謂之闇解、遂調律呂、正雅楽、毎至正会、

自《みず》から宮商《きゅうしょう》を調《ととの》え、韻《いん》に諧《かな》わざるは無し。阮咸は妙賞《みょうしょう》、時に神解《しんかい》と謂う。公会に楽を作《な》す毎《ごと》に、而《しか》るに心に之を調《とと》のわずと謂《おも》う。既に一言の勗《きょく》を直《ただ》しとすること無ければ、意に之を忌《い》み、遂に阮を出だして始平太守と為す。後に一田父《でんぷ》有り、野に耕《たが》やし、周時の玉尺《ぎょくしゃく》を得たり。便《すなわ》ち是《こ》れ天下の正尺。荀は試《こころ》みに以て己《おの》れの治むる所の鍾鼓《しょうこ》、金石《きんせき》、絲竹《しちく》を校し、皆な短かきこと一黍《しょ》なるを覚《おぼ》ゆ。是《ここ》に於いて阮の神識《しんしき》に伏《ふく》す。

殿庭作楽、自調宮商、無不諧韻、阮咸妙賞、時謂神解、毎公会作楽、而心謂之不調、既無一言直勗、意忌之、遂出阮為始平太守、後有一田父、耕於野、得周時玉尺、便是天下正尺、荀試以校己所治鍾鼓金石絲竹、皆覚短一黍、於是伏阮神識。

▼「宮商」は、その二字で五音階「五声」、すなわち宮《きゅう》、商《しょう》、角《かく》、徴《ち》、羽《う》を代表させた。「黍《しょ》」、すなわちきび粒は度量衡の最小基本単位となり、一黍の直径が一分、二千四百黍の容量が一合、百黍の重量が一銖《しゅ》。ちなみに、阮咸琵琶《びわ》は阮咸の製作といわれ、南京《なんきん》出土の磚画《せんが》の阮咸像はそれを手にもったすがたに画かれている。

一五〇　阮仲容《げんちゅうよう》、歩兵《ほへい》は道の南に居《お》り

阮仲容《げんちゅうよう》（阮咸）と歩兵《ほへい》（阮籍）は道路の南側に住み、ほかの阮《げん》氏一族は道路の北側に住んでいる。北阮《ほくげん》の人たちは金持ちぞろい、南阮《なんげん》の人たちは貧乏だった。七月七日、北阮の

人たちはこれ見よがしに衣裳《いしょう》の虫ぼしをした。絹物や錦《にしき》ばかりだ。仲容は竿《さお》をつかって大きな布のふんどしを庭にぶらさげた。ある人がいぶかると、「まだ俗っ気がぬけきらないので、ちょっとああやってみたまでさ」。(『世説新語』任誕篇)

阮仲容、歩兵は道の南に居《お》り、諸阮は道の北に居る。北阮は皆な富み、南阮は貧し。七月七日、北阮は盛んに衣《ころも》を曬《さら》し、皆な紗羅《しゃら》錦綺《きんき》。仲容は竿《さお》を以て大布の犢鼻《とくび》褌《こん》を中庭《ちゅうてい》に挂《か》く。人或《ある》いは之を怪しむ。答えて曰わく、「未だ俗を免る能《あた》わず、聊《いささ》か復《ま》た爾《しか》する耳《のみ》」。

阮仲容歩兵居道南、諸阮居道北、北阮皆富、南阮貧、七月七日、北阮盛曬衣、皆紗羅錦綺、仲容以竿挂大布犢鼻幝於中庭、人或怪之、答曰、未能免俗、聊復爾耳。

▼七月七日は七夕《たなばた》だが、それはまた虫ぼしの日でもあった。後漢の崔寔《さいしょく》の『四民月令《しみんげつれい》』に、「七月七日、経書及び衣裳を曝《さら》す」とある。「犢鼻幝」はふんどし。ちんちんの部分が「犢鼻」、すなわち牛の鼻先のようなかたちになるのでこの名がある。

一五一　諸阮皆《み》な能《よ》く酒を飲む

阮氏の人たちは酒豪ぞろいだった。仲容(阮咸)が一族のところに出かけてパーティーを開くときには、もはや普通の盃では酒をくまず、大きな甕《かめ》になみなみと酒を盛り、車座になってさしむかいでぐいぐいやった。ときには豚の群《むれ》が飲みにやってくることがあったが、さっさと上座にむかえいれていっしょに飲むのだった。(『世説新語』任誕篇)

諸阮皆な能《よ》く酒を飲む。仲容、宗人《そうじん》の間に至りて共に集まるや、復《ま》た常の盃を用いて斟酌《しんしゃく》せず、大甕《だいおう》を以て酒を盛《も》り、囲坐《いざ》し相い向かいて大酌《たいしゃく》す。時に群猪《ぐんちょ》の来り飲むこと有れば、直《ただ》ちに接して上に去《ゆ》かしめ、便《すなわ》ち共に之を飲む。

諸阮皆能飲酒、仲容至宗人間共集、不復用常盃斟酌、以大甕盛酒、囲坐相向大酌、時有群猪来飲、直接去上、便共飲之。

▼「斟酌」は酒をくんで飲むことをいう。

一五二　**阮仲容は先に姑家《こか》の鮮卑《せんぴ》の婢《ひ》を**

阮仲容《げんちゅうよう》(阮咸)は以前からおばの家の鮮卑《せんぴ》族の女中を可愛がっていた。母の喪《も》に服しているうちに、おばは遠くへ引越すこととなった。さいしょ、女中はのこしてゆくということだったのに、さて出発となると、なんといっしょに連れていってしまった。仲容はひとの驢馬《ろば》を借り、いかめしい喪服をつけたまま追っかけて行き、あい乗りでもどってきた。そしていうのには、「子種《こだね》はたやすわけにゆかぬからな」。これがすなわち遥集《ようしゅう》(阮孚《げんふ》)の母親である。(『世説新語』任誕篇)

阮仲容は先に姑家《こか》の鮮卑の婢《ひ》を幸《こう》す。母の喪《も》に居《お》るに及び、姑は当《まさ》に遠く移るべし。初めは当《まさ》に婢を留《とど》むべしと云う。既に発するや、定めて将《ひき》い去る。仲容は客驢《きゃくろ》を借り、重服《じゅうふく》を著けて自《みず》から之を追い、騎を累《かさ》ねて返《かえ》る。曰わく、「人種は失う可からず」。即ち遥集の母なり。

阮仲容先幸姑家鮮卑婢、及居母喪、姑当遠移、初云当留婢、既発、定将去、仲容借客驢、著重服自追之、累騎而返、曰、人種不可失、即遥集之母也。

▼鮮卑《せんぴ》は北方の異民族。すでにこのころには、中国の内地にかなりのものが住みついていた。「定めて将《ひき》い去る」の「定」は、予測された事態が裏ぎられた意外の気持ちをあらわす助辞。なんと。

向秀《しょうしゅう》

一五三　嵇中散《けいちゅうさん》既に誅《ちゅう》せられ

嵇中散《けいちゅうさん》（嵇康）が殺されてから、向子期《しょうしき》（向秀《しょうしゅう》）は郡の主計官として推挙され、洛陽にやってきた。文王《ぶんおう》（司馬昭）が引見し、「君は箕山《きざん》に隠れる志をいだいていると聞いておったのに、またどうしてこんなところにいるのだ」とたずねると、こうこたえた。「巣父《そうほ》や許由《きょゆう》は片意地なおとこ、たいして慕《した》うほどのねうちはありません」。文王はおおいに感

心した。（『世説新語』言語篇）

嵇中散既《すで》に誅《ちゅう》せられ、向子期は郡計《ぐんけい》に挙げられて洛に入る。文王引進《いんしん》し、問いて曰わく、「君は箕山《きざん》の志有りと聞く。何を以て此《ここ》に在るや」。対《こた》えて曰わく、「巣許《そうきょ》は狷介《けんかい》の士、多く慕《した》うに足らず」。王は大いに咨嗟《しさ》す。

嵇中散既被誅、向子期挙郡計入洛、文王引進、問曰、聞君有箕山之志、何以在此、対曰、巣許狷介之士、不足多慕、王大咨嗟。

▼「郡計」は郡の上計掾《じょうけいえん》。毎年、郡の会計報告のため都に出張した。向秀は河内《かだい》郡の人である。箕山《きざん》は巣父と許由が隠棲した山。巣父と許由はともに堯《ぎょう》から天下を譲られたが受けなかった。

一五四　初め荘子《そうじ》に注する者数十家

さいしょ、数十家にのぼる『荘子《そうじ》』の注釈はどれもそのポイントを究明することができなかった。向秀《しょうしゅう》は従来の注釈の枠《わく》の外で解釈をほどこし、すぐれた内容をたくみに分析し、深遠な味わいをおおいに発揚した。ただ秋水《しゅうすい》篇と至楽《しらく》篇の二篇だけがまだ完成をみないうちに向秀は死んだ。秀の子供は幼なかったため、その解釈はすたれてしまったが、それでもまだ別の写本がのこされていた。郭象《かくしょう》というおとこは軽薄で抜け目がなかった。向秀の解釈が世のなかに伝わっていないのを見て、そのまま剽窃《ひょうせつ》して自分の注釈としようと考えた。そこで秋水篇と至楽篇の二篇には自分で注を書き、さらに馬蹄《ばてい》篇一篇の注を書きあらため、その他の諸篇はところどころ字句に手を加えただけですませた。その後、向秀の解釈の別の写本が世にあらわれた。こういうわけで、今日、向秀と郭象の二つの『荘子』が存在するが、その解釈は一致するのである。（『世説新語』文学篇）

初め荘子《そうじ》に注する者数十家、能く其の旨《し》要《よう》を究《きわ》むる莫《な》し。向秀は旧注の外に於いて為に義を解し、奇致《きち》を妙析《みようせき》し、大いに玄風《げんふう》を暢《の》ぶ。唯だ秋水と至楽の二篇のみ未だ竟《おわ》らずして秀卒す。秀の子は幼なく、義は遂に零落《れいらく》するも、然《しか》れども猶お別本有り。郭象なる者は、人と為《な》り薄行《はくこう》、儁才《しゆんさい》有り。秀の義の世に伝わらざるを見、遂に窃《ぬす》んで以て己《おの》れの注と為さんとす。乃ち自《みず》から秋水、至楽の二篇に注し、又《ま》た馬蹄の一篇を易《あらた》め、其の余《よ》の衆篇は或《ある》いは文句を定点《ていてん》する而《の》已《み》。後《の》ち秀の義の別本出ず。故に今《い》ま向、郭の二荘有るも、其の義は一なり。

初注荘子者数十家、莫能究其旨要、向秀於旧注外為解義、妙析奇致、大暢玄風、唯秋水至楽二篇未竟而秀卒、秀子幼、義遂零落、然猶有別本、郭象者、為人薄行、有儁才、見秀義不伝於世、遂窃以為己注、乃自注秋水至楽二篇、又易馬蹄一篇、其余衆篇、或定点文句而已、後秀義別本出、故今有向郭二荘、其義一也。

▼現在も『荘子』のもっとも古い注釈として郭象のものが行なわれるが、ここにいうように、

それが向秀注の剽窃であるのかどうかは、千古の疑案の一つである。

王戎《おうじゅう》

一五五　王戎七歳

王戎《おうじゅう》が七歳、ほかの子供たちといっしょに遊んでいたときのことだ。道ばたの李《すもも》の木に枝も折れんばかりにたわわに実がなっているのを見つけると、子供たちはわっとかけだしてもぎとった。ひとり王戎だけはじっとしている。ある人がたずねると、答えていうのには、「木は道ばたに生えているのに実がたくさんなっている。あれはきっと苦李《にがもも》だよ」。もぎとってみると、なるほどそのとおりだった。（『世説新語』雅量篇）

王戎七歳、嘗《か》つて諸《もろ》ろの小児《しょうじ》と遊ぶ。道辺《どうへん》の李《り》樹《じゅ》、子《み》多く枝を折るを看《み》て、諸児は競《きそ》い走りて之《これ》を取る。唯だ戎のみ動かず。人之を問う。答えて曰わく、「樹は道辺に在って子《み》多し。此れ必らず苦李《くり》ならん」。之を取るに信《まこと》に然り。

王戎七歳、嘗与諸小児遊、看道辺李樹、多子折枝、諸児競走取之、唯戎不動、人問之、答曰、樹在道辺而多子、此必苦李、取之信然。

一五六　魏《ぎ》の明帝《めいてい》は宣武場《せんぶじょう》上に於《お》いて

魏《ぎ》の明帝《めいてい》は宣武場《せんぶじょう》で虎の爪と牙を切るのを民衆に自由に見物させた。七歳の王戎も見物にでかけた。虎はすきをみて、檻《おり》に足をかけてウォーと吼《ほ》えた。地ひびきをたてるその声に、見物人はいっせいに後ずさりして将棋《しょうぎ》だおしになった。王戎はおちつきはらって身動きひとつせず、こわがる様子はまったくなかった。（『世説新語』雅量篇）

魏の明帝は宣武場上に於いて虎の爪牙《そうが》を断《た》ち、百姓《ひゃくせい》の之を観《み》るを縦《ゆる》す。王戎七歳、亦《ま》た往《ゆ》き看《み》る。虎は間《かん》を承《う》け欄《らん》に攀《よ》じて吼《ほ》ゆ。其の声は地を震《ふる》わせ、観《み》る者は辟易顛仆《へきえきてんぼく》せざるは無し。戎は湛然《たんぜん》として不動、了《つい》に恐るる色無し。

魏明帝於宣武場上、断虎爪牙、縦百姓観之、王戎七歳、亦往看、虎承間攀欄而吼、其声震地、観者無不辟易顛仆、戎湛然不動、了無恐色。

▼宣武場については二五条を参照。

一五七　裴令公《はいれいこう》は王安豊《おうあんほう》を目《もく》す

裴令公《はいれいこう》（裴楷《はいかい》）の王安豊《おうあんほう》（王戎《おうじゅう》）についての評語。「眼光は爛爛《らんらん》とかがやき、巌《いわお》の下をはしる稲妻《いなづま》のようだ」。（『世説新語』容止篇）

裴令公は王安豊を目《もく》す、「眼は爛爛《らんらん》として巌下《がんか》の電《でん》の如し」。

裴令公目王安豊、眼爛爛如巌下電。

▼王戎の容姿について、注にまたいう。「王戎は形状短小なるも、目は甚だ清炤《せいしょう》、日を視《み》るも眩《くら》まず」。王安豊とは爵位の安豊県侯にもとづくよび名。

一五八　鍾士季《しょうしき》、王安豊を目す

鍾士季《しょうしき》（鍾会）は王安豊（王戎）について、「戎《じゅう》くんは頭がきれ、人の気持ちのよくわかるおとこだ」と評した。また、「裴公《はいこう》（裴頠《はいき》）の談論は何日たっても汲めどもつきぬ味わいがある」といった。吏部郎《りぶろう》のポストがあいたとき、文帝《ぶんてい》（司馬昭《しばしょう》）が適格者を鍾会にたずねたところ、鍾会はいった。「裴楷《はいかい》はあかぬけしてものごとに通じ、王戎は的確に要点をつかみます。どちらもその候補者です」。そこで裴楷を起用した。（『世説新語』賞誉篇）

鍾士季、王安豊を目《もく》す、「阿戎《あじゅう》は了了《りょうりょう》として人の意を解す」。謂《い》わく、「裴公の談は日を経《ふ》るも竭《つ》きず」。吏部郎闕《か》く。文帝、其の人を鍾会に問う。会曰わく、「裴楷は清通《せいつう》、王戎は簡要。皆な其の選《せん》なり」。是《ここ》に於《お》いて裴を用う。

鍾士季目王安豊、阿戎了了解人意、謂裴公之談、経日不竭、吏部郎闕、文帝問其人於鍾会、会曰、裴楷清通、王戎簡要、皆其選也、於是用裴。

▼「阿戎」の「阿」は呼びかけの上に軽くそわって愛称を示す。吏部郎は人事担当の吏部尚書を輔佐する次官。「裴楷は清通、王戎は簡要」という鍾会の評語は有名であって、つぎの条にもくりかえされている。

一五九　王濬沖《おうしゅんちゅう》、裴叔則《はいしゅくそく》の二人

王濬沖《おうしゅんちゅう》（王戎）と裴叔則《はいしゅくそく》（裴楷）の二人が、まだあげまきを結《ゆ》っていたころ、鍾士季《しょうしき》（鍾会）を訪問した。すぐにたち去ってから、客が鍾会にたずねた。「さきほどの二人の少年はどうですか」。鍾会「裴楷は清通、王戎は簡要。二十年後には、あの二人の秀才がきっと吏部尚書《りぶしょうしょ》となろう。そのとき、天下には人事の停滞はなくなるものと期待される」。

（『世説新語』賞誉篇）

王濬沖、裴叔則の二人、総角《そうかく》にして鍾士季に詣《いた》る。須臾《しゅゆ》にして去りし後、客、鍾に問いて曰わく、「向《さき》の二童《にどう》は何如《いかん》」。鍾曰わく、「裴楷は清通、王戎は簡要。後《の》ち二十年、此の二賢当《まさ》に吏部尚書と為るべし。爾《そ》の時、天下に滞才《たいさい》無きを

王濬沖裴叔則二人、総角詣鍾士季、須臾去後、客問鍾曰、向二童何如、鍾曰、裴楷清通、王戎簡要、後二十年、此二賢当為吏

冀《ねが》う」。

部尚書、冀爾時天下無滞才。

▼「総角」については三一条を参照。

一六〇　王戎の父の渾《こん》は令名《れいめい》有り

王戎《おうじゅう》の父親の渾《こん》は評判がたかく、涼州《りょう》の長官の刺史《しし》にまで昇りつめた。渾がなくなると、かれが歴任した九つの郡の部下たちは、目をかけてもらったことをしみじみと心にかみしめ、みんなして数百万銭にのぼる香奠《こうでん》をとどけてきたが、王戎はいっさい受けとらなかった。(『世説新語』徳行篇)

王戎の父の渾は令名有り、官は涼州刺史に至る。渾薨《こう》ずるや、歴《ふ》る所の九郡の義故《ぎこ》は其の徳恵《とくけい》を懐《おも》い、相い率《ひき》いて賻《ふ》数百万を致《いた》すも、戎は悉《ことごと》く受けず。

王戎父渾有令名、官至涼州刺史、渾薨、所歴九郡義故懐其徳恵、相率致賻数百万、戎悉不受。

▼「義故」とは恩義の関係で結ばれた旧知のもの。とくに部下。「賻」は死者のとむらいのためにおくる金品。

一六一　王戎の侍中《じちゅう》と為《な》るや

王戎《おうじゅう》が侍中《じちゅう》となると、南《なん》郡太守《たいしゅ》の劉肇《りゅうちょう》が博多織五端《たん》をおくってよこした。王戎は受けとりはしなかったが、丁重《ていちょう》に礼状を書いた。（『世説新語』雅量篇）

王戎の侍中と為るや、南郡太守の劉肇は筒中箋布《とうちゅうせんぷ》五端《たん》を遺《おく》る。戎は受けずと雖《いえど》も、厚《あつ》く其の書に報《むく》ゆ。

王戎為侍中、南郡太守劉肇遺筒中箋布五端、戎雖不受、厚報其書。

▼南郡は現在の湖北《こほく》省の西部。「筒中箋布」はその地方特産の高級錦《にしき》であろうが、詳しいことは知らない。左思《さし》の「蜀都賦《しょくとふ》」（『文選』巻四）に、「黄潤《こうじゅん》は筒を比《なら》べ、籯金《えいきん》にも過《まさ》る所」の句があり、そこの劉淵林《りゅうえんりん》の注に、「黄潤は筒中の細布《さいふ》を謂《い》うなり」という。また揚雄《ようゆう》の「蜀都賦」から「筒中の黄潤、一端《たん》は数金」の句を引いている。一端は二丈。

一六二　王戎と和嶠《わきょう》

王戎《おうじゅう》と和嶠《わきょう》の二人はあい前後して親をなくし、どちらも孝行者との評判がたった。王戎は鶏の骨のようにやせこけてベッドにもたれかかり、和嶠は礼のきまりどおりに哭泣《こくきゅう》を行なった。武帝《ぶてい》（司馬炎《しばえん》）は劉仲雄《りゅうちゅうゆう》（劉毅《りゅうき》）にいった。「おまえはしょっちゅう王戎と和嶠を見舞っておるか。聞くところでは、和嶠はひどい悲しみようとか。心配なことじゃ」。仲雄はいった。「和嶠は礼のきまりどおりにやっておりますが、やつれてはおりません。王戎は礼のきまりにはかけるところがありますが、しかし悲しみにうちひしがれて骨がつき出るほどでございます。それがしの考えますところ、和嶠は生孝《せいこう》、王戎は死孝《しこう》であります。陛下は和嶠のことを心配なさるよりも、むしろ王戎のことを心配なさるべきです」。（『世説新語』徳行篇）

王戎と和嶠、時を同じくして大喪《たいそう》に遭《あ》い、倶《とも》に孝を以て称せらる。王は雞骨《けいこつ》もて牀《しょう》を支え、和は哭泣《こくきゅう》して礼を備う。武帝は劉仲雄に謂わく、「卿《けい》は数《しばし》ば王、和を省《せい》せる不《や》。聞くに、和は哀苦《あいく》過ぐと。人をして憂えしむ」。仲雄曰わく、「和嶠は礼を備うと雖《いえど》も、神気《しんき》は損ぜず。王戎は礼を備えずと雖も、而《しか》れども哀毀骨立《あいきこつりつ》す。臣以《おも》うに和嶠は生孝《せいこう》、王戎は死孝《しこう》。陛下は応《まさ》に嶠を憂うべからずして応《まさ》に戎を憂うべし」。

王戎和嶠同時遭大喪、倶以孝称、王雞骨支牀、和哭泣備礼、武帝謂劉仲雄、卿数省王和不、聞和哀苦過、使人憂之、仲雄曰、和嶠雖備礼、神気不損、王戎雖不備礼、而哀毀骨立、臣以和嶠生孝、王戎死孝、陛下不応憂嶠而応憂戎。

▼親の喪《も》にあたって哭泣するのは、儒家の重要な礼法である。『墨子《ぼくし》』公孟《こうもう》篇に、儒家の厚葬を批判してすでにつぎのようにいう。「三年哭泣し、扶《たす》けられて後に起《た》ち、杖《つえ》つきて後に行き、

耳に聞くこと無く、目に見ること無し。此れ以て天下を喪《ほろぼ》すに足る」。阮籍《げんせき》にかんする一二二条をも参照されたい。

一六三　王安豊艱《くるし》みに遭《あ》い

王安豊《おうあんほう》（王戎《おうじゅう》）は親の死にあたって、そのひたむきな気持ちは人なみはずれていた。弔問《ちょうもん》に出かけた裴令《はいれい》（裴楷《はいかい》）はいった。「もし一度の慟哭《どうこく》がはたして人間のからだを傷つけうるものだとするならば、濬沖《しゅんちゅう》（王戎）は喪中に生命をおとしたという非難をきっとまぬがれまいであろう」。（『世説新語』徳行篇）

王安豊艱《くるし》みに遭《あ》い、至性は人に過ぐ。裴令往《ゆ》きて之を弔《とむら》いて曰わく、「若《も》し一慟《いちどう》をして果《はた》して能《よ》く人を傷《やぶ》らしむれば、濬沖は必らず滅性《めっせい》の譏《そし》りを免れざらん」。

王安豊遭艱、至性過人、裴令往弔之曰、若使一慟果能傷人、濬沖必不免滅性之譏。

▼「滅性」は『孝経《こうきょう》』喪親《そうしん》章の言葉。「三日にして食らい、民に死を以て生を傷つくること無く、毀《こぼ》つも性を滅せざることを教う。此れ聖人の政なり」。親の死にあたって、いくらやつれはてても、もし生命をおとすならば、それはかえって不孝なのだ。しかるに王戎は、「滅性の譏《そし》り」をうけることをもいとわない、というのである。裴楷の言葉は、後漢の孔融《こうゆう》が友人の盛《せい》

孝章《こうしょう》の身の上を案じて曹操《そうそう》の援助をもとめるべくおくった書簡、「盛孝章を論ずる書」(『文選』巻四一)の一節につぎのようにいうのと同趣旨であろう。「若《も》し憂いをして能く人を傷《やぶ》らしむれば、此の子《ひと》は年を永くするを得ざらん」。

一六四　王戎は児《じ》の万子《ばんし》を喪《うしな》い

王戎が息子の万子《ばんし》をなくし、山簡《さんかん》が見舞いに出かけた。王戎は悲しみをおさえきれない様子である。山簡が「まだだっこだっこの坊やだったのに、またどうしてそんなにまで」と声をかけたところ、王戎はいった。「聖人は感情を遺忘《いぼう》し、コンマ以下の人間は感情をもつにはいたらない。感情が集中するのは、ほかでもないこのわれわれなのだ」。山簡はその言葉にほれぼれし、あらためてかれのために慟哭した。(『世説新語』傷逝篇)

王戎は児《じ》の万子を喪《うしな》い、山簡往《ゆ》きて之を省《せい》す。王は悲しみ自《みず》から勝《た》えず。簡曰わく、「孩抱《がいほう》中の物、何ぞ此《ここ》に至るや」。王曰わく、「聖人は情を忘れ、最下《さいか》は情に及ばず。情の鍾《あつ》まる所は正《まさ》に我《わ》が輩《はい》に在《あ》り」。簡は其の言に服し、更《あらた》めて之が為に慟《どう》す。

王戎喪児万子、山簡往省之、王悲不自勝、簡曰、孩抱中物、何至於此、王曰、聖人忘情、最下不及情、情之所鍾、正在我輩、簡服其言、更為之慟。

▼王戎の言葉の背景には、「性三品説」、すなわち人間を上智《じょうち》（聖人）、中庸《ちゅうよう》、下愚《かぐ》（最下）の三つのランクに分ける伝統的な考えかたが想定される。ところで、聖人にいったい「情――感情――」があるのかないのか、それは当時の清談の重要なテーマの一つであった。『三国志《さんごくし》』魏書《ぎしょ》・鍾会《しょうかい》伝の注に、聖人には喜怒哀楽《きどあいらく》があるのかないのかをめぐっての何晏《かあん》と王弼《おうひつ》の問答をのせる。また、『世説新語』文学《ぶんがく》篇につぎの話がある。

――僧意《そうい》が瓦官寺《がかんじ》にいたとき、王苟子《こうし》（王脩《おうしゅう》）がやってきてたがいに談論した。テーマを表白させたうえで王脩にいった。「聖人には感情があるか（聖人有情不）」。「ない（無）」。「では聖人は露柱のようなものか（聖人如柱邪）」。「算盤のようなものだ。感情はないが、それを動かすものに感情がある（如籌算、雖無情、運之者有情）」。「だれが聖人を動かすのか（誰運聖人邪）」。苟《こう》子はこたえにつまって退散した。

なお、王綏《おうすい》、字《あざな》は万子《ばんし》が死んだのは十九歳のときであり、「孩抱中の物」というような幼児ではない。そのため、一説では王戎の話ではなく王衍《おうえん》の話であるとの注記があり、現在の『晋《しん》書《じょ》』もそのようにしている。梁の徐勉《じょべん》の「答客喩《とうきゃくゆ》」（『梁書』徐勉伝）にも、「夷甫《いほ》（王衍）は孩抱中の物にも尚《な》お慟を尽くして以て賓を待つ」とある。その穿鑿《せんさく》はともかくとして、注に引かれた王隠《おういん》の『晋書』の話ははなはだ残酷である。「戎の子の綏《すい》は裴遁《はいとん》の女《むすめ》を取《めと》らんと欲す。綏は既に早く亡《みま》かれば、戎は過《はなは》だ傷痛し、人の之を求むるを許さず、遂に老に至るまで敢《あ》えて取《めと》る者無し」。

一六五　王戎云わく

王戎《おうじゅう》はいった。「太保《たいほ》どのは正始《せいし》時代に生活され、雄弁家のなかにかぞえられはしなかったが、いっしょに話してみると論理透徹しておられた。人格がたかすぎたため、言語の才をおおいかくしてしまったのではあるまいか」。（『世説新語』徳行篇）

王戎云わく、「太保は居《お》るに正始中に在《あ》り。能言《のうげん》の流に在らざるも、之と言うに及んでは、理は清遠《せいえん》に中《あた》る。将《は》た徳を以て其の言を掩《おお》うこと無からんや」。

王戎云、太保居在正始中、不在能言之流、及与之言、理中清遠、将無以徳掩其言。

▼太保というのは王祥《おうしょう》（一八五―二六九）。王戎もその一人である琅邪《ろうや》の王氏の基礎をきずいた人物である。後の二八〇条を参照。正始は魏《ぎ》の斉王芳《せいおうほう》の年号（二四〇―二四九）。当時の清談は後世から「正始の音《おん》」となつかしまれたように、清談の黄金時代であった。

一六六　人有って王太尉《おうたいい》に詣《いた》る

ある人が王太尉《おうたいい》（王衍《おうえん》）を訪れると、ちょうど安豊《あんほう》（王戎）、大将軍（王敦《おうとん》）、丞相《じょうしょう》（王導）が一堂に会していた。また別の棟にいって季胤《きいん》（王詡《おうく》）と平子《へいし》（王澄《おうちょう》）に会った。もどってから人にかたるには、「今日の外出では、目にふれるものすべてが玲瓏《れいろう》たる珠玉《しゅぎょく》だ

ったよ」。(『世説新語』容止篇)

人有って王太尉に詣《いた》る。遇《たまた》ま安豊、大将軍、丞相、坐に在り。別屋《べつおく》に往《ゆ》きて季胤、平子を見る。還《かえ》りて人に語って曰わく、「今日の行《こう》、触目《しょくもく》、琳琅《りんろう》の珠玉を見る」。

有人詣王太尉、遇安豊大将軍丞相在坐、往別屋見季胤平子、還語人曰、今日之行、触目見琳琅珠玉。

▼王氏一族の人たちのすばらしさ。王衍は王戎の従弟《いとこ》にあたる。王詡、王澄は王衍の弟。

一六七　嵆《けい》、阮《げん》、山《さん》、劉《りゅう》、竹林に在って

嵆康《けいこう》、阮籍《げんせき》、山濤《さんとう》、劉伶《りゅうれい》が竹林で痛飲しているところへ、王戎《おうじゅう》がおくれてかけつけてきた。歩兵《ほへい》(阮籍)がいった。「俗物がもうやってきおって気分がぶちこわしだ」。王戎は笑いながらいった。「みなさんがたのご気分だって、やっぱりぶちこわせるのですかね」。(『世説新語』排調篇)

嵆、阮、山、劉、竹林に在《あ》って酣飲《かんいん》し、王戎後《おく》れて往《ゆ》く。歩兵曰わく、「俗物已《すで》に復《ま》た来って人の意を敗る」。王笑い

嵆阮山劉在竹林酣飲、王戎後往、歩兵曰、俗物已復来敗人意、王

て曰わく、「卿輩《けいはい》の意も亦《ま》た復《ま》た敗る可き邪《や》」。　笑曰、卿輩意亦復可敗邪。

▼注に引かれた『魏氏春秋《ぎししゅんじゅう》』にいう。「時に王戎は未だ超俗なる能《あた》わずと謂う」。しかし、おいおい明らかとなるように、王戎の俗物性はかれ一生のものであって、そこがまた魅力なのだ。

一六八　王濬《おうしゅん》沖《ちゅう》は尚書令《しょうしょれい》と為《な》り

王濬《おうしゅん》沖《ちゅう》（王戎）が尚書令《しょうしょれい》となったときのこと、官服を着け、二輪馬車に乗って黄《こう》じいさんの居酒屋の前を通りかかると、後方の車のものたちをかえりみながらいった。「ぼくはむかし嵇叔夜《けいしゅくや》（嵇康）氏や阮嗣《げんし》宗《そう》（阮籍）氏といっしょにこの居酒屋で痛飲したものだ。竹林の遊びにもその末席をけがした。嵇さんが夭折《ようせつ》され、阮公どのがなくなられてからというものは、世のしがらみのがんじがらめ。今日、ここはすぐ目の前にあるというのに、はるか遠く山河をへだてている思いがする」。（『世説新語』傷逝篇）

王濬沖は尚書令と為り、公服を著《つ》け、軺車《しょうしゃ》に乗り、黄公《こうこう》の酒壚《しゅろ》下を経《へ》て過ぎ、顧《かえ》りみて後車の客に謂わく、「吾は昔《むかし》嵇叔夜、阮嗣宗と共に此の壚《ろ》に酣飲《かんいん》す。竹林の遊も亦《ま》た其の末に預《あず》かる。嵇生夭《よう》し阮公亡《みま》かりて自《よ》り以来、便《すなわ》ち時

王濬沖為尚書令、著公服、乗軺車、経黄公酒壚下過、顧謂後車客、吾昔与嵇叔夜阮嗣宗共酣飲於此壚、竹林之遊、亦預其末、

の羈紲《きせつ》する所と為る。今日此れを視《み》れば近きと雖《いえど》も、邈《ばく》として山河《さんが》の若《ごと》し」。

自嵆生夭阮公亡以来、便為時所羈紲、今日視此雖近、邈若山河。

▼王戎が尚書令となったのは永寧《えいねい》二年（三〇二）。「軺車」は一頭の馬にひかせる二輪車。魏晋人はこの軽便な車を愛用したという。「酒壚」については一二〇条を見よ。東晋の裴啓《はいけい》が編んだ『語林《ごりん》』に王珣《おうしゅん》作の「黄公の酒壚の下を経《へ》て」と題する賦を収めていたことが、『世説新語』の文学篇《ぶんがくへん》と軽詆篇《けいていへん》に見える。この話に材を取る賦であったにちがいない。

一六九　王戎は倹吝《けんりん》

王戎《おうじゅう》はけちんぼだった。甥の結婚にあたって一枚の単衣《ひとえ》をプレゼントしたが、後からあらためて代金を請求した。（『世説新語』倹嗇篇）

王戎は倹吝《けんりん》。其の従子《じゅうし》の婚に一単衣《たんい》を与うるも、後《の》ち更《あらた》めて之を責《もと》む。

王戎倹吝、其従子婚、与一単衣、後更責之。

一七〇　司徒《しと》の王戎、既《すで》に貴く且《か》つ富み

司徒《しと》の王戎は、身分もたかいうえに資産家であり、家屋敷、下僕、美田、水車などのたぐいは都の洛陽で肩をならべられるものはなく、証文を前にして大忙《おおいそが》し。いつも夫人と二人して灯火のもとで算木をならべて勘定《かんじょう》しているのだった。（『世説新語』倹嗇篇）

司徒の王戎、既に貴く且《か》つ富み、区宅《くたく》、僮牧《どうぼく》、膏田《こうでん》、水碓《すいたい》の属、洛下に比《ひ》無く、契疏《けいそ》鞅掌《おうしょう》す。毎《つね》に夫人と燭下《しょくか》に籌《ちゅう》を散じて算計《さんけい》す。

司徒王戎、既貴且富、区宅僮牧膏田水碓之属、洛下無比、契疏鞅掌、毎与夫人燭下散籌算計。

▼「鞅掌」は事務が繁忙をきわめること。『詩経』小雅「北山《ほくざん》」の詩に、「或《あ》いは棲遅《せいち》偃仰《えんぎょう》し、或《ある》いは王事《おうじ》鞅掌す」。司徒は三公の一。

一七一　王戎は好李《こうり》有り

王戎のところではみごとな李《すもも》がとれた。いつも売りにだしたが、その種子を手にいれられては大変だと、しじゅう錐《きり》で核《さね》をほじっていた。（『世説新語』倹嗇篇）

王戎は好李《こうり》有り、常に之を売る。人の其の種《たね》を得んことを恐れ、恒《つね》に其の核を鑽《さん》す。

王戎有好李、常売之、恐人得其種、恒鑽其核。

一七二　王戎の女《むすめ》は裴頠《はいき》に適《とつ》ぎ

王戎の女《むすめ》は裴頠《はいき》のもとにとつぎ、数万銭を融通してやった。女が里帰りをしても、王戎はブスッとしている。女があわてて借金をかえしたところ、やっと晴れやかな表情になった。（『世説新語』倹嗇篇）

王戎の女は裴頠に適《とつ》ぎ、銭《ぜに》数万を貸す。女帰るも、戎は色悦《よろこ》ばず。女遽《にわ》かに銭を還《かえ》すや、乃《すなわ》ち釈然《しゃくぜん》たり。

王戎女適裴頠、貸銭数万、女帰、戎色不悦、女遽還銭、乃釈然。

一七三　王安豊の婦、常に安豊を卿《けい》す

王安豊《おうあんほう》（王戎）の奥方は安豊を「あんた」とよぶのが口ぐせであった。安豊「女性が亭主をあんたとよぶのは、エチケットとしてお行儀がわるい。今後二度とそんなことはよしなさい」。奥方「あんたが大事であんたがかわいいから、だからあんたをあんたとよぶのよ。わたしがあんたをあんたとよばなきゃ、誰がいったいあんたをあんたとよんでくれるのよ」。かくて、いつも目をつぶることにした。（『世説新語』惑溺篇）

王安豊の婦、常に安豊を卿《けい》す。安豊曰わく、「婦人、壻《しょ》を卿《けい》するは、礼に於いて不敬と為す。後ち復《ま》た爾《しか》すること勿《な》

王安豊婦常卿安豊、安豊曰、婦人卿壻、於礼為不敬、後勿復爾、

かれ」。婦曰わく、「卿に親しみ卿を愛し、是《ここ》を以て卿を卿す。我、卿を卿せざれば、誰か当《まさ》に卿を卿すべし」。遂《つい》に恒《つね》に之を聴《ゆる》す。

婦曰、親卿愛卿、是以卿卿、我不卿卿、誰当卿卿、遂恒聴之。

▼「卿」は気楽なあいてに使う二人称。夫人の逆襲を原文で読んでみると、そのたたみかける口調はいっそうユーモラスである。「qin《チン》 qing《チン》 ai《アイ》 qing《チン》, shi《シー》 yi《イー》 qing《チン》 qing《チン》, wo《ウオ》 bu《ブ》 qing《チン》 qing《チン》, shui《シエイ》 dang《ダン》 qing《チン》 qing《チン》」。

一七四　王長史《おうちょうし》と謝仁祖《しゃじんそ》は

王長史《おうちょうし》（王濛《おうもう》）と謝仁祖《しゃじんそ》（謝尚《しゃしょう》）は同時に王公《おうこう》（王導《おうどう》）の掾属《えんぞく》となった。長史が「謝掾《しゃえん》はめずらしい舞が舞えますよ」というと、謝尚はさっそくたちあがって舞い、まことにのどかな風情である。王公はくいいるようにみつめ、客人たちにいった。「安豊（王戎）どののことを思いださせおる」。（『世説新語』任誕篇）

王長史と謝仁祖は同《とも》に王公の掾《えん》と為る。長史云わく、「謝掾は能く異舞《いぶ》を作《な》す」。謝は便《すなわ》ち起《た》ちて舞い、神意《しんい》甚だ暇《いとま》あり。王公は熟視《じゅくし》し、客に謂《い》いて曰わく、「人をして安豊

王長史謝仁祖同為王公掾、長史云、謝掾能作異舞、謝便起舞、神意甚暇、王公熟視、謂客曰、

を思わしむ」。　　　　　　　　　　　使人思安豈。

▼もとより王戎死後のことである。注にいう。「戎は性通任《つうにん》、（謝）尚は之に類す」。

七賢その後

一七五　林下《りんか》の諸賢、各の儁才《しゅんさい》の子有り

竹林の七賢にはそれぞれ秀才の息子があった。阮籍《げんせき》の息子の渾《こん》は器宇《きう》広大、嵇康《けいこう》の息子の紹《しょう》は高尚で風雅、山濤《さんとう》の息子の簡《かん》はものわかりがよくて高潔、阮咸《げんかん》の息子の瞻《せん》は淡淡としていて遠大な志をもち、瞻の弟の孚《ふ》はからっとしていて屈託がなく、向秀《しょうしゅう》の息子の純《じゅん》と悌《てい》はそろっておだやかでさっぱりしたおもむきがあり、王戎《おうじゅう》の息子の万子《ばんし》は大成の風格をそなえながら、芽をださずにおわった。ひとり劉伶《りゅうれい》の息子についてのみ聞くところがない。これらの息子たちのなかで、とくに阮瞻《げんせん》がとびぬけているが、嵇紹《けいしょう》と山簡《さんかん》も世間に重んぜられた。（『世説新語』賞誉篇）

林下《りんか》の諸賢、各の儁才《しゅんさい》の子有り。籍の子の渾は器量弘曠《こうこう》。康の子の紹は清遠雅正《せいえんがせい》。濤の子の簡は疎通高素《そつうこうそ》。咸の子の

林下諸賢、各有儁才子、籍子渾、器量弘曠、康子紹、清遠雅正、

瞻は虚夷《きょい》にして遠志《えんし》有り。瞻の弟の孚は爽朗《そうろう》にして遺《のこ》す所多し。秀の子の純と悌は並びに令淑にして清流有り。戎の子の万子は大成の風《ふう》有るも、苗《なえ》にして秀《ひい》でず。唯《た》だ倫の子のみ聞く無し。凡《およ》そ此の諸子、唯だ瞻を冠《かん》と為し、紹、簡も亦《ま》た当世に重んぜらる。

濤子簡、疎通高素、咸子瞻、虚夷有遠志、瞻弟孚、爽朗多所遺、秀子純悌、並令淑有清流、戎子万子、有大成之風、苗而不秀、唯倫子無聞、凡此諸子、唯瞻為冠、紹簡亦見重当世。

▼「苗にして秀でず」は『論語』子罕《しかん》篇の言葉。一六四条ですでに見たように、王戎の子の王綏、字《あざな》は万子は夭折したのでこのようにいう。

一七六　謝公《しゃこう》、予章《よしょう》を道《い》う

謝公《しゃこう》（謝安《しゃあん》）の予章《よしょう》（謝鯤《しゃこん》）評。「もし七賢に出あったなら、きっと腕をひっぱって竹林に連れてゆくことだろう」。（『世説新語』賞誉篇）

謝公、予章を道《い》う。「若《も》し七賢に遇《あ》わば、必らず自《お》のずから臂《うで》を把《と》って林に入らん」。

謝公道予章、若遇七賢、必自把臂入林。

▼謝鯤は謝安の伯父。

一七七　謝遏《しゃあつ》の諸人、共に竹林の優劣を道《い》う

謝遏《しゃあつ》（謝玄《しゃげん》）たちがあつまって竹林七賢の優劣を論じあっていると、謝公（謝安）はいった。「先輩たちは七賢の棚《たな》おろしをしたことなど、ついぞなかったぞ」。（『世説新語』品藻篇）

謝遏の諸人、共に竹林の優劣を道《い》う。謝公云わく、「先輩初《はじ》めより七賢を臧貶《ぞうへん》せず」。

謝遏諸人、共道竹林優劣、謝公云、先輩初不臧貶七賢。

▼「臧貶」は、ほめたりくさしたりすること。

一七八　鄭玄《じょうげん》の家、奴婢《ぬひ》も皆《み》な読書す

鄭玄《じょうげん》の家では下男下女までみんな学問をやった。あるとき一人の下女に用事をいいつけたが、気にいるようにやらない。鞭《むち》でたたこうとすると、言いわけをはじめる。玄は腹をたて、泥のなかにひきすえさせた。しばらくすると、また一人の下女がやってきた。「泥にまみれて何をしてござる」。そのこたえは、「うったえに出かけたところ、きつうしかられました」。（『世説新語』文学篇）

鄭玄の家、奴婢も皆な読書す。嘗《か》つて一婢を使うに、旨《むね》に称《かな》わず。将《まさ》に之を撻《むち》うたんとすれば、方《まさ》に自《みずか》ら陳説《ちんせつ》す。玄怒り、人をして泥中《でいちゅう》に曳著《えいちょ》せしむ。須臾《しゅゆ》にして復《ま》た一婢の来る有り。問いて曰わく、「胡為《なんす》れば泥中にいん」。答えて曰わく、「薄《いささ》か言《わ》れ往《ゆ》きて愬《うった》うれば、彼の怒りに逢《あ》いぬ」。

鄭玄家奴婢皆読書、嘗使一婢、不称旨、将撻之、方自陳説、玄怒、使人曳著泥中、須臾復有一婢来、問曰、胡為乎泥中、答曰、薄言往愬、逢彼之怒。

▼鄭玄（一二七—二〇〇）は後漢が生んだ大古典学者。北海《ほっかい》郡高密《こうみつ》県（山東省高密）に開いた学塾には、数百人から数千人のものが学んだ。下女の問いは『詩経』邶《はい》風の「式微《しきび》」、こたえはおなじく邶風の「柏舟《はくしゅう》」の詩の文句。

一七九　董遇《とうぐう》、字《あざな》は季直《きちょく》

董遇《とうぐう》、字《あざな》は季直《きちょく》。性格は朴訥《ぼくとつ》で学問を愛した。興平《こうへい》年間（一九四—一九五）のこと、関中が騒然《そうぜん》となると、兄の季中《きちゅう》とともに将軍の段煨《だんわい》に身を寄せた。野生の稲をつんだり行商に出かけるさいにも、たえず経書を脇にかかえ、ひまを見つけてはおさらいをした。兄は笑ったけれども董遇はあらためなかった。（中略）。だれか師事したいというものがあっても、董遇は教えようとはせず、「ぜひともまず百遍読んでみることだ」といった。書物を百遍読めば意味はおのずからあらわれてくる、というのである。師事するものが、「日がたりずにあっぷあっぷです」といったところ、董遇は「三余《さんよ》を利用するのだ」といった。あるものが「三余」の意味についてたずねると、董遇はいった。「冬は年の余《あま》り、夜は日の余り、雨ふりは時間の余りだ」。（『三国志』魏書・王粛伝注『魏略』）

董遇、字は季直。性質訥《しっとつ》にして学を好む。興平中、関中擾乱《じょうらん》するや、兄の季中と与《とも》に将軍の段煨に依《よ》る。稆《りょ》を采《と》り負販《ふはん》

董遇、字季直、性質訥而好学、興平中、関中擾乱、与兄季中依

するも、而《しか》れども常に経書を挾持《きょうじ》し、間《かん》に投じて習読す。其の兄は之を笑うも、而《しか》れども遇は改めず。……人の従い学ぶ者有れども、遇は肯《あ》えて教えずして云わく、「必らず当《まさ》に先《ま》ず読むこと百偏なるべし」。読書百偏にして義自《お》ずから見《あら》わるるを言う。従い学ぶ者云わく、「日無きに苦《く》渇《かつ》す」。遇言わく、「当《まさ》に三余《さんよ》を以《もち》うべし」。或《あ》るひと三余の意を問う。遇言わく、「冬なる者は歳《とし》の余、夜なる者は日の余、陰雨《いんう》なる者は時の余なり」。

将軍段煨、采稆負販、而常挾持経書、投間習読、其兄笑之、而遇不改、……人有従学者、遇不肯教、而云必当先読百偏、言読書百偏而義自見、従学者云、苦渇無日、遇言、当以三余、或問三余之意、遇言、冬者歳之余、夜者日之余、陰雨者時之余也。

▼董遇《とうぐう》は弘農《こうのう》（河南省霊宝）の人。段煨《だんわい》は華陰《かいん》（陝西省華陰）に駐屯していた。「稆《りょ》」は備荒植物。「負販《ふはん》」は『礼記《らいき》』曲礼《きょくらい》上篇の言葉。「夫《そ》れ礼なる者は自《みずか》ら卑《ひく》うして人を尊ぶ。負販の者と雖も、必らず尊ぶこと有り」。この「三余」の故事は、陶淵明《とうえんめい》の「士の不遇に感ずる賦《ふ》」の序にも、「余《われ》は嘗《か》つて三余の日、講習の暇《いとま》を以て其の文を読み、慨然として惆悵《ちゅうちょう》す」と用いられている。

一八〇　初め孫権《そんけん》は呂蒙《りょもう》及び蔣欽《しょうきん》に

さいしょ、孫権《そんけん》は呂蒙《りょもう》と蔣欽《しょうきん》にいった。「諸君はいまじゃそろって要路の人間。学問をやって見識をひろめないとだめだ」。呂蒙「軍隊におりまして、たえず多忙に悩まされております。おそらく、いまさら勉強するひまなどございますまい」。孫権「わしはきみに経書を治《おさ》めて大学教授になってくれなどとは思わん。過去のことがらにあらましあたりをつければそれでよいのだ。きみは多忙だというが、このわしにくらべてどうかね。わしはわかいころ、詩経《しきょう》、書経《しょきょう》、礼記《らいき》、左伝《さでん》、国語《こくご》に目を通し、たったひとつ易経《えききょう》を読まなかっただけだ。政治を担当するようになってこのかた、三史《さんし》やまただれやかれやの兵法書を調べているが、われながらたいそうためになると思っている。きみたち二人は、頭がすばらしくよい。やればきっとものになる。やらないなんて道理があるかい。さっそく、孫子《そんし》、太公六韜《たいこうりくとう》、左伝、国語、それに三史を読みたまえ。孔子さまの言葉にもいうだろう。一日じゅう何も食べず、一晩じゅう眠らずに思索にふけってみたけれども、益《やく》にたたなかった、学問をやるには及ばない、とな。後漢の光武帝は戦争を指揮するさなかにも書物を手から放すことはなかった。孟徳《もうとく》（曹操《そうそう》）も、年をとってから学問が好きになったと述懐している。きみだけががんばらないなんて」。

呂蒙ははじめて学問ととりくみ、一心不乱にがんばった。かれが目を通した書物は、学者先生も顔まけするほどであった。

その後、魯粛《ろしゅく》が長江を遡《さかのぼ》って周瑜《しゅうゆ》と交代するにあたり、呂蒙のところにたちよって議論をたたかわしたが、いつも敗けそうになった。魯粛は呂蒙の背をぽんとたたいていう。

「ぼくはきみが武略一辺倒のおとことばかり思っていた。今じゃ学識はすぐれてひろく、もはや呉《ご》の町の蒙《もう》くんじゃない」。呂蒙「おとこは三日と別れておれば、もう一度目をこすってあいてを見直してみるべきだ。大兄のいまの言葉は穣侯《じょうこう》そっくりじゃないか。大兄はいま公瑾《こうきん》（周瑜）と交代される。人の後をひきうけるのは大変なことだし、しかも関羽《かんう》と地を接している。このおとこは年がいってから学問にこり、左伝《さでん》を読んでほぼ全文を口にのぼすことができる。竹を割ったような性格で気っぷがよいが、なかなかたいした自信家、人をやっつけるのが大好きだ。いま、かれをあいてにまわすとなれば、あれやこれやの手をつかって太刀《たち》うちしなければならぬ」。そこでこっそり魯粛のために三つの策を開陳した。魯粛はうやうやしく授かると、秘密にしてもらさなかった。（『三国志』呉書・呂蒙伝注『江表伝』）

初め孫権は呂蒙及び蒋欽に謂《い》いて曰わく、「卿《けい》今ま並びに塗《と》に当り事を掌《つかさ》どる。宜しく学問して以て自《みず》から開益《かいえき》すべし」。蒙曰わく、「軍中に在《あ》って常に多務《たむ》に苦しむ。恐らくは復《ま》た読書するを容《ゆる》さず」。権曰わく、「孤豈《われあ》に卿の経を治めて博士《はかせ》と為るを欲せん邪《や》。但《た》だ当《まさ》に渉猟《しょうりょう》して往事《おうじ》を見せしむべき耳《のみ》。卿は多務と言うも、孤《われ》に孰若《いずれ》ぞ。孤《われ》は少《わか》き

初孫権謂呂蒙及蒋欽曰、卿今並当塗掌事、宜学問以自開益、蒙曰、在軍中常苦多務、恐不容復読書、権曰、孤豈欲卿治経為博士邪、但当令渉猟見往事耳、卿言多務、孰若孤、孤少時歴詩書

時、詩、書、礼記、左伝、国語を歴《れき》し、惟《た》だ易を読まず。事を統《す》ぶるに至りて以来、三史、諸家の兵書を省《せい》し、自《みず》から以て大いに益する所有りと為す。卿二人の如き、意性《いせい》は朗悟《ろうご》、学べば必らず之を得ん。寧《いずく》んぞ当《まさ》に為さざるべけん乎《や》。宜しく急ぎ孫子、六韜、左伝、国語及び三史を読むべし。孔子言う、終日食らわず、終夜寝《い》ねずして以て思う、益無し、学ぶに如《し》かざるなりと。光武は兵馬《へいば》の務《つとめ》に当り、手に巻《かん》を釈《す》てず。孟徳も亦《ま》た自《みず》から老いて学を好むと謂う。卿何ぞ独《ひと》り自から勉勗《べんきょく》せざる邪《や》」。蒙始めて学に就き、志を篤《あつ》くして倦《う》まず。其の覧見《らんけん》する所は旧儒《きゅうじゅ》も勝たず。後、魯粛上《のぼ》りて周瑜に代る。蒙を過《よぎ》りて言議《げんぎ》するに、常に屈《くつ》を受けんと欲す。粛は蒙の背を拊《ふ》して曰わく、「吾、大弟《たいてい》は但《た》だ武略有る耳《のみ》と謂《おも》いき。今者《いま》に至っては、学識英博《えいはく》、復《ま》た呉下《ごか》の阿蒙《あもう》に非《あら》ず」。蒙曰わく、「士別《わか》るること三日、即ち更に刮目《かつもく》して相い待つ。大兄《たいけい》の今の論、何ぞ一に穰侯に称《かな》える乎《や》。兄今ま公瑾に代る。既に継《けい》と為り難《がた》く、且《か》つ関羽と鄰《となり》と為る。斯《こ》の人は長じて学を好み、左伝を読みて略《ほ》ぼ皆な口に上《のぼ》す。梗亮《こうりょう》にして雄気《ゆうき》有るも、然《しか》れども性頗《すこぶ》る

礼記左伝国語、惟不読易、至統事以来、省三史諸家兵書、自以為大有所益、如卿二人、意性朗悟、学必得之、寧当不為乎、宜急読孫子六韜左伝国語及三史、孔子言、終日不食、終夜不寝以思、無益、不如学也、光武当兵馬之務、手不釈巻、孟徳亦自謂老而好学、卿何独不自勉勗邪、蒙始就学、篤志不倦、其所覧見、旧儒不勝、後魯粛上代周瑜、過蒙言議、常欲受屈、粛拊蒙背曰、吾謂大弟但有武略耳、至於今者、学識英博、非復呉下阿蒙、蒙曰、士別三日、即更刮目相待、大兄今論、何一称穰侯乎、兄今代公瑾、既難為継、且与関羽為鄰、斯人長而好学、読左伝、略皆上

自から負《たの》み、好んで人を陵《しの》ぐ。今ま与《とも》に対《たい》と為る、当《まさ》に単《たん》複《ふく》の以て之に嚮待《きょうたい》する有るべし」。密《ひそ》かに粛の為に三策を陳《の》ぶ。粛は敬《つつし》んで之を受け、秘して宣《の》べず。

口、梗亮有雄気、然性頗自負、好陵人、今与為対、当有単複以嚮待之、密為粛陳三策、粛敬受之、秘而不宣。

▼本条は「呉下《ごか》の阿蒙《あもう》」の故事で有名。呂蒙と蔣欽は孫権配下の武将である。博士は国立中央大学である太学《たいがく》の教官。『詩経』、『書経』、『礼記』、『左伝』、『易経』は、いずれも儒家の古典である経書。『国語』は春秋時代の諸侯国物語であって、内容は『左伝』とあい表裏する。「三史」は『史記《しき》』、『漢書《かんじょ》』および後漢時代の歴史を記した『東観漢記《とうかんかんき》』。『孫子』と『太公六韜《りくとう》』はいわゆる兵書。孔子の言葉は『論語』衛霊公《えいれいこう》篇に見える。「思」が抽象的な思索であるのにたいして、「学」は読書にもとづく学問を意味する。後漢王朝の創業者である光武帝は学問を愛した皇帝として名だかい。また蜀《しょく》の先主の劉備が、その遺詔《いしょう》のなかで、後主の劉禅《りゅうぜん》をつぎのようにいましめているのは孫権に似る。「漢書、礼記を読む可し。閑暇《かんか》に諸子及び六韜、商君《しょうくん》書《しょ》を歴観《れきかん》すれば、人の意智を益さん」。建安十五年（二一〇）、魯粛は周瑜と交代して江陵《こうりょう》（湖北省江陵）に駐屯することとなり、その途次、尋陽《じんよう》（江西省九江）に呂蒙を訪れた。呂蒙は汝《じょ》南富陂《なんふは》（安徽省阜南）の出身だが、わかくして江南に移り、呉の町、すなわち今日の蘇州《そしゅう》で暮らしていたので「呉下の阿蒙」というのであろう。「阿」は愛称である。穣侯は戦国時代の秦《しん》の魏冉《ぎぜん》。ただし、ここにいう意味は未詳。関羽は張飛《ちょうひ》とともに劉備のもっとも信頼あつい武将

であり、襄陽《じょうよう》（湖北省襄陽）に駐屯していた。

一八一　諸葛広《しょかつこう》は年少にして

諸葛広《しょかつこう》はわかいころ学問をやろうとはしなかったが、はじめて王夷甫《おういほ》（王衍《おうえん》）と談論したころには、もはや高い水準に達していた。王衍は感心した。「きみはずばぬけた天分のもちぬしだ。もしこのうえすこし研鑽をつめば、まったくなんの遜色もない」。広はその後『荘子《そうじ》』と『老子《ろうし》』を読み、あらためて王衍と談論したところ、十分に対抗しあえた。（『世説新語』文学篇）

諸葛広は年少にして肯《あ》えて学問せず。始めて王夷甫と談じ、便《すなわ》ち已《すで》に超詣《ちょうけい》す。王歎《たん》じて曰わく、「卿《けい》は天才卓出《てんさいたくしゅつ》。若《も》し復《ま》た小《すこ》しく研尋《けんじん》を加えれば、一も愧《は》ずる所無し」。広は後《のち》荘老を看《み》、更に王と語り、便《すなわ》ち相い抗衡《こうこう》するに足る。

諸葛広年少、不肯学問、始与王夷甫談、便已超詣、王歎曰、卿天才卓出、若復小加研尋、一無所愧、広後看荘老、更与王語、便足相抗衡。

一八二　王安期《おうあんき》、東海《とうかい》郡と作《な》る

王安期《おうあんき》（王承《おうしょう》）が東海《とうかい》郡の太守《たいしゅ》であったとき、下役が夜間外出禁止令を犯《おか》した一人のおとこを検束してきた。王承がたずねた。「どこからやってきた」。「先生のお宅から授業をうけてもどるところです。日が暮れたのにも気づきませんでした」。王承「寧越《ねいえつ》を鞭《むち》うってこわもての評判をたてるのは、おそらく施政の要諦《ようたい》ではあるまいて」。下役に自宅まで送りとどけさせた。（『世説新語』政事篇）

王安期、東海郡と作《な》る。吏、一犯夜《はんや》の人を録《ろく》し来る。王問う、「何《いず》れの処《ところ》より来る」。云わく、「師の家従《よ》り書を受けて還《かえ》る。日の晩《おそ》きを覚《おぼ》えず」。王曰わく、「寧越を鞭撻《べんたつ》して以て威名《いめい》を立つるは、恐らくは治理の本《もと》に非《あら》ず」。吏をして送りて家に帰らしむ。

王安期作東海郡、吏録一犯夜人来、王問何処来、云従師家受書還、不覚日晩、王曰、鞭撻寧越、以立威名、恐非治理之本、使吏送令帰家。

▼寧越《ねいえつ》は『呂氏《りょし》春秋』博志《はくし》篇に登場する猛勉強家。百姓仕事のつらさにいや気がさし、「どうしたらこの苦しみからぬけだせようか」と友人に相談した。友人が「学問をやるのがいちばん。三十年やれば出世できよう」とおしえると、「十五年で十分。人が休むときにも休まず、人が寝るときにも寝ずにやるから」といい、みごと十五年で周《しゅう》の威公《いこう》の師となった。

一八三　蔡司徒《さいしと》は江《こう》を渡り

蔡司徒《さいしと》（蔡謨《さいぼ》）は江南《こうなん》にやってくると、彭蜞《さそり》を見つけておおはしゃぎ、「蟹《かに》には八本の足、それに二本のはさみ、だったな」。それを煮させた。食べたところが、げろげろ吐いてくたくた、やっと蟹でないとわかった。その後、謝仁祖《しゃじんそ》（謝尚《しゃしょう》）にそのことを話したところ、謝「きみは爾雅《じが》をしっかり読まんものだから、もうちょっとで勧学篇《かんがくへん》に殺されるところだった」。（『世説新語』紕漏篇）

蔡司徒は江を渡り、彭蜞《ほうき》を見て大いに喜んで曰わく、「蟹《かに》には八足有り、加うるに二螯《ごう》を以てすと」。之を烹《に》さしむ。既に食らい、吐下委頓《とかいとん》し、方《はじ》めて蟹に非《あら》ざるを知る。後《の》ち謝仁祖に向かいて此の事を説く。謝曰わく、「卿《けい》は爾雅《じが》を読むこと熟せず、幾《ほと》んど勧学《かんがく》の為に死せんとす」。

蔡司徒渡江、見彭蜞、大喜曰、蟹有八足、加以二螯、令烹之、既食、吐下委頓、方知非蟹、後向謝仁祖説此事、謝曰、卿読爾雅不熟、幾為勧学死。

▼『爾雅』は経書を読むための字書。その釈魚篇《しゃくぎょ》に「螖蠌《かったく》の小なる者は蟧《ろう》」とあり、注に「即ち彭蜞《ほうき》なり。蟹《かに》に似て小さし」という。彭蜞はさそり。また『大戴礼《だたいれい》』勧学篇《かんがく》に「蟹は二螯《ごう》八足《そく》」とある。ただし、後漢の蔡邕《さいよう》に初学者むけの『勧学篇』の著作があり、四字句で構成されていたらしいから、ここの「蟹には八足有り、加うるに二螯を以てす——蟹有八足、加以二螯

――」はその文句であった可能性がたかい。蔡邕は蔡謨《さいぼ》の曾祖父のジェネレーションにあたる一族である。

一八四　謝公《しやこう》夫人は児《じ》を教う

謝公《しやこう》（謝安《しやあん》）夫人は子供たちの教育にあたった。太傅《たいふ》（謝安）に、「あなたが子供たちを教えてくださるのを一度だって見たことがないのはどうしてなの」とたずねたところ、「わしはいつだって子供たちを教育しておるよ」。（『世説新語』徳行篇）

謝公夫人は児《じ》を教う。太傅に問う、「那《なん》ぞ初めより君の児を教うるを見ざるを得ん」。答えて曰わく、「我は常に自《お》の ずから児を教う」。

謝公夫人教児、問太傅、那得初不見君教児、答曰、我常自教児。

▼自分の存在そのものが子供たちの教育になっているとの自信。

一八五　孝武《こうぶ》将《まさ》に孝経《こうきよう》を講ぜんとし

孝武帝《こうぶてい》が『孝経《こうきよう》』の講義を行なうに先だち、謝公《しやこう》（謝安《しやあん》）兄弟は面々と私邸でリハーサルを行なった。車武子《しやぶし》（車胤《しやいん》）は謝公兄弟をぎゅうぎゅう問いつめることをはばかり、袁《えん》羊《よう》（袁喬《えんきよう》）にいった。「質問しなければせっかくのお言葉を聞きもらすことになるし、質問しすぎると謝家のお二方をくたくたにさせるだろう」。袁「そんな心配はまったく無用だ」。車「どうしてそうとわかる」。袁「明鏡が何度も姿をうつしたためにくたびれたとか、清流がそよ風をいやがるなんてことがあるかい」。（『世説新語』言語篇）

孝武将《まさ》に孝経を講ぜんとし、謝公兄弟は諸人と私庭《してい》にて講習す。車武子は謝に苦問《くもん》するを難《はばか》り、袁羊に謂いて曰わく、「問わざれば則ち徳音遺《のこ》す有り。多く問えば則ち二謝《にしゃ》を重労《じゅうろう》せん」。袁曰わく、「必らず此の嫌《きらい》無し」。車曰わく、「何を以て爾《しか》るを知る」。袁曰わく、「何ぞ嘗《か》つて明鏡の屢《しばし》ば照《うつ》すに疲れ、清流の恵風《けいふう》を憚《はばか》るを見んや」。

孝武将講孝経、謝公兄弟与諸人私庭講習、車武子難苦問謝、謂袁羊曰、不問則徳音有遺、多問則重労二謝、袁曰、必無此嫌、車曰、何以知爾、袁曰、何嘗見明鏡疲於屢照、清流憚於恵風。

▼天子の講義の予行演習が行なわれたことにかんするめずらしい記録。謝公兄弟とは謝安と謝《しゃ》石《せき》。注に引かれた『続晋陽秋《ぞくしんようしゅう》』によれば、孝武帝の『孝経』の講義は寧康《ねいこう》三年（三七五）九月九日に行なわれた。そのときの「侍坐《じざ》」、ひかえは謝安。「読《どく》」、読み手は陸納《りくのう》と卞耽《べんたん》。「執経《しっけい》」、テキストのささげ役は謝石と袁宏《えんこう》。「摘句《てきく》」、質問役は車胤《しゃいん》と王混《おうこん》がつとめた。袁喬の名はない。袁宏の誤りであろうか。予行演習では、謝安兄弟が天子の役をつとめたのであろう。「徳音」

はすぐれた言葉。善言。

一八六　殷仲堪《いんちゅうかん》云わく

殷仲堪《いんちゅうかん》の言葉。「三日と道徳経《どうとくきょう》を読まないでいると、もう舌の根っこのあたりがこわばる感じだ」。（『世説新語』文学篇）

殷仲堪云わく、「三日、道徳経を読まざれば、便《すなわ》ち舌本間《ぜっぽんかん》の強《こわ》きを覚《おぼ》ゆ」。

殷仲堪云、三日不読道徳経、便覚舌本間強。

▼『道徳経』はすなわち『老子』。

一八七　袁悦《えんえつ》は口才《こうさい》有り

袁悦《えんえつ》は口先が達者でかけひきの弁論にたけ、しかも理路整然としていた。さいしょ謝玄《しゃげん》の参軍《さんぐん》となり、すこぶる礼遇された。その後、親がなくなり、喪《も》があけて都にもどるさい、『戦国策《せんごくさく》』だけをたずさえた。人にかたっていうのには、「少年時代に論語《ろんご》や老子《ろうし》を読み、また荘子《そうじ》や易経《えききょう》をのぞいてみたが、どれもこれも頭が痛くなるだけで、いったい何の益《やく》にたつというのだね。天下のきわめつけは、それこそ戦国策だ」。都につくと、司馬孝文王《しばこうぶんおう》

（司馬道子《どうし》）に吹きまくり、おおいに信任されて国家の枢機を乱さんばかりであったが、突然、殺されてしまった。（『世説新語』讒険篇）

袁悦は口才《こうさい》有り、短長説《たんちょうせつ》を能《よ》くし、亦《ま》た精理有り。始め謝玄の参軍と作《な》り、頗《すこぶ》る礼遇を被《こうむ》る。後《の》ち艱《くるし》みに丁《あた》り、服除きて都に還るに、唯だ戦国策を齎《もたら》す而已《のみ》。人に語って曰わく、「少年の時、論語、老子を読み、又《ま》た荘易を看《み》しも、此れは皆な是れ病痛《へいつう》の事、当《はた》何の益する所ぞ邪《や》。天下の要物、正《た》だ戦国策有るのみ」。既に下り、司馬孝文王に説き、大いに親待《しんたい》せられ、幾《ほと》んど機軸《きじく》を乱さんとす。俄《にわ》かにして誅《ちゅう》せらる。

袁悦有口才、能短長説、亦有精理、始作謝玄参軍、頗被礼遇、後丁艱、服除還都、唯齎戦国策而已、語人曰、少年時読論語老子、又看荘易、此皆是病痛事、当何所益邪、天下要物、正有戦国策、既下、説司馬孝文王、大見親待、幾乱機軸、俄而見誅。

▼「短長説」は戦国時代の遊説家の弁論。『史記《しき》』六国年表に、「謀詐《ぼうさ》用いられて従衡《しょうこう》（横）短《たん》長《ちょう》の説起《おこ》る」。『戦国策』の別称は『短長書』である。

一八八　桓南郡《かんなんぐん》は道曜《どうよう》と老子《ろうし》を講ず

桓南郡《かんなんぐん》（桓玄《かんげん》）が道曜《どうよう》と『老子』の講義を行なったとき、主簿《しゅぼ》の王侍中《おうじちゅう》（王禎之《おうていし》）も列席した。桓玄「王主簿どの、自分の名にてらして意味をたずねてみるがよい」。王禎之はこたえあぐね、とりあえず大声で笑った。桓玄「王思道《おうしどう》（王禎之）はさすが大家のおぼっちゃんの笑いをしおる」。（『世説新語』排調篇）

桓南郡は道曜と老子を講ず。王侍中は主簿と為り、坐に在り。桓曰わく、「王主簿、名を顧《かえ》りみて義を思う可し」。王は未だ答えず、且《しば》らく大笑す。桓曰わく、「王思道は能く大家児《たいかじ》の笑いを作《な》す」。

桓南郡与道曜講老子、王侍中為主簿、在坐、桓曰、王主簿可顧名思義、王未答、且大笑、桓曰、王思道能作大家児笑。

▼道曜がだれであるのかは不明。王禎之の字《あざな》は思道。すなわち「道を思う」の意味がある。『老子』は「道」について説く書物なので、「名を顧《かえ》りみて義を思う可し」といったのである。「大笑」は『老子』四十一章の言葉。「上士、道を聞けば、勤《つと》めて之を行なう。中士、道を聞けば、存《あ》るが若《ごと》く亡《な》きが若《ごと》し。下士、道を聞けば、之を大笑す」。「王思道は能く大家児の笑いを作す——王思道能作大家児笑——」の文句にも「大笑」の二語がふくまれていることに注意。魏の王昶《おうちょう》は兄の子と自分の子にそれぞれ黙《もく》、字は処静《しょせい》、沈《しん》、字は処道《しょどう》、渾《こん》、字は玄沖《げんちゅう》、深《しん》、字は道沖《どうちゅう》と名づけたうえ、つぎのように訓戒した。「汝曹《ら》をして身を立て己《おの》れを行なうに、儒者の教に遵《したが》い、道家の言を履《ふ》ましめんと欲す。故に玄黙沖虚を以て名と為す。汝曹《ら》をして名を顧《かえ》

りみて義を思い、敢《あ》えて違越《いえつ》せざらしめんと欲するなり」。

一八九　遠公《おんこう》は廬山《ろさん》中に在って

遠公《おんこう》（慧遠《えおん》）は廬山《ろさん》において、老齢にもかかわらず、講義と論議にあけくれた。弟子のなかになまけでもするものがあると、遠公は「暮れがたに近づいた光線は遠くまで照らすわけにはまいらぬが、朝日のかがやきが時とともに明るくなってくれんことを願うのだ」といいつつ、お経を手にとって高座《こうざ》にのぼり、音吐《おんと》も朗々と諷誦《ふうしょう》し、その言葉も顔つきもきわめてきびしかった。高足《こうそく》の弟子たちまで、粛然《しゅくぜん》と身がひきしまり尊敬の気持ちをいやましにした。（『世説新語』規箴篇）

遠公は廬山中に在って、老《お》ゆと雖《いえど》も講論輟《や》めず。弟子中に或《ある》いは堕《おこた》る者有れば、遠公曰わく、「桑楡《そうゆ》の光は理として遠照《えんしょう》無きも、但《た》だ朝陽《ちょうよう》の暉《かがや》きの時と与《とも》に並びに明らかならんことを願う耳《のみ》」。経を執《と》って坐に登り、諷誦《ふうしょう》すること朗暢《ろうちょう》、詞色《ししょく》は甚《はげ》だ苦し。高足の徒も皆な粛然として敬を増す。

遠公在廬山中、雖老講論不輟、弟子中或有堕者、遠公曰、桑楡之光、理無遠照、但願朝陽之暉与時並明耳、執経登坐、諷誦朗暢、詞色甚苦、高足之徒、皆粛然増敬。

▼慧遠《えおん》（三三四―四一六）は中国浄土教の源流となる廬山教団の開基者。桑《くわ》と楡《にれ》はともに太陽が沈む西方に現われる星の名であり、「桑楡《そうゆ》」は晩年のたとえとなる。ここではもとより慧遠自身をいい、「朝陽」がわかい弟子のたとえであるのに対する。

一九〇　左太沖《さたいちゆう》、三都賦《さんとふ》を作り

左太沖《さたいちゆう》（左思《さし》）が「三都《さんと》の賦《ふ》」を書きあげた当初、世間の人々はたがいに難くせをつけ、左思は気分が晴れなかった。その後、張公《ちようこう》（張華《ちようか》）に示したところ、張華はいった。「これは二京《にけい》の賦を三つにしたほどのできばえ。しかし、君の文学はまだ世間から重んぜられていない。有名人にお目にかけるのがよかろう」。左思はそこで皇甫謐《こうほひつ》に意見をもとめた。皇甫謐はそれを読んで感歎し、わざわざ序文を書いてやった。かくして、それまでけちをつけた人たちまで、態度をあらためてほめそやし、口ずさんだ。（『世説新語』文学篇）

左太沖、三都賦を作り、初めて成るや、時人は互いに譏訾《きし》有り、思は意愜《かな》わず。後《の》ち張公に示す。張曰わく、「此れ二京を三とす可し。然れども君の文は未だ世に重んぜられず。宜しく以て高名の士を経《ふ》べし」。思は乃ち皇甫謐《こうほひつ》に詢《と》

左太沖作三都賦初成、時人互有譏訾、思意不愜、後示張公、張曰、此二京可三、然君文未重於世、宜以経高名之士、思乃詢求

い求む。謐は之を見て嗟歎《さたん》し、遂《つい》に為《ため》に叙《じょ》を作る。是《ここ》に於いて先に相い非弐《ひじ》する者も衽《えり》を斂《おさ》めて讃述せざるは莫《な》し。

於皇甫謐、謐見之嗟歎、遂為作叙、於是先相非弐者、莫不斂衽讃述焉。

▼左思《さし》は西晋の文学者。「三都の賦」は三国それぞれの都をうたった「蜀都《しょくと》の賦」、「呉都《ごと》の賦」、「魏都《ぎと》の賦」から構成される。左思は想を練ること十年、便所のなかにまで紙と筆をそなえておき、一句が思いうかぶとすぐに書きつけたという。また「二京」は、後漢の張衡《ちょうこう》が前漢の都をうたった「西京《せいけい》の賦」と後漢の都をうたった「東京《とうけい》の賦」からなる「二京の賦」。「三都の賦」、「二京の賦」いずれも『文選《もんぜん》』に収められている。「斂衽《れんじん》」はえりをただす。

一九一　楽令《がくれい》は清言《せいげん》に善《よ》きも

楽令《がくれい》（楽広《がくこう》）は清談は得意だったが、文章は苦手だった。河南《かなん》郡の長官を辞退するにあたって、潘岳《はんがく》に上表文を書いてくれるようたのむと、潘岳はいった。「書きましょう。が、ぜひとも君の気持ちを知りたいものだ」。楽広はあいてに自分が辞退する理由を述べ、二百語ばかりの要点を示した。潘岳がただちにそれをつかって按排《あんばい》すると、名文ができあがった。当時の人々はみんないったものだ。「もし楽広が潘岳の文章のたすけを借りず、潘岳が楽広の発想をつかわなかったなら、これほどのできばえにはならなかったであろう」。

（『世説新語』文学篇）

楽令は清言《せいげん》に善《よ》きも、而《しか》れども手筆《しゅひつ》に長ぜず。将《まさ》に河南の尹《いん》を譲らんとして、潘岳に請うて表を為さしむ。潘云わく、「作《な》す可き耳《のみ》。要《かな》らず当《まさ》に君の意を得べし」。楽は為に己《おの》れの譲りを為す所以《ゆえん》を述べ、二百語許《ばか》りを標位す。潘は直《ただ》ちに取りて錯綜《さくそう》し、便《すなわ》ち名筆《めいひつ》を成す。時人《じじん》咸《み》な云わく、「若《も》し楽は潘の文を仮《か》らず、潘は楽の旨《むね》を取らざれば、則ち以て斯《こ》れを成す無し」。

楽令善於清言、而不長於手筆、将譲河南尹、請潘岳為表、潘云、可作耳、要当得君意、楽為述己所以為譲、標位二百許語、潘直取錯綜、便成名筆、時人咸云、若楽不仮潘之文、潘不取楽之旨、則無以成斯矣。

▼やはり西晋時代の話である。

一九二　裴成公《はいせいこう》、崇有論《すうゆうろん》を作るや

裴成公《はいせいこう》（裴頠《はいき》）が「崇有論《すうゆうろん》」を著《あら》わすと、時人は攻撃を加えたけれども、だれもやっつけられない。ひとり王夷甫《おういほ》（王衍《おうえん》）がしかけると、すこしつまるようである。時人がさっそく王衍の論理をつかって攻撃してみたところ、裴頠《はいき》の論理はやはりすっきり通った。

（『世説新語』文学篇）

裴成公、崇有論を作るや、時人《じじん》は之を攻難するも、能《よ》く折《くじ》く莫《な》し。唯《た》だ王夷甫の来るや、小《すこ》しく屈《くつ》するが如し。時人即ち王の理を以て難《なん》ずれば、裴の理は還《ま》た復《ま》た申《の》ぶ。

裴成公作崇有論、時人攻難之、莫能折、唯王夷甫来、如小屈、時人即以王理難、裴理還復申。

▼裴頠（二六七—三〇〇）は、虚無をたっとぶ世間の風尚をにくんで「有を崇《たっと》ぶ」と名づける「崇有論」を著わした。『晋書《しんじょ》』裴頠伝に収められている。

一九三　孫子荊《そんしけい》は婦の服を除くや

孫子荊《そんしけい》（孫楚《そんそ》）は妻の喪《も》があけると、詩を作って王武子《おうぶし》（王済《おうせい》）に示した。王済はいった。「文学が感情から生ずるのか、それとも感情が文学から生ずるのか。これを読むと悽愴《せいそう》たる気分になり、夫婦のたいせつさがひとしお身にしみる」。（『世説新語』文学篇）

孫子荊は婦の服を除くや、詩を作りて以て王武子に示す。王曰わく、「未《いま》だ知らず文の情より生ずるや、情の文より生ずるや。之を覧《み》れば悽然《せいぜん》として伉儷《こうれい》の重きを増す」。

孫子荊除婦服、作詩以示王武子、王曰、未知文生於情、情生於文、覧之悽然増伉儷之重。

▼孫楚の詩にはつぎのようにうたわれている。「時は邁《ゆ》きて停《とど》まらず、日月は電《いなずま》のごとく流る。

神爽《たましい》は登《たか》く遐《のぼ》り、忽《たちま》ちにして已《は》や一周《ひととせ》。礼の制《さだめ》には叙有《きまり》れば、除《もあけ》を霊丘《はか》に告ぐ。祠《まつり》に臨《のぞ》んで感《なげ》き痛み、中なる心は抽《ひ》かるるが若《ごと》し」。「伉儷」はつれあい、夫婦。

一九四　庾子嵩《ゆしすう》は荘子《そうじ》を読み

庾子嵩《ゆしすう》（庾敳《ゆがい》）は『荘子《そうじ》』を読み、開巻一尺ばかりのところでなげだしていわく、「わしの考えとちっとも変らぬ」。（『世説新語』文学篇）

庾子嵩は荘子を読み、開巻《かいかん》一尺許《ばか》りにて便《すなわ》ち放去す。曰わく、「了《つい》に人の意に異《こと》ならず」。

庾子嵩読荘子、開巻一尺許便放去、曰、了不異人意。

▼ことわるまでもなく、当時の書物は巻物である。

一九五　庾子嵩、意賦《いふ》を作りて成る

庾子嵩（庾敳）が「意の賦《こころのふ》」を書きあげたとき、従子《おい》の文康《ぶんこう》（庾亮《ゆりよう》）がそれを読んでたずねた。「もし意が存在するとすれば、賦にうたいきれるものじゃありません。もし意が存在しないとすれば、どうして賦にうたえましょう」。「ちょうど意が存在するのとしないのとの中間だよ」。（『世説新語』文学篇）

庾子嵩、意賦を作りて成る。従子《じゆうし》の文康見て問いて曰わく、「若《も》し意有る邪《や》、賦の尽《つ》くす所には非《あら》ず。若《も》し意無き邪《や》、復《ま》た何の賦《ふ》す所ぞ」。答えて曰わく、「正《まさ》に有意と無意の間《かん》に在り」。

庾子嵩作意賦成、従子文康見、問曰、若有意邪、非賦之所尽、若無意邪、復何所賦、答曰、正在有意無意之間。

▼『易経』繋辞上伝に、「書は言を尽《つ》くさず、言は意を尽くさず」とある。西晋の欧陽建《おうようけん》に「言尽意論《げんじんいい》」が存在するように、言語がこころの作用を完全に把握しきれるのかどうか、そのことは当時の清談の一つのテーマであった。庾敳《ゆがい》の「意の賦」は『晋書《しんじょ》』本伝に収められている。

一九六　殷中軍《いんちゆうぐん》は仏経《ぶつけい》を見て云わく

殷中軍《いんちゆうぐん》（殷浩《いんこう》）は仏典を読みながらいった。「道理はここにもあるとにらんだぞ」。（『世説新語』文学篇）

殷中軍は仏経を見て云わく、「理は亦《ま》た応《まさ》に阿堵《あと》上なるべし」。

殷中軍見仏経云、理亦応阿堵上。

▼「阿堵《あと》」は現代語の「這箇《ジェゴ》」。これ、ここ。

一九七　謝安《しゃあん》年少の時

謝安《しゃあん》の青年時代のこと、阮光禄《げんこうろく》（阮裕《げんゆう》）に「白馬論《はくばろん》」の解説を請うた。論文を書いて謝安に示したところ、そのとき謝安は阮裕の言葉がただちにはのみこめず、何度も何度も徹底的に質問した。阮裕はそこで感心した。「弁のたつ人間がめったに見つからぬだけじゃない。むきになって正解をもとめる人間もめったに見つからぬ」。（『世説新語』文学篇）

謝安年少の時、阮光禄に請《こ》いて白馬論を道《い》わしむ。論を為《つく》りて以て謝に示す。時に謝は即《ただ》ちには阮の語を解せず、重《かさ》ねて相《あ》い咨尽《しじん》す。阮乃《すなわ》ち歎《たん》じて曰わく、「但《た》だに能言《のうげん》の人の得可からざるのみには非《あら》ず、正《まさ》に解を索《もと》むる人も亦《ま》た得可からず」。

謝安年少時、請阮光禄道白馬論、為論以示謝、于時謝不即解阮語、重相咨尽、阮乃歎曰、非但能言人不可得、正索解人亦不可得。

▼「白馬論」は、戦国時代の論理学者である公孫竜《こうそんりゅう》の「白馬非馬論《はくばひばろん》――白馬は馬でないこと――」。そのいうところは、「白馬《はくば》は馬に非《あら》ず。馬なる者は形に命《な》づくる所以《ゆえん》、白なる者は色に命《な》づくる所以《ゆえん》。夫《そ》れ色に命《な》づくる者は形に命《な》づくるに非《あら》ず。故に白馬は馬に非《あら》ずと曰うなり」。

一九八　謝太傅《しやたいふ》、寒雪《かんせつ》の日に内集《ないしゆう》し

謝太傅《しやたいふ》（謝安《しやあん》）はある寒い雪の日に内輪《うちわ》のつどいをもち、一家の子女たちと文学哲学談義に花をさかせた。にわかに雪がはげしくなると、公はにっこりしていう。「白雪《はくせつ》のひらひら舞うを何にかたぐえん」。兄の子の胡児《こじ》（謝朗《しやろう》）「塩を空にまけることなん、ややたぐえるか」。兄の女《むすめ》「さて、柳の絮《わた》の風に飛ぶにはしかじ」。公はおおいによろこんだ。これぞ公の長兄の無奕《むえき》（謝奕《しやえき》）の女《むすめ》、左《さ》将軍王凝之《おうぎようし》の妻である。（『世説新語』言語篇）

謝太傅、寒雪《かんせつ》の日に内集し、児女《じじよ》と文義《ぶんぎ》を講論す。俄《にわ》かにして雪驟《はげ》し。公欣然《きんぜん》として曰わく、「白雪《はくせつ》の紛紛《ふんぷん》たるは何の似る所ぞ」。兄の子胡児《こじ》曰わく、「塩を空中に撒《ま》くこと差《や》や擬《なぞら》う可し」。兄の女《むすめ》曰わく、「未だ若かじ柳絮《りゆうじよ》の風に因って起らんには」。公は大いに笑楽《しようらく》す。即ち公の大兄無奕の女、左将軍王凝之の妻なり。

謝太傅寒雪日内集、与児女講論文義、俄而雪驟、公欣然曰、白雪紛紛何所似、兄子胡児曰、撒塩空中差可擬、兄女曰、未若柳絮因風起、公大笑楽、即公大兄無奕女、左将軍王凝之妻也。

▼謝安の問い、および二人のこたえは、「似《じ》」「擬《ぎ》」「起《き》」と韻をふみ、七言の聯句《れんく》の形式になっている。白い柳絮が音もなく空間をうずめて舞う光景は、壮観と評すべき春の景物である。この才女の名は道蘊《どうおん》。王凝之は王羲之《おうぎし》の第二子。宋《そう》の司馬光《しばこう》の「初夏《しよか》」の詩は、謝道蘊の句を

つかってつぎのようにうたう。「更に柳絮《りゆうじよ》の風に因《よ》って起る無く、惟《た》だ葵花《きか》の日に向かって傾く有り」。

一九九　王北中郎《おうほくちゆうろう》は林公《りんこう》の知る所と為《な》らず

王北中郎《おうほくちゆうろう》（王坦之《おうたんし》）は林公《りんこう》（支遁《しとん》）にみとめてもらえず、そこで「沙門《しやもん》は高潔《こうけつ》の士たりえず」と題する論文を発表した。その大略にいう。「高潔の士はぜひとも心を自由にのびやかにするのが肝要。沙門は世俗の外の存在だというけれども、かえっていっそう教えに拘束されている。情性が自得《じとく》——そのただしいありかたにかなっているというわけにゆかぬ」。（『世説新語』軽詆篇）

王北中郎は林公の知る所と為《な》らず、乃ち沙門《しやもん》は高士為《た》り得ざるの論を著論《ちよろん》す。大略《たいりやく》に云わく、「高士《こうし》は必らず心を縦《はな》ちて調暢《ちようちよう》たるに在り。沙門は俗外と云うと雖も、反《かえ》って更に教えに束《しば》らる。情性自得の謂《いい》には非《あら》ざるなり」。

王北中郎不為林公所知、乃著論沙門不得為高士論、大略云、高士必在於縦心調暢、沙門雖云俗外、反更束於教、非情性自得之謂也。

▼支遁《しとん》（三一四—三六六）の字《あざな》は道林《どうりん》。王氏や謝氏の貴族たちとひろい交際のあった僧侶である。

二〇〇　孫興公《そんこうこう》、天台《てんだい》の賦《ふ》を作りて成り

孫興公《そんこうこう》（孫綽《そんしゃく》）は「天台山の賦《てんだいざんのふ》」を書きあげると、范栄期《はんえいき》（范啓《はんけい》）に示していった。「きみ、ためしに床になげつけてごらん。きっと鐘《かね》や磬《けい》の音楽をかなでるよ」。范「たぶん、きみの鐘や磬は調子っぱずれのことだろうよ」。それでも佳句《かく》にでくわすたびに叫んだものだ。「ぼくたちグループの言葉にまちがいなし」。（『世説新語』文学篇）

孫興公、天台の賦を作りて成り、以て范栄期に示して云わく、「卿《けい》、試《こころ》みに地に擲《なげう》て。要《かなら》ず金石《きんせき》の声を作《な》すべし」。范曰わく、「恐らくは子《なんじ》の金石、宮商《きゅうしょう》中の声に非《あら》ざらん」。然れども佳句《かく》に至る毎《ごと》に輒《すなわ》ち云わく、「応《まさ》に是れ我《わ》が輩《はい》の語なるべし」。

孫興公作天台賦成、以示范栄期云、卿試擲地、要作金石声、范曰、恐子之金石、非宮商中声、然毎至佳句、輒云、応是我輩語。

▼「金石」は金属製、石製の楽器。「宮商」については一四九条を参照。孫綽《そんしゃく》の「天台山の賦」は『文選』巻十一に収められている。

二〇一　袁虎《えんこ》は若くして貧しく

袁虎《えんこ》（袁宏《えんこう》）はわかいころ貧しく、いつも人に傭《やと》われて年貢米《ねんぐまい》の輸送を生業としていた。

謝鎮西《しやちんぜい》（謝尚《しやしよう》）が船旅をしたおりのこと、その夜、風は清らかに月はかがやき、大川端の商人船《あきんどぶね》から詩を朗詠する声がきこえてきた。とても風情があるうえに、うたっている五言《ごごん》詩《し》はそれまでに聞いたことのないものである。ひとしきり感心して聞きほれた。さっそく仔細にたずねさせてみると、なんと袁宏が自作の「詠史詩《えいしし》」を朗詠しているのであった。それならばとあいてを招き、おおいに堪能《たんのう》した。（『世説新語』文学篇）

袁虎は少《わか》くして貧しく、嘗《つね》に人の為に傭載《ようさい》して租《そ》を運ぶ。謝鎮西経《か》つて船行《せんこう》す。其の夜、清風朗月、江渚《こうしよ》間の估客《こきやく》船上に詠詩の声有るを聞く。甚だ情致《じようち》有り。誦《しよう》する所の五言《ごごん》は又《ま》た其の未だ嘗《か》つて聞かざる所。歎美《たんび》して已《や》む能《あた》わず。即ち委曲《いきよく》に訊問《じんもん》せしむるに、乃《すなわ》ち是れ袁自《みずか》ら其の作る所の詠史詩《えいしし》を詠ず。此れに因って相い要《むか》え、大いに相い賞得《しようとく》す。

袁虎少貧、嘗為人傭載運租、謝鎮西経船行、其夜清風朗月、聞江渚間估客船上有詠詩声、甚有情致、所誦五言、又其所未嘗聞、歎美不能已、即遣委曲訊問、乃是袁自詠其所作詠史詩、因此相要、大相賞得。

▼「詠史詩」は歴史の事実を題材にしておもいを述べる詩。

二〇二　桓宣武《かんせんぶ》は袁彦伯《えんげんはく》に命じて

桓宣武《かんせんぶ》（桓温《かんおん》）は袁彦伯《えんげんはく》（袁宏《えんこう》）に命じて「北征《ほくせい》の賦《ふ》」を作らせた。できあげると、公は当時の名士たちといっしょに読み、だれしも感歎の声をあげた。そのとき、席にいあわせた王珣《おうしゅん》がいった。「一句たらぬのが残念だ。写の字をつかって韻《いん》をたせば、すばらしいだろう」。袁宏はさっそくその場で筆をとりあげると、「感《おも》いは余《われ》の心に絶《た》えず、流風《りゅうふう》を泝《さかの》ぼりて独《ひと》りこころを写《は》らす」とつけ加えた。公は王珣にいった。「当今、このことで袁を第一人者に推さねばなるまい」。（『世説新語』文学篇）

桓宣武は袁彦伯に命じて北征の賦を作らしむ。既に成り、公は時賢《じけん》と共に看《み》、咸《み》な之を嗟嘆《さたん》す。時に王珣坐に在り、云わく、「恨《うら》むらくは一句を少《か》く。写の字を得て韻《いん》を足《た》せば当《まさ》に佳《か》なるべし」。袁は即ち坐に於いて筆を攬《と》って益《ま》して云わく、「感は余《よ》の心に絶《た》えず、流風を泝《さかの》ぼりて独り写す」。公は王に謂いて曰わく、「当今《とうこん》、此の事を以て袁を推《お》さざるを得ず」。

桓宣武命袁彦伯作北征賦、既成、公与時賢共看、咸嗟嘆之、時王珣在坐、云、恨少一句、得写字足韻当佳、袁即於坐攬筆益云、感不絶於余心、泝流風而独写、公謂王曰、当今不得不以此事推袁。

▼「北征の賦」は太和《たいわ》四年（三六九）の桓温の北伐をうたった作品である。「流風」は先人の

のこしたならわし。先人のひそみにならって、胸中のおもいを「写」、はらす、というのである。

二〇三　道壱道人《どういつどうにん》は好んで音辞《おんじ》を整飾《せいしょく》す

道壱道人《どういつどうにん》は言葉の音と表現をととのえ飾るのがお得意だった。都から東山《とうざん》にもどるとき、呉《ご》の町を通りかかった。そのうちに雪が降ってきたが、かといってそれほどの寒さでもない。坊さんたちが道中のもようをたずねたところ、壱公《いっこう》がいうのには、「風霜《ふうそう》のおもむきについては言わずもがな、まず陰鬱《いんうつ》な雲がむらがり、町に白いものがちらついたかと思うと、林や峰《みね》はもう真白にかがやいた」。（『世説新語』言語篇）

道壱道人は好《この》んで音辞を整飾す。都下《とか》従《よ》り東山に還《かえ》り、呉《ご》中を経《へ》たり。已《すで》にして会《たまた》ま雪下《ふ》るも、未だ甚だしくは寒からず。諸道人、道に在《あ》って経《へ》し所を問う。壱公曰わく、「風霜《ふうそう》は固《もと》より論ぜざる所にして、乃《すなわ》ち先ず其の惨澹《さんたん》を集め、郊邑《こうゆう》は正《まさ》に自《お》のずから飄瞥《ひょうべつ》し、林岫《りんしゅう》は便《すなわ》ち自《お》のずから皎然《こうぜん》たり」。

道壱道人好整飾音辞、従都下還東山、経呉中、已而会雪下、未甚寒、諸道人問在道所経、壱公曰、風霜固所不論、乃先集其惨澹、郊邑正自飄瞥、林岫便自皎然。

▼道壱道人の言葉は、当時一般の書き言葉であった美文をそのまま口にのぼしたものであり、さまざまの技巧がこらされている。六語（字）一句で構成され、「論《ろん》」「澹《たん》」「然《ぜん》」と韻をふむほか、「惨澹」は母音 an をおなじくするいわゆる畳韻《じょういん》の言葉、「飄瞥」は子音 p をおなじくするいわゆる双声《そうせい》の言葉であり、また第二句の「乃ち其の惨澹を集む」は『詩経』小雅「頍弁《きべん》」の詩句、「彼の雨雪《うせつ》の如き、先ず集まるは維《こ》れ霰《あられ》」を典故《てんこ》としてふまえる、といったごとくである。東山は会稽《かいけい》にあり、謝安《しゃあん》も隠棲したところ。道壱の伝記は『高僧伝《こうそうでん》』巻五にある。

二〇四　王子猷《おうしゆう》は山陰《さんいん》に居《お》る

王子猷《おうしゆう》（王徽之《おうきし》）は山陰《さんいん》（浙江省紹興《せっこうしょうこう》）に住んでいる。夜中に大雪となった。眠りからさめると部屋をあけはなち、酒を用意させた。あたり一面の銀世界である。そこでたちあがって徘徊《はいかい》しつつ左思《さし》の「招隠詩《しょういんし》」を朗詠し、ふと戴安道《たいあんどう》（戴逵《たいき》）のことを思いだした。そのとき戴は剡《せん》（浙江省嵊州《じょうしゅう》）に住んでいたが、さっそく夜ふけに小船に乗って出かけた。一晩がかりでようやく到着し、門前までやってくると、なかには入らずにひきかえした。人がわけをたずねたところ、王徽之はいった。「ぼくはもともと興《きょう》に乗じて出かけ、興がさめてひきかえすのだ。なにも戴くんに会う必要はない」。（『世説新語』任誕篇）

王子猷は山陰に居《お》る。夜、大いに雪ふる。眠りより覚《さ》め室　　王子猷居山陰、夜大雪、眠覚開を開き、命じて酒を酌《く》ましむ。四望皎然《しぼうこうぜん》たり。因って起《た》ちて彷徨《ほうこう》し、左思の招隠詩を詠じ、忽《たちま》ち戴安道を憶《おも》う。時に戴は剡《せん》に在り。即ち便《すなわ》ち夜に小船に乗りて之に就《つ》く。経《けい》宿《しゅく》にして方《はじ》めて至り、門に造《いた》るも前《すす》まずして返《かえ》る。人、其の故を問う。王曰わく、「吾は本《もと》より興に乗じて行き、興尽《つ》きて返る。何ぞ必ずしも戴を見ん」。

室、命酌酒、四望皎然、因起彷徨、詠左思招隠詩、忽憶戴安道、時戴在剡、即便夜乗小船就之、経宿方至、造門不前而返、人問其故、王曰、吾本乗興而行、興尽而返、何必見戴。

▼王徽之は王羲之《おうぎし》の第五子。左思の「招隠詩」二首は『文選《もんぜん》』巻二二に収められている。

二〇五　謝霊運《しゃれいうん》は好んで曲柄笠《きょくへいりゅう》を戴《いただ》く

謝霊運《しゃれいうん》は曲った柄《え》のすげ笠をかぶるのが好きだった。孔隠士《こういんし》（孔淳之《こうじゅんし》）「きみは精神を高邁《こうまい》に保とうとしているのに、曲った蓋《かさ》などという外形をすてきれないのは、どうしてだ」。謝「例の自分の影をこわがるもの、気持ちがまだふっきれないでいるのではないだろうか」。（『世説新語』言語篇）

謝霊運は好んで曲柄笠《きょくへいりゅう》を戴《いただ》く。孔隠士謂《い》いて曰わく、「卿《けい》は心を高遠に希《ねが》わんと欲するに、何ぞ曲蓋《きょくがい》の貌《ぼう》を遺《す》つ能《あた》わ

謝霊運好戴曲柄笠、孔隠士謂曰、卿欲希心高遠、何不能遺曲蓋之

ざるや」。謝答えて曰わく、「将《は》た影を畏《おそ》るる者未だ懐《かい》を忘　　貌、謝答曰、将不畏影者未能忘
る能《あた》わざるにあらずや」。　　懐。

▼「影を畏《おそ》るる者」は、『荘子《そうじ》』漁父《ぎょほ》篇に、漁父が孔子をたしなめる言葉として見える。福永光司氏の訳文を借りればこうである。「こんな話があるよ。自分の影をこわがり、足跡を嫌《いや》がって、それを振りきろうと逃げ出した男の話が。この男、足をあげて懸命に走れば走るほど足迹の数は多くなり、いくら疾走《しっそう》しても影はぴったりとくっついてくる。そこでこれではまだ手ぬるいと考えて、息もつかずにまっしぐら、とうとう力つきて死んでしまったという話だ」（『荘子』雑篇下、一三三頁、朝日新聞社、中国古典選17）。「曲蓋」の「蓋」は車蓋《しゃがい》、すなわち車の上にたてるかさであって、将軍号を帯びた貴人の儀仗《ぎじょう》。笠の上に後に垂れさがった柄《え》のついている「曲柄笠」は「曲蓋」とかたちが似ているのであろう。

謝霊運（三八五—四三三）は謝玄《しゃげん》の孫。『世説新語』に登場するもっともおそいジェネレーションの一人。山水《さんすい》詩人として高名をはせた。

四章　談論

二〇六　何晏《かあん》は吏部尚書《りぶしょうしょ》と為《な》り

何晏《かあん》は吏部尚書《りぶしょうしょ》として地位名声がたかい。おりしも論客が席をうずめている。まだ二十《はたち》まえの王弼《おうひつ》が会いに出かけた。何晏は王弼の評判を耳にしていたので、それまでに提起されたすぐれた論理を列挙し、王弼にかたった。「これらの論理は、ぼくは最高のものだと思う。まだこのうえ批判の余地があるかね」。王弼はさっそく批判をはじめ、列席者たちはまいったと思った。そこで王弼はみずから難者《なんじゃ》となり答者《とうじゃ》となって数番やった。どれも列席者たちが及びもつかぬものであった。（『世説新語』文学篇）

何晏は吏部尚書と為り、位望《いぼう》有り。時に談客《だんきゃく》は坐に盈《み》つ。王弼は未《いま》だ弱冠《じゃくかん》ならず、往《ゆ》きて之に見《まみ》ゆ。晏は弼の名を聞き、因《よ》って向者《さき》の勝理《しょうり》を条《じょう》し、弼に語って曰わく、「此の理、僕は以て理の極《きわみ》と為す。復《ま》た難《なん》ずるを得可き不《や》」。弼

何晏為吏部尚書、有位望、時談客盈坐、王弼未弱冠、往見之、晏聞弼名、因条向者勝理、語弼曰、此理僕以為理極、可得復難

は便《すなわ》ち難を作《な》し、一坐の人は便《すなわ》ち以て屈《くつ》と為す。是《ここ》に於いて弼は自《みず》から客主と為りて数番す。皆な一坐の及ばざる所。

不、弼便作難、一坐人便以為屈、於是弼自為客主数番、皆一坐所不及。

▼何晏（一九〇？—二四九）と王弼（二二六—二四九）は魏《ぎ》を代表する哲学者。何晏の母は曹《そう》操《そう》の妾となったため、魏の宮廷で育った。王弼は二十四歳で早世《そうせい》したが、その天才をうたわれた。儒家《じゅか》の思想を老荘《ろうそう》の思想で解釈しなおしたところに二人の特色があり、その学風は玄学《げんがく》とよばれた。

二〇七　王輔嗣《おうほし》弱冠《じゃくかん》にして裴徽《はいき》に詣《いた》る

王輔嗣《おうほし》（王弼《おうひつ》）が二十《はたち》前後のころ裴徽《はいき》を訪れた。裴徽がたずねた。「無こそはまことに万物の根拠《こんきょ》である。聖人はそれについて言及されようとはしないのに、老子《ろうし》がしきりに述べたてているのはなぜか」。王弼「聖人は無を体得しておられ、無はしかも言葉では説明しようがない。だからいつも有に説き及ばれるのである。老子や荘子《そうじ》はまだ有の立場からぬけきれていないため、自分の足らない点をしじゅう説明するのである」。（『世説新語』文学篇）

王輔嗣弱冠《じゃくかん》にして裴徽に詣《いた》る。徽問いて曰わく、「夫《そ》れ無なる者は誠《まこと》に万物の資《と》る所。聖人は肯《あ》えて言を致《いた》す莫《な》きに、而《しか》るに老子之《これ》を申《の》べて已《や》む無きは何ぞ邪《や》」。弼曰わく、「聖人は無を体す。無は又《ま》た以て訓《くん》ず可からず。故に言は必ず有に及ぶ。老荘《ろうそう》は未《いま》だ有を免れず、恒《つね》に其の足らざる所を訓ず」。

王輔嗣弱冠詣裴徽、徽問曰、夫無者誠万物之所資、聖人莫肯致言、而老子申之無已、何邪、弼曰、聖人体無、無又不可以訓、故言必及有、老荘未免於有、恒訓其所不足。

▼「無」は「有」、すなわち現象の背後にあって「有」を根拠づけるもの。もとより道家の哲学概念。ここで聖人というのは儒家の聖人であり、儒家の聖人が老子や荘子より上位のものとされてはいるが、道家の「無」の体得者として性格づけられている点に注目したい。

二〇八　荀鳴鶴《じゅんめいかく》、陸士竜《りくしりゅう》の二人

荀鳴鶴《じゅんめいかく》（荀隠《じゅんいん》）と陸士竜《りくしりゅう》（陸雲《りくうん》）の二人は面識がなかったが、張茂先《ちょうもせん》（張華《ちょうか》）のところでゆきあわせた。張華はたがいに問答させることとしたが、どちらもたいへんな才人なのだから、ありきたりの言葉ではだめだよ、といったところ、陸雲はさっと手を挙げて、「これぞ雲間《うんかん》の陸士竜」、荀隠がそれにこたえて、「これぞ日下《にっか》の荀鳴鶴」。つづいて陸「青雲《せいうん》の開くままに見ゆる白雉《しろきじ》、など汝の弓をしぼり汝の矢をつがえざる」。荀「雲居《くもい》の竜《たつ》のたくましきと思いきに、これはまたまた山の鹿《こじか》か野の麋《おおじか》か。獣は弱く弓は強く、さてこそ射《い》るのをためらうのじゃ」。張華はそこで手をこすりあわせて大笑いした。(『世説新語』排調篇)

荀鳴鶴、陸士竜の二人未《いま》だ相《あ》い識《し》らず、倶《とも》に張茂先の坐に会す。張は共に語らしめ、其の並びに大才《たいさい》有るを以て常語《じょうご》を作《な》すこと勿《な》かる可し、と。陸は手を挙《あ》げて曰わく、「雲《うん》間《かん》の陸士竜」。荀答えて曰わく、「日下の荀鳴鶴」。陸曰わく、「既《すで》に青雲《せいうん》を開きて白雉《はくち》を覩《み》る、何ぞ爾《なんじ》の弓を張り爾《なんじ》の矢を布《つ》けざるや」。荀答えて曰わく、「本《もと》より雲竜《うんりゅう》の騤騤《きき》たりと謂《おも》いしに、定めて是れ山鹿野麋《さんろくやび》。獣は弱く弩《ど》は彊《つよ》く、是《ここ》を以て発すること遅し」。張は乃《すなわ》ち掌《しょう》を撫《ぶ》して大笑す。

荀鳴鶴陸士竜二人未相識、倶会張茂先坐、張令共語、以其並有大才、可勿作常語、陸挙手曰、雲間陸士竜、荀答曰、日下荀鳴鶴、陸曰、既開青雲覩白雉、何不張爾弓布爾矢、荀答曰、本謂雲竜騤騤、定是山鹿野麋、獣弱弩彊、是以発遅、張乃撫掌大笑。

▼字《あざな》にかけての機智問答。「騤騤」は活発にはねまわるさま。『詩経』小雅「采薇《さいび》」の詩に、「四つの牡《おすうま》は騤騤《きき》たり」。「山鹿」の「鹿」は陸士竜の陸と同音。「本謂〜、定是〜」の語法は、そうとばかり思いこんでいたのになんとそうではなかった、という気分をあらわす。後世の「将謂〜、元来〜」にあたる。

二〇九　王夷甫《おういほ》自《みず》から嘆《たん》ずらく

王夷甫《おういほ》（王衍《おうえん》）はしみじみと歎息した。「ぼくは楽令《がくれい》（楽広《がくこう》）と談論して、ぼくの言葉がまわりくどいと感じなかったためしはない」。（『世説新語』賞誉篇）

王夷甫自《みず》から嘆ずらく、「我は楽令と談じ、未だ嘗《か》つて我が言の煩為《はんた》るを覚《おぼ》えずんばあらず」。

王夷甫自嘆、我与楽令談、未嘗不覚我言為煩。

二一〇　王太尉《おうたいい》云わく

王太尉《おうたいい》（王衍）の言葉。「郭子玄《かくしげん》（郭象《かくしょう》）の議論は、大河をさかさづりにして水をそそぐように、じゃあじゃあと尽きることがない」。（『世説新語』賞誉篇）

王太尉云わく、「郭子玄の語議、懸河《けんが》の水を写《そそ》ぐが如く、注《そそ》ぎて竭《つ》きず」。

王太尉云、郭子玄語議、如懸河写水、注而不竭。

▼郭象は『荘子《そうじ》』の注釈家として知られる。一五四条を見よ。

二一一　王夷甫は容貌整麗《ようぼうせいれい》

王夷甫（王衍）は容姿端麗《たんれい》、哲学談論の妙手であった。いつも白玉《はくぎょく》の柄《え》の麈尾《しゅび》をにぎり、手の色とまったく見分けがつかなかった。（『世説新語』容止篇）

王夷甫は容貌整麗、玄を談ずるに妙《みょう》なり。恒《つね》に白玉柄《はくぎょくへい》の麈尾を捉《と》り、手と都《すべ》て分別無し。

王夷甫容貌整麗、妙於談玄、恒捉白玉柄麈尾、与手都無分別。

▼「麈尾」は団扇。そのまわりに麈《しゅ》とよばれる大鹿の毛が植えこまれている。談論をやるさいの必須の持物。

二一二　裴散騎《はいさんき》は王太尉の女《むすめ》を娶《めと》る

裴散騎《はいさんき》（裴遐《はいか》）は王太尉《おうたいい》（王衍《おうえん》）の女《むすめ》をめとった。結婚して三日目にお壻《むこ》さんたちが勢ぞろいし、当時の名士や王《おう》家と裴《はい》家の若者たちがみんな集まった。同席した郭子玄《かくしげん》（郭《かく》象《しょう》）が裴遐に談論をいどんだ。ありあまる才能にめぐまれた子玄にたいし、さいしょ数回の手あわせではまだ調子がでない。郭子玄は陣立をととのえて、さかんにまくしたてる。裴遐はゆっくり言葉をかみしめて話し、論理の味わいはまことに精緻《せいち》である。なみいる人々は感歎し喝采をおくった。王衍もめでたいことだと思ったが、みんなにいった。「諸

君、やめたまえ。うちの壻どのをへとへとにならせるよ」。（『世説新語』文学篇）

裴散騎は王太尉の女を娶《めと》る。婚後三日、諸壻《せい》大いに会し、当時の名士、王裴の子弟皆な悉《ことごと》く集まる。郭子玄、坐に在《あ》り、挑《いど》んで裴と談ず。子玄は才甚だ豊贍《ほうせん》、始めの数交未《いま》だ快《かい》ならず。郭は陳張《ちんちょう》すること甚だ盛んなり。裴は徐《おもむ》ろに前語を理《おさ》め、理致《りち》甚だ微《び》なり。四坐は咨嗟《しさ》し快と称す。王も亦《ま》た以て奇《き》と為すも、諸人に謂いて曰わく、「君が輩爾《はいしか》為すこと勿《な》かれ。将《まさ》に困《こん》を寡人《かじん》の女壻《じょせい》に受けしめんとす」。

裴散騎娶王太尉女、婚後三日、諸壻大会、当時名士王裴子弟皆悉集、郭子玄在坐、挑与裴談、子玄才甚豊贍、始数交未快、郭陳張甚盛、裴徐理前語、理致甚微、四坐咨嗟称快、王亦以為奇、謂諸人曰、君輩勿為爾、将受困寡人女壻。

▼「寡人」は徳にとぼしき人という意味の謙遜語であり、普通は諸侯の一人称として用いられる。

二一三　諸葛令《しょかつれい》、王丞相《おうじょうしょう》共に

諸葛令《しょかつれい》（諸葛恢《しょかつかい》）と王丞相《おうじょうしょう》（王導《おうどう》）が家柄の優劣をいい争った。王「なぜ葛《かつ》、王《おう》といわずに王《おう》、葛《かつ》というのかな」。令「たとえば驢《ろ》、馬《ば》とはいっても馬《ば》、驢《ろ》とはいわぬようなも

の。驢は馬より上等ですかな」。（『世説新語』排調篇）

諸葛令、王丞相共に姓族《せいぞく》の先後《せんご》を争う。王曰わく、「何ぞ葛王《かつおう》と言わずして王葛《おうかつ》と云うや」。令曰わく、「譬《たと》えば驢馬《ろば》と言い、馬驢《ばろ》と言わざるがごとし。驢寧《いずく》んぞ馬に勝《まさ》らん邪《や》」。

諸葛令王丞相共争姓族先後、王曰、何不言葛王而云王葛、令曰、譬言驢馬不言馬驢、驢寧勝馬邪。

二一四　王《おう》、劉《りゅう》、林公《りんこう》と共に何《か》驃騎《ひょうき》を看《み》る

王《おう》（王濛《おうもう》）と劉《りゅう》（劉惔《りゅうたん》）が林公《りんこう》（支遁《しとん》）とさそいあわせて何驃騎《かひょうき》（何充《かじゅう》）を訪問した。驃騎は書類に目を通してふりむきもしない。王濛が何充にいった。「ぼくは今日わざわざ林公といっしょに会いにきたのだ。きみひとつ日常業務をきりあげて、われわれあいてに談論してくれよ。うつむいたままそんなものに目を通しているときじゃないだろう」。何充「ぼくがこれに目を通さなければ、諸君はどうして生きてゆけるかね」。面々はすばらしい言葉だと思った。（『世説新語』政事篇）

王、劉、林公と共に何驃騎を看《み》る。驃騎は文書を看《み》て之を顧《かえ》りみず。王は何に謂いて曰わく、「我は今ま故《こと》さらに林

王劉与林公共看何驃騎、驃騎看文書不顧之、王謂何曰、我今故

公と来りて相い看《み》る。望むらくは卿《けい》の常務《じょうむ》を擺撥《はいはつ》し、応対して共に言わんことを。那《なん》ぞ方《まさ》に低頭して此れを看《み》るを得ん邪《や》」。何曰わく、「我此れを看《み》ざれば、卿等は何を以て存するを得ん」。諸人は以て佳《か》と為す。

与林公来相看、望卿擺撥常務、応対共言、那得方低頭看此邪、何曰、我不看此、卿等何以得存、諸人以為佳。

二一五　謝鎮西《しゃちんぜい》少《わか》き時

謝鎮西《しゃちんぜい》（謝尚《しゃしょう》）のわかいころ、殷浩《いんこう》が清談の名手だと聞き、わざわざたずねていった。殷浩はそれまでに解釈をつけたことのないテーマだったが、謝尚のために数百語ほどいろいろの解釈を示してやった。すばらしい内容であるうえ、表現のはしばしまで情趣《じょうしゅ》ゆたかで、まったくもって感動的で斬新である。謝尚は全精神を集中し、汗が顔にしたたり落ちるのにも気づかなかった。殷浩はおもむろに侍者《じしゃ》にいった。「ハンケチで謝《しゃ》くんのために顔をふいてやれ」。（『世説新語』文学篇）

謝鎮西少《わか》き時、殷浩の能《よ》く清言《せいげん》すと聞き、故《こと》さらに往《ゆ》きて之に造《いた》る。殷は未だ過《か》つて通ずる所有らざるも、謝の為に諸義を標榜《ひょうぼう》し、数百語を作《な》す。既に佳致《かち》有り、兼《か》ねて辞条《じじょう》豊蔚《ほううつ》、甚だ以て心を動かし聴《ちょう》を駭《おどろ》かすに足る。謝は神《しん》を注《そそ》

謝鎮西少時、聞殷浩能清言、故往造之、殷未過有所通、為謝標榜諸義、作数百語、既有佳致、兼辞条豊蔚、甚足以動心駭聴、

ぎ意《い》を傾け、流汗の面に交《まじ》わるを覚《おぼ》えず。殷徐《おもむ》ろに左右に語るらく、「手巾《しゅきん》を取り謝郎《しゃろう》の与《ため》に面を拭《ぬぐ》え」。

謝注神傾意、不覚流汗交面、殷徐語左右、取手巾与謝郎拭面。

▼政治的には無能であった殷浩。しかし、かれは名にしおう清談の名手であったのである。

二一六　孫安国《そんあんこく》は殷中軍《いんちゅうぐん》の許《もと》に

孫安国《そんあんこく》（孫盛《そんせい》）は殷中軍《いんちゅうぐん》（殷浩《いんこう》）のところに出かけて談論した。やりとりは息もつかせず、問者も答者もつけいるすきがない。侍者が食事を進めたが、冷《さ》めてはまたあたためなおすこと四、五回。両者は麈尾《しゅび》をはげしくふりまわし、すっかり毛が脱けおちて、ご馳走《ちそう》のなかいっぱいに積もった。客も主人も日が暮れるまで食事をとるのも忘れはてた。殷浩がやおら孫盛にかたった。「きみはじゃじゃ馬を鳴らすなよ。ぼくはきみの鼻をぶちぬいてやるぞ」。孫盛「きみは鼻に穴をあけられた牛を見たことがあろう。わしはきみの頬《ほお》をぶちぬいてくれよう」。（『世説新語』文学篇）

孫安国は殷中軍の許《もと》に往きて共に論ず。往反《おうはん》は精苦《せいく》、客主に間《かん》無し。左右食を進むるも、冷めて復《ま》た煖《あたた》むる者《こと》数四。彼我《ひが》、麈尾を奮擲《ふんてき》し、悉《ことごと》く脱落して餐飯《さんはん》中に満《み》つ。賓主《ひんしゅ》

孫安国往殷中軍許共論、往反精苦、客主無間、左右進食、冷而復煖者数四、彼我奮擲麈尾、悉

は遂に莫《くれ》に至るまで食を忘る。殷乃《すなわ》ち孫に語って曰わく、「卿《けい》、強口馬《きょうこうば》を作《な》す莫《な》かれ。我は当《まさ》に卿の鼻を穿《うが》つべし」。孫曰わく、「卿は決鼻牛《けつびぎゅう》を見ざるや。人当《まさ》に卿の頬を穿《うが》つべし」。

脱落満餐飯中、賓主遂至莫忘食、殷乃語孫曰、卿莫作強口馬、我当穿卿鼻、孫曰、卿不見決鼻牛、人当穿卿頰。

二一七 許掾《きょえん》年少の時

許掾《きょえん》（許詢《きょじゅん》）のわかいとき、人々はかれを王苟子《おうこうし》（王脩《おうしゅう》）になぞらえた。許詢はたいそう不満である。おりしも、名士たちが林法師《りんほうし》（支遁《しとん》）とそろって会稽《かいけい》の西寺《せいじ》で講義をひらき、王脩も参加した。許詢は腹にすえかね、さっそく西寺にでかけて王脩と討論し、勝負を決した。こっぴどくあいてをやりこめたため、王脩はまったくかたなし。許詢がこんどは王脩の論理をつかい、王脩が許詢の論理をつかってもう一度やりなおしたが、王脩はやはり敗けた。許詢は支《し》法師《ほうし》（支遁）にいった。「それがしのさきほどの議論はどんなものです」。支はさりげなくいった。「君の議論はすばらしいことはすばらしい。でも、あそこまでやりこめなくても。あれじゃ妥当な論理を追求する談論じゃないね」。（『世説新語』文学篇）

許掾年少の時、人は以て王苟子に比《ひ》す。許は大いに平《たいら》かな

許掾年少時、人以比王苟子、許

らず。時に諸人士《じんし》及び林法師、並びに会稽《かいけい》の西寺《せいじ》に在《あ》って講じ、王も亦《ま》た在り。許は意《い》甚だ忿《いか》り、便《すなわ》ち西寺に往きて王と論理し、共に優劣を決す。苦《ねんご》ろに相い折挫《せつざ》し、王は遂に大いに屈す。許復《ま》た王の理を執《と》り、王は許の理を執《と》り、更に相い覆疏《ふくそ》するも、王復《ま》た屈す。許は支法師に謂いて曰わく、「弟子の向《さき》の語何似《いかん》」。支は従容《しょうよう》として曰わく、「君の語、佳《よ》きことは則ち佳《よ》し。何ぞ相い苦しましむるに至らん邪《や》。豈《あ》に是れ理中《りちゅう》を求むるの談ならんや哉《や》」。

大不平、時諸人士及林法師、並在会稽西寺講、王亦在焉、許意甚忿、便往西寺、与王論理、共決優劣、苦相折挫、王遂大屈、許復執王理、王執許理、更相覆疏、王復屈、許謂支法師曰、弟子向語何似、支従容曰、君語佳則佳矣、何至相苦邪、豈是求理中之談哉。

▼「理中」の「中」はあたる、の意。

二一八　支道林《しどうりん》、許掾の諸人

支道林《しどうりん》（支遁《しとん》）や許掾《きょえん》（許詢《きょじゅん》）の面々がそろって会稽王《かいけいおう》（司馬昱《しばいく》）の書斎に集まり、支遁が法師《ほうし》、許詢が都講《とこう》をつとめた。支遁が一つの意味に解釈をくだすと、参会者一同なるほどと満足する。許詢が一つの反論をなげかえすと、みんなは手をたたいて小おどりする。おたがい二人のみごとさにほれぼれするだけで、どちらが道理にかなっているのかはわか

らなかった。（『世説新語』文学篇）

支道林、許掾の諸人、共に会稽王の斎頭《さいとう》に在って、支は法師と為り、許は都講と為る。支、一義を通ずれば、四坐《しざ》は心に厭《あ》きざるは莫《な》し。許、一難《なん》を送れば、衆人は抃舞《べんぶ》せざるは莫《な》し。但だ共に二家の美を嗟詠《さえい》し、其の理の所在《しょざい》を弁ぜず。

支道林許掾諸人、共在会稽王斎頭、支為法師、許為都講、支通一義、四坐莫不厭心、許送一難、衆人莫不抃舞、但共嗟詠二家之美、不弁其理之所在。

▼講経の席における解釈役が「法師」、質問役が「都講」。

二一九　支道林初め東従《よ》り出で

支道林（支遁）はさいしょ東からやってくると東安寺《とうあんじ》に住した。王長史《おうちょうし》（王濛《おうもう》）はあらかじめ精緻《せいち》な論理をくみたて、また気のきいた表現を吟味のうえ、出かけていって支遁とかたりあったが、どうもうまくかみあわない。王濛は数百語を述べたてて、自分では名論卓説だと思った。支遁はおもむろにいった。「わしはおぬしとお別れしてから多年になるが、おぬしの哲学談にはさっぱり進歩がみられぬな」。王濛はしょげかえって退散した。（『世説新語』文学篇）

支道林初め東従《よ》り出で、東安寺中に住《じゅう》す。王長史は精理《せいり》を宿構《しゅくこう》し、並びに其の才藻《さいそう》を撰《せん》し、往きて支と語るも、大いには当対《とうたい》せず。王は叙致《じょち》して数百語を作《な》し、自《みず》から是れ名理奇藻と謂《おも》えり。支は徐徐に謂いて曰わく、「身は君と別るること多年、君の義言は了《つい》に長進せず」。王は大いに慙《は》じて退く。

支道林初従東出、住東安寺中、王長史宿構精理、並撰其才藻、往与支語、不大当対、王叙致作数百語、自謂是名理奇藻、支徐徐謂曰、身与君別多年、君義言了不長進、王大慙而退。

▼支遁は東晋の哀帝《あいてい》に招かれ、一時期、東の会稽からやってきて都の東安寺に住したことがある。

二二〇　于《う》法開《ほうかい》は始め支公《しこう》と名を争うも

于《う》法開《ほうかい》はさいしょ支公《しこう》（支遁）と名声をきそいあったが、その後、人気はしだいに支公に帰し、心もすっきりせぬままに剡山《せんざん》のあたりにひきこもってしまった。弟子を都につかわすにあたって、会稽《かいけい》にたちよるよういいつけた。そのころ、支公はちょうど『小品般若《しょうぼんはんにゃ》経《ぎょう》』を講義していた。于法開は弟子をさとしていう。「道林《どうりん》（支遁）の講義は、おまえがつくころには、しかじかの章のところをやっておろう」。そこで数十回分の反論を教示し、「むかしから、ここは解釈のつかぬところだ」といった。弟子は言いつけどおりに支公を訪れた。ちょうど講義のまっさいちゅう。そこでおそるおそる于法開の意見を陳述した。しばらくやりあっているうちに、林公《りんこう》はかぶとを脱ぎ、声をあらげていった。「おぬし、もうそれ以上ひとのうけ売りをする要はないわ」。（『世説新語』文学篇）

于法開は始め支公と名を争うも、後《の》ち情は漸《ようや》く支に帰し、意《い》甚だ分《ぶん》ならず、遂に剡下《せんか》に遁跡《とんせき》す。弟子《ていし》を遣《つか》わして都に出ださしめ、語《つ》げて会稽を過《よ》ぎらしむ。時に支公は正《まさ》に小《しょう》品《ぼん》を講ず。開は弟子を戒《いまし》む、「道林の講、汝の至る比《ころおい》、当《まさ》に某品中に在るべし」。因って攻難《こうなん》数十番を示語《しご》し、云わく、「旧《も》と此の中復《ま》た通ず可からず」。弟子は言の如く支公に詣《いた》る。正《まさ》に講に値《あた》り、因って謹《つつし》んで開の意を述ぶ。往反《おうはん》すること多時《たじ》、林公は遂に屈す。声を厲《はげ》まして曰わく、「君何ぞ復《ま》た人の寄載《きさい》を受け来るに足らんや」。

于法開始与支公争名、後情漸帰支、意甚不分、遂遁跡剡下、遣弟子出都、語使過会稽、于時支公正講小品、開戒弟子、道林講、比汝至、当在某品中、因示語攻難数十番、云旧此中不可復通、弟子如言詣支公、正値講、因謹述開意、往反多時、林公遂屈、厲声曰、君何足復受人寄載来。

▼「某品」の「品」は章 chapter。したがって、『小品般若経』は短篇の『般若経』。「寄載」は、文字に即していえば、人からあずかった荷物。于法開の伝記は『高僧伝《こうそうでん》』巻四にある。

二二一　支道林、許《きよ》、謝《しや》の盛徳《せいとく》

支道林《しどうりん》、許《きよ》（許詢《きよじゆん》）、謝《しや》（謝安《しやあん》）のお歴々がそろって王《おう》（王濛《おうもう》）の家に集まった。謝安が諸人を見わたしていった。「今日は賢者のあつまりといってよかろう。時はとどめることができぬうえに、このような集《つど》いもなかなかめったにないことじゃ。みんないっしょに論議をして思うところを吐露《とろ》しようではないか」。許詢がそこで「主人は荘子《そうじ》をおもちかな」とたずねると、あたかも漁父《ぎよほ》の篇がでてきた。謝安は題を見て、さっそく面々にそれぞれ解釈させた。支道林がまず解釈をつけ、七百語ほどになった。言葉のおもむきはこまかく美しく、才藻《さいそう》は卓抜《たくばつ》であったので、人々はみんなほめそやした。そこで面々がそれぞれ思うところをかたり、かたりおわったところで、謝安が「諸君はおしまいかね」とたずねると、みんなは「今日の言葉は、自分の考えをつくさなかった点はほとんどない」といった。謝安はさいごにざっと反駁《はんばく》し、そのうえで自分の意見を一万語あまり述べたが、才気のきっさきはことのほかすぐれた。おのずから犯しがたいうえに、意気ごみも比喩《ひゆ》もさわやかにところを得ており、面々だれしも満足せぬものはなかった。支遁は謝安にいった。「君は一息に本質にせまるから、それで自然にすばらしいのだよ」。（『世説新語』文学篇）

支道林、許、謝の盛徳《せいとく》、共に王家に集まる。謝顧《かえ》りみて諸人に謂《い》わく、「今日は彦会《げんかい》と謂う可し。時は既に留《とど》む可か

支道林許謝盛徳、共集王家、謝顧謂諸人、今日可謂彦会、時既

らず、此の集《つど》いも固《もと》より亦《ま》た常なり難《がた》し。当《まさ》に共に言詠《げんえい》して以て其の懐《おもい》を写《そそ》ぐべし」。許便《すなわ》ち問う、「主人は荘子《そうじ》有り不《や》」。正《まさ》に漁父《ぎよほ》の一篇を得たり。謝は題を看《み》、便《すなわ》ち各の四坐をして通ぜしむ。支道林先ず通じ、七百語許《ばか》りを作《な》す。叙致《じよち》は精麗、才藻《さいそう》は奇抜、衆咸《み》な善《よ》しと称す。是《ここ》に於いて四坐《しざ》各の懐《おもい》を言う。言い畢《おわ》るや、謝問いて曰わく、「卿等《けいら》尽《つ》くせる不《や》」。皆な曰わく、「今日の言、自《みず》から竭《つ》くさざること少なし」。謝は後に粗難《そなん》し、因《よ》って自《みず》から其の意を叙《の》べ、万余語を作《な》し、才峯《さいほう》は秀逸なり。既に自《お》のずから干《おか》し難《がた》く、加えて意気擬託《ぎたく》は蕭然《しようぜん》として自得《じとく》し、四坐は心に厭《あ》きざるは莫《な》し。支は謝に謂いて曰わく、「君は一往奔詣《ほんけい》す。故に復《ま》た自《お》のずから佳《よ》き耳《のみ》」。

不可留、此集固亦難常、当共言詠以写其懐、許便問、主人有荘子不、正得漁父一篇、謝看題、便各使四坐通、支道林先通、作七百許語、叙致精麗、才藻奇抜、衆咸称善、於是四坐各言懐、言畢、謝問曰、卿等尽不、皆曰、今日之言、少不自竭、謝後粗難、因自叙其意、作万余語、才峯秀逸、既自難干、加意気擬託、蕭然自得、四坐莫不厭心、支謂謝曰、君一往奔詣、故復自佳耳。

▼漁父篇は『荘子』雑篇のなかの一篇。それを主題としての清談である。

二二二　桓大司馬《かんだいしば》、雪に乗《じよう》じて

桓大司馬《かんだいしば》（桓温《かんおん》）は雪の降るままに狩に出かけようと、まず王《おう》（王濛《おうもう》）、劉《りゆう》（劉惔《りゆうたん》）たちのところにたちよった。真長《しんちよう》（劉惔）がその装束《そうぞく》のきりりとひきしまっているのを見てたずねた。「おぬしはそんなかっこうで何をするつもりだ」。桓「わしがもしこうでもやらなければ、諸君たちだって呑気《のんき》に談論などやってはおれまい」。（『世説新語』排調篇）

桓大司馬、雪に乗じて猟《りよう》せんと欲し、先《ま》ず王、劉諸人の許《もと》を過《よ》ぎる。真長は其の装束《そうぞく》の単急《たんきゆう》なるを見、問う、「老賊《ろうぞく》此れを持《じ》して何をか作《な》さんと欲す」。桓曰わく、「我若《も》し此れを為さざれば、卿輩《けいはい》も亦《ま》た那《なん》ぞ坐談《ざだん》するを得ん」。

桓大司馬乗雪欲猟、先過王劉諸人許、真長見其装束単急、問老賊欲持此何作、桓曰、我若不為此、卿輩亦那得坐談。

▼二一四条と同趣旨の話。狩猟《しゆりよう》は軍事演習でもあった。「老賊」は愛称。

二二三　桓南郡《かんなんぐん》は殷荊州《いんけいしゆう》と共に談じ

桓南郡（桓玄）が殷荊州《いんけいしゆう》（殷仲堪《いんちゆうかん》）と談論するときには、いつもあいてを攻撃したものである。それが一年あまりたつと、一、二回やりとりするだけになった。桓玄は自分も頭の回転がしだいににぶくなったものだと歎いた。殷仲堪はいった。「それこそ君がしだいにわかってきた証拠《しようこ》だよ」。（『世説新語』文学篇）

桓南郡は殷荊州と共に談じ、毎《つね》に相《あ》い攻難《こうなん》す。年余《ねんよ》の後、但だ一両番のみ。桓自《みず》から才思《さいし》転《うた》た退くと歎ず。殷云わく、「此れ乃《すなわ》ち是《こ》れ君転《うた》た解す」。

桓南郡与殷荊州共談、毎相攻難、年余後、但一両番、桓自歎才思転退、殷云、此乃是君転解。

二二四　司馬徽《しばき》、字《あざな》は徳操《とくそう》、潁川陽翟《えいせんようてき》の人

司馬徽《しばき》、字《あざな》は徳操《とくそう》は潁川陽翟《えいせんようてき》（河《か》南《なん》省禹《う》）の人である。人物鑑定《かんてい》の才があり、荊《けい》州（湖《こ》北《ほく》省襄陽《じょうよう》）に住んだ。劉表《りゅうひょう》が見識にかけ、すぐれた人間をきっとそこなうであろうと見ぬき、そこで智恵をかくして論評することをさしひかえた。時人がある人物について徽《き》にたずねることがあっても、まったく高下をつけず、いつも「いいね」というだけである。妻が意見した。「人さまは疑問をただそうとされているのです。あなたは議論なさるべきなのに、判《はん》でおしたように、いいねとおっしゃるだけ。人さまがあなたに相談なさるのはそういうことなのでしょうか」。徽「おまえのいうことも、やっぱりいいね」。（『世説新語』言語篇注『司馬徽別伝』）

司馬徽、字は徳操、潁川陽翟の人。人倫《じんりん》の鑑識《かんしき》有り。荊州に居る。劉表の性暗《くら》く、必らず善人を害するを知り、乃《すなわ》ち

司馬徽字徳操、潁川陽翟人、有人倫鑑識、居荊州、知劉表性暗、

括嚢《かつのう》して談議せず。時人《じじん》、人物を以て黴に問う者有るも、初めより其の高下《こうげ》を弁ぜず、毎《つね》に輒《すなわ》ち佳《か》と言う。其の婦諫《いさ》めて曰わく、「人は疑う所を質《ただ》す。君は宜しく弁論すべきに、而《しか》るに一に皆な佳《か》と言う。豈《あ》に人の君に咨《たず》ぬる所以《ゆえん》の意ならん乎《や》」。黴曰わく、「君の言う所の如きも亦た復《ま》た《ま》佳」。

必害善人、乃括嚢不談議、時人有以人物問黴者、初不弁其高下、毎輒言佳、其婦諫曰、人質所疑、君宜弁論、而一皆言佳、豈人所以咨君之意乎、黴曰、如君所言、亦復佳。

▼「括嚢《かつのう》」は、ふくろの口をくくるように智恵をかくし、ものを言わずに慎《つつ》しむこと。『易経』の坤《こん》の卦《か》に、「嚢《ふくろ》を括《くく》る、咎《とが》も无《な》く、誉《ほまれ》も无《な》し」。

二二五　梁王《りようおう》と趙王《ちようおう》は国の近属《きんぞく》

梁王《りようおう》と趙王《ちようおう》は国家の近親として当代に羽振りをきかせていた。裴令公《はいれいこう》（裴楷《はいかい》）は、毎年、二王国の年貢《ねんぐ》から数百万銭をもらいうけ、内外の親族で貧しいものをたすけてやった。ある人が「なぜ物乞《ご》いをして恵みをほどこすのです」と非難すると、裴はいった。「多すぎるものをへらして足りないものを補ってゆくのが、天の道だ」。（『世説新語』徳行篇）

梁王と趙王は国の近属、当時に貴重《きちよう》なり。裴令公は歳《とし》ごと

梁王趙王、国之近属、貴重当時、

に二国の租銭《そせん》数百万を請い、以て中表《ちゅうひょう》の貧しき者を恤《あわ》れむ。或《あ》るひと之《これ》を譏《そし》って曰わく、「何を以て物を乞《こ》い恵みを行なうや」。裴曰わく、「余《あま》り有るを損《そん》し、足らざるを補《おぎな》うは天の道なり」。

裴令公歳請二国租銭数百万、以恤中表之貧者、或譏之曰、何以乞物行恵、裴曰、損有余、補不足、天之道也。

▼梁王司馬肜《とう》、趙王司馬倫《りん》は司馬懿《い》の子。「中表」は父方と母方の親族。「余り有るを損し、足らざるを補うは天の道なり」は『老子《ろうし》』七十七章にもとづく言葉である。

二二六　阮宣子《げんせんし》は令聞《れいぶん》有り

阮宣子《げんせんし》（阮修《げんしゅう》）は評判がたかかった。太尉《たいい》の王夷甫《おういほ》（王衍《おうえん》）はかれに会ってたずねた。「老子、荘子は聖人のおしえと同じだろうか。ちがうだろうか」。「将無同《ジアンウトン》——まあ同じじゃないでしょうか」。太尉はその言葉に感心し、かれを掾属《えんぞく》に召した。世間では三語《さんご》掾《えん》とよんだ。衛玠《えいかい》が「一語でも召されように。三語もいらないのじゃないの」とからかうと、宣子はいった。「いやしくも天下の名望家であれば、無言でも召される。一語だっていらないだろうよ」。かくて二人は友だちになった。（『世説新語』文学篇）

阮宣子は令聞有り。太尉の王夷甫見て問いて曰わく、「老《ろう》

阮宣子有令聞、太尉王夷甫見而

荘《そう》は聖教と同じきか異《こと》なるか」。対《こた》えて曰わく、「将《は》た同じきこと無からんや」。太尉は其の言を善《よ》しとし、之を辟《め》して掾と為す。世は三語掾《さんごえん》と謂う。衛玠之《これ》を嘲《あざけ》って曰わく、「一言もて辟《め》す可し。何ぞ三を仮《か》らんや」。宣子曰わく、「苟《いやし》くも是れ天下の人望《じんぼう》ならば、亦《ま》た無言にして辟《め》す可し。復《ま》た何ぞ一を仮《か》らん」。遂《つい》に相《あ》い与《とも》に友と為る。

問曰、老荘与聖教同異、対曰、将無同、太尉善其言、辟之為掾、世謂三語掾、衛玠嘲之曰、一言可辟、何仮於三、宣子曰、苟是天下人望、亦可無言而辟、復何仮一、遂相与為友。

▼「聖教《せいきょう》」は儒家《じゅか》の聖人のおしえ。「将無～」は、その下に示される事態の判断に余裕をおくさい用いられる句法。「将無同」はけっきょく「同」とおなじ意味になる。衛玠が「一言もて辟《め》す可し」といっているのもそのことだが、阮修が表現にたゆたいをもたせた点に王衍は感心したのであって、この話の妙味もそこにある。中国語では一音がそれぞれ一語、つまり一つの意味をもつことというまでもなく、「将無同 jiang wu tong」の三音は三語とかぞえられる。『晋《しん》書《じょ》』では、たずねたのは王戎《おうじゅう》、こたえたのは阮修の甥の阮瞻《げんせん》としている。

二二七　王平子《おうへいし》、胡母彦国《こむげんこく》諸人

王平子《おうへいし》（王澄《おうちょう》）や胡母彦国《こむげんこく》（胡母輔之《こむほし》）の連中は、みんなやりたいほうだいを自由とところえ、なかにはすっぱだかになるものまであらわれた。楽広《がくこう》は笑っていった。「名教《めいきょう》の

なかにもそれなりに楽しい境地があるものを。どうしてあんなことをするのだろう」。(『世説新語』徳行篇)

王平子、胡毋彦国諸人、皆な任放を以て達《たつ》と為し、或《あ》るいは裸《ら》体《たい》する者有り。楽広笑いて曰わく、「名教の中自《うち》おのずから楽地《らくち》有り。何為《なんす》れぞ乃《すなわ》ち爾《しか》せんや」。

王平子胡毋彦国諸人、皆以任放為達、或有裸体者、楽広笑曰、名教中自有楽地、何為乃爾也。

▼「名教」は礼教というのにほぼおなじ。楽広の言葉は「竹林の七賢」のエピゴーネンたちにたいする批判である。

二二八　高座《こうざ》道人《どうにん》は漢語《かんご》を作《な》さず

高座《こうざ》道人《どうにん》は中国語をしゃべらなかった。ある人がそのわけをたずねると、簡文帝《かんぶんてい》はこたえた。「ああして応対の面倒をはぶいているのだ」。(『世説新語』言語篇)

高座道人は漢語を作《な》さず。或《あ》るひと此の意を問う。簡文曰わく、「以て応対の煩《わずら》わしきを簡にす」。

高座道人不作漢語、或問此意、簡文曰、以簡応対之煩。

▼高座道人は西域《さいいき》出身の沙門《しゃもん》、帛尸梨密多羅《はくしりみたら》。『高僧伝《こうそうでん》』巻一に伝記がある。

二二九　竺法深《じくほうしん》、簡文《かんぶん》の坐に在り

竺法深《じくほうしん》が簡文帝の席に顔をつらねている。劉尹《りゅういん》（劉惔《りゅうたん》）「和尚《おしょう》はどうして朱塗《ぬ》りの御門《ごもん》に出入りなさる」。「おぬしの目には朱塗りの御門と映ろうが、拙僧《せっそう》にとっては蓬《よもぎ》のとぼそに出入りするのと同然じゃ」。卞令《べんれい》（卞壼《べんこん》）との問答だともいわれる。（『世説新語』言語篇）

竺法深、簡文の坐に在り。劉尹問う、「道人《どうにん》は何を以て朱門に游《あそ》ぶや」。答えて曰わく、「君自《お》のずから其の朱門を見るも、貧道《ひんどう》は蓬戸《ほうこ》に游ぶが如し」。或《あ》いは卞令と云う。

竺法深在簡文坐、劉尹問、道人何以游朱門、答曰、君自見其朱門、貧道如游蓬戸、或云卞令。

▼王侯貴族の屋敷の表門は漆《うるし》で朱色に塗られていたため「朱門」という。それと反対に、粗末な屋敷の形容として、『礼記《らいき》』儒行《じゅこう》篇に「蓬《よもぎ》の戸に甕《かめ》の牖《まど》」とある。「貧道」は僧侶の一人称。竺法深は竺道潜《じくどうせん》。『高僧伝』巻四に伝記がある。『荘子』逍遥遊《しょうようゆう》篇の郭象《かくしょう》注にいう。「夫《そ》れ聖人は廟堂の上に在ると雖《いえど》も、然れども其の心は山林の中に異なる無し」。

二三〇　謝太傅《しやたいふ》は王右軍《おうゆうぐん》に語って曰わく

謝太傅《しやたいふ》（謝安《しやあん》）は王右軍《おうゆうぐん》（王羲之《おうぎし》）に告白した。「中年になって悲しみや楽しみに感傷的となり、親友と別れようものなら、いつも何日間もふさぎっぱなしだよ」。王「年がよってくると自然にそうなるものだ。琴《こと》や笛《ふえ》の音楽によって気晴らしするほかはないが、子供たちに感づかれはしまいかとたえずびくびくして、楽しい気分がだいなしだ」。（『世説新語』言語篇）

謝太傅は王右軍に語って曰わく、「中年、哀楽《あいらく》に傷《やぶ》れ、親友と別るれば輒《すなわ》ち数日の悪《あく》を作《な》す」。王曰わく、「年、桑楡《そうゆ》に在れば、自然に此《ここ》に至る。正《た》だ絲竹《しちく》に頼《よ》って陶写《とうしや》するも、恒《つね》に児輩《じはい》の覚《さと》るを恐れ、欣楽《きんらく》の趣を損す」。

謝太傅語王右軍曰、中年傷於哀楽、与親友別、輒作数日悪、王曰、年在桑楡、自然至此、正頼絲竹陶写、恒恐児輩覚、損欣楽之趣。

▼「桑楡」については一八九条を見よ。「陶写」は鬱屈《うつくつ》した気持ちを洗いながすこと。「絲竹」は絃楽器と管楽器。琴と笛。

二三一　謝太傅は鄧僕射《とうぼくや》を重んじ

謝太傅（謝安）は鄧僕射《とうぼくや》（鄧攸《とうゆう》）を尊敬し、たえずいった。「天地は何もわかっちゃいない。伯道（鄧攸）どのに子供をなくさせるとは」。（『世説新語』賞誉篇）

謝太傅は鄧僕射を重んじ、常に言わく、「天地は無知《むち》、伯道をして児《じ》無からしむ」。

謝太傅重鄧僕射、常言、天地無知、使伯道無児。

▼『老子《ろうし》』五章に、「天地は不仁《ふじん》、万物を以て芻狗《すうく》と為す」、天地は無慈悲なもの、万物を芻狗のようにとりあつかう、という言葉がある。芻狗はわらで作った犬ころ。お祭りのとき厄《やく》ばらいとして使われるが、お祭りがすめば棄《す》てられてしまう。

謝安にこのような言葉を吐《は》かしめたのは、西晋末の混乱期に江南に避難する道中で、わが子を置き去りにする悲劇を鄧攸《とうゆう》が味わったからである。話は徳行《とくこう》篇に見えるが、そこの注に引かれた王隠《おういん》の『晋書《しんじょ》』と『中興書《ちゅうこうしょ》』にいう。

――鄧攸は道中が長いので、車をたたきこわし、牛馬の背に妻子をのせて逃げだしたが、賊はその牛馬まで掠奪《りゃくだつ》してしまった。攸は妻にかたった。「わしの弟は若死にし、遺民《いみん》（鄧綏《とうすい》）一人だけが後にのこされた。いま歩いて行かねばならぬこととなったが、二人の子供をかついでいったのでは、どちらも死んでしまう。うちの子は棄てて遺民を抱いてゆくことにしては。わしらにはこの先まだきっと子供が生まれよう」。妻は賛成した。

——攸《ゆう》が子供を草むらに置き去りにすると、子供は泣き叫んであとを追い、日が暮れてから追いついてきた。攸は翌日、子供を木にしばりつけて逃げた。

しかしその後、鄧攸夫婦には子供は生まれなかったのである。

二三二　戴安道《たいあんどう》は既《すで》に操《みさお》を東山《とうざん》に厲《はげ》まし

戴安道《たいあんどう》（戴逵《たいき》）は東山《とうざん》で隠者の操《みさお》をみがき、兄の方は武勇の功《いさおし》をたてようと考えていた。謝太傅《しゃたいふ》（謝安《しゃあん》）「きみたち兄弟のこころがけは、なんてかけはなれているのだ」。戴「それがしはその憂《うれ》いにたえず、弟はその楽しみを改めず、といったところです」。（『世説新語』棲逸篇）

戴安道は既に操を東山に厲《はげ》まし、而《しこ》うして其の兄は式遏《しきあつ》の功を建てんと欲す。謝太傅曰わく、「卿《けい》兄弟の志業《しぎょう》、何ぞ其れ太《はなは》だ殊《こと》なるや」。戴曰わく、「下官《かかん》は其の憂いに堪《た》えず、家弟《かてい》は其の楽しみを改めず」。

戴安道既厲操東山、而其兄欲建式遏之功、謝太傅曰、卿兄弟志業、何其太殊、戴曰、下官不堪其憂、家弟不改其楽。

▼戴逵《たいき》の兄は戴逯《たいろく》。「式遏《しきあつ》」は『詩経』大雅「民労《みんろう》」の詩の句、「式遏寇虐《しきあつこうぎゃく》——式《も》って寇虐を

遏《とど》む――」にもとづく。このように、ある成句の下の語を省略しながら成句全体の意味をもたせる言葉を歇後語《けつごご》（詞）とよぶ。戴逵のこたえは、『論語』雍也《ようや》篇、孔子が顔回《がんかい》を批評する言葉をつかった。「賢《けん》なるかな回《かい》や。一簞《たん》の食《し》、一瓢《ぴょう》の飲、陋巷《ろうこう》に在り。人は其の憂いに堪《た》えず。回や其の楽しみを改めず。賢なるかな回や」。「下官」は官吏の謙遜の自称。

二三三　支道林《しどうりん》、人に因《よ》って深公《しんこう》に就《つ》きて

支《し》道林《どうりん》（支遁）が人づてに深公《しんこう》（竺道潜《じくどうせん》）から印山《いんざん》を買いとろうとした。深公はこたえた。「巣父《そうほ》や許由《きょゆう》が山を買って隠棲《いんせい》したなどとは聞いたことがない」。（『世説新語』排調篇）

支道林、人に因って深公に就きて印山を買わんとす。深公答えて曰わく、「未だ巣由の山を買いて隠るるを聞かず」。

支道林因人就深公買印山、深公答曰、未聞巣由買山而隠。

▼印山は会稽《かいけい》の剡《せん》県（浙江省嵊州《じょうしゅう》）にある岇《こう》山の誤記らしい。巣父と許由については一五三条を見よ。

二三四　郝隆《かくりゅう》は七月七日

郝隆《かくりゅう》は、七月七日、日なたに出て大の字に寝そべった。人がそのわけをたずねると、

「ぼくは書物の虫干しじゃ」。(『世説新語』排調篇)

郝隆は七月七日、日中に出で仰臥《ぎょうが》す。人、其の故を問う。答えて曰わく、「我は書を曬《さら》す」。

郝隆七月七日出日中仰臥、人問其故、答曰、我曬書。

▼七月七日は虫干しの日。一五〇条を参照。

二三五　王子敬《おうしけい》云わく

王子敬《おうしけい》(王献之《おうけんし》)の言葉。「山陰《さんいん》街道を歩いてゆくと、山と川とがおのずから映発《えいはつ》しあって応接に暇《いとま》もない。秋冬《しゅうとう》のころともなれば、とりわけこたえられぬ」。(『世説新語』言語篇)

王子敬云わく、「山陰道上従《よ》り行けば、山川《さんせん》は自《お》のずから相い映発し、人をして応接に暇《いとま》あらざらしむ。秋冬の際の若《ごと》き、尤《もっと》も懐《おもい》を為し難《がた》し」。

王子敬云、従山陰道上行、山川自相映発、使人応接不暇、若秋冬之際、尤難為懐。

▼山陰は現在の紹興《しょうこう》市。『戯鴻堂帖《ぎこうどうちょう》』に収める王献之の「雑帖《ざっちょう》」にもいう。「鏡湖《きょうこ》は澄徹《ちょうてつ》、清き

流れは写《そそ》ぎ注《そそ》ぎ、山川の美は人をして応接に暇《いとま》あらざらしむ」。

六章　正義派、またはまじめ人間

二三六　李《り》元礼《げんれい》は風格《ふうかく》秀整《しゅうせい》

李《り》元礼《げんれい》（李膺《りよう》）は風格がすぐれて非のうちどころがなく、あくまでプライドをたかく持《じ》し、天下の名教の是非善悪の標準となることを自分の任務とこころがけた。後輩の人物でかれの座敷にあがるものがあると、みんなは「登竜門《とうりゅうもん》——竜門に登る——」とよんだ。

（『世説新語』徳行篇）

李元礼は風格秀整、高く自《みず》から標持《ひょうじ》し、天下の名教の是非《ぜひ》を以て己《おの》れの任と為さんと欲す。後進《こうしん》の士、其の堂に升《のぼ》る者有れば、皆な以て登竜門と為す。

李元礼風格秀整、高自標持、欲以天下名教是非為己任、後進之士、有升其堂者、皆以為登竜門。

▼登竜門《とうりゅうもん》の故事である。李膺《りよう》は後漢の名士。「名教」は名分をただしく整頓することを基本とする立場。もとづくところは『論語』子路《しろ》篇、「必らずや名を正さんか」。「其の堂に升る」は、

『論語』先進《せんしん》篇、「由《ゆう》や堂に升れり。未だ室に入らざるなり」にもとづく。竜門は黄河の難所。注に引かれた『三秦記《さんしんき》』にいう。「水は懸絶《けんぜつ》、亀魚の属《たぐい》は能《よ》く上る莫《な》し。上れば則ち化して竜と為る」。

二三七　管寧《かんねい》、華歆《かきん》共に園中《えんちゅう》に菜《さい》を鋤《す》き

管寧《かんねい》と華歆《かきん》の二人が畠で野菜に鋤《すき》をいれていると、地面に一かけらの黄金が見つかった。管寧は鋤をふるいつづけ、かわらけや石ころとかわるところがなかったが、華歆は手につまんで投げすてた。またあるとき、席をならべて書物を読んでいると、高級車に乗って表を通りかかるものがあった。管寧はあいかわらず書物を読みつづけたが、華歆は書物をほうりだして見にとびだした。管寧は席を二つに分けて坐り、いった。「きみなんか、ぼくの友だちじゃない」。(『世説新語』徳行篇)

管寧、華歆共に園中に菜を鋤《す》き、地に片金《へんきん》有るを見る。管は鋤《すき》を揮《ふる》い、瓦石《がせき》と異《こと》ならざるも、華は捉《と》りて之を擲去《てききょ》す。又《ま》た嘗《か》つて席を同じくして読書するに、軒冕《けんべん》に乗りて門を過ぎる者有り。寧は読むこと故《もと》の如きも、歆は書を廃《す》てて出で看《み》る。寧は席を割《さ》き坐を分《わか》って曰わく、「子《なんじ》は吾が友

管寧華歆共園中鋤菜、見地有片金、管揮鋤、与瓦石不異、華捉而擲去之、又嘗同席読書、有乗軒冕過門者、寧読如故、歆廃書出看、寧割席分坐曰、子非吾友

に非《あら》ざるなり」。

也。

▼「軒冕」の「軒」は高官の乗る車、「冕」は高官のかぶる冠。厳密にいえば「軒」の一字でよいわけだが、「軒冕」と熟して用いられることが多い。

二三八　華歆、王朗《おうろう》倶《とも》に船に乗って

華《か》歆《きん》と王朗《おうろう》はいっしょに船に乗って乱を避けた。ついて行きたいというおとこがあらわれたが、華歆は難色を示した。王朗「幸いにまだゆとりがある。いいじゃないか」。やがて賊が追いつき、王朗が連れてきたおとこを置き去りにしようとしたところ、華歆はいった。「がんらいためらったのは、まったくこういうことのためだったのだ。頼みをききいれてやったからには、危急になったからといってうち捨てられまい」。そしてそのままもとどおりに連れていってたすけてやった。世間ではこのことで華歆と王朗の優劣を定めた。

（『世説新語』徳行篇）

華歆、王朗倶《とも》に船に乗って難《なん》を避く。一人の依附《いふ》せんと欲する有り。歆は輒《すなわ》ち之を難ず。朗曰わく、「幸いに尚《な》お寛《かん》たり。何ぞ不可と為す」。後《の》ち賊追い至り、王は携《たずさ》うる所

華歆王朗倶乗船避難、有一人欲依附、歆輒難之、朗曰、幸尚寛、何為不可、後賊追至、王欲捨所

の人を捨てんと欲す。歆曰わく、「本《も》と疑いし所以《ゆえん》は、正《まさ》に此れが為《ため》なる耳《のみ》。既に已《すで》に其の自《みず》から託《たく》するを納《い》る、寧《いずく》んぞ急を以て相《あ》い棄《す》つ可き邪《や》」。遂《つい》に携拯《けいじょう》すること初めの如し。世は此れを以て華、王の優劣を定む。

携人、歆曰、本所以疑、正為此耳、既已納其自託、寧可以急相棄邪、遂携拯如初、世以此定華王之優劣。

▼前条とともに、後漢末の話である。

二三九　太子は衆賓《しゅうひん》百数十人を燕会《えんかい》す

太子（曹丕《そうひ》）が百数十名の客を招いて宴会をひらいたさい、太子は一つの問題を提起した。「主君と父親がそれぞれ重い病気にかかったとしよう。薬が一錠《じょう》だけあり、一人だけを救うことができる。主君を救うべきか、それとも父親か」。一同は、あるものは父親だ、あるものは主君だとざわざわ騒《さわ》ぎたてた。そのとき同席していた邴原《へいげん》は、議論に加わらない。太子が原にたずねると、原はむっとしてこたえた。「父親です」。太子もそれ以上つっこもうとはしなかった。（『三国志』魏書・邴原伝注『邴原別伝』）

太子は衆賓百数十人を燕会す。太子建議《けんぎ》して曰わく、「君《くん》父《ぷ》各の篤疾《とくしつ》有り。薬一丸《がん》有って一人を救う可し。当《まさ》に君を

太子燕会衆賓百数十人、太子建議曰、君父各有篤疾、有薬一丸、

救うべき邪《や》、父なる邪《や》」。衆人は紛紜《ふんうん》し、或《ある》いは父、或《ある》いは君と。時に邴原は坐に在《あ》るも、此の論に与《あず》からず。太子之《これ》を原に諮《たず》ぬ。原悖然《ぼつぜん》として対《こた》えて曰わく、「父なり」。太子も亦《ま》た復《ま》た之を難ぜず。

可救一人、当救君邪、父邪、衆人紛紜、或父或君、時邴原在坐、不与此論、太子諮之于原、原悖然対曰、父也、太子亦不復難之。

▼邴原がこのようにこたえたとしても、とりたてて怪しむにはあたらない。「孝」は「忠」とあわせて「忠孝」とよばれる場合が多いけれども、中国では、子の父母にたいする愛情を基礎として成立する「孝」こそ人間のもっとも基本的な徳、それにたいして君臣のあいだに成立する「忠」は「孝」から派生するもの、と考えられたからである。君臣関係は後天的で人為的な結合、「義合《ぎごう》」とよばれたのにたいし、父子関係はいかんともしがたい先天的で自然な結合、「天合《てんごう》」とよばれた。それゆえ、臣下は君主を「三たび諫《いさ》めて聴《したが》われざれば之を逃れる」が、子は父を「三たび諫《いさ》めて聴《したが》われざれば号泣《ごうきゅう》して之に随《したが》う」べきだとされた（『礼記』曲礼下篇）。邴原がある文章に、「父子の道は天性なり」（『通典』巻六七「皇后敬父母議」）と述べているのも、その意味である。

二四〇　有司《ゆうし》、子の母を殺す者有りと言う

担当官が母殺しの事件を報告した。阮籍《げんせき》はいった。「ああ、父親を殺したのならまだし

もよい。母親を殺したとは」。その席にいたものは言いまちがえたのだろうと思った。帝が、「父殺しは天下の極悪人《ごくあくにん》。それなのによいと考えるのか」というと、阮籍はいった。「鳥けものには母親の見分けはついても父親の見分けはつきません。父殺しは鳥けもののたぐいです。母殺しは鳥けもの以下です」。一同はなるほどと感心した。(『晋書』阮籍伝)

有司、子の母を殺す者有りと言う。阮籍曰わく、「噫《ああ》、父を殺すは乃《すなわ》ち可なり。母を殺すに至る乎《か》」。坐する者は其の失言《しつげん》を怪《あや》しむ。帝曰わく、「父を殺すは天下の極悪。而《しか》るに以て可と為す乎《か》」。籍曰わく、「禽獣《きんじゅう》は母を知るも父を知らず。父を殺すは禽獣の類《たぐい》なり。母を殺すは禽獣だに之《これ》若《し》かず」。衆は乃ち悦服《えつぷく》す。

有司言有子殺母者、阮籍曰、噫、殺父乃可、至殺母乎、坐者怪其失言、帝曰、殺父、天下之極悪、而以為可乎、籍曰、禽獣知母而不知父、殺父、禽獣之類也、殺母、禽獣之不若、衆乃悦服。

▼「禽獣は母を知るも父を知らず」は、『儀礼《ぎらい》』喪服子夏伝《そうふくしかでん》の言葉。

二四一　周処《しゅうしょ》　年少の時、兇彊《きょうきょう》　俠気《きょうき》

周処《しゅうしょ》のわかいころといえば、暴力団のやくざ気取り、村の鼻つまみものだった。そのうえ、義興《ぎこう》(江蘇《こうそ》省義興)の川のなかには蛟《みずち》が住み、山のなかには足の悪い虎が住んでいて、

いずれも民に乱暴をはたらいた。義興の人たちは「三横《さんおう》——三つの暴れ者——」とよんだが、なかでも周処がとりわけひどかった。あるものが周処に、虎を殺し蛟を斬るようそそのかした。実は「三横」のうちのただ一つだけがあとにのこることを願ったのである。周処はさっそく虎をさし殺したうえ、水にもぐって蛟を襲《おそ》った。蛟は浮きつ沈みつしつつ行くこと数十里、周処はそれととっくみあった。三日三晩がたち、村ではみんな周処がとっくに死んだものだと考え、たがいに祝福しあっているところへ、とうとう蛟を殺して姿をあらわした。村人たちが祝福しあっていると聞き、はじめて世間の鼻つまみものであることに気づき、改悛《かいしゅん》の情をいだいた。そこで呉《ご》（蘇州《そしゅう》）に行き、陸《りく》氏の二兄弟をたずねた。平原《へいげん》（陸機《りくき》）は不在だったため清河《せいが》（陸雲《りくうん》）だけに会い、つぶさに事情をうちあけるとともに、こういった。「やり直したいのだが、年が年だし、けっきょくものにはならんだろう」。清河「古人は朝《あした》に道を聞いて夕《ゆうべ》に死ぬことを貴しとしたものだ。ましてや君は前途にまだまだ見こみがある。そのうえ、人間は意志の薄弱なのがだめなので、りっぱな名声のあがらないことなど気にはせぬものだ」。周処はかくて心をいれかえて精進《しょうじん》につとめ、ついに忠臣孝子となった。（『世説新語』自新篇）

周処年少の時、兇彊《きょうきょう》侠気《きょうき》、郷里の患《うれ》うる所と為る。又《ま》た義興《ぎこう》中の水中に蛟《みずち》有り、山中に邅跡虎《てんせきこ》有り、並びに皆な百《ひゃく》

周処年少時、兇彊侠気、為郷里所患、又義興中水中有蛟、山中

姓《せい》を暴犯す。義興の人は謂《い》いて三横《さんおう》と為し、而《しこ》うして処尤《もっと》も劇《はげ》し。或《あ》るひと処に虎を殺し蛟を斬《き》らんことを説く。実は三横の唯《た》だ其の一を余さんことを冀《ねが》う。処は即ち虎を刺殺《しさつ》し、又《ま》た水に入りて蛟を撃つ。蛟は或《あ》いは浮かび或《あ》いは没し、行くこと数十里、処は之と倶《とも》にす。三日三夜を経《へ》、郷里は皆な已《すで》に死せりと謂《おも》い、更《こもご》も相い慶《よろこ》ぶに、竟《つい》に蛟を殺して出ず。里人《りじん》の相い慶《よろこ》ぶを聞き、始《はじ》めて人情の患《うれ》うる所と為るを知り、自改《じかい》の意《い》有り。乃《すなわ》ち呉に入りて二陸《にりく》を尋《たず》ぬ。平原は在らず、正《た》だ清河《せいが》に見《まみ》ゆ。具《つぶ》さに情を以て告げ、幷《なら》びに云わく、「自《みず》から修改せんと欲するも、而《しか》れども年は已《すで》に蹉跎《さだ》し、終《つい》に成る所無からん」。清河曰わく、「古人は朝《あした》に聞き夕《ゆうべ》に死するを貴ぶ。況《いわ》んや君は前途尚お可なるをや。且《か》つ人は志の立たざるを患《うれ》う。亦《ま》た何ぞ令名《れいめい》の彰《あら》われざるを憂えん邪《や》」。処は遂《つい》に改励《かいれい》し、終《つい》に忠臣孝子と為る。

有邅跡虎、並皆暴犯百姓、義興人謂為三横、而処尤劇、或説処殺虎斬蛟、実冀三横唯余其一、処即刺殺虎、又入水撃蛟、蛟或浮或没、行数十里、処与之倶、経三日三夜、郷里皆謂已死、更相慶、竟殺蛟而出、聞里人相慶、始知為人情所患、有自改意、乃入呉尋二陸、平原不在、正見清河、具以情告、幷云、欲自修改、而年已蹉跎、終無所成、清河曰、古人貴朝聞夕死、況君前途尚可、且人患志之不立、亦何憂令名不彰邪、処遂改励、終為忠臣孝子。

▼「邅跡虎《てんせきこ》」の意味は不明。注に引かれた『孔氏志《こうしし》怪《かい》』に「邪足虎《じやそくこ》」とあるのによって訳した。「白額虎《はくがくこ》」に作るテキストもあったと注記されている。「蹉跎」はつまずき倒れることの形容。よろよろ。時機を失って思うにまかせぬことにたとえた。「朝に聞き夕に死す」は、『論語』里《り》

仁《じん》篇「朝に道を聞かば夕に死すとも可なり」をふまえる。やがて晋王朝に仕えた周処は、氐族《ていぞく》の斉万年《せいばんねん》の討伐を命ぜられる。年老いた母親がいるのだから、と辞退をすすめるものがあったが、「忠孝の道、安《いず》くんぞ両《ふた》つながら全うするを得ん」といい、戦死をとげた。一九五二年、江蘇省義興市において周処の墓が発見されている。

二四二　王《おう》、劉《りゅう》は毎《つね》に蔡公《さいこう》を重んぜず

王《おう》（王濛《おうもう》）と劉《りゅう》（劉惔《りゅうたん》）はいつも蔡公《さい》（蔡謨《さいぼ》）を馬鹿にしていた。二人はあるとき蔡を訪れてかたりあい、しばらくしてから蔡にたずねた。「あなたは自分で夷甫《いほ》（王衍《おうえん》）とくらべてどうだと思われますか」。「ぼくは夷甫に及ばんよ」。王と劉はたがいに目くばせして笑いながらいった。「あなたはどの点が及ばないのですか」。「夷甫のところには諸君のような客はいなかったからね」。（『世説新語』排調篇）

王、劉は毎《つね》に蔡公を重んぜず。二人嘗《か》つて蔡に詣《いた》りて語り、良《や》や久しくして乃《すなわ》ち蔡に問いて曰わく、「公は自《みず》から夷甫に何如《いかん》と言う」。答えて曰わく、「身は夷甫に如《し》かず」。王、劉相《あ》い目くばせして笑って曰わく、「公は何《いず》れの処《ところ》か如《し》かざる」。答えて曰わく、「夷甫には君の輩《はい》の客無し」。

王劉毎不重蔡公、二人嘗詣蔡語、良久乃問蔡曰、公自言何如夷甫、答曰、身不如夷甫、王劉相目而笑曰、公何処不如、答曰、夷甫無君輩客。

二四三　王藍田《おうらんでん》は人と為《な》り晩成《ばんせい》

王藍田《おうらんでん》（王述《おうじゅつ》）は大器晩成型、当時の人たちは馬鹿とよんだものだ。王丞相《おうじょうしょう》（王導《おうどう》）はかれが東海《とうかい》（王承《おうしょう》）の息子なので掾属《えんぞく》に召した。ある日の会合で、王公が発言するたびに人びとはきそってほめたたえる。末席にひかえていた王述はいった。「主人は堯《ぎょう》、舜《しゅん》でもあるまいに、なんでもかでも正しいはずがあるまい」。丞相はとてもほめちぎった。（『世説新語』賞誉篇）

王藍田は人と為《な》り晩成《ばんせい》、時人は乃ち之を癡《ち》と謂《い》う。王丞相は其の東海の子なるを以て、辟《め》して掾《えん》と為す。常《か》つて集《しゅう》聚《しゅう》す。王公言《げん》を発する毎《ごと》に、衆人は競《きそ》いて之を賛《たた》う。述は末坐《まつざ》に於いて曰わく、「主は堯、舜に非《あら》ず、何ぞ事事皆《み》な是《ぜ》なるを得んや」。丞相は甚だ相い歎賞《たんしょう》す。

王藍田為人晩成、時人乃謂之癡、王丞相以其東海子、辟為掾、常集聚、王公毎発言、衆人競賛之、述於末坐曰、主非堯舜、何得事事皆是、丞相甚相歎賞。

二四四　王述《おうじゅつ》、尚書令《しょうしょれい》に転ず

王述は尚書令《しょうしょれい》に転任するにあたり、発令されるとすぐに拝命した。文度《ぶんど》（王坦之《おうたんし》）がいった。「杜公《とこう》か許公《きょこう》にお譲りなさるべきでしょう」。藍田（王述）「おまえはわしでやってゆけると思うかね」。文度「むろんおやりになれますよ。でも、辞退するのはやはり美しい習慣です。抜かすわけにはゆきますまい」。藍田は思いいれしていった。「やれるというのなら、辞退することはあるまい。人さまはおまえの方がわしよりえらいといっているが、どうやらわしにかなわぬな」。（『世説新語』方正篇）

王述、尚書令に転ず。事行なわれて便《すなわ》ち拝す。文度曰わく、「故《もと》より応《まさ》に杜許《ときよ》に譲るべし」。藍田云わく、「汝、我は此れに堪《た》うと謂《おも》う否《や》」。文度曰わく、「何為《なんす》れぞ堪《た》えざらん。但だ克譲《こくじょう》は自《お》のずから是れ美事《びじ》、恐らくは闕《か》く可からず」。藍田慨然《がいぜん》として曰わく、「既に堪うと云う、何為《なんす》れぞ復《ま》た譲らん。人は汝の我に勝《まさ》ると言うも、定めて我に如《し》かず」。

王述転尚書令、事行便拝、文度曰、故応譲杜許、藍田云、汝謂我堪此否、文度曰、何為不堪、但克譲自是美事、恐不可闕、藍田慨然曰、既云堪、何為復譲、人言汝勝我、定不如我。

▼王述と王坦之は父と子。辞令が出ると、他人を推薦して辞退の意を示すのが習慣であった。「杜許」がだれを指すのかは不明。「克譲」は『書経』堯典《ぎょうてん》篇の言葉。「允《まこと》に恭《うやう》やしく克《よ》く譲る」。

二四五　謝太傅《しゃたいふ》は真長《しんちょう》に語るらく

謝太傅《しゃたいふ》（謝安《しゃあん》）が真長《しんちょう》（劉惔《りゅうたん》）に、「齢《れい》くん（王胡之《おうこし》）はこのことにとっても真面目にとりくもうとしている」とつげると、劉惔「それならば、名士のなかの高潔者というわけ

だ」。(『世説新語』賞誉篇)

謝太傅は真長に語るらく、「阿齢《あれい》は此の事に於いて故《もと》より太《はなは》だ厲《はげ》まんと欲す」。劉曰わく、「亦《ま》た名士の高操《こうそう》なる者なり」。

謝太傅語真長、阿齢於此事、故欲太厲、劉曰、亦名士之高操者。

▼何ごとども限定せぬ「此の事」。それは、人間にとってもっとも本質的で大切な何ごとかであるにちがいない。禅録《ぜんろく》における「此の事」のように。たとえば『臨済録《りんざいろく》』の「行録《あんろく》」にいう。「黄檗《おうばく》云わく、此の僧は是《こ》れ後生《こうせい》なりと雖《いえど》も、却《かえ》って此の事有るを知る」。

二四六　孫長楽《そんちょうらく》は王長史《おうちょうし》の誄《るい》を作りて

孫長楽《そんちょうらく》(孫綽《そんしゃく》)は王長史《おうちょうし》(王濛《おうもう》)の追悼文《ついとうぶん》を書き、つぎのように述べた。「わたしはあなたと権勢利欲とは無縁のおつきあいをし、心はまるで清澄《せいちょう》な水のように、その奥深い味わいをともにしました」。それを読んだ王孝伯《おうこうはく》(王恭《おうきょう》)はいった。「才士めが思いあがりおって。なき祖父ぎみがあんなおとことおつきあいなされたはずがない」。(『世説新語』軽詆篇)

孫長楽は王長史の誄《るい》を作りて云わく、「余《われ》は夫子《ふうし》と交《まじわ》りは勢利《せいり》に非《あら》ず、心は猶《な》お澄める水のごとく、此の玄味《げんみ》を同《とも》にす」。王孝伯見て曰わく、「才士不遜《ふそん》なり。亡祖《ぼうそ》何ぞ此の人と周旋《しゅうせん》するに至らんや」。

孫長楽作王長史誄云、余与夫子、交非勢利、心猶澄水、同此玄味、王孝伯見曰、才士不遜、亡祖何至与此人周旋。

▼『漢書《かんじょ》』張耳陳余《ちょうじちんよ》伝の賛《さん》に、「勢利の交《まじわ》り、古人は之を羞《は》ず」。また『礼記《らいき》』表記《ひょうき》篇に、「君子の接《まじわ》りは水の如く、小人の接《まじわ》りは醴《れい》（甘酒）の如し。君子は淡《あわ》くして以て成り、小人は甘くして以て壊《やぶ》る」。

二四七　呉隠之《ごいんし》は既《すで》に至性《しせい》有り

呉隠之《ごいんし》はひたむきな性格で、おまけに廉潔《れんけつ》であった。俸禄は親族すべてに分配し、冬でも掛《か》け布団《ぶとん》のないありさま。桓玄《かんげん》は嶺南《れいなん》地方の弊政を改革しようと思いたち、広州の刺史《しし》に起用した。州から二十里のところに貪水《どんすい》がある。その水を飲んだものは欲ばりになると言い伝えられていた。隠之はそこで水のほとりに出かけ、水をすくって飲んだうえ、つぎの詩を賦した。「石門《せきもん》に欲ばり泉がござって、すすったとたんに千金《せんきん》が恋しくなるとな。そんならひとつ伯夷《はくい》と叔斉《しゅくせい》に飲ましてみよか。心がわりなど思いもよらぬ」。（『世説新語』徳行篇注『晋安帝紀』）

呉隠之は既に至性有り、加うるに廉潔を以てす。俸禄は九族に頒《わか》ち、冬月《とうげつ》にも被《ひ》無し。桓玄は嶺南の敝《へい》を革《あらた》めんと欲し、以て広州刺史と為す。州を去ること二十里に貪水有り。世に伝うらく、之を飲む者は其の心厭《あ》く無しと。隠之は乃《すなわ》ち水上に至り、酌《く》みて之を飲み、因って詩を賦《ふ》して曰わく、「石門に貪泉《どんせん》有り、一たび歃《すす》れば千金を重んず、試《こころ》みに夷《い》斉《せい》をして飲ましめよ、終《つい》に当《まさ》に心を易《か》えざるべし」。

呉隠之既有至性、加以廉潔、俸禄頒九族、冬月無被、桓玄欲革嶺南之敝、以為広州刺史、去州二十里有貪水、世伝飲之者其心無厭、隠之乃至水上、酌而飲之、因賦詩曰、石門有貪泉、一歃重千金、試使夷斉飲、終当不易心。

▼「九族」にどこまでの範囲をかぞえるのか、諸説あって一定しない。要するに親族である。「嶺南」は大庾《だいゆ》嶺《れい》の南、現在の広東《カントン》、広西《カンシー》両省の地域。広州刺史の治所は現在の広州《こうしゅう》市。広州はやくから南海貿易の基地としてさかえ、そこの地方官となると容易に身代《しんだい》をきずくことができた。「広州刺史は但《た》だ城門を経《く》ること一過《ひとたび》にして便《すなわ》ち三千万（銭）を得」といわれたという（『南斉書』王琨伝）。桓玄はかかる弊政の改革を呉隠之に期待したのであろう。「石門」は南越《なんえつ》の呂嘉《りょか》が石を川に沈めて漢の軍隊を防いだためにその名があるといい、貪泉の所在地である。伯夷、叔斉は、周《しゅう》の武王が殷《いん》王朝を亡ぼしたことに抗議して首陽山《しゅようざん》に隠れ、餓死した廉潔の士。なお、呉隠之は『孝子《こうし》伝《でん》』中の人物でもある。

七章　意地っぱり

二四八　管寧《かんねい》は海を越《こ》えて自《よ》り

管寧《かんねい》は海外に渡ってからもどってくるまで、五十年あまりもたえずおなじ木製の腰掛けに正坐し、あぐらをかいたことはなかった。腰掛けの膝のあたる部分はすっかり穴があいてしまった。（『三国志』魏書・管寧伝注『高士伝』）

管寧は海を越えて自《よ》り帰るに及ぶまで、常に一木榻《もくとう》に坐し、積むこと五十余年、未《いま》だ嘗《かつ》て箕股《きこ》せず。其の榻《とう》上の膝《しつ》の当る処《ところ》は皆《み》な穿《うが》つ。

管寧自越海及帰、常坐一木榻、積五十余年、未嘗箕股、其榻上当膝処皆穿。

▼管寧は後漢末の大乱を遼東《りょうとう》の公孫度《こうそんど》のもとに避け、魏《ぎ》の文帝《ぶんてい》が即位してから郷里にもどってきた。「箕股」は両足を投げだして箕《み》の形のようにあぐらをかくこと。「箕踞《ききょ》」ともいう。

二四九　胡威《こい》、字《あざな》は伯虎《はくこ》

胡威《こい》、字《あざな》は伯虎《はくこ》。わかいときから気高い志をいだき、清廉潔白の節操にみがきをかけた。父の胡質《こしつ》が荆州《けい》の刺史《しし》となると、威は都からご機嫌うかがいに出かけた。家が貧しく、車も馬も従僕もない。威は自分で驢馬を駆って一人旅をつづけた。父親に挨拶をすますと、十日あまり馬小屋にとどまったうえ、いとまごいした。別れにのぞんで、質は路銀《ろぎん》として絹一匹をあたえた。威は跪《ひざまず》いていう。「父上は清廉潔白、どこからこの絹を手におい入れになったのでしょうか」。質「これはわしの俸禄ののこり、だから路銀《ろぎん》としてつかわすのだ」。威はうけとって辞去した。

宿屋に着くたびに、自分で驢馬を放ち、たき木を集めて飯をたき、食事がおわるとまた旅仲間といっしょに旅をつづける。往きも帰りもこのようであった。質の幕府の部隊長でもともと面識のないものが、威がひきあげるのにさきだって休暇を申請して家にもどることとし、こっそり支度をととのえて百里あまりのところで待ちうけ、そのまま道づれとなった。なにくれとなく手をかしては面倒を見、そのうえ飲物や食物をすすめたりもする。数百里も旅をつづけるうちに、威はくさいと思った。こっそり誘導尋問をかけてみた結果、部隊長であることがわかった。そこで、さきに賜った絹をとりだし、おかえしをしたうえひきはらわせた。その後、別の使いに託して、いっさいを質に報告した。質はその部隊長に百の杖《むち》をくらわせ、吏員の名簿から除いた。かれら父子の清廉慎重なことはかくのとおりであった。かくして評判はおおいにたかまり、地方長官を歴任した。

晋《しん》の武帝《ぶてい》が引見して辺境の事情について論じたさい、昔話になった。帝はかれの父の清廉ぶりをほめたたえて威にいう。「そちの清廉は父上の清廉にくらべてどうじゃ」。「てまえは及びませぬ」。「どういう点が及ばぬと考えるのじゃ」。「てまえの父の清廉は人に知られることを恐れました。てまえの清廉は人に知られないことを恐れます。つまりてまえは遠く及ばないわけでございます」。（『三国志』魏書・胡質伝注『晋陽秋』）

胡威、字《あざな》は伯虎。少《わか》くして志尚《ししょう》有り、操《みさお》を清白に厲《はげ》ます。胡質の荊州《けいしゅう》と為るや、威は京都自《よ》り之を省《せい》す。家貧しく、車馬童僕《しゃばどうぼく》無し。威は自《みず》から驢《ろ》を駆《か》って単行す。父に拝見し、廐《きゅう》中に停《とど》まること十余日、告帰《こくき》す。辞するに臨《のぞ》んで、質は絹一匹を賜い、道路の糧《かて》と為す。威跪《ひざまず》いて曰わく、「大人《たいじん》は清白、審《つまび》らかならず何《いず》こに於いて此の絹を得しや」。質曰わく、「是れ吾が俸禄の余、故に以て汝の糧《かて》と為す耳《のみ》」。威は之を受け、辞帰《じき》す。客舎《きゃくしゃ》に至る毎《ごと》に、自《みず》から驢を放ち、樵《しょう》を取って炊爨《すいさん》し、食らい畢《おわ》れば復《ま》た旅《りょ》に随《したが》って道を進む。往還是《おうかんか》くの如《ごと》し。質の帳下《ちょうか》の都督《ととく》、素《も》と相《あ》い識《し》らず、其の

胡威字伯虎、少有志尚、厲操清白、胡質之為荊州也、威自京都省之、家貧、無車馬童僕、威自駆驢単行、拝見父、停廐中十余日、告帰、臨辞、質賜絹一匹、為道路糧、威跪曰、大人清白、不審於何得此絹、質曰、是吾俸禄之余、故以為汝糧耳、威受之、辞帰、毎至客舎、自放驢、取樵炊爨、食畢、復随旅進道、往還

将《まさ》に帰らんとするに先だち、仮《か》を請《こ》いて家に還《かえ》り、陰《ひそ》かに資装《しそう》し、百余里に之を要《むか》え、因《よ》って与《とも》に伴《とも》と為る。事毎《ごと》に之を佐助《さじょ》経営し、又《ま》た少しく飲食を進む。行くこと数百里、威は之を疑う。密《ひそ》かに誘問し、乃《すなわ》ち其の都督なるを知る。因って向《さき》に賜る所の絹を取り、答謝《とうしゃ》して之を遣《や》る。後《の》ち他信に因り、具《つぶ》さに以て質に白《もう》す。質は其の都督を杖《むち》うつこと一百、吏名を除く。其の父子の清慎なること此《か》くの如し。是《ここ》に於いて名誉は著聞《ちょもん》し、宰牧《さいぼく》を歴位《れきい》す。晋の武帝は見《けん》を賜い、辺事《へんじ》を論じ、語は平生《へいぜい》に及ぶ。帝は其の父の清を歎《たん》じ、威に謂《い》いて曰わく、「卿《けい》の清は父の清に孰与《いずれ》ぞ」。威対《こた》えて曰わく、「臣如《し》かざるなり」。帝曰わく、「何を以て如《し》かずと為す」。対《こた》えて曰わく、「臣の父の清は人の知るを恐る。臣の清は人の知らざるを恐る。是《こ》れ臣の如《し》かざる者遠きなり」。

如是、質帳下都督、素不相識、先其将帰、請仮還家、陰資装、百余里要之、因与為伴、毎事佐助経営之、又少進飲食、行数百里、威疑之、密誘問、乃知其都督也、因取向所賜絹、答謝而遣之、後因他信、具以白質、質杖其都督一百、除吏名、其父子清慎如此、於是名誉著聞、歴位宰牧、晋武帝賜見、論辺事、語及平生、帝歎其父清、謂威曰、卿清孰与父清、威対曰、臣不如也、帝曰、以何為不如、対曰、臣父清恐人知、臣清恐人不知、是臣不如者遠也。

▼胡質は荊州刺史であるとともに、振威《しんい》将軍なる将軍号を帯びており、その軍府の一部隊を指揮するのが「帳下都督」である。

二五〇　孫子荊《そんしけい》、年少の時、隠《かく》れんと欲す

孫子荊《そんしけい》（孫楚《そんそ》）はわかいとき隠遁《いんとん》しようと考えた。王武子《おうぶし》（王済《おうせい》）にむかって、「石を枕《まくら》とし流れに漱《すす》ぐ」というべきところを、うっかり「石に漱《すす》ぎ流れを枕とす」といいまちがえた。王が「流れを枕とできるのかい、石で口をすすげるのかい」というと、孫「流れを枕とするのは耳を洗うためだ。石で口をすすぐのは歯をみがくためだ」。（『世説新語』排調篇）

孫子荊、年少の時、隠れんと欲す。王武子に語り、当《まさ》に石を枕とし流れに漱《すす》ぐなるべきを、誤って石に漱《すす》ぎ流れを枕とすと曰う。王曰わく、「流れは枕とす可きか、石に漱《すす》ぐ可き乎《か》」。孫曰わく、「流れを枕とする所以《ゆえん》は其の耳を洗わんと欲す。石に漱《すす》ぐ所以は其の歯を礪《みが》かんと欲す」。

孫子荊年少時、欲隠、語王武子、当枕石漱流、誤曰漱石枕流、王曰、流可枕、石可漱乎、孫曰、所以枕流、欲洗其耳、所以漱石、欲礪其歯。

▼夏目漱石《なつめそうせき》の号の由来となった故事。「耳を洗う」は、隠者の許由《きよゆう》が堯《ぎよう》から天下を譲ろうともちかけられたとき、友人の巣父《そうほ》からけがらわしいと責められ、清水で耳を洗い目をぬぐったという話にもとづく。「石を枕とし流れに漱ぐ」という表現は、『三国志《さんごくし》』蜀書《しよくしよ》・彭羕《ほうよう》伝に見える。

二五一　王夷甫《おういほ》は雅《もと》より玄遠《げんえん》を尚《たっと》ぶ

王夷甫《おういほ》（王衍《おうえん》）はかねてからの高尚ごのみ。妻の欲ばりなのが日ごろから気にくわず、「銭《ぜに》」という言葉をたえて口にしたことはなかった。妻はひとつためしてみようと、女中に命じて銭でベッドのまわりをぐるっととりかこませ、歩けないようにさせた。朝になって起きだした夷甫は、銭で身動きができぬのを見ると、女中をよびつけていった。「そこのそいつをとりのけろ」。（『世説新語』規箴篇）

王夷甫は雅《もと》より玄遠を尚《たっと》ぶ。常に其の婦の貪濁《どんじょく》を嫉《にく》み、口に未だ嘗《か》つて銭《ぜに》の字を言わず。婦は之を試《こころ》みんと欲し、婢《ひ》をして銭を以て牀《しょう》を遶《めぐ》らせて行くを得ざらしむ。夷甫晨《あした》に起き、銭の行くを閡《さまた》ぐるを見、婢を呼んで曰わく、「阿堵《あと》の物を挙却《きょきゃく》せよ」。

王夷甫雅尚玄遠、常嫉其婦貪濁、口未嘗言銭字、婦欲試之、令婢以銭遶牀不得行、夷甫晨起、見銭閡行、呼婢曰、挙却阿堵物。

▼「阿堵」は、この、その、これ、それを意味する指示詞。後世、銭のことを「阿堵物《あとぶつ》」とよぶのは、もとよりこの故事にもとづく。

二五二　王藍田《おうらんでん》は性急《きゅう》なり

王藍田《おうらんでん》（王述《おうじゅつ》）はむきになる性《たち》だった。あるとき、卵を食べ、箸《はし》でつきさすがうまくゆかない。たちまちむかっ腹をたて、つまみあげて床《ゆか》に投げつけた。卵は床の上をいつまでもころがってゆく。そこで床におり、下駄の歯でふんづけるがやはりうまくゆかない。かんしゃくをおこし、もう一度床からとりあげて口にほうりこみ、歯でかみくだくと吐きだした。王右軍《おうゆうぐん》（王羲之《おうぎし》）はそのことを聞いて大笑い、「たとい安期《あんき》（王承《おうしょう》）どのにこんな性格があったところで、べつだんどうということはない。藍田ならあたりまえだ」。（『世説新語』忿狷篇）

王藍田は性急《きゅう》なり。嘗《かつ》て雞子《けいし》を食らい、箸《ちょ》を以て之を刺《さ》すも得ず。便《すなわ》ち大いに怒り、挙《あ》げて以て地に擲《なげう》つ。雞子は地に於いて円転《えんてん》して未だ止《とど》まらず。仍《な》お地に下り、屐歯《げきし》を以て之を蹍《てん》ずるも又《ま》た得ず。瞋《いか》ること甚だしく、復《ま》た地に於いて取りて口中に内《い》れ、齧破《げつは》して即ち之を吐《は》く。王右軍聞きて大いに笑いて曰わく、「安期をして此の性有らしむるも、猶《な》お当《まさ》に一豪《いちごう》の論ず可き無かるべし。況《いわ》んや藍田を邪《や》」。

王藍田性急、嘗食雞子、以箸刺之、不得、便大怒、挙以擲地、雞子於地円転未止、仍下地、以屐歯蹍之、又不得、瞋甚、復於地取内口中、齧破即吐之、王右軍聞而大笑曰、使安期有此性、猶当無一豪可論、況藍田邪。

▼王承は王述の父。王羲之が会稽内史《かいけいないし》を退いて隠棲《いんせい》生活に入ったのは、王述との衝突が原因であったといわれる。

二五三　范宣《はんせん》、年八歳、後園《こうえん》に挑菜《ちょうさい》し

范宣《はんせん》は八歳のとき、裏の畠で野菜をひいていてうっかり指《ゆび》を傷つけ、大声をあげて泣いた。「痛いかい」とたずねられると、こたえた。「痛いからじゃない。からだや髪《かみ》や肌《はだ》を傷つけまい、というでしょう。だから泣いただけさ」。宣は清潔な人がらでつつましく、韓《かん》予章《よしょう》（韓伯《かんはく》）が絹百匹をおくったが受けとらない。五十匹にへらしたがやはり受けとらない。このようにして半分ずつへらしてゆき、一匹になったけれども、さいごまで受けとらなかった。韓は後日、范宣とおなじ車に乗りあわせたおり、車のなかで二丈をきりとって范宣にわたしした。「奥さんが下ばきなしではすまされんだろう」。范宣は笑って受けとった。

（『世説新語』徳行篇）

范宣、年八歳、後園に挑菜し、誤って指を傷つけ、大いに啼《な》く。人問う、「痛き邪《や》」。答えて曰わく、「痛きが為に非《あら》ず。身体髪膚《しんたいはっぷ》、敢《あ》えて毀傷《きしょう》せず。是《ここ》を以て啼《な》く耳《のみ》」。宣は潔行廉約《けっこうれんやく》なり。韓予章、絹百匹を遺《おく》るも受けず。五十疋に

范宣年八歳、後園挑菜、誤傷指、大啼、人問痛邪、答曰、非為痛、身体髪膚、不敢毀傷、是以啼耳、宣潔行廉約、韓予章遺絹百匹、

減《げん》ずるも復《ま》た受けず。是《か》くの如く半《なか》ばを減じ、遂に一疋に至り、既《すで》に終るも受けず。韓後《の》ち范と同《とも》に載《の》り、車中に就きて二丈を裂《さ》きて范に与えて云わく、「人寧《いずく》んぞ婦をして褌《こん》無からしむ可《べ》き邪《や》」。范笑って之を受く。

不受、減五十疋、復不受、如是減半、遂至一疋、既終不受、韓後与范同載、就車中裂二丈与范云、人寧可使婦無褌邪、范笑而受之。

▼両親からもらった肉体を傷つけないのが「孝」の出発点。「身体髪膚《しんたいはつぷ》、之を父母に受く。敢《あ》えて毀傷《きしよう》せざるは孝の始めなり」というのは、『孝経《こうきよう》』開巻の言葉。絹一匹は四丈。

二五四　范宣は未《いま》だ嘗《か》つて公門に入らず

范宣は一度として役所の門をくぐったことがなかった。韓康伯《かんこうはく》（韓伯《かんはく》）が車に同乗し、そのままだましていっしょに郡役所に入った。范宣はさっさと車の後からかけおりた。

（『世説新語』棲逸篇）

范宣は未だ嘗《か》つて公門に入らず。韓康伯与《とも》に同《とも》に載り、遂に誘《いざな》いて倶《とも》に郡に入る。范便《すなわ》ち車後より趨《はし》り下る。

范宣未嘗入公門、韓康伯与同載、遂誘倶入郡、范便於車後趨下。

▼范宣は予章《よしよう》（江西省南昌）で隠棲《いんせい》生活を送っていた。

八章　豪気

二五五　王処仲《おうしょちゅう》、世は高尚《こうしょう》の目《もく》を許す

王処仲《おうしょちゅう》（王敦《おうとん》）は世間から高尚な人間とみとめられていた。あるとき、女色にすさみ、からだがまいってしまった。まわりのものが忠告したところ、処仲「わしは気がつかなかっただけだ。そんなことならいとも簡単」。そこで裏の木戸をひらいてお妾たち数十人を道においたて、自由にさせた。当時の人びとは感心した。（『世説新語』豪爽篇）

王処仲、世は高尚の目を許す。嘗《か》つて色に荒恣《こうし》し、体、之が為に弊《つか》る。左右之《これ》を諫《いさ》む。処仲曰わく、「吾乃《すなわ》ち覚《さと》らざる爾《のみ》。此《か》くの如き者甚だ易《やす》き耳《のみ》」。乃ち後閤《こうこう》を開き、諸《もろも》ろの婢妾《ひしょう》数十人を駆って路に出だし、其の之《ゆ》く所に任《まか》す。時《じ》人《じん》は歎《たん》ず。

王処仲世許高尚之目、嘗荒恣於色、体為之弊、左右諫之、処仲曰、吾乃不覚爾、如此者甚易耳、乃開後閤、駆諸婢妾数十人出路、任其所之、時人歎焉。

二五六　郗太傅《ちたいふ》は京口《けいこう》に在り

郗太傅《ちたいふ》（郗鑒《ちかん》）が京口《けいこう》（鎮江《ちんこう》）にいたとき、書生をつかわして王丞相《おうじょうしょう》（王導《おうどう》）に手紙をとどけさせ、女《むすめ》の壻《むこ》をもとめた。丞相は郗鑒の使者にいう。「君は東の棟にいって自由にえらびなさい」。書生はもどってくると、郗鑒に報告した。「王家のぼっちゃんがたは、どなたもご立派ですが、壻さがしにやって来たと聞くと、みんなとりすまされました。ただ一人のぼっちゃんだけは、東のベッドの上で腹ばいで寝そべったまま、まるで聞こえぬふうでした」。郗公「そいつがいいや」。問いあわせてみたところ、逸少《いつしょう》（王羲之《おうぎし》）だった。それで女《むすめ》を嫁にやった。（『世説新語』雅量篇）

郗太傅在京口、遣門生与王丞相書、求女壻、丞相語郗信、君往東廂、任意選之、門生帰白郗曰、王家諸郎、亦皆可嘉、聞来覓壻、咸自矜持、唯有一郎、在東床上坦腹臥、如不聞、郗公云、正此好、訪之乃是逸少、因嫁女与焉。

郗太傅は京口に在り。門生を遣《つか》わして王丞相に書を与え、女壻《じょせい》を求めしむ。丞相は郗の信に語るらく、「君は東廂《とうしょう》に往《ゆ》き、任意に之を選べ」。門生帰りて郗に白《もう》して曰わく、「王家の諸郎、亦《ま》た皆な嘉《よみ》す可きも、来りて壻を覓《もと》むと聞くや、咸《みな》自《お》のずから矜持《きょうじ》す。唯だ一郎《いちろう》有り、東床上《とうしょう》に在って坦腹《たんぷく》して臥《が》し、聞かざるが如し」。郗公云わく、「正《まさ》に此れ好し」。之を訪《と》えば乃《すなわ》ち是れ逸少。因って女を嫁《か》して与う。

▼王羲之は王導のいとこの子。王羲之に嫁した郗夫人のことは後の二七九条に見える。

二五七　郗公《ちこう》は大いに聚斂《しゅうれん》し

郗《ち》公（郗愔《ちいん》）はどっさりためこんで数千万銭を所有していた。嘉賓《かひん》（郗超《ちちょう》）は内心はなはだ賛成できない。ある日、朝の挨拶に出かけた。郗家のしきたりでは、若者は腰をかけない。それでつっ立ったまましばらくかたりあっているうちに、財産のことに話が及んだ。郗公は「おまえはわしの銭《ぜに》がほしいのにちがいあるまい」といい、そこで金庫を一日ひらいて好きなように使わせることとした。郗公ははじめせいぜい数百万銭ほどの欠損だろうときめこんでいたところ、嘉賓は一日のうちに親友や知人たちにくれてやり、あらかた空《から》にしてしまった。郗公はそう聞くと、いつまでもあいた口がふさがらなかった。（『世説新語』倹嗇篇）

郗公は大いに聚斂《しゅうれん》し、銭《ぜに》数千万を有す。嘉賓は意甚だ同じからず。常つて朝旦《ちょうたん》に問訊《もんじん》す。郗家《ちけ》の法、子弟は坐せず。因《よ》って倚語《いご》して時を移し、遂に財貨の事に及ぶ。郗公曰わく、「汝正《まさ》に当《まさ》に吾が銭を得んと欲すべき耳《のみ》」。迺《すなわ》ち庫を開くこと一日、任意に用いしむ。郗公始め正《まさ》に数百万許《ばか》りを

郗公大聚斂、有銭数千万、嘉賓意甚不同、常朝旦問訊、郗家法、子弟不坐、因倚語移時、遂及財貨事、郗公曰、汝正当欲得吾銭耳、迺開庫一日、令任意用、郗

損すと謂《おも》う。嘉賓は遂に一日に親友と周旋《しゅうせん》に乞与《きつよ》して略《ほ》ぼ尽くす。郗公は之を聞き、驚怪《きょうかい》して已《や》み已《や》む能《あた》わず。

公始正謂損数百万許、嘉賓遂一日乞与親友周旋略尽、郗公聞之、驚怪不能已已。

▼郗超は郗愔の子。「周旋」はつきあいのあるもの。

二五八　顧和《こわ》始めて揚州《よう》の従事《じゅうじ》と為《な》る

顧和《こわ》が揚州《よう》の従事《じゅうじ》になったばかりのころのことだ。月の一日の会見日にあたり、まだなかには入らずに、しばらく車を州庁の門前にとめていると、周侯《しゅうこう》（周顗《しゅうぎ》）が丞相《じょうしょう》（王導《おうどう》）を訪れ、顧和の車の横を通りかかった。顧和はしらみをさがしながら、のんびりかまえて身動きもしない。周はいったん通りすぎてからひきかえし、顧和の胸を指さしていった。「ここには何があるのかね」。顧和はあいかわらずしらみをつぶしながら、ゆっくりうけこたえする。「ここはもっとも見当のつきかねるところです」。周侯はなかに入ると、丞相にかたった。「きみの州の下役のなかに宰相クラスの人物が一人いるよ」。（『世説新語』雅量篇）

顧和始めて揚州の従事と為る。月旦《げったん》、朝《ちょう》するに当り、未《いま》だ

顧和始為揚州従事、月旦当朝、

入らず、頃《しばら》く車を州門の外に停《とど》む。周侯、丞相に詣《いた》り、和の車辺《しゃへん》を歴《ふ》。和は蝨《しらみ》を覔《もと》め、夷然《いぜん》として動かず。周既《すで》に過ぎ、反還《はんかん》し、顧の心を指《ゆび》さして曰わく、「此の中何の有る所ぞ」。顧は蝨《しらみ》を搏《う》つこと故《もと》の如く、徐《おも》むろに応《こた》えて曰わく、「此の中最《もっと》も是《こ》れ測《はか》り難《がた》き地」。周侯既《すで》に入り、丞相に語って曰わく、「卿《けい》の州吏中に一令僕《れいぼく》の才有り」。

未入、頃停車州門外、周侯詣丞相、歴和車辺、和覔蝨、夷然不動、周既過、反還、指顧心曰、此中何所有、顧搏蝨如故、徐応曰、此中最是難測地、周侯既入、語丞相曰、卿州吏中有一令僕才。

▼「月旦」は月の一日《ついたち》。その日、属官は長官と会見する習慣であった。王導が揚州の長官の刺史であり、顧和は部長とでもいうべき従事であった。「令僕」は尚書令《しょうしょれい》と尚書僕射《ぼくや》。行政の最高責任者である。

二五九　王司州《おうししゅう》は謝公《しゃこう》の坐に在って

王司州《おうししゅう》（王胡之《おうこし》）は謝公《しゃこう》（謝安《しゃあん》）の席で吟詠《ぎんえい》した。「音もなく入り、言葉もかけずたち去る。乗るはつむじ風、なびくは雲の旗」。人にかたっていうには、「あのとき、席にはだれ一人としていない気分だったよ」。（『世説新語』豪爽篇）

王司州は謝公の坐に在って、「入るに言わず出ずるに辞《じ》せ

王司州在謝公坐、詠入不言兮出

ず、迴風《かいふう》に乗り雲旗《うんき》を載《の》す」と詠ず。人に語って云わく、「爾《そ》の時に当りては一坐に人無きを覚《おぼ》ゆ」。

不辞、乗迴風兮載雲旗、語人云、
当爾時、覚一坐無人。

▼王胡之が詠じたのは、屈原《くつげん》の『楚辞《そじ》』九歌「小司命《しょうしめい》」の一節。天界に去ってゆく神の姿態をうたったものである。

二六〇　襄陽《じょうよう》の羅《ら》友《ゆう》は大韻《たいいん》有り

襄陽《じょうよう》の羅《ら》友《ゆう》は茫洋《ぼうよう》としたおとこ。わかいころにはみんなから「ぐず」とよばれたものだ。あるとき、人が神祀りをするのをねらって、食物を恵んでもらおうと思った。早く行きすぎたため、門はまだあいていない。神様をお迎えするため外に出てきた主人がそれを見かけ、「時間でもないのに、何故こんなところにいるのだ」とたずねると、「あんたがお祀りをすると聞いたものだから、一度の食事を恵んでもらおうと思ってね」、そうこたえてそのまま門のそばに身をかくした。夜が明け、食事にありつくとさっさと退散し、気まり悪そうな様子はまるでしなかった。

生まれつき記憶力がよかった。桓宣武《かんせんぶ》（桓温《かんおん》）の蜀《しょく》討伐に従軍すると、蜀の町の城門や宮殿を調査し、内外の道路の広狭、植わっている果樹や竹の多少などすべてを頭のなかにたたきこんだ。その後、宣武が溧《りっ》洲で簡文帝《かんぶんてい》と会合したおり、羅友も列席した。蜀のことがたがいの話題となり、思いだせないこともあったのに、羅友はいちいち名をあげて列挙し、とりちがえも遺漏もない。宣武が「蜀城闕簿《じょうけつぼ》」にあたって調べてみると、すべてかれのいったとおり。列席者は舌をまいた。謝公《しゃこう》（謝安《しゃあん》）はいった。「羅友は魏陽元《ぎようげん》（魏舒《ぎじょ》）にもひけをとらぬ」。

その後、広州《こう》の刺史《しし》となることがきまった。赴任するにあたって、刺史の桓豁《かんかつ》が泊りにくるよう告げると、こたえた。「わたしにはすでに先約がございます。主人は貧乏人です。もし酒手《さかて》でもちょうだいできましたなら、とても恩義に感じます。どうか日をあらためてお言いつけに従いましょう」。征西《せいせい》（桓豁）はこっそり人をやって様子をさぐらせてみた。すると、夕方になって荊州の書記官の家に出かけて楽しそうにふるまい、貴人をあいてにするのと変りがなかった。

益州《えき》にいたころ、息子たちにいうのには、「わしには五百人分の食器があるぞ」。家のものは、清貧がもちまえなのによくもそんなものができたことだと腰を抜かしたが、なんのことはない、二百五十組の黒いいれこの箱だった。（『世説新語』任誕篇）

襄陽の羅友は大韻《たいいん》有り。少《わか》き時多く之を癡《ち》と謂《い》う。嘗《か》つて人の祠《まつ》りを伺《うかが》い、食を乞わんと欲す。往《ゆ》くこと太《はなは》だ蚤《はや》く、門未《いま》だ開かず。主人、神を迎えて出で見、問うに「非時《ひじ》な

襄陽羅友有大韻、少時多謂之癡、嘗伺人祠、欲乞食、往太蚤、門未開、主人迎神出見、問以非時

るに何ぞ此《ここ》に在るを得ん」を以てす。答えて曰わく、「卿《けい》の祠ると聞き、一頓《いっとん》の食を乞わんと欲する耳《のみ》」。遂《つい》に門の側《かたわら》に隠る。暁《あかつき》に至り食を得て便《すなわ》ち退き、了《つい》に怍容《さくよう》無し。人と為《な》り記功《きこう》有り。桓宣武の蜀を平ぐるに従い、蜀の城闕《じょうけつ》観宇《かんう》を按行し、内外の道陌《どうはく》の広狭《こうきょう》、植種《しょくしゅ》せる果竹《かちく》の多少、皆《み》な之を黙記《もくき》す。後《の》ち宣武、漂洲《ひょうしゅう》にて簡文と集《つど》い、友も亦《ま》た預《あず》かる。共に蜀中の事を道《い》い、亦《ま》た遺忘する所有るも、友は皆な名列《めいれつ》し、曾《すなわ》ち錯漏《さくろう》無し。宣武験するに蜀 城闕簿《しょくじょうけつぼ》を以てするに、皆な其の言の如し。坐する者歎服《たんぷく》す。謝公云わく、「羅友は詎《なん》ぞ魏陽元に減《げん》ぜんや」。後《の》ち広《こう》州刺史と為る。鎮に之《ゆ》くに当り、刺史の桓豁は語りて莫《くれ》に来り宿《しゅく》せしむ。答えて曰わく、「民已《すで》に前期《ぜんき》有り。主人貧し。或《あ》いは酒饌《しゅせん》の費の与えらるる有れば、甚だ旧有り。請う別日に命を奉ぜん」。征西密《ひそ》かに人を遣《つか》わして之を察せしむ。夕《ゆうべ》に至りて乃ち荆州の門下《もんか》書佐《しょさ》の家に往き、之に処《お》ること怡《い》然《ぜん》、勝達《しょうたつ》に異《こと》ならず。益州に在りて児《じ》に語って云わく、「我は五百人の食器有り」。家中大いに其の由来《ゆらい》清なるに忽《たちま》ち此の物有るを驚く。定めて是《こ》れ二百五十沓《とう》の烏樏《うるい》なり。

何得在此、答曰、聞卿祠、欲乞一頓食耳、遂隠門側、至暁得食便退、了無怍容、為人有記功、従桓宣武平蜀、按行蜀城闕観宇、内外道陌広狭、植種果竹多少、皆黙記之、後宣武漂洲与簡文集、友亦預焉、共道蜀中事、亦有所遺忘、友皆名列、曾無錯漏、宣武験以蜀城闕簿、皆如其言、坐者歎服、謝公云、羅友詎減魏陽元、後為広州刺史、当之鎮、刺史桓豁語令莫来宿、答曰、民已有前期、主人貧、或有酒饌之費見与、甚有旧、請別日奉命、征西密遣人察之、至夕乃往荆州門下書佐家、処之怡然、不異勝達、在益州語児云、我有五百人食器、家中大驚其由来清而忽有此物、定是二百五十沓烏樏。

▼「一頓食」の「一頓」は食事をかぞえる単位。現代語でも「一頓飯《イドンフアン》」という。桓温の蜀征伐については六二、六三条を参照。原文の「漂洲」は「溧洲」の誤りと思われるので、訳文では改めた。溧洲《りつしゅう》はすなわち烈洲《れつしゅう》であって、南京《なんきん》から長江をすこし溯《さかのぼ》ったところにある。「蜀城闕簿」は蜀の都である成都《せいと》の城闕リスト。漢の長安城にかんしては「漢宮闕簿」があった。魏舒は『晋書《しんじょ》』に伝があるが、かれが記憶力にすぐれたという記事はない。桓豁が征西将軍・荊州刺史となったのは興寧《こうねい》三年（三六五）。「門下書佐」は刺史の属官である書記官。羅友は広州刺史から益州刺史となり、「五百人の食器」はそのときの話である。「樏」はなかにしきりのある皿。ここではおそらく小皿が二つずつ組になったもののことであり、それが二百五十組あるのを「五百人の食器」といった。

九章　恐るべき子供たち《アンファン・テリブル》

二六一　賓客《ひんきゃく》、陳太丘《ちんたいきゅう》に詣《いた》りて宿《しゅく》す

陳太丘《ちんたいきゅう》（陳寔《ちんしょく》）のところに泊りがけの客があり、太丘は元方《げんほう》（陳紀《ちんき》）と季方《きほう》（陳諶《ちんじん》）とに飯をたかせた。客は太丘と議論している。二人は火をくべるが、二人ともそこそこにうっちゃらかして盗み聞きした。飯をたくのに簀《すのこ》をしき忘れ、飯は釜《かま》の底に落っこちてしまった。太丘が「飯をたくのになぜむしあげなかったのだ」とたずねると、元方と季方は平伏していった。「父上がお客さまと話しておられるのを、二人とも盗み聞きしておりました。ご飯をたくのに簀《すのこ》をしくのを忘れ、ご飯がお粥《かゆ》になってしまったのです」。太丘「おまえたちちっとは分ったかな」。「だいたいおぼえております」。二人の子供は口をそろえ先をあらそって述べたてたが、聞きもらしたところもない。太丘はいった。「これほどなら、粥《かゆ》でじゅうぶんだ。飯でなくてもよろしい」。（『世説新語』夙恵篇）

賓客、陳太丘に詣《いた》りて宿《しゅく》す。太丘は元方と季方をして炊《た》か　　賓客詣陳太丘宿、太丘使元方季

しむ。客は太丘と論議す。二人は火を進め、倶《とも》に委《す》てて窃《せつ》聴《ちょう》す。炊《た》くに箄《はい》を著《つ》くるを忘れ、飯は釜中《ふちゅう》に落つ。太丘問う、「炊《た》くに何ぞ餾《りゅう》せざるや」。元方、季方長跪《ちょうき》して曰わく、「大人、客と語り、乃《すなわ》ち倶《とも》に窃聴《せっちょう》す。炊くに箄《はい》を著《つ》くるを忘れ、飯今《い》ま糜《び》と成る」。太丘曰わく、「爾《なんじ》頗《すこぶ》る識《し》る所有る不《や》」。対《こた》えて曰わく、「髣髴《ほうふつ》として之を志《し》る」。二人倶《とも》に説き、更《こもご》も相い易奪《えきだつ》し、言に遺失《いしつ》無し。太丘曰わく、「此《か》くの如くんば、但《た》だ糜《び》にて自《お》のずから可《よ》し。何ぞ必らずしも飯ならんや」。

方炊、客与太丘論議、二人進火、倶委而窃聴、炊忘著箄、飯落釜中、太丘問、炊何不餾、元方季方長跪曰、大人与客語、乃倶窃聴、炊忘著箄、飯今成糜、太丘曰、爾頗有所識不、対曰、髣髴志之、二人倶説、更相易奪、言無遺失、太丘曰、如此但糜自可、何必飯也。

▼甑《こしき》の底に簀《すのこ》をしいてむしあげるべきところを、簀をしき忘れたため、甑の穴から米が底に落ちてしまったのである。「餾」は蒸気で米をむすこと。陳寔《ちんしょく》は後漢の名士である。

二六二　孔文挙《こうぶんきょ》は年十歳

孔文挙《こうぶんきょ》（孔融《こうゆう》）は十歳のとき、父について洛陽に出かけた。そのころ、李元礼《りげんれい》（李膺《りよう》）はたいそうな騒がれようで、司隷校尉《しれいこうい》をつとめていた。かれのところを訪問するものは、秀才か人格高潔と評判のもの、および親族一同だけがどうにか通してもらえた。文挙は門前までくると、とりつぎにいった。「ぼくは李閣下の知りあいです」。やがて通されて席に進み、元礼がたずねる。「君はわしとどういう知りあいなのだ」。「むかし、ぼくの先祖の仲尼《ちゅうじ》はあなたのご先祖の伯陽《はくよう》さまを先生とあおいで教えをうける間柄でした。つまり、ぼくとあなたとは何代にもわたるなじみなのです」。元礼と客人たちはだれしもおそれいった。太中大夫《たいちゅうたいふ》の陳韙《ちんい》がおくれてやってきた。あるものがさきのことを話した。韙「小さいときに頭がよくても、大人になってから立派になるとはかぎらんよ」。文挙「あなたは小さいころきっと頭がよかったのでしょう」。韙はまったくたじたじだった。(『世説新語』言語篇)

孔文挙は年十歳、父に随って洛に到る。時に李元礼は盛名《せいめい》有り、司隷校尉と為る。門に詣《いた》る者、皆な儁才《しゅんさい》清称及び中《ちゅう》表《ひょう》の親戚にして乃《すなわ》ち通る。文挙は門に至り、吏に謂いて曰わく、「我は是《こ》れ李府君《りふくん》の親なり」。既に通り坐に前《すす》むや、元礼問いて曰わく、「君は僕と何の親有りや」。対《こた》えて曰わく、「昔《むかし》し先君仲尼《ちゅうじ》は君の先人伯陽《はくよう》と師資《しし》の尊《そん》有り。是れ僕は君と奕世《えきせい》好《よし》みを通ずと為すなり」。元礼及び賓客、之を奇《き》とせざるは莫《な》し。太中大夫の陳韙後《おく》れて至る。人、其

孔文挙年十歳、随父到洛、時李元礼有盛名、為司隷校尉、詣門者、皆儁才清称及中表親戚乃通、文挙至門、謂吏曰、我是李府君親、既通前坐、元礼問曰、君与僕有何親、対曰、昔先君仲尼、与君先人伯陽有師資之尊、是僕与君奕世為通好也、元礼及賓客、

の語を以て之に語る。韙曰わく、「小時了了《りょうりょう》たるも、大にして未だ必らずしも佳《か》ならず」。文挙曰わく、「想うに君は小時必らず当《まさ》に了了たるべし」。韙は大いに蹴踖《しゅくせき》す。

莫不奇之、太中大夫陳韙後至、人以其語語之、韙曰、小時了了、大未必佳、文挙曰、想君小時必当了了、韙大蹴踖。

▼孔融（一五三―二〇八）は孔子二十世の孫とも二十四世の孫とも伝えられる人物。仲尼は孔子、伯陽は老子の字《あざな》。老子の姓は李なので李膺《りよう》の先祖に見たてた。孔子が老子に礼にかんする質問をしたこと、『史記《しき》』孔子世家、老子列伝その他に見える。司隷校尉はいわば警視総監。「中表の親戚」の「中表」は内外とおなじ。父方と母方。太中大夫は論議をつかさどる官。「蹴踖」の語は、『論語』郷党《きょうとう》篇に、孔子の行動を記録して、「君在《い》ませば蹴踖如《しゅくせきじょ》たり」と慎重敬虔の形容語として用いられている。陳韙はたじたじとなってかしこまったのである。

二六三　鍾毓《しょういく》　兄弟の小さき時

鍾毓《しょういく》兄弟の幼ないころのこと、父が昼寝をしているすきに二人して薬用酒を盗み飲みした。父はちょうど目をさましたが、しばらく眠ったふりをよそおって様子を見ていると、毓はお辞儀をしてから飲み、会《かい》は飲んでもお辞儀をしない。やがて毓にたずねた。「どうしてお辞儀をするのだ」。毓「お酒は礼をととのえるためのもの。お辞儀をしないわけにはゆきません」。さらに会にたずねた。「どうしてお辞儀をしないのだ」。会「盗みはもともと礼にはずれたこと。だからお辞儀をしないのです」。（『世説新語』言語篇）

鍾毓兄弟の小さき時、父の昼寝《ちゅうしん》するに値《あた》り、因《よ》って共に薬《やく》酒《しゅ》を偸服《ちゅうふく》す。其の父時に覚《さ》むるも、且《しば》らく寐《び》に託《たく》して以て之を観《み》る。毓は拝して後《の》ち飲み、会は飲みて拝せず。既《すで》にして毓に問う、「何を以て拝すや」。毓曰わく、「酒は以て礼を成す。敢《あ》えて拝せずんばあらず」。又《ま》た会に問う、「何を以て拝せざるや」。会曰わく、「偸《ちゅう》は本《もと》より礼に非《あら》ず。所《ゆ》以《え》に拝せず」。

鍾毓兄弟小時、値父昼寝、因共偸服薬酒、其父時覚、且託寐以観之、毓拝而後飲、会飲而不拝、既而問毓、何以拝、毓曰、酒以成礼、不敢不拝、又問会、何以不拝、会曰、偸本非礼、所以不拝。

▼「酒は以て礼を成す」は『左伝《さでん》』荘公二十二年の言葉。鍾毓、鍾会兄弟の父は、書で名だかい鍾繇《しょうよう》。

二六四　晋《しん》の明帝《めいてい》数歳、元帝《げんてい》の膝《しつ》上に坐す

晋《しん》の明帝《めいてい》は数歳、元帝《げんてい》の膝《ひざ》の上に坐っている。一人のおとこが長安からやってきた。元帝が洛陽の消息をたずねると、さめざめと涙を流した。明帝が「どうして泣くのだ」とた

ずねると、江南に渡来することになった次第をくわしく話した。そこで明帝にたずねた。「おまえは長安とお日さまとどっちが遠いと思うかね」。「お日さまが遠い。お日さまのところから人がやってきたなんて聞いたことがないもの。わかりきったことでしょ」。元帝は感心した。翌日、群臣を招いて宴会をひらき、そのことを話した。もう一度たずねてみると、なんと「お日さまが近い」とのこたえ。元帝はうろたえた。「おまえはなぜ昨日いったこととちがうのだ」。「目を挙げるとすぐお日さまは見えるのに、長安は見えないもの」。(『世説新語』夙恵篇)

晋の明帝数歳、元帝の膝《しつ》上に坐す。人の長安従《よ》り来る有り。元帝は洛下の消息《しょうそく》を問い、潸然《さんぜん》として流涕《りゅうてい》す。明帝は何を以て泣《なみだ》を致《いた》すやと問い、具《つぶ》さに東渡の意を以て之に告ぐ。因って明帝に問う、「汝の意、長安は日の遠きに何如《いかん》と謂《おも》う」。答えて曰わく、「日遠し。人の日辺《じつぺん》従《よ》り来るを聞かず。居然《きょぜん》として知る可し」。元帝は之を異とす。明日、群臣を集めて宴会《えんかい》し、告ぐるに此の意を以てす。更に重《かさ》ねて之に問えば、乃《すなわ》ち答えて曰わく、「日近し」。元帝は色を失って曰わく、「爾《なんじ》何の故に昨日の言に異《こと》なる邪《や》」。答えて曰わく、

晋明帝数歳、坐元帝膝上、有人従長安来、元帝問洛下消息、潸然流涕、明帝問何以致泣、具以東渡意告之、因問明帝、汝意謂長安何如日遠、答曰、日遠、不聞人従日辺来、居然可知、元帝異之、明日集群臣宴会、告以此意、更重問之、乃答曰、日近、元帝失色曰、爾何故異昨日之言

「目を挙ぐれば日を見るも、長安を見ず」。

邪、答曰、挙目見日、不見長安。

▼「居然」は昭然、顕然とおなじ。はっきりと。

二六五　謝奕《しやえき》、剡令《せんれい》と作《な》る

謝奕《しやえき》が剡《せん》（浙江省《せっこう》嵊州《じょうしゅう》）の県令であったとき、一人のじいさんが法律を犯《おか》した。謝奕はストレートの酒を罰として飲ませ、ぐでんぐでんに酔っているのにまだやめようとしない。太傅《たいふ》（謝安《しやあん》）はそのとき七つか八つ、青い布のズボンをはき、兄の膝《ひざ》のそばに坐っていたが、つぎのように忠告した。「兄さん、おじいさんがかわいそう。どうしてそんなことをするの」。謝奕はそこで表情をあらため、「ちび、放免《ほうめん》してやりたいのか」、そういうとゆるしてやった。（『世説新語』徳行篇）

謝奕、剡令《せんれい》と作《な》る。一老翁《ろうおう》の法を犯《おか》す有り。謝は醇酒《じゅんしゅ》を以て之を罰し、乃《すなわ》ち過酔《かすい》に至るも而《しか》れども猶お未だ已《や》めず。太傅時に年七、八歳、青布《せいふ》の絝《こ》を著《つ》け、兄の膝辺《しっぺん》に在って坐す。諫《いさ》めて曰わく、「阿兄《あけい》、老翁念《おも》う可し。何ぞ此れを作《な》す可けんや」。奕は是《ここ》に於いて容《よう》を改めて曰わく、「阿奴《あど》、

謝奕作剡令、有一老翁犯法、謝以醇酒罰之、乃至過酔、而猶未已、太傅時年七八歳、著青布絝、在兄膝辺坐、諫曰、阿兄、老翁可念、何可作此、奕於是改容曰、

放去《ほうきょ》せんと欲する邪《や》」。遂《つい》に之を遣《や》る。

阿奴欲放去邪、遂遣之。

▼謝奕は謝安の長兄。「阿奴」は親しいものにたいするよびかけ。「阿兄」の「阿」も親しみをあらわす。

二六六　庾園客《ゆえんきやく》、孫監《そんかん》に詣《いた》る

庾園客《ゆえんきやく》（庾《ゆ》爰之《えんし》）が孫監《そんかん》（孫盛《そんせい》）を訪問した。ちょうど外出中で、斉荘《せいそう》（孫放《そんほう》）が表にいるのを見かけた。まだ幼ないがかしこい。庾がためしに、「孫安国《そんあんこく》どのはどこにおいでじゃ」とたずねると、すぐにこたえる。「庾稚恭《ゆちきよう》（庾翼《ゆよく》）さまのところです」。庾は大笑いし、また「孫《そん》ご一家はたいそうお盛んなことじゃ。こんな子供がおられるのだから」というと、またこたえた。「庾ご一家の翼翼とさかえておられるのには及びません」。もどってきて人につげていうのには、「ぼくのもちろん勝ちさ。あいつのおやじの名を二度よんでやったんだもの」。（『世説新語』排調篇）

庾園客、孫監に詣《いた》る。値《たま》ま行き、斉荘の外に在《あ》るを見る。尚《な》お幼なきも神意《しんい》有り。庾之を試みて曰わく、「孫安国は何《いず》こに在りや」。即ち答えて曰わく、「庾稚恭の家」。庾大

庾園客詣孫監、値行、見斉荘在外、尚幼而有神意、庾試之曰、孫安国何在、即答曰、庾稚恭家、

いに笑いて曰わく、「諸孫《しょそん》大いに盛《さか》ん、児の此《か》くの如き有り」。又《ま》た答えて曰わく、「未だ諸庾《しょゆ》の翼翼《よくよく》たるに若《し》かず」。還《かえ》りて人に語って曰わく、「我故《もと》より勝てり。重《かさ》ねて奴《ど》の父の名を喚《よ》ぶを得たり」。

庾大笑曰、諸孫大盛、有児如此、又答曰、未若諸庾之翼翼、還語人曰、我故勝、得重喚奴父名。

▼庾爰之は庾翼の子。孫放は孫盛の子。さいしょの問答は、孫安国と字《あざな》でよんだのにやはり庾稚恭と字でこたえた利発さ。つづく問答は、あいての父の実名をよぶことはタブーであるのに、あえて「盛」「翼」と用いた点に眼目がある。

十章　女性たち

二六七　荀粲《じゅんさん》常に以《おも》えらく

荀粲《じゅんさん》は持論として、女性たるもの才智は問題ではない、容色こそがかんじんだ、と考えた。驃騎《ひょうき》将軍の曹洪《そうこう》の女《むすめ》は美人だったので、荀粲はそこで嫁に迎えた。衣裳やベッドのカーテンをとびきり派手につくり、寝室にこもりきりで歓楽にふけった。数年たって、夫人は病気でなくなった。殯《もがり》のまだすまぬころ、傅嘏《ふか》が粲のおくやみにゆくと、粲は哭泣もせずにやつれきっている。嘏はたずねた。「女性は才色兼備とはなかなかゆかぬ。きみが結婚したのは、才をすて容色をとったのだろう。それならいくらでも見つかるよ。いまさら何をそんなにひどく悲しんでいるのだ」。粲「佳人《かじん》は二度と得がたいという。思いかえしてみると、死んだあいつは国を傾けるほどの美貌であったわけではないけれども、いくらでも見つかるなどといってはもらいたくない」。哀惜《あいせき》のおもいをおさえきれず、一年あまりしてやはりなくなった。二十九歳であった。（『三国志』魏書・荀彧伝注『荀粲伝』）

荀粲常に以《おも》えらく、婦人なる者は才智《さいち》は論ずるに足らず、自《お》のずから宜しく色を以て主と為すべしと。驃騎《ひょうき》将軍曹洪の女《むすめ》は美色《びしょく》有り。粲は是《ここ》に於いて娉《へい》す。容服帷帳甚だ麗《うるわ》しく、房《ぼう》を専らにして歓宴す。歴年の後、婦は病《や》みて亡《みま》かる。未だ殯《ひん》せずして、傅嘏は往きて粲を唁《とむら》う。粲は哭《こく》せずして神傷《やぶ》る。嘏問いて曰わく、「婦人は才色並《なら》びに茂《さか》んなるを難《かた》きと為す。子《なんじ》の娶《めと》るや、才を遺《す》てて色を好む。此れ自《お》のずから遇《あ》い易《やす》し。今ま何ぞ哀《かな》しむことの甚だしきや」。粲曰わく、「佳人《かじん》は再び得難《がた》し。顧《かえ》りみるに逝《ゆ》く者は傾国《けいこく》の色有る能《あた》わざるも、然れども未だ之を遇《あ》い易《やす》しと謂う可からず」。痛悼《つうとう》して已《や》む能《あた》わず、歳余《さいよ》にして亦た亡《みま》かる。時に年二十九。

荀粲常以婦人者才智不足論、自宜以色為主、驃騎将軍曹洪女有美色、粲於是娉焉、容服帷帳甚麗、専房歓宴、歴年後、婦病亡、未殯、傅嘏往唁粲、粲不哭而神傷、嘏問曰、婦人才色並茂為難、子之娶也、遺才而好色、此自易遇、今何哀之甚、粲曰、佳人難再得、顧逝者不能有傾国之色、然未可謂之易遇、痛悼不能已、歳余亦亡、時年二十九。

▼「傾国の色」、すなわち君主の心を奪って国をあやうくさせるほどの美人、それは「佳人は再び得難《がた》し」の句とともに、漢《かん》の武帝《ぶてい》の妃、李夫人《りふじん》をうたった李延年《りえんねん》の詩にもとづく。「北方に佳人有り、絶世《ぜっせい》にして独立す。一《ひと》たび顧《かえ》りみれば人の城を傾け、再び顧《かえ》りみれば人の国を傾く。寧《いずく》んぞ知らざらんや傾城《けいせい》と傾国《けいこく》と、佳人は再び得難《がた》きを」（『漢書』外戚伝）。ところで、『世説新語』惑溺《わくでき》篇には荀粲のつぎの話がある。

――荀奉倩《じゅんほうせん》（荀粲）は夫人と仲むつまじかった。真冬に夫人が熱病にかかったときには、庭にとび出して冷気をとり、もどってくるとからだをあてがった。夫人がなくなると、奉倩もしばらくして死んだ。そのため世間の非難をかった。「女性は徳などどうでもよい。容色こそがかんじんだ」というのが奉倩の口ぐせだった。そう聞いた裴令《はいれい》（裴楷《はいかい》）はいった。「これは思いつきのこと。人格者の言葉ではない。後世の人びとはこんな言葉にごまかされないでほしい」。

二六八　王渾《おうこん》、婦の鍾《しょう》氏と共に坐し

王渾《おうこん》が夫人の鍾《しょう》氏とならんで坐っているとき、武子《ぶし》（王済《おうせい》）が庭を通りすぎるのを見かけた。渾がうれしげに、「あんな子が生まれてきて、たのもしいことだ」、と夫人に話しかけると、夫人が笑っていうのには、「もしわたしが参軍《さんぐん》（王倫《おうりん》）どののお嫁さんになっていましたら、生まれてくる子はとてもあんなどころじゃなかったでござんしょ」。（『世説新語』排調篇）

王渾、婦の鍾氏と共に坐し、武子の庭従《よ》り過ぎるを見る。渾欣然《きんぜん》として婦に謂《い》いて曰わく、「児を生むこと此《か》の如く、人の意を慰《なぐさ》むるに足る」。婦笑って曰わく、「若《も》し新婦《しんぷ》をし

王渾与婦鍾氏共坐、見武子従庭過、渾欣然謂婦曰、生児如此、足慰人意、婦笑曰、若使新婦得

て参軍に配するを得しむれば、児を生むこと故《もと》より啻《た》だに　　配参軍、生児故可不啻如此。

此《か》の如くのみならざる可し」。

▼王倫は王渾の弟。大将軍司馬昭《しばしょう》の参軍であった。王済はもとより王渾の子。「新婦」はよめさん。新妻とはかぎらぬ。ここでは一人称として用いられている。

二六九　許允《きょいん》の婦は是《こ》れ阮衛尉《げんえいい》の女《むすめ》

許允《きょいん》の妻は阮衛尉《げんえいい》（阮共《げんきょう》）の女《むすめ》、徳如《とくじょ》（阮侃《げんかん》）の妹である。とても見られた顔ではなかった。婚儀がおわると、允には二度と部屋に入ろうとする気配がない。家族のものはとても気をもんだ。たまたま允のところに客が訪れた。妻が女中に見にやらせると、もどってきて「桓《かん》さんのぼっちゃんです」とのこたえ。桓さんのぼっちゃんとは桓範《かんはん》のことである。妻「もう大丈夫。桓さんが部屋に入るようきっとすすめてくださるわ」。桓範ははたして許允に話した。「阮《げん》家がぶすの女《むすめ》をきみに嫁入らせたからには、きっとわけがあるにちがいない。きみはよく観察してみることだ」。許允はさっそく部屋にもどったが、妻の顔を見たとたんにとび出そうとする。妻はこのさい出てゆかれては二度と部屋に入ってくる道理はないと思い、裾《すそ》をつかんでひきとめた。許允はそこでいった。「女性には四つの徳があるというが、おまえはそのいくつを持っているのかね」。妻「わたしにかけているのは器量だけでございます。ところで、おとこには百の行ないがあると申しますが、あなたはいくつお持ちですか」。許允「ぜんぶ備わっているよ」。妻「そもそも百の行ないのうち、徳こそが第一でございます。あなたは容色を好んで徳を好まれない。ぜんぶ備わっているなどとよくもいえましたこと」。允は恥じいり、かくてあいてを尊敬するようになった。

（『世説新語』賢媛篇）

許允の婦は是れ阮衛尉の女、徳如の妹。奇醜《きしゅう》なり。交礼《こうれい》竟《おわ》り、允には復《ま》た入る理無し。家人は深く以て憂いと為す。会《たまた》ま允に客の至る有り。婦は婢《ひ》をして之を視《み》しむ。還《かえ》り答えて曰わく、「是れ桓郎《かんろう》」。桓郎なる者は桓範なり。婦云わく、「憂い無し。桓必らず入るを勧《すす》めん」。桓果《はた》して許に語って云わく、「阮家既に醜女《しゅうじょ》を嫁《か》して卿《けい》に与う、故《もと》より当《まさ》に意有るべし。卿宜しく之を察すべし」。許便《すなわ》ち回《めぐ》りて内に入る。既に婦を見、即ち出でんと欲す。婦は其れ此れ出ずれば復《ま》た入る理無しと料《はか》り、便《すなわ》ち裾《すそ》を捉《と》りて之を停《とど》む。許因《よ》って謂《い》いて曰わく、「婦には四徳《しとく》有り。卿は其の幾《いくば》くを有するや」。婦曰わく、「新婦《しんぷ》の乏しき所は唯だ容なる爾《のみ》。

許允婦是阮衛尉女、徳如妹、奇醜、交礼竟、允無復入理、家人深以為憂、会允有客至、婦令婢視之、還答曰、是桓郎、桓郎者桓範也、婦云、無憂、桓必勧入、桓果語許云、阮家既嫁醜女与卿、故当有意、卿宜察之、許便回入内、既見婦、即欲出、婦料其此出無復入理、便捉裾停之、許因謂曰、婦有四徳、卿有其幾、婦曰、新婦所乏唯容爾、然士有百

然るに士には百行《ひやくこう》有り。君は幾《いくば》くを有するや」。許云わく、「皆な備わる」。婦曰わく、「夫《そ》れ百行は徳を以て首と為す。君は色を好み徳を好まず。何ぞ皆な備わると謂うや」。允は慚《は》ずる色有り、遂に相い敬重《けいじゆう》す。

行、君有幾、許云、皆備、婦曰、夫百行以徳為首、君好色不好徳、何謂皆備、允有慚色、遂相敬重。

▼女性の四徳について、『周礼《しゆらい》』天官「九嬪《きゆうひん》」に「婦学の法を掌《つかさ》どり、以て九御《きゆうぎよ》に教う。婦徳、婦言、婦容、婦功」とある。すなわち、貞順、言葉づかい、容貌、針仕事。また『詩経』衛風《えい》「氓《ぼう》」の詩の句、「士之耽兮――士《おとこ》の耽《ふけ》るは――」の鄭玄《じようげん》の注に、「士に百行有り」。「色を好み徳を好まず」は、『論語』子罕《しかん》篇「徳を好むこと色を好むが如くす」を意識した表現である。

二七〇　王公淵《おうこうえん》は諸葛誕《しよかつたん》の女《むすめ》を娶《めと》る

王公淵《おうこうえん》（王広《おうこう》）は諸葛誕《しよかつたん》の女《むすめ》をめとった。寝室に入り言葉をかわしたとたんに、王は妻にいった。「花嫁さんはひどいご面相だね。公休《こうきゆう》どのとは似ても似つかぬ」。妻「旦那さまには彦雲《げんうん》さまのおもかげもありませんのに、お嫁さんを英傑とくらべさせるなんて」。

（『世説新語』賢媛篇）

王公淵は諸葛誕の女を娶《めと》る。室に入り言語始めて交《かわ》すや、

王公淵娶諸葛誕女、入室言語始

王は婦に謂いて曰わく、「新婦は神色卑下《しんしょくひげ》、殊《こと》に公休に似ず」。婦曰わく、「大丈夫は彦雲を彷彿《ほうふつ》す能《あた》わずして、而《しか》して婦人をして英傑に比蹤《ひしょう》せしむ」。

交、王謂婦曰、新婦神色卑下、殊不似公休、婦曰、大丈夫不能彷彿彦雲、而令婦人比蹤英傑。

▼公休は諸葛誕の字《あざな》。彦雲は王広の父の王淩《おうりょう》の字《あざな》。

二七一　賈充《かじゅう》の前婦は是《こ》れ李豊《りほう》の女《むすめ》

賈充《かじゅう》の先妻は李豊の女《むすめ》である。李豊《りほう》が殺されると、離縁になり辺境に流された。その後、特赦によってもどってくることができたが、賈充はとっくのむかしに郭配《かくはい》の女《むすめ》をめとっていた。武帝《ぶてい》は特例として左右の夫人を置くことをゆるした。李氏は別によそに家をかまえ、充の屋敷にもどってこようとはしない。郭氏が充につげた。「李さんのところを見舞ってあげたく存じます」。充「とてもしっかり者で、やり手だよ。おまえは出かけるのをよした方がよかろう」。郭氏はそれならばと威儀をととのえ、腰元たちを大勢ひきつれた。向こうについて門を入ると、李氏は起立して出迎えた。郭氏は思わずおのずと足が折れ、つい跪《ひざまず》いて二度お辞儀をしてしまった。もどってから充に話すと、充「おまえに何といったかね」。(『世説新語』賢媛篇)

賈充の前婦は是《こ》れ李豊の女《むすめ》。豊誅《ちゅう》せらるるや、離婚して辺《へん》に徙《うつ》る。後《の》ち赦《しゃ》に遇《あ》いて還《かえ》るを得るも、充は先に已《すで》に郭配の女を取《めと》る。武帝特に左右夫人を置くを聴《ゆる》す。李氏は別に外に住まい、肯《あ》えて充の舎《しゃ》に還《かえ》らず。郭氏、充に語るらく、「就きて李を省《せい》せんと欲す」。充曰わく、「彼は剛介《ごうかい》にして才気《さいき》有り。卿《けい》往《ゆ》くは去《ゆ》かざるに如《し》かず」。郭氏は是《ここ》に於いて威儀《いぎ》を盛んにし、多く侍婢《じひ》を将《ひき》う。既《すで》に至りて戸を入るや、李氏起《た》ちて迎う。郭覚《おぼ》えずして脚自《お》のずから屈《くつ》し、因《よ》って跪きて再拝す。既《すで》に反《かえ》り充に語るや、充曰わく、「卿に語りて何物を道《い》いしぞ」。

賈充前婦是李豊女、豊被誅、離婚徙辺、後遇赦得還、充先已取郭配女、武帝特聴置左右夫人、李氏別住外、不肯還充舎、郭氏語充、欲就省李、充曰、彼剛介有才気、卿往不如不去、郭氏於是盛威儀、多将侍婢、既至入戸、李氏起迎、郭不覚脚自屈、因跪再拝、既反語充、充曰、語卿道何物。

▼魏《ぎ》の中書令であった李豊が司馬師《しばし》を廃そうとして失敗し、殺されたのは嘉平《かへい》六年（二五四）のこと。女《むすめ》の賈充夫人は楽浪《らくろう》に流された。「何物」は現代語の「什麼《シェンマ》」。なに、なにごと。

二七二　裴成公《はいせいこう》の婦は王戎《おうじゅう》の女《むすめ》

裴成公《はいせいこう》（裴頠《はいき》）の妻は王戎《おうじゅう》の女《むすめ》である。王戎は早朝に裴頠のところへ出かけ、とりつぎも請わずにとっとと奥へ通った。裴頠はベッドの南側からおり、女《むすめ》はベッドの北側からお

り、むきあって夫婦の挨拶をかわし、まったくけろっとしていた。（『世説新語』任誕篇）

裴成公の婦は王戎の女。王戎は晨《あした》に裴の許《もと》に往《ゆ》き、通ぜずして径《ただ》ちに前《すす》む。裴は牀《しょう》の南従《よ》り下り、女は北従《よ》り下り、相い対して賓主《ひんしゅ》を作《な》し、了《つい》に異色《いしょく》無し。

裴成公婦王戎女、王戎晨往裴許、不通径前、裴従牀南下、女従北下、相対作賓主、了無異色。

二七三　宋禕《そうい》は曾《か》つて王大将軍《おうだいしょうぐん》の妾《しょう》と為《な》り

宋禕《そうい》ははじめ王大将軍《おうだいしょうぐん》（王敦《おうとん》）のかこわれ者だったが、後に謝鎮西《しゃちんぜい》（謝尚《しゃしょう》）のものとなった。鎮西が禕にたずねた。「わしは王どのとくらべてどうだ」。「王さんはあなたさまにくらべますと、ただの田舎のお大尽《だいじん》です」。鎮西は色っぽかったからである。（『世説新語』品藻篇）

宋禕は曾《か》つて王大将軍の妾《しょう》と為り、後に謝鎮西に属す。鎮西は禕に問う、「我は王に何如《いかん》」。答えて曰わく、「王は使《し》君《くん》に比《くら》べて田舎《でんしゃ》の貴人なる耳《のみ》」。鎮西は妖冶《ようや》なるが故なり。

宋禕曾為王大将軍妾、後属謝鎮西、鎮西問禕、我何如王、答曰、王比使君、田舎貴人耳、鎮西妖冶故也。

二七四　温公《おんこう》は婦を喪《うしな》う

温公《おんこう》（温嶠《おんきょう》）は妻をなくした。おばの劉《りゅう》氏一家は戦乱のどさくさに離散し、のこったのは女《むすめ》一人だけ。なかなかの美人で頭も悪くない。おばは結婚あいてをさがしてほしいと公にたのんだ。公は内心ひそかに自分が結婚したいと考え、こうこたえた。「いい壻《むこ》さんはなかなか見つかりません。ぼくぐらいのものではどうでしょうか」。おば「落ちぶれ者の生きのこり。どうにかこうにか生活させてもらえれば、それでわたしの余生は十分に満足です。あんたほどの人なんて滅相《めっそう》もない」。その後数日たってから、公はおばに報告した。「結婚あいてが見つかりました。家柄はまあまあだし、お壻さん本人の評判も仕事もぼくにまったくひけをとりません」。そして玉の鏡台一台をとどけた。おばは大喜びした。やがて式をあげ挨拶をかわすさい、女《むすめ》は手で紗《しゃ》の扇を開き、手をうって大笑い、「わたしははじめっからこのおじいちゃんじゃないかとにらんでいたの。やっぱり予想どおりだったわ」。玉の鏡台は、公が劉越石《りゅうえつせき》（劉琨《りゅうこん》）の長史《ちょうし》をつとめていたころ、劉聡《りゅうそう》を北方に討伐して手にいれたものである。（『世説新語』仮譎篇）

温公は婦を喪《うしな》う。従姑《じゅうこ》の劉氏の家、乱に値《あ》いて離散し、唯《た》だ一女有るのみ。甚だ姿慧《しけい》有り。姑《こ》は以て公に属《しょく》して婚を覔《もと》めしむ。公は密《ひそ》かに自《みず》から婚する意有り。答えて云わく、

温公喪婦、従姑劉氏家値乱離散、唯有一女、甚有姿慧、姑以属公覔婚、公密有自婚意、答云、佳

「佳壻《かしよ》は得難《がた》し。但《た》だ嶠《きよう》の比《ひ》の如き云何《いかん》」。姑云わく、「喪《そう》敗《はい》の余、粗《ほ》ぼ存活《そんかつ》せんことを乞《こ》い、便《すなわ》ち吾が余年《よねん》を慰《なぐさ》むるに足る。何ぞ敢《あ》えて汝の比を希《ねが》わんや」。却後《きやくご》少日、公は姑に報じて云わく、「已《すで》に婚処《こんしよ》を覓《もと》め得たり。門地は粗《ほ》ぼ可《よ》く、壻《しよ》の身の名宦《めいかん》は尽《ことごと》く嶠に減《げん》ぜず」。因って玉《ぎよく》の鏡台一枚を下す。姑は大いに喜ぶ。既に婚し交礼するや、女は手を以て紗扇《しやせん》を披《ひら》き、掌《しよう》を撫《ぶ》して大いに笑いて曰わく、「我固《もと》より是《こ》れ老奴《ろうど》と疑う。果《はた》して卜《ぼく》する所の如し」。玉の鏡台は是れ公が劉越石の長史と為り劉聡を北征して得し所。

壻難得、但如嶠比云何、姑云、喪敗之余、乞粗存活、便足慰吾余年、何敢希汝比、却後少日、公報姑云、已覓得婚処、門地粗可、壻身名宦尽不減嶠、因下玉鏡台一枚、姑大喜、既婚交礼、女以手披紗扇、撫掌大笑曰、我固疑是老奴、果如所卜、玉鏡台是公為劉越石長史北征劉聡所得。

▼温嶠ががんらい劉琨の部下であったこと、三六条を参照。劉聡は匈奴《きようど》族。やがて西晋王朝を滅ぼし、漢と称する王朝を建てた。

二七五　林道人《りんどうにん》、謝公《しやこう》に詣《いた》る

林道人《りんどうにん》（支遁《しとん》）が謝公《しやこう》（謝安《しやあん》）を訪れた。東陽《とうよう》（謝朗《しやろう》）はそのときあげまきを結《ゆ》ったばかりの少年であった。病みあがりでからだはまだ無理がきかないのに、林公と談論し、あいてをぎゅうぎゅういわせた。壁の後で耳をすませて聞いていた母親の王《おう》夫人は、再三使いをやってひきさがらせようとするが、太傅《たいふ》（謝安）がひきとめる。王夫人はすっとあらわれると、「わたしはわかくして家庭の不幸にあいました。一生のたのみはただこの子だけなのです」、そういうなり、涙を流し子供をだきかかえてひきあげていった。謝公はその場の人たちにいった。「嫂《ねえ》さんの言葉といい顔つきといい、あの啖呵《たんか》のきりようは、後世の語り草とするねうちがある。残念なのは朝臣たちに見せてやれなかったことじゃ」。

（『世説新語』文学篇）

林道人、謝公に詣《いた》る。東陽は時に始めて総角《そうかく》なり。新たに病いより起き、体は未《いま》だ労《ろう》に堪《た》えざるに、林公と講論し、遂《つい》に相《あ》い苦しましむるに至る。母の王夫人は壁後《へきご》に在って之を聴《き》き、再び信を遣《つか》わして還《かえ》らしめんとするも、而《しか》れども太傅之《これ》を留《とど》む。王夫人因《よ》って自《みず》から出でて云わく、「新《しん》婦《ぷ》は少《わか》くして家難《かなん》に遭《あ》う。一生の寄する所、唯《た》だ此の児《じ》に在るのみ」。因って流涕《りゅうてい》し児を抱きて以て帰る。謝公は同《どう》坐《ざ》に語って曰わく、「家嫂《かそう》は辞情慷慨《じじょうこうがい》、伝述《でんじゅつ》す可きを致す。朝士をして見せしめざるを恨みとす」。

林道人詣謝公、東陽時始総角、新病起、体未堪労、与林公講論、遂至相苦、母王夫人在壁後聴之、再遣信令還、而太傅留之、王夫人因自出云、新婦少遭家難、一生所寄、唯在此児、因流涕抱児以帰、謝公語同坐曰、家嫂辞情慷慨、致可伝述、恨不使朝士見。

▼謝朗は謝安の次兄の謝拠《しゃきょ》の子。謝拠は三十三歳でなくなった。

二七六　謝公夫人は諸婢《しょひ》を幃《い》し

謝公（謝安）の夫人は腰元たちを幕でしきってその前でレヴューをやらせ、太傅《たいふ》（謝安）にはほんのちょっぴり見せただけですぐ幕をおろした。太傅がもう一度あけてくれとせがんだところ、夫人いわく、「プライドに傷がおつきになりましてよ」。（『世説新語』賢媛篇）

謝公夫人は諸婢《しょひ》を幃《い》し、前に在《あ》って伎を作《な》さしむ。太傅をして暫《しばら》く見せしめて便《すなわ》ち帷《い》を下す。太傅更《さら》に開かんことを索《もと》む。夫人云わく、「恐らくは盛徳《せいとく》を傷《やぶ》らん」。

謝公夫人幃諸婢、使在前作伎、使太傅暫見、便下帷、太傅索更開、夫人云、恐傷盛徳。

▼すこぶるユーモアを解した謝安夫人にかんしては、つぎのような話もある。——謝太傅《しゃたいふ》（謝安）の劉《りゅう》夫人は公に第二夫人をもたせなかった。公はいたって歌舞を好んだうえ、いささか妾妓《しょうぎ》をやしないたいものだと思った。甥たちはかれの気持ちをうっすら察し、つれだって劉夫人のところに挨拶に出かけた。そして機会をみつけると、『詩経』の関雎《かんしょ》や螽斯《しゅうし》の詩にはやきもちやきでない女性の徳がうたわれている、などと話しあった。自分にあてつけているとわかった夫人が、そこで、だれがこんな詩を選んだのか、とたずねると、周《しゅう》

公《こう》とのこたえ。夫人はいった。「周公は男性だからそうなのよ。もし周公の奥方が詩を選んでいたなら、きっとそんなことはありませんよ」。（『芸文類聚』巻三五『妬記』）

二七七　孫長楽《そんちようらく》兄弟、謝公に就《つ》きて宿す

孫長楽《そんちようらく》（孫綽《そんしやく》）兄弟が謝公《しやこう》（謝安《しやあん》）のところで泊った。言葉づかいはとてもなれなれしくて下品だ。劉《りゆう》夫人は壁の後で耳をすまし、言葉のはしばしまで聞きとった。謝公が翌日もどってきて、「昨日の客はどうだった」とたずねると、劉夫人「死んだ兄さんのところにはあんなお客はありませんでしたことよ」。謝公はすっかり小さくなった。（『世説新語』軽詆篇）

孫長楽兄弟、謝公に就《つ》きて宿《しゆく》す。言至って欵雑《かんざつ》なり。劉夫人は壁後に在《あ》って之を聴《き》き、具《つぶ》さに其の語を聞く。謝公明日還《かえ》りて問う、「昨客《さつきやく》は何似《いかん》」。劉対《こた》えて曰わく、「亡兄《ぼうけい》の門未《いま》だ此《か》くの如き賓客有らず」。謝は深く愧《は》ずる色有り。

孫長楽兄弟就謝公宿、言至欵雑、劉夫人在壁後聴之、具聞其語、謝公明日還問、咋客何似、劉対曰、亡兄門未有如此賓客、謝深有愧色。

▼劉夫人の兄は劉惔《りゆうたん》。

二七八　王凝之《おうぎようし》の謝《しや》夫人、既《すで》に王氏に往《ゆ》き

王凝之《おうぎようし》の謝《しや》夫人は、王《おう》家に嫁いでから凝之を頭から馬鹿にしていた。謝《しや》家に里帰りしても、とてもつまらなそうにしている。太傅《たいふ》（謝安）が心をほぐしてやろうと、「王くんは逸少《いつしよう》（王羲之）どのの息子だし、本人もまんざらじゃない。おまえは何がそんなに不満なのだ」といったところ、こたえた。「わが一門の叔父さんたちのなかには大おじさん（謝安）や中郎《ちゆうろう》（謝万《しやばん》）どのがおられるし、いとこたちのなかには封《ふう》（謝韶《しやしよう》）、胡《こ》（謝朗《しやろう》）、遏《あつ》（謝玄《しやげん》）、末《まつ》（謝淵《しやえん》）がいます。この世界じゅうに王さんのような人がいるなんて思いもよらなかったわ」。（『世説新語』賢媛篇）

王凝之の謝夫人、既に王氏に往き、大いに凝之を薄《うと》んず。既に謝家に還《かえ》り、意大いに悦《よろこ》ばず。太傅之《これ》を慰釈《いしやく》して曰わく、「王郎《おうろう》は逸少の子、人身《じんしん》も亦《ま》た悪《あ》しからず。汝は何を以て恨むこと迺《すなわ》ち爾《しか》るや」。答えて曰わく、「一門の叔父《しゆくふ》には則ち阿大《あだい》、中郎有《ちゆうろうあ》り、群従《ぐんじゆう》兄弟には則ち封、胡、遏、末有り。意《おも》わざりき天壌《てんじよう》の中に乃《すなわ》ち王郎有らんとは」。

王凝之謝夫人、既往王氏、大薄凝之、既還謝家、意大不悦、太傅慰釈之曰、王郎逸少之子、人身亦不悪、汝何以恨迺爾、答曰、一門叔父則有阿大中郎、群従兄弟則有封胡遏末、不意天壌之中乃有王郎。

▼阿大を謝尚《しやしよう》にあてる説もある。「天壌」は天地とおなじ。王凝之夫人謝道蘊《しやどうおん》の才智ぶりについては一九八条を参照。

二七九　王尚書恵《おうしようしよけい》嘗《か》って王右軍《おうゆうぐん》夫人を看《み》て

王尚書恵《おうしようしよけい》があるとき王右軍《おうゆうぐん》（王羲之《おうぎし》）夫人を見舞ったおりにたずねた。「目や耳はまだ不自由をお感じになりませんか」。「髪が白くなり歯が抜けるのは肉体に関係したことですが、目や耳となると精神に関係しております。人さまとちがってたまるものですか」。

王尚書恵嘗《か》って王右軍夫人を看《み》て問う、「眼耳《がんじ》未だ悪《あし》きを覚《おぼ》えざる不《や》」。答えて曰わく、「髪《かみ》白く歯《は》落つるは形骸《けいがい》に属するも、眼耳に至っては神明《しんめい》に関す。那《なん》ぞ便《すなわ》ち人と隔《へだ》たる可けんや」。

王尚書恵嘗看王右軍夫人、問眼耳未覚悪不、答曰、髪白歯落、属乎形骸、至於眼耳、関於神明、那可便与人隔。

（『世説新語』賢媛篇）

▼道教の神々のお告げの集録である梁《りよう》の陶弘景《とうこうけい》の『真誥《しんこう》』、その巻二につぎのようにあるのが参考となる。「眼なる者は身の鏡、耳なる者は体《からだ》の牖《まど》」。

十一章　残酷物語

二八〇　王祥《おうしょう》は後母《こうぼ》の朱《しゅ》夫人に事《つか》えて

王祥《おうしょう》は継母の朱《しゅ》夫人にとてもひたむきにつかえた。家に一本の李《すもも》の木があり、みごとな実をつけるのを、母はいつも見張りをさせた。たまたま風雨がとつぜん襲い、祥は木にしがみついて泣きさけんだ。また祥が別室のベッドで寝ていたときのことだ。母は出かけていって闇のなかから斬りつけた。ちょうど祥は小用にたっていたため、空しく布団を斬っただけ。もどってきて母がしきりに口惜しがっているのを知り、その前に跪《ひざまず》いて殺してくださいとたのんだ。母はそこではっと胸をうたれ、実の子同然に可愛がるようになった。

（『世説新語』徳行篇）

王祥は後母の朱夫人に事《つか》えて甚だ謹《つつし》む。家に一李樹《りじゅ》有り、子《み》を結ぶこと殊《こと》に好《よ》し。母は恒《つね》に之を守らしむ。時に風雨忽《たちま》ち至り、祥は樹を抱きて泣く。祥嘗《か》つて別牀《べっしょう》に在りて眠

王祥事後母朱夫人甚謹、家有一李樹、結子殊好、母恒使守之、時風雨忽至、祥抱樹而泣、祥嘗

る。母自《みず》から往き、闇《やみ》より之を斫《き》る。値《たま》ま祥私起《しき》し、空しく被《ひ》を斫り得しのみ。既に還《かへ》り、母の之を憾《うら》みて已《や》まざるを知り、因って前に跪《ひざまず》きて死を請《こ》う。母是《ここ》に於いて感悟《かんご》し、之を愛すること己《おの》れの子の如し。

在別牀眠、母自往、闇斫之、値祥私起、空斫得被、既還、知母憾之不已、因跪前請死、母於是感悟、愛之如己子。

▼王祥（一八五—二六九）は「二十四孝」の一人であり、また瑯邪《ろうや》の王《おう》氏の原点に位置する人物である。一六五条を参照のこと。「私起」の「私」の解釈は、『左伝《さでん》』襄《じょう》公十五年「師《し》慧《けい》、宋《そう》朝《ちょう》を過ぎ、将《まさ》に私せんとす」、その杜預《どよ》の注に「私は小便」とあるのに従う。朱夫人の継子《ままこ》いじめは『孝子伝《こうしでん》』にいろいろと伝えられ、またわが室町時代の『御伽草子《おとぎぞうし》』にはつぎのようにいう。

——王祥《わうしやう》は、いとけなくして母《はは》をうしなへり。父《ちち》また妻《つま》を求《もと》む。其名《そのな》を朱氏《しゆし》といひ侍《はんべ》り。継母《けいぼ》のくせなれば、父子《ふし》の中《なか》をあしくいひなして、憎《にく》まし侍《はべ》れ共《ども》、うらみとせずして、継母《けいぼ》にもよく孝行《かうかう》をいたしける。かやうの人な程に、本《もと》の母《はは》（前後の文脈から考えて継母とあるべきところ）冬《ふゆ》の極《きは》めて寒《さむ》き折ふし、生魚《なまうを》をほしく思ひける故《ゆへ》に、肇府《でうふ》と云所《いふところ》の河《かは》へ、もとめに行侍《ゆきはんべり》。されども冬《ふゆ》の事《こと》なれば、氷《こほり》とぢて魚見《いをみ》えず。すなはち衣《ころも》をぬぎてはだかになり、氷《こほり》の上《うへ》に臥《ふ》し、魚《いを》なき事《こと》を悲《かな》しみゐたれば、かの氷《こほり》すこしとけて、魚二《いをふた》つ躍《をど》り出《い》でたり。則《すなは》ち取《とり》て帰《かへり》、母《はは》に与《あた》へ侍《はんべ》り。是《これ》ひとへに孝行《かうかう》の故《ゆへ》に、そのところには、毎年人《まいねんひと》の臥《ふ》したるかたち、氷《こほり》の上《うへ》にあるとなり。

二八一　衛玠《えいかい》始めて江《こう》を度《わた》り

衛玠《えいかい》が江南にやってきたばかりのころ、王《おう》大将軍（王敦《おうとん》）に会い、ついつい夜の長居となった。大将軍は謝幼輿《しやようよ》（謝鯤《しやこん》）をよばせた。玠は謝鯤に会ってすっかりほれこみ、王敦のことなどまるでおかまいなしに、そのまま明けがたまで哲学談義をやり、王敦は一晩じゅう、そのなかにわりこめなかった。玠はもともと病弱で、いつも母からとめられていたのに、その夜はとつぜんとことんまでやり、こうして病気が重くなって再起不能となった。

（『世説新語』文学篇）

衛玠始めて江を度《わた》り、王大将軍に見《まみ》え、因《よ》って夜坐《やざ》す。大将軍は謝幼輿を命ず。玠は謝を見て甚だ之を悦《よろこ》び、都《すべ》て復《ま》た王を顧《かえ》りみず、遂《つい》に旦《あした》に達するまで微言《びげん》し、王は永夕《えいせき》予《あず》かるを得ず。玠は体素《も》と羸《よわ》く、恒《つね》に母の禁ずる所と為る。爾《そ》の夕《ゆうべ》忽《たちま》ち極《きわ》め、此《ここ》に於いて病い篤《あつ》く、遂《つい》に起《た》たず。

衛玠始度江、見王大将軍、因夜坐、大将軍命謝幼輿、玠見謝、甚悦之、都不復顧王、遂達旦微言、王永夕不得予、玠体素羸、恒為母所禁、爾夕忽極、於此病篤、遂不起。

二八二　衛玠、予章《よしょう》従《よ》り下都《かと》に至る

衛玠が予章《よしょう》（江西省《こうせいしょう》南昌《なんしょう》）から都にやってきた。人々はかねてからその評判を聞いていたので、見物人が垣のようにとりかこんだ。玠は以前から虚弱体質で、からだは無理がきかず、そのまま病気になって死んでしまった。当時の人々は、衛玠をながめ殺しにした、といったものだ。（『世説新語』容止篇）

衛玠、予章従《よ》り下都に至る。人は久しく其の名を聞き、観《み》る者は堵牆《としょう》の如し。玠先に羸疾《るいしつ》有り、体は労《ろう》に堪《た》えず、遂に病いを成して死す。時人は衛玠を看殺《かんさつ》すと謂《い》う。

衛玠従予章至下都、人久聞其名、観者如堵牆、玠先有羸疾、体不堪労、遂成病而死、時人謂看殺衛玠。

▼「下都」は建康《けんこう》。晋の旧都の洛陽にたいしてかくよぶのか、それとも長江の下流にあるのでかくよぶのか。「観る者は堵牆の如し」なる表現は、『礼記《らいき》』射義《しゃぎ》篇「孔子、矍相《かくそう》の圃《ほ》に射《い》る。蓋《けだ》し観《み》る者は堵牆の如し」をそのまま用いた。

二八三　元皇《げんこう》始め賀司空《がしくう》を見

元帝《げんてい》がさいしょ賀司空《がしくう》（賀循《がじゅん》）に会ったおり、呉《ご》の時代のことに話が及んだ。「孫皓《そんこう》が焼き鋸《のこ》で賀なにがしの首をきりおとしたというのは、だれのことだったかな」。司空は口ごもっている。元帝ははっと思いだした。「そう、賀劭《がしょう》だった」。司空は涙を流しつついった。「てまえの父は無道の世にめぐりあわせました。心の傷はひどく、痛みは深く、陛下のお言葉にこたえたてまつることもかないませぬ」。元帝は胸の痛みをおぼえ、三日のあいだ外出しなかった。（『世説新語』紕漏篇）

元皇初め賀司空を見、言は呉の時の事に及ぶ。問う、「孫皓焼鋸《しょうきょ》もて一賀の頭を截《き》る。是《こ》れ誰ぞ」。司空未《いま》だ言うを得ず。元皇自《みず》から憶《おも》いて曰わく、「是れ賀劭」。司空流涕《りゅうてい》して曰わく、「臣の父は無道に遭遇《そうぐう》す。創《きず》は巨《おお》きく痛みは深く、以て明詔《めいしょう》に仰答《ぎょうとう》する無し」。元皇は愧慙《きざん》し、三日出でず。

元皇初見賀司空、言及呉時事、問孫皓焼鋸截一賀頭、是誰、司空未得言、元皇自憶曰、是賀劭、司空流涕曰、臣父遭遇無道、創巨痛深、無以仰答明詔、元皇愧慙、三日不出。

▼孫皓は呉の末代の天子。『礼記《らいき》』三年問篇《さんねんもんぺん》に、親が死んだ心の傷を、「創《きず》の鉅《おお》いなる者は其の日久しく、痛みの甚だしき者は其の愈《い》ゆること遅し」と表現する。

二八四　任育長《じんいくちょう》　年少の時

任育長《じんいくちょう》（任瞻《じんせん》）はわかいころ、たいそうな評判であった。武帝《ぶてい》が崩御《ほうぎょ》すると、百二十名の挽郎《ばんろう》が選ばれた。当時の俊秀ぞろいであったが、育長もそのなかにはいった。王安豊《おうあんほう》（王戎《おうじゅう》）は壻《むこ》えらびにと挽郎のなかからすぐれたものをさがし、とりあえず四名をえらびだしたが、任はやはりそのなかにもはいった。少年時代にはとびきり利発で、当時の人々は、育長はその影まですばらしいといったものだ。が、江南にやってきてからは、しおれてしまった。王丞相《おうじようしよう》（王導《おうどう》）はかれより以前に江南に渡来した名士たちをさそいあわせ、そろって石頭《せきとう》まで出迎え、昔日《せきじつ》とおなじようにあつかったが、会ったとたんにおかしいことに気づいた。席につき、飲物がだされると、「これは茶《ちゃ》かね、茗《めい》かね」とたずねる。けげんな顔をされたのに気づき、「さっきは飲物が熱いか、冷たいかたずねただけだ」とみずから釈明した。あるとき、棺桶屋の前を通りかかると、涙を流して悲しんだ。王丞相はその噂を聞いていった。「やつは情のわかるぼけだ」。（『世説新語』紕漏篇）

任育長年少の時、甚だ令名有り。武帝崩《ほう》じ、百二十の挽郎《ばんろう》を選ぶ。一時の秀彦《しゅうげん》なり。育長も亦《ま》た其の中に在り。王安豊は女壻《じょせい》を選び、挽郎従《よ》り其の勝《まさ》れる者を捜《さが》し、且《しば》らく四人を択取《たくしゅ》す。任は猶《な》お其の中に在り。童少《どうしょう》の時、神明《しんめい》愛す可く、時人は育長は影も亦《ま》た好しと謂う。江《こう》を過ぎて自《よ》り、便《すなわ》ち志を失う。王丞相は先度《せんと》の時賢《じけん》を請《こ》い、共に石頭《せきとう》に至りて之を迎え、猶お疇日《ちゅうじつ》の相待《そうたい》を作《な》すも、一見して便《すなわ》ち異《い》有るを覚《おぼ》ゆ。席に坐し竟《おわ》り、飲を下すや、便《すなわ》ち人に問いて

任育長年少時、甚有令名、武帝崩、選百二十挽郎、一時之秀彦、育長亦在其中、王安豊選女壻、従挽郎捜其勝者、且択取四人、任猶在其中、童少時神明可愛、時人謂育長影亦好、自過江、便失志、王丞相請先度時賢、共至石頭迎之、猶作疇日相待、一見

云わく、「此れ茶為《た》るか、茗為《た》るか」。異色《いしょく》有るを覚《おぼ》え、乃《すなわ》ち自《みず》から申明《しんめい》して云わく、「向《さき》は飲の熱き為《た》るか冷たき為《た》るかを問いし耳《のみ》」。嘗《か》つて行きて棺邸下《かんていか》従《よ》り度《わた》り、流涕《りゅうてい》悲哀す。王丞相は之を聞きて曰わく、「此れは是れ有情の癡《ち》」。

便覚有異、坐席竟、下飲、便問人云、此為茶為茗、覚有異色、乃自申明云、向問飲為熱為冷耳、嘗行従棺邸下度、流涕悲哀、王丞相聞之曰、此是有情癡。

▼オー・ヘンリーの短篇を思わせる一条。「挽郎」は天子の柩をのせた車をひく役目。貴族の子弟のなかから選ばれた。ところで、「茶」なる文字はそもそも古にはなく、もとは草冠に「余」の「茶」と書されていたのだが、それが「茶」に変わるのは中唐以後のことだという。従って、本条の原文に「茶」とあるのは「茶」の誤りと判断される。「茗」も古くから茶を意味する文字として用いられていたのであって、つまり「茶」も「茗」もおなじものの異名なのである。

二八五　世論《せろん》に、温太真《おんたいしん》は是れ過江《かこう》第二流

世評では、温太真《おんたいしん》（温嶠《おんきょう》）は江南にやってきたもののなかの第二流の上ということだった。当時、名士たちがよってたかって人物批評をやり、第一流のものがおわりそうになるころには、温の顔からはいつも血の気がひいた。（『世説新語』品藻篇）

世論に、温太真は是れ過江第二流の高き者なり。時に名輩《めいはい》共に人物を説き、第一将に尽《まさ》きんとするの間、温は常に色を失う。

世論温太真是過江第二流之高者、時名輩共説人物、第一将尽之間、温常失色。

二八六　元帝《げんてい》に皇子生まれ

元帝《げんてい》に皇子が誕生し、群臣にあまねく引出物を賜った。殷洪喬《いんこうきょう》（殷羨《いんせん》）が謝辞を述べた。「皇子ぎみのご誕生、天下のものすべてが慶《よろこ》びとするところでござりまする。やつがれには何の手柄もござりませぬのに、過分にも厚きご褒美にあずかりまして」。中宗《ちゅうそう》（元帝）は笑っていった。「今度のことでそちに手柄をたてさせるわけにはゆかぬわ」。（『世説新語』排調篇）

元帝に皇子生まれ、普《あま》ねく群臣に賜う。殷洪喬謝して曰わく、「皇子誕育《たんいく》せられ、普天同《ふてんとも》に慶《よろこ》ぶ。臣は勲《いさおし》無きに而《しか》るに猥《みだ》りに厚賚《こうらい》を頒《わか》たる」。中宗笑いて曰わく、「此の事豈《あ》に卿《けい》をして勲《いさおし》有らしむ可けん邪《や》」。

元帝皇子生、普賜群臣、殷洪喬謝曰、皇子誕育、普天同慶、臣無勲焉、而猥頒厚賚、中宗笑曰、此事豈可使卿有勲邪。

▼何の説明も要しまい。

二八七　郗《ち》太《たい》尉《い》は晩《ばん》節《せつ》に談を好む

郗《ち》太《たい》尉《い》（郗《ち》鑒《かん》）は晩年になってから談論にこりだした。もともとたしなみのないことなのに、とても鼻にかけた。その後、朝見のおり、王丞相《おうじょうしょう》（王導《おうどう》）の晩年にはなにかと遺憾《いかん》な点が多かったので、会うたびにぜひともこっぴどく意見してやろうと思った。王公はあいてのこころを見抜き、いつも話をはぐらかす。いよいよ鎮台《ちんだい》にひきあげるにあたって、わざわざ車を命じて丞相を訪れた。丞相はひげをつりあげ、いかめしい顔をしている。席につくと、「このお別れにあたって」とさっそくきりだし、何はともあれ意見を述べようとするものの、思いはつのるばかりで舌は重く、言葉はさっぱりすらすらと出てこない。王公はそのあとをひきとっていった。「このつぎお目にかかれるのはいつのことかわからぬ。こちらからも考えを存分に申上げたい。どうか貴公におかれては今後二度と談論などなさりまするな」。郗《ち》鑒《かん》はかくてむくれにむくれ、すっかり冷えきった気持ちで退出し、ぐうの音も出なかった。（『世説新語』規箴篇）

郗太尉は晩《ばん》節《せつ》に談を好む。既《すで》に雅《もと》より経《ふ》る所に非《あら》ざるに、而《しか》るに甚だ之を矜《ほこ》る。後《の》ち朝覲《ちょうきん》し、王丞相の末年は多く恨《うら》む可きを以て、見《まみ》ゆる毎《ごと》に必らず苦《ねんご》ろに相《あ》い規誡《きかい》せんと欲す。王公は其の意を知り、毎《つね》に引きて佗言《たげん》を作《な》す。鎮《ちん》に還《かえ》

郗太尉晩節好談、既雅非所経、而甚矜之、後朝覲、以王丞相末年多可恨、毎見必欲苦相規誡、王公知其意、毎引作佗言、臨還

るに臨《のぞ》んで、故《こと》さらに駕《が》を命じて丞相に詣《いた》る。丞相は須《ひげ》を翹《あ》げ色を厲《はげ》ます。坐に上りて便《すなわ》ち言わく、「方《まさ》に乖別《かいべつ》に当《あた》り」。必らず其の所見《しょけん》を言わんと欲するも、意は満《み》ち口は重く、辞は殊《こと》に流れず。王公は其の次を摂《と》りて曰わく、「後面《こうめん》は未だ期せず。亦た所懐《しょかい》を尽《つ》くさんと欲す。願わくは公復《ま》た談ずること勿《な》かれ」。郗は遂《つい》に大いに瞋《いか》り、冰衿《ひょうきん》して出で、一言をも得ず。

鎮、故命駕詣丞相、丞相翹須厲色、上坐便言、方当乖別、必欲言其所見、意満口重、辞殊不流、王公摂其次曰、後面未期、亦欲尽所懐、願公勿復談、郗遂大瞋、冰衿而出、不得一言。

▼北府軍団長の郗鑒が鎮所の京口《けいこう》（鎮江）から都に出てきたときの話。王導の晩年には恨むべき点が多かったというのは、政治になげやりになったことをいうのであろう。四八条を参照。「翹須」の「須」は鬚とおなじ。ひげ。「冰衿」の「衿」はこころ、気持ち。

二八八　庾《ゆ》道季《どうき》云わく

庾《ゆ》道季《どうき》（庾龢《ゆか》）の言葉。「廉頗《れんぱ》や藺相如《りんしょうじょ》は千年もむかしの故人だが、溌剌《はつらつ》としていていつもいかにも生気がみなぎっている。曹蜍《そうしょ》（曹茂《そうも》之《し》）や李志《りし》たちときたなら、ひっそりとしてまるで黄泉《よみじ》の国の人間のようだ。人間がみんなこんな具合なら、文字もなしに治めてもゆけようが、狐や狸、猯《いのしし》や狢《むじな》に食いつくされてしまいはせぬかと心配

になってくる」。（『世説新語』品藻篇）

庾道季云わく、「廉頗、藺相如は千載上《せんざいじょう》の死人なりと雖《いえど》も、懍懍《りんりん》として恒《つね》に生気《せいき》有り。曹蜍、李志は見在《げんざい》すと雖も、厭《えん》厭《えん》として九泉下《きゅうせんか》の人の如し。人皆な此《か》くの如くんば、便《すなわ》ち結縄《けつじょう》して治む可きも、但だ狐狸《こり》猯狢《たんかく》の噉《く》らい尽《つ》くさんことを恐る」。

庾道季云、廉頗藺相如雖千載上死人、懍懍恒有生気、曹蜍李志雖見在、厭厭如九泉下人、人皆如此、便可結縄而治、但恐狐狸猯狢噉尽。

▼廉頗は戦国時代の趙《ちょう》の名将。藺相如は廉頗と「刎頸《ふんけい》の交わり」を結んだ人物。和《か》氏の璧《へき》をもって強国の秦《しん》におもむき、それを奪いとられることなく立派に外交官としての使命をはたした。『史記《しき》』に廉頗藺相如列伝が備わる。曹茂之は尚書郎、李志は員外常侍《いんがいじょうじ》、南康相《なんこうしょう》であった。「厭厭」は『詩経』秦風「小戎《しょうじゅう》」の詩に「厭厭《えんえん》たる良き人よ」の句があり、「厭厭は安静なり」と注する。また『易経』繋辞下伝に、「上古《じょうこ》は結縄《けつじょう》して治まる」。すなわち、太古には文字がなく、縄をいろんなかたちに結んで意志の伝達を行なったが、それでもよく治まる質朴な時代であった。

二八九　劉遵祖《りゅうじゅんそ》は少《わか》くして

劉遵祖《りゅうじゅんそ》（劉爰之《りゅうえんし》）はわかくして殷中軍《いんちゅうぐん》（殷浩《いんこう》）のみとめるところとなり、かれのことを庾《ゆ》公《こう》（庾亮《ゆりょう》）にほめちぎった。庾公はことのほか上機嫌で、さっそく部下に採用した。会見すると、一人がけの長椅子にかけさせてかたりあったが、劉はその日さっぱり調子がでない。庾亮はすこしがっかりし、かくて「羊公《ようこう》の鶴」とあだ名した。そのむかし、羊叔之《ようしゅくし》（羊祜《ようこ》）は舞い上手の鶴を飼っており、あるとき客に自慢した。客がためしにおいでおいでをしてみたところ、羽をばたばたさせるだけで舞おうとはしない。それでそうあだ名してあてつけたのである。（『世説新語』排調篇）

劉遵祖は少《わか》くして殷中軍の知る所と為り、之を庾公に称す。庾公は甚だ忻《よろこ》び、便《すなわ》ち取りて佐《さ》と為す。既に見、之を独榻《どくとう》上に坐せしめて与《とも》に語るも、劉は爾《そ》の日殊《こと》に称《かな》わず。庾は小《すこ》しく失望し、遂に之を名づけて羊公《ようこう》の鶴と為す。昔し羊叔子は鶴の善《よ》く舞うを有し、嘗《か》つて客に向かって之を称す。客試《こころ》みに駆《か》け来らしむるも、氃氋《どうもう》して肯《あ》えて舞わず。故に称して之に比《ひ》す。

劉遵祖少為殷中軍所知、称之於庾公、庾公甚忻、便取為佐、既見、坐之独榻上与語、劉爾日殊不称、庾小失望、遂名之為羊公鶴、昔羊叔子有鶴善舞、嘗向客称之、客試使駆来、氃氋而不肯舞、故称比之。

▼羊祜は呉《ご》の征服に手柄のあった西晋の将軍。

二九〇　謝安《しゃあん》始めて西に出で

謝安《しゃあん》が都にのぼってきたばかりのころ、博奕《ばくち》で車の牛をすってしまい、杖をつきながらとぼとぼ歩いて帰った。途中で劉尹《りゅういん》（劉惔《りゅうたん》）と出あった。「安石《あんせき》どの、それではだいなしだろう」と声をかけたので、謝安もそこでおなじ車で帰った。（『世説新語』任誕篇）

謝安始めて西に出で、戯《ぎ》して車牛を失い、便ち《すなわ》杖策《じょうさく》して歩《ほ》帰《き》す。道に劉尹に逢《あ》う。語って曰わく、「安石将《は》た傷つくること無からんや」。謝は乃ち《すなわ》同載《どうさい》して帰る。

謝安始出西、戯失車牛、便杖策歩帰、道逢劉尹、語曰、安石将無傷、謝乃同載而帰。

▼「西に出ず」とは、謝安が隠棲《いんせい》していた会稽《かいけい》から都にやってきたことをいうのであろう。

二九一　簡文《かんぶん》は田稲《でんとう》を見て識《し》らず

簡文帝《かんぶんてい》は田の稲を見ても何かわからない。「何という草じゃ」とたずねると、おつきのものが「稲でございます」とこたえた。簡文帝はもどってくると、三日の間ひきこもったきり。「末《すえ》である米のおかげをうけながら、その本《もと》の稲がわからぬとは」。（『世説新語』尤

悔篇）

簡文は田稲《でんとう》を見て識《し》らず。問う、「是《こ》れ何の草ぞ」。左右答う、「是《こ》れ稲なり」。簡文還《かえ》り、三日出でず。云わく、「寧《いずく》んぞ其の末《まつ》に頼《よ》りて其の本《もと》を識《し》らざること有らんや」。

簡文見田稲不識、問是何草、左右答是稲、簡文還、三日不出、云寧有頼其末而不識其本。

二九二　苻《ふ》宏叛《こうそむ》き来《きた》りて国に帰するや

苻宏《ふこう》が寝がえって亡命してくると、謝太傅《しゃたいふ》（謝安）はいつも招待した。宏は才能を鼻にかけて、とかく人の上にたちたがり、席上だれ一人としてやっつけられるものがいない。たまたま王子猷《おうしゆう》（王徽之《おうきし》）がやってきたので、太傅はいっしょに話をさせた。子猷はしばらくの間まじまじと見つめるだけ。ふりむいて太傅につげた。「やっぱりけっきょく人間と変った点はありませんな」。宏はおおいに恥じいって退散した。（『世説新語』軽詆篇）

苻宏叛《そむ》き来りて国に帰するや、謝太傅は毎《つね》に接引《せついん》を加う。宏は自《みず》から才有りと以《おも》い、多く好んで人に上り、坐上之《これ》を折《くじ》く者無し。適《たま》ま王子猷来る。太傅は共に語らしむ。子猷は直《た》だ孰視《じゅくし》すること良《や》や久しく、回《めぐ》りて太傅に語って云わ

苻宏叛来帰国、謝太傅毎加接引、宏自以有才、多好上人、坐上無折之者、適王子猷来、太傅使共語、子猷直孰視良久、回語太傅

く、「亦《ま》た復《ま》た竟《つい》に人に異《こと》ならず」。宏は大いに慚《は》じて退く。　云、亦復竟不異人、宏大慚而退。

▼苻宏は前秦《ぜんしん》の苻堅《ふけん》の太子。苻堅が姚萇《ようちょう》に殺されると、太元《たいげん》十年（三八五）、妻子とともに東晋に亡命した。氐《てい》族の出身である。

二九三　謝虎子《しやこし》嘗《か》つて屋に上り鼠《そ》を熏《くす》ぶ

謝虎子《しやこし》（謝拠《しやきよ》）は屋根にのぼって鼠《ねずみ》をくすべたことがある。胡児《こじ》（謝朗《しやろう》）は父がその張本人だとは知る由もなく、「こんなことをやった馬鹿がいる」と人が話すのを聞いてげらげら笑った。当時、この話でもちきりだった。太傅《たいふ》（謝安《しやあん》）は本人が何も知らないのだとわかると、話のついでに胡児にかたった。「世間のものはこのことで中の兄さんの悪口をいっている。わしもいっしょにやったんだともいっている」。胡児は懊悩《おうのう》し、一月のあいだ書斎に閉じこもったまま出てこなかった。太傅が嘘《うそ》にかこつけて自分も同罪だとし、あいてに気づかせてやったのは、徳教というべきである。（『世説新語』紕漏篇）

謝虎子嘗《か》つて屋に上り鼠《そ》を熏《くす》ぶ。胡児は既《すで》に父此の事を為せしを知るに由《よし》無く、人の「癡人《ちじん》に此れを作《な》す者有り」と道《い》うを聞き、之を戯笑《ぎしよう》す。時に此れを道《い》うこと復《ま》た一過《いつか》に　謝虎子嘗上屋熏鼠、胡児既無由知父為此事、聞人道癡人有作此者、戯笑之、時道此非復一過、非《あら》ず。太傅は既に己《おの》れの知らざるを了《りょう》し、其の言次《げんじ》に因《よ》って胡児に語って曰わく、「世人は此れを以て中郎を謗《そし》る。亦《ま》た我も共に此れを作《な》すと言う」。胡児は懊熱《おうねつ》し、一月日《げつじつ》、斎を閉ざして出でず。太傅の虚託《きょたく》して己《おの》れの過《とが》を引き、以て相《あ》い開悟《かいご》せしむるは、徳教と謂《い》う可し。

太傅既了己之不知、因其言次語胡児曰、世人以此謗中郎、亦言我共作此、胡児懊熱、一月日閉斎不出、太傅虚託引己之過、以相開悟、可謂徳教。

▼「一過」は一度。めずらしくお説教調の解説のついた一条である。

二九四　王文度《おうぶんど》の弟阿智《あち》

王文度《おうぶんど》（王坦之《おうたんし》）の弟の阿智《あち》（王処之《おうしょし》）はできが悪いどころのさわぎではなかった。年ごろになっても結婚あいてが見つからない。孫興公《そんこうこう》（孫綽《そんしゃく》）に一人の女《むすめ》があり、やはりひねくれもので、嫁にゆけそうにもなかった。それで、文度を訪れて阿智に会わしてほしいとたのんだ。会ったうえで、口から出まかせをいった。「あれはなかなかいい。人さまが言いふらしているのとはまるでちがう。どうして今まで結婚あいてがないのだろう。うちに一人の女《むすめ》がおります。そんなに悪くありません。ただわたしが貧乏士族で、あんたとつりあいがとれませんが、阿智くんにめあわせたいと思います」。文度はうれしくなって藍《らん》田《でん》（王述《おうじゅつ》）に手紙を書いた。「興公《こうこう》どのがさきほど来訪され、突然のこと、阿智《あち》と縁組したいときりだされました」。藍田はとびあがらんばかりに喜んだ。いざ結婚してみると、女《むすめ》の意地の悪いことは阿智にも負けぬほど、はじめて興公のペテンに気づいた。（『世説新語』仮譎篇）

王文度の弟阿智、悪《あ》しきこと乃《すなわ》ち翅《ただ》ならず。年長《ちょう》ずるに当りて人の与《とも》に婚する無し。孫興公に一女有り。亦《ま》た僻錯《へきさく》、又《ま》た嫁娶《かしゅ》の理無し。因《よ》って文度に詣《いた》り、阿智を見んと求む。既に見、便《すなわ》ち陽言《ようげん》すらく、「此れ定めて可《よ》し。殊《こと》に人の伝うる所の如くならず。那《なん》ぞ今に至るまで未だ婚処《こんしょ》有らざるを得んや。我に一女有り。乃ち悪《あ》しからず。但《た》だ吾は寒士《かんし》、宜《よろ》しく卿《けい》と計るべからざるも、阿智をして之を娶《めと》らしめんと欲す」。文度は欣然《きんぜん》として藍田に啓《けい》して云わく、「興公向《さき》に来り、忽《たちま》ち阿智と婚せんと欲すと言う」。藍田は驚喜《きょうき》す。既に婚を成せば、女の頑嚚《がんぎん》なること阿智に過《まさ》らんと欲し、方《はじ》めて興公の詐《さ》を知る。

王文度弟阿智、悪乃不翅、当年長而無人与婚、孫興公有一女、亦僻錯、又無嫁娶理、因詣文度、求見阿智、既見、便陽言、此定可、殊不如人所伝、那得至今未有婚処、我有一女、乃不悪、但吾寒士、不宜与卿計、欲令阿智娶之、文度欣然而啓藍田云、興公向来、忽言欲与阿智婚、藍田驚喜、既成婚、女之頑嚚、欲過阿智、方知興公之詐。

▼王述は王坦之の父。「頑嚚」はかたくなでうそつき。『書経』堯典《ぎょうてん》篇に、「父は頑《がん》、母は嚚《ぎん》」。

二九五　孟万年《もうばんねん》及び弟の少孤《しょうこ》は

孟万年《もうばんねん》（孟嘉《もうか》）と弟の少孤《しょうこ》（孟陋《もうろう》）は武昌《ぶしょう》の陽新県《ようしん》（湖北省《こほく》陽新）に住んでいた。万年は官界に身をおき、当時なかなかのスターだったが、少孤は一度も世間に顔を出したことがなかった。都の人士たちは一目《ひとめ》見てみたいものだと考え、そこで使者をつかわして、「兄が重態だ」と少孤にしらせると、大あわてで都にかけつけてきた。かれを目にした当時の名士たちはだれしも感歎おくあたわず、それでたがいにいいあったものだ。「少孤がこれほどなら、万年は死んだってよい」。（『世説新語』棲逸篇）

孟万年及び弟の少孤は武昌陽新県に居《お》る。万年は宦《かん》に遊び、当世に盛名《せいめい》有るも、少孤は未だ嘗《かつ》て出でず。京邑《けいゆう》の人士は之を見んと思欲《しよく》し、乃《すなわ》ち信を遣《つか》わし少孤に報じて云わく、「兄は病い篤《あつ》し」。狼狽《ろうばい》して都に至る。時賢《じけん》の之を見る者、嗟重《さじゅう》せざるは莫《な》く、因って相い謂《い》いて曰わく、「少孤此《か》くの如くんば、万年は死す可し」。

孟万年及弟少孤、居武昌陽新県、万年遊宦、有盛名当世、少孤未嘗出、京邑人士思欲見之、乃遣信報少孤云、兄病篤、狼狽至都、時賢見之者、莫不嗟重、因相謂曰、少孤如此、万年可死。

二九六　殷荊州《いんけいしゅう》、識《し》る所有って賦《ふ》を作る

殷荊州《いんけいしゅう》（殷仲堪《いんちゅうかん》）の知りあいのものが賦《ふ》を制作した。束皙《そくせき》の戯作者流の作品である。殷

はとても気がきいていると考え、王恭《おうきょう》に「たまたま新作が目にとまったが、どうしてたいしたものだ」とかたりながら、袱紗《ふくさ》につつんだ箱のなかからとりだした。王が読む。殷は笑いがこみあげるのをおさえきれない。王は読みおわると、笑いもせねば、よいとも悪いともいわず、如意《にょい》でまっすぐにのばしただけであった。殷はがっかりと拍子ぬけがした。

(『世説新語』雅量篇)

殷荊州、識《し》る所有って賦を作る。是れ東晳の慢戯《まんぎ》の流なり。殷は甚だ以て才有りと為し、王恭に語るらく、「適《たま》ま新文を見るに、甚だ観《み》る可し」。便《すなわ》ち手巾《しゅきん》の函《かん》中より之を出だす。王は読み、殷は之を笑いて自《みず》から勝《た》えず。王は看竟《みお》わるや、既に笑わず、亦《ま》た好悪《こうお》を言わず、但だ如意《にょい》を以て之を帖《ちょう》する而已《のみ》。殷は悵然《ちょうぜん》として自失《じしつ》す。

殷荊州有所識作賦、是東晳慢戯之流、殷甚以為有才、語王恭、適見新文、甚可観、便於手巾函中出之、王読、殷笑之不自勝、王看竟、既不笑、亦不言好悪、但以如意帖之而已、殷悵然自失。

▼東晳は西晋の人。「麪《もち》の賦《ふ》」など諧謔《かいぎゃく》にとんだ作品があった。

十二章　さまざまの慟哭

二九七　王仲宣《おうちゅうせん》は驢鳴《ろめい》を好む

王仲宣《おうちゅうせん》（王粲《おうさん》）は驢馬の鳴声を愛した。埋葬がおわってから、葬儀に参列した文帝は友人たちをふりかえっていった。「王くんは驢馬の鳴声が好きだった。めいめい一声ずつやって送ってやろうじゃないか」。会葬者はみんな一声ずつ驢馬の鳴声をやった。（『世説新語』傷逝篇）

王仲宣は驢鳴《ろめい》を好む。既に葬《ほうむ》り、文帝は其の喪《も》に臨《のぞ》み、顧《かえ》りみて同遊《どうゆう》に語って曰わく、「王は驢鳴を好む。各の一声を作《な》して以て之を送る可し」。赴客《ふきゃく》は皆《み》な一たび驢鳴を作《な》す。

王仲宣好驢鳴、既葬、文帝臨其喪、顧語同遊曰、王好驢鳴、可各作一声以送之、赴客皆一作驢鳴。

▼王粲《おうさん》は「建安《けんあん》の七子」とよばれた後漢末の文学者グループの一人。文帝は曹丕《そうひ》。後漢の逸民

の戴叔鸞《たいしゆくらん》も、母が驢鳴が好きだったのでいつもその鳴きまねをして母をよろこばせたというが、葬儀の場における驢鳴は人びとをペーソスにさそう。おなじく傷逝《しようせい》篇に、孫子荊《そんしけい》（孫楚《そんそ》）が王《おう》武士《ぶし》（王済《おうさい》）の葬儀の席で驢鳴をやった話がある。あまりにも真にせまっていたため会葬者がどっと笑うと、孫楚はいった。「諸君などを生かしておいて、この人を死なせてしまうとは」。秀逸な驢鳴は、後世の禅録《ぜんろく》にもしばしばあらわれる。たとえば普化《ふけ》和尚《おしよう》の驢鳴。「一日、普化は僧堂の前に在って生菜《せいさい》を喫《きつ》す。師（臨済《りんざい》）見て云わく、大いに一頭の驢に似たり。普化便《すなわ》ち驢鳴を作《な》す。師云わく、這《こ》の賊。普化云わく、賊賊。便《すなわ》ち出で去る」（『臨済録』勘弁）。

二九八　阮籍《げんせき》は時に意に率《したが》いて独《ひと》り駕《が》す

阮籍《げんせき》は時おり気のむくままに一人でドライブに出かけた。近道はつかわず、車が行きどまりになると、そのたびに慟哭《どうこく》してひきかえした。（『晋書』阮籍伝）

阮籍は時に意に率《したが》いて独《ひと》り駕《が》す。径路《けいろ》に由《よ》らず、車跡《しやせき》の窮《きわ》まる所、輒《すなわ》ち慟哭《どうこく》して反《かえ》る。

阮籍時率意独駕、不由径路、車跡所窮、輒慟哭而反。

▼「径路に由らず」は、『論語』雍也《ようや》篇「澹台滅明《たんだいめつめい》なる者有り。行くに径《こみち》に由らず」にもとづく。また『列子《れつし》』説符《せつぷ》篇につぎの話がある。楊朱《ようしゆ》の鄰人が羊をとり逃がし、家族や召使いにあ

とを追わせたが、見つからぬままひきかえしてきた。そのわけをたずねたところ、「岐路《わかれみち》の中に又《ま》た岐《わかれ》有り。吾は之《ゆ》く所を知らず、所以《ゆえ》に反《かえ》る」とこたえた。このことについて、心都子《しんとし》はつぎのように評した。「大道は多岐《たき》を以て羊を亡《うしな》い、学者は多方《たほう》を以て生を喪《うしな》う」。「亡羊《ぼうよう》の嘆《なげ》き」とよばれる話であるが、阮籍の慟哭はよりいっそう深刻であるように思われる。

二九九　予章太守《よしょうたいしゅ》の顧劭《こしょう》は是《こ》れ雍《よう》の子

予章《よしょう》郡太守《たいしゅ》の顧劭《こしょう》は雍《よう》の子である。劭は郡でなくなった。雍が属僚たちを盛大に会して碁をうっているところに、使者が到着したとのしらせがあったが、息子の手紙がない。表情は変らなかったけれども、内心そのわけを了解した。爪で手のひらをかきむしり、血は流れて座布団《ざぶとん》をぬらす。客人たちがひきはらってから、はじめて歎息した。「延陵《えんりょう》の季子《きし》ほど悟りきってはおらぬけれども、失明したといって責められるはずはあるまい」。そういうと、気持ちはからりと晴れて悲しみはふっきれ、平然たる顔をしていた。(『世説新語』雅量篇)

予章太守の顧劭は是《こ》れ雍の子。劭は郡に在《あ》って卒す。雍は盛んに僚属《りょうぞく》を集め、自《みず》から囲碁《いき》するに、外より信至ると啓するも、而《しか》れども児《じ》の書無し。神気変ぜずと雖《いえど》も、而《しか》れど

予章太守顧劭、是雍之子、劭在郡卒、雍盛集僚属、自囲棊、外啓信至、而無児書、雖神気不変、

も心に其の故を了《りょう》す。爪を以て掌《たなごころ》を掐《さ》し、血は流れて褥《しとね》を沾《うる》おす。賓客既に散じ、方《はじ》めて歎じて曰わく、「已《すで》に延陵の高き無きも、豈《あ》に明を喪《うしな》うの責《せめ》有る可けんや」。是《ここ》に於いて情を豁《かつ》し哀《あい》を散じ、顔色自若《がんしょくじじゃく》たり。

而心了其故、以爪掐掌、血流沾褥、賓客既散、方歎曰、已無延陵之高、豈可有喪明之責、於是豁情散哀、顔色自若。

▼顧雍、顧劭父子は呉《ご》に仕えた。延陵の季子は、春秋時代の呉の公子、季札である。斉《せい》に使いしての帰途、同行した長男は不幸にも死亡し、そのままその土地に葬られることとなった。季札は左の肩をぬぎ、塚のまわりをめぐりながら号泣《ごうきゅう》すること三度、「骨肉《こつにく》（肉体）は土に帰復《きふく》す。命《めい》なり。魂気《こんき》の若《ごと》きは則ち之《ゆ》かざる無きなり、之《ゆ》かざる無きなり」、そしてそのままたち去ったという話が『礼記《らいき》』檀弓《だんぐう》下篇に見える。おなじく檀弓上篇に、孔子の弟子の子夏《しか》が息子をなくし、慟哭のあまり失明したため、曾子《そうし》から責められたという話がある。

三〇〇　顧《こ》彦先《げんせん》は平生《へいぜい》琴を好む

顧《こ》彦先《げんせん》（顧栄《こえい》）は生前、琴を愛した。なくなってからも、家人はつねに琴を祭壇の上に置いておいた。張季鷹《ちょうきよう》（張翰《ちょうかん》）は出かけていって哭泣《こくきゅう》し、悲しみをこらえきれずに、つかつかと祭壇にのぼって琴をつまびいた。数曲かなでおわると、琴をまさぐりながら、「顧彦先、どうだわかるかね」、そういいざままたまた大声をあげて泣き、そのまま喪主の手

を握りもせずに退出した。（『世説新語』傷逝篇）

顧彦先は平生《へいぜい》琴を好む。喪《な》くなるに及んで、家人は常に琴を以て霊牀《れいしょう》上に置く。張季鷹は往きて之を哭《こく》し、其の慟《なげ》きに勝《た》えず、遂に径《ただ》ちに牀《しょう》に上って琴を鼓《こ》す。数曲を作《な》し竟《おわ》り、琴を撫《ぶ》して曰わく、「顧彦先頗《すこぶ》る復《ま》た此れを賞する不《や》」。因って又《ま》た大いに慟《なげ》き、遂に孝子《こうし》の手を執《と》らずして出ず。

顧彦先平生好琴、及喪、家人常以琴置霊牀上、張季鷹往哭之、不勝其慟、遂径上牀鼓琴、作数曲竟、撫琴曰、顧彦先頗復賞此不、因又大慟、遂不執孝子手而出。

▼『顔氏家訓《がんしかくん》』風操篇《ふうそう》に「江南の凡《およ》そ弔《とむら》う者は、主人（喪主）の外、識《し》らざる者は手を執《と》らず」とあるように、弔問客は、面識のないものはともかくとして、喪主の手を執って弔意を述べるのがならわしであった。「孝子」は喪に服している子供のこと。この言葉は現在にも生きており、街頭で「孝」と書いた腕章をまいた人をよく見かける。

三〇一　王長史《おうちょうし》は病い篤《あつ》く、燈下《とうか》に寝臥《しんが》し

王長史《おうちょうし》（王濛《おうもう》）は病状が重くなると、ランプの下でベッドにふせり、麈尾《しゅび》を手のなかでころがしながらじっと見つめ、嘆息した。「これほどのおとこが四十まで生きられぬとは」。

なくなると、劉尹《りゅういん》（劉惔《りゅうたん》）は殯《もがり》に参列し、犀角《さいかく》の柄《え》の麈尾を柩におさめ、そのままわっと泣きくずれた。（『世説新語』傷逝篇）

王長史は病い篤《あつ》く、燈下に寝臥《しんが》し、麈尾を転じて之を視《み》、歎《たん》じて曰わく、「此《か》くの如き人曽《すなわ》ち四十を得ず」。亡《みま》かるに及んで、劉尹は殯《ひん》に臨《のぞ》み、犀柄《さいへい》の麈尾を以て柩中に著《お》き、因って慟絶《どうぜつ》す。

王長史病篤、寝臥燈下、転麈尾視之、歎曰、如此人曽不得四十、及亡、劉尹臨殯、以犀柄麈尾著柩中、因慟絶。

▼王濛《おうもう》は永和《えいわ》三年（三四七）、三十九歳でなくなった。王濛と劉惔《りゅうたん》はよき談論あいてであった。「麈尾」が談論家のもちものであったこと、二一一条を参照。

三〇二　郗嘉賓《ちかひんな》喪くなるや

郗嘉賓《ちかひん》（郗超《ちちょう》）がなくなると、侍者《じしゃ》が郗公《ちこう》（郗愔《ちいん》）にしらせた。「若さまがおなくなりになりました」。そう聞いたが悲しみもしない。ふっと侍者につげた。「殯《もがり》のときには教えるように」。公は殯《もがり》の場にかけつけると、わっと慟哭《どうこく》して気絶しそうになった。（『世説新語』傷逝篇）

郗嘉賓喪《な》くなるや、左右は郗公に白《もう》す、「郎喪《な》くなれり」。既に聞くも悲しまず。因って左右に語るらく、「殯《ひん》の時道《い》う可し」。公は往きて殯に臨《のぞ》み、一慟して幾《ほと》んど絶《た》えんとす。

郗嘉賓喪、左右白郗公、郎喪、既聞不悲、因語左右、殯時可道、公往臨殯、一慟幾絶。

▼郗愔、郗超父子の平生については、七九条および二五七条を参照されたい。

三〇三　王子《おうし》猷《ゆう》、子《し》敬倶《けいとも》に病い篤《あつ》く

王子《おうし》猷《ゆう》（王徽《おうき》之《し》）と子《し》敬《けい》（王献之《おうけんし》）の兄弟が同時に重態となり、子敬が先になくなった。子猷はまわりのものにたずねた。「どうしてぱったり消息を聞かなくなったのだろう。これはもう死んでしまったのだ」。そうかたったときにはまったく悲しみもせず、すぐに車を用意させて葬儀にかけつけたが、ぜんぜん泣きもしない。子敬は日ごろ琴が好きだった。つかつかとなかに入って祭壇に坐り、子敬の琴をとりあげてつまびいた。弦《げん》の調子があわない。床になげつけると、「子敬、人間も琴もどちらもおしまいだ」、そういいざま、身もだえしてしばらくのあいだ卒倒し、一月あまりでかれも死んだ。（『世説新語』傷逝篇）

王子猷、子敬倶《とも》に病い篤《あつ》く、而《しこ》うして子敬先に亡《みま》かる。子

王子猷子敬倶病篤、而子敬先亡、

猷は左右に問う、「何を以て都《すべ》て消息《しょうそく》を聞かざるや。此れ已《すで》に喪《な》くなれり」。語る時了《つい》に悲しまず、便《すなわ》ち輿《よ》を索《もと》め来りて喪《も》に奔《はし》り、都《すべ》て哭《こく》せず。子敬は素《も》と琴を好む。便《すなわ》ち径《ただ》ちに入りて霊牀《れいしょう》上に坐し、子敬の琴を取って弾《だん》ず。弦既《すで》に調《ととの》わず。地に擲《なげう》ちて云わく、「子敬、人琴倶《じんきんとも》に亡ぶ」。因《よ》って慟絶《どうぜつ》すること良《や》や久し。月余《げつよ》にして亦《ま》た卒す。

子猷問左右、何以都不聞消息、此已喪矣、語時了不悲、便索輿来奔喪、都不哭、子敬素好琴、便径入坐霊牀上、取子敬琴弾、弦既不調、擲地云、子敬、人琴倶亡、因慟絶良久、月余亦卒。

三〇四　王珣《おうしゅん》　疾《や》み、困《こん》に臨《のぞ》み

王珣《おうしゅん》は病いにたおれ、臨終をむかえて、王武岡《おうぶこう》（王謐《おうひつ》）にたずねた。「世評ではわが家の領軍《りょうぐん》さまをだれとくらべておるかな」。武岡「世間では王北中郎《おうほくちゅうろう》にくらべています」。東亭《とうてい》（王珣）は寝がえりをうって壁をむき、嘆息した。「人間やっぱり若死にするものではないわ」。（『世説新語』品藻篇）

王珣疾《や》み、困《こん》に臨《のぞ》み、王武岡に問いて曰わく、「世論《せろん》は我が家の領軍を以て誰に比《ひ》するや」。武岡曰わく、「世は以て王北中郎に比す」。東亭は転臥《てんが》して壁に向かい嘆じて曰わく、「人固《もと》より以て年無かる可からず」。

王珣疾、臨困、問王武岡曰、世論以我家領軍比誰、武岡曰、世以比王北中郎、東亭転臥向壁嘆曰、人固不可以無年。

▼領軍とは王珣の父の王洽《おうこう》。二十六歳で死んだ。王北中郎は王坦之《おうたんし》。王珣と王謐とはいとこ同士。王洽、王珣、王謐は琅邪《ろうや》の王氏であり、王坦之は太原の王氏である。

十三章　神と仏

三〇五　時に道士《どうし》の琅邪《ろうや》の于吉《うきつ》有り

そのころ、琅邪《ろうや》出身の于吉《うきつ》という道士《どうし》がいた。以前から江南に寓居し、呉《ご》や会稽《かいけい》の地方を往来して精舎《しょうじゃ》を立て、香を焼《た》いて道教の書物を読誦《どくじゅ》し、お符《ふだ》やお水をでっちあげては病気の治療にあたった。呉や会稽の人々のなかには信者がたくさんいた。孫策《そんさく》がある日、郡の城門の楼上で将軍や食客たちと会合をもっていると、于吉が正装し、「仙人《せんにん》の鏵《すき》」とよばれる漆で画いた小型の臿《すき》を杖ついて、城門の下を走りすぎた。将軍や食客の三分の二ほどのものが楼をかけおり、かれを迎えて拝んだ。受付のかかりがしかりつけるが制止できない。孫策はただちに捕えさせた。信者たちはそろって女性たちを孫策の母親のところに会いにゆかせ、生命《いのち》ごいをさせた。母親は孫策にいう。「于先生だって軍隊を加護してご利益《りやく》をもたらし、将士たちを医療でまもってくれているのです。殺すことはなりません」。孫策「こやつはいかさま師、民衆の心をかどわかしおるのです。あげくには、将軍たちに君臣の礼儀をわきまえさせもせず、こぞってわたしをおっぽりだして楼をかけおり、拝みました。除かぬわけにはまいりませぬ」。将軍たちはかさねて連名で陳情書をさしだして嘆願した。孫策はいった。「むかし、南陽《なんよう》の張津《ちょうしん》は交《こう》州の刺史《しし》となると、そのかみの聖人の古典のおしえをさしおき、漢王朝の法律をふみにじり、いつも赤い頭巾をつけ、琴をつまびき香を焼《た》いていかがわしい道教の書物を読誦し、こうして教化のたすけとするのじゃと口にしておったが、けっきょく南方の夷《えびす》に殺されてしまった。こんなことはまるで益《やく》にたたん。諸君はまだ気づいていないだけだ。今じゃ、こやつは幽鬼の名簿にすでに名がのっている。二度と紙と筆のむだ使いはせんでよい」。ただちにせきたてて斬りすて、首を市場につるした。信者たちはそれでもまだ死んだとは思わずに、尸解仙《しかいせん》となったのだといい、なおもお祭りをしてご利益《りやく》をもとめた。（『三国志』呉書・孫策伝注『江表伝』）

時に道士の琅邪の于吉有り。先に東方に寓居し、呉会《ごかい》に往来し、精舎《しょうじゃ》を立て、焼香《しょうこう》して道書を読み、符水《ふすい》を制作して以て病いを治す。呉会の人多く之に事《つか》う。孫策嘗《か》つて郡の城門の楼上に於いて諸将賓客を集会するや、吉乃《すなわ》ち服を盛んにし、小函《しょうかん》の之に漆画《しつが》して名づけて仙人鏵《せんにんか》と為すを杖《つ》き、趨《はし》りて門下を度《わた》る。諸将賓客の三分の二、楼を下り迎えて之を拝す。賓《ひん》を掌《つかさ》どる者禁呵《きんか》するも止《とど》む能《あた》わず。策即ち之

時有道士琅邪于吉、先寓居東方、往来呉会、立精舎、焼香読道書、制作符水以治病、呉会人多事之、孫策嘗於郡城門楼上、集会諸将賓客、吉乃盛服、杖小函漆画之名為仙人鏵、趨度門下、諸将賓客三分之二、下楼迎拝之、掌賓

を収めしむ。諸《もろ》ろの之に事《つか》うる者、悉《ことご》とく婦女をして入りて策の母に見《まみ》えしめ、之を救わんことを請《こ》う。母、策に謂《い》いて曰わく、「于先生も亦《ま》た軍を助けて福を作《な》し、将士を医護《いご》す。之を殺す可からず」。策曰わく、「此の子妖妄《ようもう》、能《よ》く衆心を幻惑《げんわく》す。遠く諸将をして復《ま》た相《あ》い君臣の礼を顧《かえ》りみざらしめ、尽《ことご》とく策を委《す》て楼を下りて之を拝す。除かざる可からざるなり」。諸将は復《ま》た名を連《つら》ねて白事《はくじ》を通じて之を陳乞《ちんきつ》す。策曰わく、「昔《むか》し南陽の張津は交州刺史と為り、前聖の典訓《てんくん》を舎《す》て、漢家《かんか》の法律を廃し、嘗《つね》に絳帕頭《こうはくとう》を著《つ》け、琴を鼓《こ》し焼香し、邪俗《じやぞく》の道書を読み、以て化を助くと云うも、卒《つい》に南夷《なんい》の殺す所と為る。此れ甚だ益《えき》無し。諸君は但《た》だ未《いま》だ悟らざる耳《のみ》。今ま此の子已《すで》に鬼籙《きろく》に在《あ》り。復《ま》た紙筆を費《つい》やすこと勿《な》かれ」。即ち催《うなが》して之を斬り、首を市に懸《か》く。諸《もろ》ろの之に事《つか》うる者、尚《な》お其の死を謂《おも》わずして尸解《しかい》すと云い、復《ま》た祭祀《さいし》して福を求む。

者禁呵不能止、策即令収之、諸事之者、悉使婦女入見策母、請救之、母謂策曰、于先生亦助軍作福、医護将士、不可殺之、策曰、此子妖妄、能幻惑衆心、遠使諸将不復相顧君臣之礼、尽委策下楼拝之、不可不除也、諸将復連名通白事陳乞之、策曰、昔南陽張津為交州刺史、舎前聖典訓、廃漢家法律、嘗著絳帕頭、鼓琴焼香、読邪俗道書、云以助化、卒為南夷所殺、此甚無益、諸君但未悟耳、今此子已在鬼籙、勿復費紙筆也、即催斬之、懸首於市、諸事之者、尚不謂其死而云尸解焉、復祭祀求福。

▼原文の「小函」の「函」は「亟」の誤写と思われるので改めた。福井康順『道教の基礎的研

究』（書籍文物流通会、一九五二年）、六五頁、参照。張津は後漢末に交阯《こうし》地方を治める交州刺《し》史《し》となったが、かれが宗教による教化を行なったこと、ここの記事以上のことはわからない。「尸解仙《しかいせん》」は、あたかも蛇や蟬の脱皮のように、ぬけがらの肉体を地上にのこして天界に飛昇する仙人。

ところで孫策《そんさく》は、やがてまもなく二十六歳のわかさで死ぬ。于吉のたたりであったという話が、おなじく『三国志《さんごくし》』孫策伝注の『捜神記《そうじんき》』にある。一〇条をもあわせて参照されたい。——孫策は于吉《うきつ》を殺してから、一人で坐っていると、きまって于吉がそばにいるのがそれさながらに見えた。とても気味が悪く、いささか精神に異常をきたした。その後、刀傷を治療してやっとよくなり、鏡をひきよせてうつしてみたところ、于吉が鏡のなかにいるのが見える。ふりかえってみると、姿は見えない。このようなことが二度、三度とあった。そこで鏡をたたいて絶叫すると、刀傷はどこもぱっくりと裂《さ》け、たちまちのうちに死んでしまった。

三〇六　庾《ゆ》公嘗《こうか》つて仏図《ぶっと》に入り

庾《ゆ》公《こう》（庾亮《ゆりょう》）はあるときお寺に入り、寝仏《ねぼとけ》を見ていうのに、「このおかたは済度《さいど》にお疲れだ」。当時、名言だといわれた。（『世説新語』言語篇）

庾公嘗《か》つて仏図《ぶっと》に入り、臥仏《がぶつ》を見て曰わく、「此の子は津《しん》　庾公嘗入仏図、見臥仏曰、此子梁《りょう》に疲る」。時に以て名言と為す。　　疲於津梁、于時以為名言。

▼「仏図」はここではStūpa塔の音訳。ひろげて寺院。「臥仏」は仏のネハン像。「津梁」の本義は渡しの橋。衆生をすくって彼岸に渡すことをいう。

三〇七　張玄之《ちょうげんし》、顧敷《こふ》は是《こ》れ顧和《こわ》の中外孫《ちゅうがいそん》

張玄之《ちょうげんし》と顧敷《こふ》は顧和《こわ》の外孫と内孫である。二人とも幼いときから怜悧《れいり》だった。顧和はどちらともみとめてはいたが、日ごろ顧敷の方がうえだと考え、そちらばかり大事にするので、張玄之はいささか不満だった。当時、張玄之は九歳、顧敷は七歳。顧和は二人といっしょにお寺に出かけ、仏のネハン像を見た。弟子のなかには、泣いているものもあれば泣いていないものもある。顧和がそのわけを二人の孫にたずねた。張玄之「かれは可愛がってもらったから泣いているんだし、かれは可愛がってもらわなかったから泣いていないんだよ」。顧敷「そうじゃない。きっと感情をすてきれたから泣いていないんだし、感情をすてきれないから泣いているんだ」。(『世説新語』言語篇)

張玄之、顧敷は是れ顧和の中外孫。皆な少《わか》くして聡恵《そうけい》なり。和は並びに之を知るも、而《しか》れども常に顧勝《まさ》れりと謂《おも》い、親《しん》　　張玄之顧敷是顧和中外孫、皆少而聡恵、和並知之、而常謂顧勝、

重《じゅう》すること偏至《へんし》、張は頗《すこぶ》る厭《あきた》らず。時に張は年九歳、顧は年七歳。和は与《とも》に倶《とも》に寺中に至り、仏の般泥洹像《はつないおんぞう》を見る。弟子に泣く者有り、泣かざる者有り。和は以て二孫に問う。玄謂わく、「彼は親しまるるが故に泣き、彼は親しまれざるが故に泣かず」。敷曰わく、「然らず。当《まさ》に情を忘るるが故に泣かず、情を忘る能《あた》わざるが故に泣くに由《よ》るべし」。

親重偏至、張頗不厭、于時張年九歳、顧年七歳、和与倶至寺中、見仏般泥洹像、弟子有泣者、有不泣者、和以問二孫、玄謂、彼親故泣、彼不親故不泣、敷曰、不然、当由忘情故不泣、不能忘情故泣。

▼「仏般泥洹像」は前条の臥仏とおなじ。般泥洹は般涅槃《はつねはん》、すなわち入滅。顧敷のこたえの背景に、聖人に情があるかないかの問題を想定してよい。一六四条を参照。

三〇八　何次道《かじどう》は瓦官寺《がかんじ》に往《ゆ》き

何次道《かじどう》（何充《かじゅう》）は瓦官《がかん》寺に出かけてとても真剣に礼拝した。阮思曠《げんしこう》（阮裕《げんゆう》）がかたりかけた。「きみは宇宙《うちゅう》よりでっかい志、永遠の時間をしのぐほどの意気ごみだな」。何「きみは今日はまたどうして急にもちあげるのだ」。阮「ぼくは数千戸の郡の長官をねらっているが、それでさえものにできない。きみはなんと仏になろうとねらっている。たいしたものじゃないか」。（『世説新語』排調篇）

何次道は瓦官寺に往き、礼拝甚だ勤《つと》む。阮思曠之《これ》に語って曰わく、「卿《けい》、志は宇宙より大きく、勇は終古《しゅうこ》に邁《こ》ゆ」。何曰わく、「卿は今日何故に忽《たちま》ち推《お》さるや」。阮曰わく、「我は数千戸の郡を図《はか》るも、尚《な》お得る能《あた》わず。卿は迺《すなわ》ち仏と作《な》らんと図《はか》る。亦《ま》た大ならず乎《や》」。

何次道往瓦官寺、礼拝甚勤、阮思曠語之曰、卿志大宇宙、勇邁終古、何曰、卿今日何故忽見推、阮曰、我図数千戸郡、尚不能得、卿迺図作仏、不亦大乎。

▼瓦官寺は建康にあった名刹。焼物工場の跡に設けられた。瓦棺寺ともよばれるのは、地中から瓦の棺が掘りだされたからだという。「終古」は古から現在にいたるまでの時間。永遠。

三〇九　阮思曠《げんしこう》は大法《たいほう》を奉じ

阮思曠《げんしこう》(阮裕《げんゆう》)は仏法におつかえし、信心ぶりはたいへんなものだった。長男がまだ二十《はたち》にもならぬとき、とつぜん重い病気にかかった。その息子は目の中にいれても痛くないほど可愛いがっていたので、そのために仏法僧《ぶっぽうそう》の三宝《さんぽう》にお祈りをささげ、昼も夜もかかしたことはなかった。至誠が通ずればきっと加護がくだるだろう、と考えたのである。ところが、息子はそのままたすからなかった。そこでお釈迦《しゃか》さまに恨みをいだき、それまでの張りつめた気持ちはきれいさっぱりなくなってしまった。(『世説新語』尤悔篇)

阮思曠は大法《たいほう》を奉じ、敬信《けいしん》甚だ至る。大児《たいじ》は年未だ弱冠ならずして忽《たちま》ち篤疾《とくしつ》を被《こうむ》る。児《じ》は既に是れ偏《ひと》えに愛重《あいじゅう》する所なれば、之が為に三宝に祈請《きせい》し、昼夜懈《おこた》らず。至誠感ずる者有れば必らず当《まさ》に祐《たすけ》を蒙《こうむ》るべしと謂《おも》う。而《しか》るに児は遂に済《すく》われず。是《ここ》に於いて恨みを釈氏《しゃくし》に結び、宿命《しゅくみょう》は都《すべ》て除く。

阮思曠奉大法、敬信甚至、大児年未弱冠、忽被篤疾、児既是偏所愛重、為之祈請三宝、昼夜不懈、謂至誠有感者、必当蒙祐、而児遂不済、於是結恨釈氏、宿命都除。

▼「大法」は仏教信者の立場から仏法をよぶ言葉。「宿命」は普通には宿世の生命を意味するが、ここでは、仏に帰命——帰依——していたそれまでの気持ち、という意味に用いられているのであろう。

三一〇　劉尹《りゅういん》は郡に在って臨終《りんじゅう》綿惙《めんてつ》

劉尹《りゅういん》（劉惔《りゅうたん》）が郡役所で臨終をむかえたいまわのとき、部屋の下から神にささげる神楽《かぐら》ばやしがきこえてくると、きっと表情をただしていった。「いかがわしい神祀《かみまつ》りをしてはならぬ」。また、表から車をひかせる牛を殺して神を祭りたいと願いでると、真長《しんちょう》（劉惔）はこたえた。「丘《きゅう》の禱《いの》ること久しだ。いまさらことごとしいことはやめておけ」。（『世説新語』徳行篇）

劉尹は郡に在《あ》って臨終綿惙《めんてつ》、閤下《こうか》より神を祠《まつ》る鼓舞《こぶ》を聞く。色を正して曰わく、「淫祀《いんし》するを得る莫《な》かれ」。外より車中の牛を殺して神を祭らんと請う。真長答えて曰わく、「丘《きゅう》の禱《いの》ること久し。復《ま》た煩《はん》を為すこと勿《な》かれ」。

劉尹在郡、臨終綿惙、聞閤下祠神鼓舞、正色曰、莫得淫祀、外請殺車中牛祭神、真長答曰、丘之禱久矣、勿復為煩。

▼「丘の禱ること久し」は『論語』述而《じゅつじ》篇、孔子臨終のとき、弟子の子路《しろ》が神々に禱《いの》りたいと願いでたときに孔子がこたえた言葉。丘は孔子の名。自分はふだんから神々からとがめられないよう行動してきた、いまさらことごとしく禱《いの》る必要はない、というのである。

三一一　郗愔《ちいん》は道を信ずること甚だ精勤《せいきん》

郗愔《ちいん》はとてもまじめな道教信者だった。たえずおなかの調子が悪く、どんな医者にも治せない。于《う》法開《ほうかい》の評判を聞きつけて迎えにやらせた。やってくると、脈をとっていう。「あなたさまのご病気は、ほかでもない、精進《しょうじん》があまりにお過ぎになったからです」。一服の湯薬《とうやく》を調合してあたえた。服用したとたんに、こぶし大の何枚にも重なった紙をはげしくくだした。さいてみると、なんと以前にのんだお符《ふだ》だった。（『世説新語』術解篇）

郗愔は道を信ずること甚だ精勤なり。常に腹内の悪《あ》しきを

郗愔信道甚精勤、常患腹内悪、

患《わず》らい、諸医は療《りょう》す可からず。于法開の名有るを聞き、往《ゆ》きて之を迎う。既《すで》に来り、便《すなわ》ち脈とりて云わく、「君侯《くんこう》の患《わず》らう所は正《まさ》に是れ精進太《はなは》だ過ぐるの致す所なる耳《のみ》」。一剤湯《ざいとう》を合《がっ》して之に与う。一たび服して即ち大いに数段許《ばか》りの紙の拳《こぶし》大の如きを下し去る。剖《さ》き看《み》れば、乃《すなわ》ち先に服する所の符《ふ》なり。

諸医不可療、聞于法開有名、往迎之、既来、便脈云、君侯所患、正是精進太過所致耳、合一剤湯与之、一服即大下去数段許紙如拳大、剖看、乃先所服符也。

▼都愔は天師《てんし》道《どう》の信者であった。天師道は蜀《しょく》の鵠鳴《こくめい》山で修行をつんだ後漢の張道陵《ちょうどうりょう》にはじまる。天師道では、病気の原因を道徳上の罪にもとめ、病人に罪の懺悔《ざんげ》告白を行なわせたうえ、お符《ふだ》と呪文《じゅもん》によって霊力のふきこまれた水をのませた。『真誥《しんこう》』巻八につぎのような一条がある。「もし心をいれかえて張道陵の道を信ずるものには、その一枚のお符《ふだ》をあたえて服《の》ましてやろう。そうすれば、きっと病気はなおってすっきりするだろう」。また同書巻九には、「明堂内経《めいどうないけい》開心辟妄符《かいしんへきもうふ》」なるお符《ふだ》の服用法が記されている。于法開の伝記は『高僧伝《こうそうでん》』巻四にあり、当時の僧侶がしばしばそうであったように医術に長じた。『隋書《ずいしょ》』経籍志《けいせきし》には、『議論備予方《ぎろんびよほう》』なるかれの医術書を著録している。

三一二　二《に》郗《ち》は道を奉じ、二《に》何《か》は仏を奉じ

郗《ち》家の二兄弟は道教信者、何《か》家の二兄弟は仏教信者、どちらも財産をいれあげた。謝《しゃ》中郎《ちゅうろう》（謝万《しゃばん》）はいった。「郗家の二人は道におべっか、何家の二人は仏にべたべた」。（『世説新語』排調篇）

二郗は道を奉じ、二何は仏を奉じ、皆《み》な財賄《ざいわい》を以てす。謝中郎云わく、「二郗は道に諂《へつら》い、二何は仏に佞《おもね》る」。

二郗奉道、二何奉仏、皆以財賄、謝中郎云、二郗諂於道、二何佞於仏。

▼「二郗」は郗愔《ちいん》と郗曇《ちどん》、「二何」は何充《かじゅう》と何準《かじゅん》。

三一三　范寧《はんねい》、予章《よしょう》と作《な》り

范寧《はんねい》が予章郡の太守《たいしゅ》であったときのこと、四月八日に仏を勧請《かんじょう》するためふれ文をまわした。衆僧はとまどい、なかには返事を書こうとするものがあったが、末席にひかえていた一人の小僧がいった。「お釈迦《しゃか》さまはじっと黙っておられれば、許可をおあたえになったことになるのです」。衆僧はその解釈に従った。（『世説新語』言語篇）

范寧、予章と作《な》り、八日の請仏《しょうぶつ》に板《ばん》有り。衆僧は疑い、或《ある》いは答を作《な》さんと欲す。小沙弥《しょうしゃみ》の坐《ざ》末《まつ》に在《あ》る有り、曰わく、「世尊嘿然《せそんもくねん》たれば則ち許可と為す」。衆は其の義に従う。

范寧作予章、八日請仏有板、衆僧疑、或欲作答、有小沙弥在坐末、曰、世尊嘿然、則為許可、衆従其義。

▼八日は釈迦生誕日の四月八日。その日にはお寺から仏像を自宅にまねいておまつりをするならわしであった。「四月八日に至れば、毎《つね》に像を請《まね》く。像を請《まね》くの日、輒《すなわ》ち家を挙《あ》げて感慟《かんどう》す」（『宋書』沈道虔伝）。「沙弥」は二百五十戒を受けて正式の僧となる以前のもの。『高僧伝《こうそうでん》』杯《はい》度《ど》伝にもつぎのような話がある。朱文殊《しゅもんじゅ》なるものが出家を請うたとき、杯度が黙っていると、文殊はいった。「仏法、黙然《もくねん》たれば已《すで》に許せりと為す」。維摩《ゆいま》居士《こじ》は不二《ふに》の法門に入ることの何たるかを問われてただ黙するのみであったという。『維摩経《ゆいまぎょう》』入不二法門品。

十四章　琴棋《きんき》書画《しょが》

三一四　江僕射《こうぼくや》年少のとき

江僕射《こうぼくや》（江虨《こうひん》）のわかいころのこと、王丞相《おうじょうしょう》（王導《おうどう》）がさそっていっしょに碁《ご》をうった。王はいつも二目ほど及ばなかったが、対でやってみようと、ためしに様子をうかがっている。江はなかなか石をおこうとしない。王「きみはどうして打たんのだ」。江「たぶん、それじゃだめでしょう」。そばにいた客が、「この若者の腕前はなかなかたいしたものですな」というと、王はおもむろに頭をあげて、「この若者は碁が強いだけじゃないよ」。

（『世説新語』方正篇）

江僕射年少のとき、王丞相呼んで与《とも》に共に棊《き》す。王の手は嘗《つね》に如《し》かざること両道許《ばか》りなるも、而《しか》れども敵道戯《てきどうぎ》せんと欲し、試《こころ》みに以て之を観《み》る。江は即《ただ》ちには下さず。王曰わく、「君は何を以て行なわざるや」。江曰わく、「恐らくは

江僕射年少、王丞相呼与共棊、王手嘗不如両道許、而欲敵道戯、試以観之、江不即下、王曰、君何以不行、江曰、恐不得爾、傍

爾《しか》するを得ず」。傍《かたわら》に客有って曰わく、「此の年少の戯《ぎ》迺《すなわ》ち悪《あ》しからず」。王徐《おもむ》ろに首を挙《あ》げて曰わく、「此の年少は唯だに囲棊《いき》に勝を見《しめ》すのみには非《あら》ず」。

有客曰、此年少戯迺不悪、王徐
挙首曰、此年少非唯囲棊見勝。

▼注に引かれている范汪《はんおう》の『棊品《きひん》』に、「彪《ひん》は王恬《おうてん》等と棊第一品、導《どう》は第五品」。江彪はやがて尚書左僕射《しょうしょさぼくや》にまで栄達する。

三一五　祖《そ》士少《ししょう》は財を好み

祖《そ》士少《ししょう》（祖約《そやく》）は財産が趣味、阮遥集《げんようしゅう》（阮孚《げんふ》）は下駄が趣味。二人ともいつも自分でせっせと精をだした。どちらも同様に偏執狂《モノマニア》だったが、その優劣をつけかねていた。ある人が祖を訪れると、財宝をためつすがめつながめているところ。客がやってくると、すっかり片づけられず、のこった二つの小箱を背後におしやり、からだを傾けてかくしたものの、不服そうな様子だった。またある人が阮を訪れると、自分で火を吹き吹き下駄に蠟《ろう》をぬっているところ。ふっとため息をついていった。「一生のうちにいったい何足の下駄がはけるだろうな」。いかにものどかな顔つきである。こうして勝負ははじめてついた。（『世説新語』雅量篇）

祖士少は財を好み、阮遥集は屐《げき》を好み、並びに恒《つね》に自《みず》から経営《けいえい》す。同《とも》に是《こ》れ一累《いちるい》なるも、而《しか》れども未《いま》だ其の得失《とくしつ》を判《わか》たず。人の祖に詣《いた》る有り、財物を料視《りょうし》するを見る。客至るや、屏当《へいとう》して未だ尽《つ》きず、両小簏《しょうろく》を余《あま》して背後に著《お》き、身を傾けて之を障《さえ》ぎるも、意未《いま》だ平《たいら》かなる能《あた》わず。或《あ》るひと阮に詣《いた》る有り、自《みず》から火を吹き屐《げき》に蠟《ろう》するを見る。因《よ》って歎《たん》じて曰わく、「未だ知らず一生に当《まさ》に幾量《いくりょう》の屐《げき》を著《つ》くべきや」。神色閑暢《しんしょくかんちょう》なり。是《ここ》に於いて勝負始めて分つ。

祖士少好財、阮遥集好屐、並恒自経営、同是一累、而未判其得失、人有詣祖、見料視財物、客至、屏当未尽、余両小簏著背後、傾身障之、意未能平、或有詣阮、見自吹火蠟屐、因歎曰、未知一生当著幾量屐、神色閑暢、於是勝負始分。

▼「屏当」はかたづける、整理する。『世説新語』徳行《とくこう》篇に、「王長予《おうちょうよ》（王悦《おうえつ》）は、……恒《つね》に曹《そう》夫人と箱篋《そうきょう》を併当す」とある「併当《へいとう》」もおなじ。

三一六　謝公《しゃこう》、王子《おうし》敬《けい》に問う

謝公《しゃこう》（謝安《しゃあん》）が王子《おうし》敬《けい》（王献之《おうけんし》）にたずねた。「君の書は君の父上とくらべてどうだね」。「もちろん同じじゃありませんよ」。「世間のものはまるっきりちがうと評判しているよ」。「世間のものにどうしてわかりますか」。（『世説新語』品藻篇）

謝公、王子敬に問う、「君の書は君の家尊《かそん》に如何《いかん》」。答えて曰わく、「固《もと》より当《まさ》に同じからざるべし」。公曰わく、「外人は殊《こと》に爾《しか》らずと論ず」。王曰わく、「外人那《なん》ぞ知るを得んや」。

謝公問王子敬、君書何如君家尊、答曰、固当不同、公曰、外人論殊不爾、王曰、外人那得知。

▼王献之とその父王羲之《おうぎし》の書の優劣論は、古来、中国の書の歴史に話題を提供するが、その嚆《こう》矢《し》とすべき一条。謝安の質問には、王羲之の方が上だとする気分がふくまれている。「外人」というのはもとより謝安自身をふくんでのそれであり、表現が婉曲《えんきょく》なだけにかえって辛辣《しんらつ》である。

三一七　太極殿《たいごくでん》始めて成り

太極殿《たいごくでん》が完成したばかりのころ、王子敬（王献之）はちょうど謝公（謝安）の課長をしていた。謝は板をおくりとどけて王に題額を書かせようとした。王は不平の色をあらわし、使いのものにいった。「門の外にうっちゃっておけ」。謝は後日、王に会ったおりにいった。「題額を御殿にあげる件はどうなった。そのむかし、魏《ぎ》王朝の韋《い》誕《たん》たちだって自分でやったのだ」。王「魏の寿命はだから長くはなかったのです」。謝は名言だと思った。（『世説新語』方正篇）

太極殿始めて成り、王子敬は時に謝公の長史《ちょうし》と為る。謝は版《ばん》を送り、王をして之に題せしむ。王は不平の色有り。信に語って云わく、「門外に擲著《てきちょ》す可し」。謝は後《の》ち王を見て曰わく、「之に題し殿に上すこと何若《いかん》。昔《むか》し魏朝《ぎちょう》の韋誕諸人も亦《ま》た自《みず》から為せり」。王曰わく、「魏祚《ぎそ》所以《ゆえ》に長からず」。謝は以て名言と為す。

太極殿始成、王子敬時為謝公長史、謝送版、使王題之、王有不平色、語信云、可擲著門外、謝後見王曰、題之上殿何若、昔魏朝韋誕諸人、亦自為也、王曰、魏祚所以不長、謝以為名言。

▼自分は芸術家《アーチスト》であって職人《アルチザン》ではないというわけ。高さ八丈、長さ二十七丈、奥ゆき十丈の太極殿が完成したのは、孝武帝《こうぶてい》の太元《たいげん》三年（三七八）である。韋誕の話は『世説新語』巧芸《こうげい》篇にある。

——韋仲将《いちゅうしょう》（韋誕）は能書《のうしょ》だった。魏の明帝《めいてい》は御殿をたて、額をあげようと、仲将に梯子《はしご》をのぼって題額を書かせた。おりてくると、頭も鬢《びん》も真白。そこで子や孫に申しわたした。

「もう書の稽古《けいこ》はせんでよろしい」。

三一八　戴公《たいこう》東従《よ》り出で

戴公《たいこう》（戴逵《たいき》）が東の会稽《かいけい》から出てくると、謝太傅《しゃたいふ》（謝安《しゃあん》）は会いに出かけた。謝はもともと戴をみくびっており、会ってもただ琴や書について論じあうだけだったが、戴は気にするどころか、琴書談義はますますすばらしい。謝はゆったりとした気分のままにその度量のほどを知った。（『世説新語』雅量篇）

戴公東従《よ》り出で、謝太傅は往《ゆ》きて之を看《み》る。謝は本《もと》より戴を軽んじ、見るも但《た》だ与《とも》に琴書《きんしょ》を論ずるのみ。戴は既に吝《お》しむ色無く、而《しか》も琴書を談じて愈《いよい》よ妙なり。謝は悠然《ゆうぜん》として其の量を知る。

戴公従東出、謝太傅往看之、謝本軽戴、見但与論琴書、戴既無吝色、而談琴書愈妙、謝悠然知其量。

三一九　戴安道《たいあんどう》は范宣《はんせん》に就《つ》きて学び

戴安道《たいあんどう》（戴逵）は范宣《はんせん》のところで勉強し、范宣のやるとおりにやった。范宣が書物を読めば自分も書物を読み、范宣が書物の抜書きをすれば自分も書物の抜書きをする。ただひとつ、かれだけが絵画を好んだが、范宣は無用だと考え、そんなものに精神をすりへらすべきではないといった。戴はそこで「南都賦《なんとふ》の図」を画いた。范宣はそれを見おわると感歎し、とても有益だと考え、はじめて絵画を尊重するようになった。（『世説新語』巧芸篇）

戴安道は范宣に就《つ》きて学び、范の為す所に視《なら》う。范読書すれば亦《ま》た読書し、范抄書《しょうしょ》すれば亦《ま》た抄書す。唯《た》だ独《ひと》り画を

戴安道就范宣学、視范所為、范読書、亦読書、范抄書、亦抄書、

好むも、范は以て無用と為し、宜《よろ》しく思いを此れに労《つか》らすべからずと。戴は乃《すなわ》ち南都賦の図を画く。范は看《み》畢《おわ》って咨《し》嗟《さ》し、甚だ以て有益と為し、始めて画を重んず。

唯独好画、范以為無用、不宜労思於此、戴乃画南都賦図、范看畢咨嗟、甚以為有益、始重画。

▼「南都賦」は後漢の張衡《ちょうこう》の作品。その各場面を図に画いたのであろう。

三二〇　王子《おうし》猷《ゆう》嘗《か》つて暫《しばら》く人の空宅《くうたく》に寄りて住まい

王子《おうし》猷《ゆう》（王徽之《おうきし》）はしばらくのあいだ借家住いをしたとき、さっそく竹を植えさせた。ある人がたずねた。「ほんのかり住まいなのにどうしてそんな面倒なことをするのだ」。王はしばらくうそぶいたうえ、まっすぐ竹を指さしていった。「一日としてこの君がないわけにはゆかんのじゃ」。（『世説新語』任誕篇）

王子猷嘗《か》つて暫《しばら》く人の空宅に寄りて住まい、便《すなわ》ち竹を種《う》えしむ。或《あ》るひと問う、「暫《しばら》く住まうに何ぞ爾《しか》するを煩《わずら》わさんや」。王は嘯詠《しょうえい》すること良《や》や久しく、竹を直指《ちょくし》して曰わく、「何ぞ一日として此の君無かる可けんや」。

王子猷嘗暫寄人空宅住、便令種竹、或問、暫住何煩爾、王嘯詠良久、直指竹曰、何可一日無此君。

▼後世、竹を「此君《しくん》」とよぶのはこの故事にもとづく。

三二一　王子猷は都に出で

王子猷《おうしゆう》（王徽之《おうきし》）が都に出てきて、まだ河岸に船をとめていたときのことだ。かねてから桓子野《かんしや》（桓伊《かんい》）が笛の名手だと聞いていたが、面識はなかった。たまたま桓が岸を通りかかった。王は船のなかにいる。客のなかに顔見知りのものがおり、「桓子野だ」といった。王はさっそく人をやって挨拶させた。「あなたは笛の名手だとうかがっております。ひとつ一曲演奏していただけませんでしょうか」。桓はそのころすでにやんごとない身分であったが、かねがね王のうわさを耳にしており、ただちにひきかえして、車からおり牀《しょう》几《ぎ》にあぐらをかくと、三曲演奏してみせた。吹きおわると、すぐ車にのってたち去った。客も主人も一言も言葉をかわさなかった。（『世説新語』任誕篇）

王子猷は都に出で、尚《な》お渚下《しょか》に在り。旧《もと》桓子野の吹笛《すいてき》に善《よ》しと聞くも、而《しか》れども相い識《し》らず。遇《たま》ま桓、岸上《がんじょう》を過ぐ。王は船中に在り。客に之を識《し》る者有り、云わく、「是《こ》れ桓子野」。王は便《すなわ》ち人をして与《とも》に相聞《そうもん》せしむ。云わく、「君の吹笛《すいてき》に善《よ》しと聞く。試《こころ》みに我の為に一奏せよ」。桓は時に

王子猷出都、尚在渚下、旧聞桓子野善吹笛、而不相識、遇桓於岸上過、王在船中、客有識之者、云是桓子野、王便令人与相聞、云、聞君善吹笛、試為我一奏、

已《すで》に貴顕《きけん》なるも、素《もと》より王の名を聞き、即《すなわ》ち便ち廻《めぐ》り、車より下りて胡牀《こしょう》に踞《きょ》し、為に三調を作《な》す。弄《ろう》し畢《おわ》るや、便《すなわ》ち車に上りて去る。客主は一言をも交《かわ》さず。

桓時已貴顕、素聞王名、即便廻、下車踞胡牀、為作三調、弄畢、便上車去、客主不交一言。

三二二　謝太傅《しゃたいふ》云わく

謝太傅《しゃたいふ》（謝安《しゃあん》）の言葉。「顧長康《こちょうこう》（顧愷之《こがいし》）の絵画は人類史上はじめてのものだ」。（『世説新語』巧芸篇）

謝太傅云わく、「顧長康の画、蒼生《そうせい》有りて来《こ》のかた無き所」。

謝太傅云、顧長康画、有蒼生来所無。

▼「蒼生」は人民、万民。中国の絵画史上、顧愷之（三四四―四〇五）の名は不朽であり、作品が個人名によって記憶されるさいしょの人物といってよかろう。

三二三　顧長康《こちょうこう》は人を画き

顧長康《こちょうこう》（顧愷之《こがいし》）は人物画を画いて数年間も瞳《ひとみ》をいれないことがあった。人がそのわけをたずねた。顧「四体の美醜《びしゅう》はもともとポイントとは無関係だ。精神を伝えそのかがやき

を画くのは、このなかにこそある」。（『世説新語』巧芸篇）

顧長康は人を画き、或《ある》いは数年目精《もくせい》を点《てん》ぜず。人、其の故を問う。顧曰わく、「四体《したい》の妍蚩《けんし》は本《もと》より妙処《みょうしょ》に関する無し。神《しん》を伝え照《しょう》を写すは正《まさ》に阿堵《あと》中に在り」。

顧長康画人、或数年不点目精、人問其故、顧曰、四体妍蚩、本無関於妙処、伝神写照、正在阿堵中。

▼「伝神写照」の「神」は精神、「照」はその作用である智恵のかがやき。「阿堵」は、この、その、これ、それ。

三二四　顧《こ》愷之《がいし》嘗《か》つて一厨画《ちゅうが》を以て

顧愷之は厨子《ずし》いっぱいの画を、その前の部分を糊《のり》づけし上書きしたうえ桓玄《かんげん》にあずけたことがある。愛着の深い作品ばかりであった。桓玄はなんと厨子の後をあけ、こっそり画を盗みだしてから、もと通りに閉じてかえし、「あけてはいないよ」とうそをついた。愷之は封題《ふうだい》はもとどおりなのに画がなくなっているのを見ると、「すばらしい画は神霊とひとつになり、すがたを変えてどこかへ行ってしまった。人間が仙界にのぼるのとおなじことだ」、そういうだけで、疑う様子はまるでなかった。（『晋書』顧愷之伝）

顧愷之嘗《か》つて一厨画《ちゅうが》を以て、其の前を糊題《こだい》し、桓玄に寄す。皆な其の深く珍惜《ちんせき》する所の者なり。玄は乃《すなわ》ち其の厨後《ちゅうご》を発《ひら》き、窃《ひそ》かに画を取り、而《しこ》うして緘閉《かんへい》すること旧《もと》の如くにして以て之を還《かえ》し、紿《あざむ》いて云わく、「未だ開かず」。愷之は封題《ふうだい》は初めの如きも、但だ其の画を失うを見、直《た》だ云わく、「妙画《みょうが》は霊に通じ、変化して去る。亦《ま》た猶《な》お人の登仙《とうせん》するがごとし」。了《つい》に怪しむ色無し。

顧愷之嘗以一厨画、糊題其前、寄桓玄、皆其深所珍惜者、玄乃発其厨後、窃取画、而緘閉如旧以還之、紿云未開、愷之見封題如初、但失其画、直云、妙画通霊、変化而去、亦猶人之登仙、了無怪色。

▼桓玄は無類の書画、竹木のマニアであった。『晋書《しんじょ》』桓玄伝にいう。「性は貪鄙《たんひ》にして奇異を好む。尤《もっ》とも宝物珠玉を愛し、手より離さず。人士の法書、好画及び佳《よ》き園宅を有する者、悉《ことご》とく己《おの》れに帰せしめんと欲するも、猶お之を逼奪《ひつだつ》するを難《はば》かり、皆《み》な蒱博《ほはく》（ばくち）して取る。臣佐《しんさ》を遣《つか》わして四出せしめ、果を掘り竹を移し、数千里を遠しとせず。百姓《ひゃくせい》の佳果美竹《かかびちく》は復《ま》た遺余《いよ》無し」。

一一一条に見える「金飾《きんしょく》の楽器」も、桓玄が収集した珍宝の一つであったにちがいない。

十五章　食いしん坊《グルメ》

三二五　荀勗《じゅんきょく》嘗《か》つて晋《しん》の武帝《ぶてい》の坐上に在って

荀勗《じゅんきょく》はあるとき晋《しん》の武帝《ぶてい》の席で筍《たけのこ》を食べ飯をぱくつき、会食者たちにいった。「これはくたびれた薪《まき》でたいてある」。会食者たちは信用しない。こっそりたずねさせてみると、なるほど古い車の車台をつかったとのことだった。（『世説新語』術解篇）

荀勗嘗《か》つて晋の武帝の坐上に在《あ》って筍《じゅん》を食らい飯を進む。在坐《ざいざ》の人に謂《い》いて曰わく、「此れは是《こ》れ労薪《ろうしん》もて炊《た》くなり」。坐する者未《いま》だ之を信ぜず。密《ひそ》かに遣《や》りて之を問わしむれば、実《まこと》に故車《こしゃ》の脚を用う。

荀勗嘗在晋武帝坐上食筍進飯、謂在坐人曰、此是労薪炊也、坐者未之信、密遣問之、実用故車脚。

三二六　武帝《ぶてい》常《か》つて王武子《おうぶし》の家に降《くだ》り

武帝《ぶてい》が王武子《おうぶし》（王済《おうせい》）の屋敷に行幸したおり、武子は食事をすすめた。すべてに瑠璃《るり》の器をつかい、百人あまりの腰元たちはみんな綾絹《あやぎぬ》のスカートとブラウスをつけ、飲物と食物を手でささげもった。蒸《む》し豚がこってりとしてうまく、普通の味ではない。帝が不思議に思ってたずねると、「人間の乳を豚に飲ませております」とのこたえ。帝はとても不機嫌になり、食事もそこそこにひきあげた。王《おう》（王愷《おうがい》）も石《せき》（石崇《せきすう》）も作り方を知らないものである。（『世説新語』汰侈篇）

武帝常《か》つて王武子の家に降《くだ》り、武子は饌《せん》を供す。並びに瑠《る》璃《り》の器を用い、婢子《ひし》百余人は皆な綾羅《りょうら》の袴襬《こら》、手を以て飲食を擎《ささ》ぐ。蒸豘肥美《じょうとんひび》にして、常味《じょうみ》に異なる。帝怪《あや》しみて之を問う。答えて曰わく、「人乳《じんにゅう》を以て豘《とん》に飲ます」。帝は甚だ平《たいら》かならず、食未だ畢《おわ》らざるに便《すなわ》ち去る。王、石も未だ作《さく》を知らざる所。

武帝常降王武子家、武子供饌、並用瑠璃器、婢子百余人、皆綾羅袴襬、以手擎飲食、蒸豘肥美、異於常味、帝怪而問之、答曰、以人乳飲豘、帝甚不平、食未畢便去、王石所未知作。

▼王済は武帝の女《むすめ》の常山公主の壻。王愷《がい》と石崇《せきすう》はその当時の名だたる贅沢《ぜいたく》者。

三二七　陸機《りくき》、王武子に詣《いた》る

陸機《りくき》が王武子（王済）を訪れた。武子は数石の羊乳《ようにゅう》のヨーグルトを前にもちだし、陸機に指さしてみせながらいった。「きみの江南じゃ、とてもこいつに太刀うちできるものはあるまい」。陸「千里湖《せんりこ》でとれる蓴《じゅんさい》のスープがある。それも塩や味噌《みそ》を加えてないのがね」。

（『世説新語』言語篇）

陸機、王武子に詣《いた》る。武子は前に数斛《こく》の羊酪《ようらく》を置き、指《ゆび》さして以て陸に示して曰わく、「卿《けい》の江東、何を以て此《こ》れに敵《かな》えんや」。陸云わく、「千里《せんり》の蓴羹《せんこう》有り。但《た》だ未《いま》だ塩豉《えんし》を下さざる耳《のみ》」。

陸機詣王武子、武子前置数斛羊酪、指以示陸曰、卿江東何以敵此、陸云、有千里蓴羹、但未下塩豉耳。

▼「酪」、ヨーグルトは北方人の食物。王済は太原《たいげん》（山西省太原）の出身。それにたいして陸機は江南の呉《ご》（江蘇省蘇州）の人。『世説新語』排調篇《はいちょう》に、やはり呉の出身の陸玩《りくがん》が王導《おうどう》のところで「酪《らく》」を食べ、もどってから病気になり、つぎのような手紙をおくったという話がある。「昨日は酪をすこし過ごしまして、一晩中へばっておりました。ぼくは呉の人間ですが、もうすこしで北方の亡者《もうじゃ》（傖鬼《そうき》）になるところでした」。「千里」は湖の名らしいが、その場所については諸説あって特定できない。千里湖の蓴《じゅんさい》のスープは、塩や豉《みそ》を加えるといっそう味がひきたつのである。

三二八　張季鷹《ちようきよう》は斉王《せいおう》の東曹掾《とうそうえん》に辟《め》され

張季鷹《ちようきよう》（張翰《ちようかん》）は斉王《せいおう》の東曹《とうそう》の掾《えん》として召し出され、洛陽にいる。秋風が立つのを見て、ふと呉の地方の菰菜《まこも》のスープと鱸《すず》魚《き》のなますがなつかしくなった。「人生、気ままにやるのが何よりたいせつ。数千里の遠方で官にしばられ、名誉や爵位をおいもとめてなどおれようか」。そのまま車を用意させると、とっととひきあげた。まもなく斉王は敗死し、当時の人々はみんな目先がきくといった。（『世説新語』識鑒篇）

張季鷹は斉王の東曹掾に辟《め》され、洛に在《あ》り。秋風の起るを見て、因《よ》って呉中《ごちゆう》の菰菜《こさい》の羹《こう》と鱸魚《ろぎよ》の膾《かい》を思う。曰わく、「人生は適意《てきい》を得るを貴ぶ爾《のみ》。何ぞ能《よ》く数千里に羈宧《きかん》して以て名爵《めいしやく》を要《もと》めんや」。遂《つい》に駕《が》を命じて便《すなわ》ち帰る。俄《にわ》かにして斉王敗れ、時人は皆《み》な謂《い》いて見機《けんき》と為す。

張季鷹辟斉王東曹掾、在洛、見秋風起、因思呉中菰菜羹鱸魚膾、曰、人生貴得適意爾、何能羈宧数千里以要名爵、遂命駕便帰、俄而斉王敗、時人皆謂為見機。

▼張翰は呉の出身。斉王司馬冏《しばけい》は八王の一人。東曹掾は人事をつかさどる部局の主任。

三二九　王右軍《おうゆうぐん》の少《わか》き時

王右軍《おうゆうぐん》（王羲之《おうぎし》）のわかいころのことだ。周侯《しゆうこう》（周顗《しゆうぎ》）のところで末席にひかえていた

が、牛の心臓にナイフをいれてぱくついた。かくして面目をほどこした。(『世説新語』汰修篇)

王右軍の少《わか》き時、周侯の末坐《まつざ》に在って牛心《ぎゅうしん》を割《さ》きて之を啗《く》らう。此《ここ》に於いて改観《かいかん》す。

王右軍少時、在周侯末坐、割牛心啗之、於此改観。

▼注にいう。「俗は牛心を以て貴しと為す。故に羲之先《ま》ず之を食《く》らう」。おなじく汰修篇に、王《おう》武子《ぶし》(王済《おうせい》)がかけに勝ってせしめた王君夫《おうくんふ》(王愷《おうがい》)の牛、その心臓の「炙《しゃ》」、バーベキューをたいらげた話がある。ここももちろん牛のバーベキューを食べたときの話であろう。「改観」は、見直される、面目をほどこす、の意。

三三〇　羅《ら》友《ゆう》は荊《けい》州の従事《じゅうじ》と作《な》る

羅《ら》友《ゆう》が荊《けい》州の部長であったときのこと、桓宣武《かんせんぶ》(桓温《かんおん》)が王車騎《おうしゃき》(王洽《おうこう》)のために歓送会をひらいた。羅友は席に進んでしばらくすると辞去した。宣武「きみはさっき相談ごとがあったようだが、どうしてすぐにひきあげるのだ」。「わたしは白羊の肉がうまいと聞いておりましたが、生まれてこのかたまだ食べたことがなかったので、のこのこまかりでた次第です。ご相談するようなことはありません。もう十分にいただきました。長居は無用

です」。恥《は》ずかしそうなそぶりはまったくしなかった。(『世説新語』任誕篇)

羅友は荊州の従事と作《な》る。桓宣武、王車騎の為に集別《しゅうべつ》す。友は坐に進み、良《や》や久しくして辞出《じしゅつ》す。宣武曰わく、「卿《けい》は向《さき》に事を咨《たず》ねんと欲す。何を以て便《すなわ》ち去るや」。答えて曰わく、「友は白羊の肉の美なるを聞くも、一生未だ曾《か》つて喫《く》らうを得ず。故に冒《おか》して前《すす》むを求むる耳《のみ》。事の咨《たず》ぬ可き無し。今ま已《すで》に飽《あ》く。復《ま》た須《すべか》らく駐《とど》まるべからず」。了《つい》に慙《は》ずる色無し。

羅友作荊州従事、桓宣武為王車騎集別、友進坐、良久辞出、宣武曰、卿向欲咨事、何以便去、答曰、友聞白羊肉美、一生未曾得喫、故冒求前耳、無事可咨、今已飽、不復須駐、了無慙色。

三三一　顧長康《こちょうこう》は甘蔗《かんしょ》を噉《く》らい

顧長康《こちょうこう》(顧愷之《こがいし》)は砂糖きびをまずしっぽの方からかじる。わけをたずねられると、「しだいに佳境《かきょう》にいたる」。(『世説新語』排調篇)

顧長康は甘蔗《かんしょ》を噉《く》らい、先ず尾《び》を食らう。人、所以《ゆえん》を問う。云わく、「漸《ようや》く佳境に至る」。

顧長康噉甘蔗、先食尾、人問所以、云、漸至佳境。

十六章　酒

三三二　太祖《たいそ》、酒禁《しゅきん》を制す

太祖《たいそ》（曹操《そうそう》）が禁酒令を定めた。すると孔融《こうゆう》は書簡をおくってからかった。「天上には酒旗《しゅき》とよばれる星があり、地上には酒泉《しゅせん》という郡が置かれ、人間にはうま酒をくみかわす徳がある。それ故、堯帝《ぎょうてい》は千杯のコップ酒を飲まないことにはかの聖業を成就しえなかったのです。そのうえ、桀王《けつおう》と紂王《ちゅうおう》は女色で国を亡ぼしましたのに、今日の法律では結婚は禁止されておりません」。（『三国志』魏書・崔琰伝注張璠『漢紀』）

太祖、酒禁を制す。而《しこ》うして孔融は書もて之を嘲《あざけ》って曰わく、「天には酒旗の星有り、地には酒泉の郡を列《つら》ね、人には旨酒《ししゅ》の徳有り。故に堯は千鍾《せんしょう》を飲まざれば、以て其の聖を成す無し。且《か》つ桀紂《けっちゅう》は色を以て国を亡ぼすも、今の令、婚姻《こんいん》を禁ぜざるなり」。

太祖制酒禁、而孔融書嘲之曰、天有酒旗之星、地列酒泉之郡、人有旨酒之徳、故堯不飲千鍾、無以成其聖、且桀紂以色亡国、今令不禁婚姻也。

▼酒旗星は北斗七星の北にある軒轅《けんえん》十七星のうちの三星。『晋書《しんじょ》』天文志《てんもんし》上に、「軒轅の右角の南の三星を酒旗と曰う。酒官の旗なり。宴饗《えんきよう》飲食を主《つかさ》どる」。酒泉郡は、漢《かん》の武帝《ぶてい》のとき、現在の甘粛省《かんしゆく》に設けられた。そこの水は酒のようにおいしかったので酒泉と名づけられたという。「人に旨酒の徳有り」というのは、人間が徳の涵養《かんよう》につとめる儀礼の場において、酒はかかせぬものだからである。たとえば『詩経』小雅「鹿鳴《ろくめい》」の詩に、「我に旨《うま》き酒有り、嘉《よ》き賓《まろうど》は式《もっ》て燕《うたげ》し以て敖《あそ》ぶ」とうたわれている。ともかく、天と地と人は「三才《さんさい》」とよばれ、宇宙を構成する三つの柱と考えられた。五帝の一人である堯が酒を飲んだこと、『孔叢子《くぞうし》』儒服《じゆふく》篇に「昔《むか》し遺諺《いげん》有り。堯舜は千鍾《しょう》、孔子は百觚《こ》、子路《しろ》は嗑嗑《こうこう》たるも尚《な》お十榼《こう》を飲む。古の賢聖《けんせい》、能く飲まざるは無きなり」とある。鍾は銅製の酒器。夏の桀王と殷の紂王がそれぞれ妃の末嬉《まつき》、妲己《だつき》におぼれて国を亡ぼしたことは有名。

孔融はすでに二六二条に登場したが、もとより酒を愛し、「坐上に客恒《つね》に満《み》ち、尊《そん》（樽）中に酒空《むな》しからざれば、吾は憂い無し」とうそぶいたという。なかなか気骨のある人物であって、さいごには曹操に殺されるが、孔融を罪におとしいれる弾劾《だんがい》文には、かれがつぎのようにいったと述べる。「父と子とのあいだには、そもそもいかなる愛情が存するというのだ。その実際を論ずるならば、まったくのところ情欲のはけ口にすぎない。子と母との関係も、いったい何だというのだ。たとえてみれば、物を瓶《かめ》のなかにいれるようなもの。出てしまえばばらばらだ」（『後漢書』孔融伝）。

三三三　徐邈《じよばく》、魏国《ぎこく》初めて建つや

徐邈《じよばく》は魏国《ぎこく》が建国されると尚書郎《しようしよろう》となった。そのとき禁酒令が定められたが、邈はこっそり酒を飲んで泥酔してしまった。特務の趙達《ちようたつ》が部局の事務についてたずねたところ、邈は「聖人にやられちまって」といった。趙達がそのことを太祖《たいそ》（曹操《そうそう》）に報告し、太祖は激怒した。度遼《どりよう》将軍の鮮于《せんう》輔《ほ》が進みでていった。「平生、酔客たちは清酒を聖人、濁り酒を賢人とよんでおります。邈はきまじめなおとこです。たまたま酔っぱらって口にしたまでです」。けっきょく、罪に問われながらも刑を免れることができた（中略）。天子（文帝《ぶんてい》）が許昌《きよしよう》（河南《かなん》省許昌）に行幸したおり、徐邈にたずねた。「やはり聖人にやられておるかな」。邈はこたえた。「そのむかし、子反《しはん》は穀陽《こくよう》のために生命を失い、御叔《ぎよしゆく》は酒を飲んでおとがめをうけました。てまえはこの二人と嗜好《しこう》をひとしくしながら、性こりもなく時おりやはりやられております。ところで、宿瘤《しゆくりゆう》は醜いために名が伝えられ、てまえは酒飲みのおかげでお見知りを給わりました」。帝は大笑いし、まわりのものをかえりみていった。「評判はだてにはたたぬものだ」。（『三国志』魏書・徐邈伝）

徐邈、魏国初めて建つや、尚書郎と為る。時に禁酒を科《か》するも、而《しか》れども邈は私《ひそ》かに飲みて沈酔《ちんすい》するに至る。校事《こうじ》の趙達、問うに曹事《そうじ》を以てす。邈曰わく、「聖人に中《あた》れり」。

徐邈、魏国初建、為尚書郎、時科禁酒、而邈私飲至於沈酔、校事趙達問以曹事、邈曰、中聖人、

達は之を太祖に白《もう》し、太祖甚だ怒る。度遼将軍の鮮于輔進んで曰わく、「平日、酔客は酒の清《す》める者を謂《い》いて聖人と為し、濁《にご》れる者を賢人と為す。邈は性脩慎《しゅうしん》、偶《たま》ま酔いて言える耳《のみ》」。竟《つい》に坐《ざ》せども刑を免るるを得たり。……車駕《しゃが》、許昌に幸《みゆき》するや、邈に問いて曰わく、「頗《すこぶ》る復《ま》た聖人に中《あた》る不《や》」。邈対《こた》えて曰わく、「昔《むかし》子反《しはん》は穀陽《こくよう》に斃《たお》れ、御叔《ぎょしゅく》は飲酒に罰せらる。臣、嗜《たしな》みは二子に同じきも、自《みずか》ら懲《こ》る能《あた》わず、時に復《ま》た之に中《あた》る。然るに宿瘤《しゅくりゅう》は醜《しゅう》を以て伝えられ、而《しこ》うして臣は酔《すい》を以て識《し》らる」。帝は大笑し、左右を顧《かえり》みて曰わく、「名は虚《むな》しくは立たず」。

達白之太祖、太祖甚怒、度遼将軍鮮于輔進曰、平日酔客謂酒清者為聖人、濁者為賢人、邈性脩慎、偶酔言耳、竟坐得免刑、……車駕幸許昌、問邈曰、頗復中聖人不、邈対曰、昔子反斃於穀陽、御叔罰於飲酒、臣嗜同二子、不能自懲、時復中之、然宿瘤以醜見伝、而臣以酔見識、帝大笑、顧左右曰、名不虚立。

▼「校事」はこの時代に設けられた特務。趙達は盧洪《ろこう》とあいならぶ校事の頭目であって、つぎのようなはやり言葉がつくられたという。「曹公《そうこう》（曹操）を畏《おそ》れず、但だ盧洪を畏《おそ》る。盧洪は尚《な》お可《よ》し、趙達は我を殺す」（『太平御覧』巻二四一『魏略』）。「車駕」は天子の馬車だが、天子を直接よぶことを避けるために「車駕」の語を用い、したがって天子の代名詞となる。「子反は穀陽に斃《たお》る」は『左伝《さでん》』成公十六年。晋《しん》と楚《そ》の両軍が鄢陵《えんりょう》で戦ったさい、陣頭にたって指揮する楚王は子反をよんで相談ごとをしようとしたが、子反は小姓の穀陽が献じた酒に酔いつぶれてお目通りできず、けっきょく楚の軍勢は撤退する。責任を感じた子反は自殺した。「御

叔は飲酒に罰せらる」はやはり『左伝』の襄公《じょうこう》二十二年。魯《ろ》の臧武仲《ぞうぶちゅう》は使者となって晋へ向かう途中、雨が降りだしたので御叔のところにたちよった。御叔は魯の御《ぎょ》の邑《まち》を治める家老である。御叔はちょうど酒を飲もうとしていたところだったので、腹だちまぎれにいった。「聖人というのは益《やく》だたずなものだ。わしが酒を飲もうとしておるのに、雨のなかを旅なぞしやがって」。智者のほまれたかい臧武仲を「聖人」とよんだのである。このことがもれ聞こえ、罰として御の邑の賦役は二倍にされた。魏の時代の清酒の隠語、「聖人」の背景には、『左伝』のこの話があるのかも知れない。宿瘤《しゅくりゅう》は、首におおきな瘤《こぶ》があるためにそうよばれた女性。桑つみをしているところを、通りかかった斉の閔王《びんおう》からその有徳をみとめられ、后《きさき》に迎えられた。『列女伝《れつじょでん》』巻六。

三三四　阮宣子《げんせんし》は常に歩行《ほこう》し

阮宣子《げんせんし》（阮脩《げんしゅう》）はいつも徒歩で外出し、百文の銭《ぜに》を杖《つえ》の先にひっかけ、酒屋につくと、一人いい気分で酔っぱらっていた。いまをときめく人物であれ、訪ねていこうとはしなかった。（『世説新語』任誕篇）

阮宣子は常に歩行し、百銭を以て杖頭《じょうとう》に挂《か》け、酒店に至れば便《すなわ》ち独り酣暢《かんちょう》す。当世の貴盛《きせい》と雖《いえど》も、肯《あ》えて詣《いた》らざるな

阮宣子常歩行、以百銭挂杖頭、至酒店、便独酣暢、雖当世貴盛、

り。　　　　　　　　　　不肯詣也。

三三五　張季鷹《ちようきよう》は縦任《しようにん》にして拘《こだわ》らず

張季鷹《ちようきよう》（張翰《ちようかん》）はとらわれのない自由人。当時の人々は「江南の歩兵《ほへい》どの」とよんだ。ある人がいった。「きみがその時その時を気ままにやるのはよいが、死後の名声はどうでもよいのかね」。「たといぼくに死後の名声が得られたとしても、いま現在の一杯の酒には及びもつかぬ」。（『世説新語』任誕篇）

張季鷹は縦任《しようにん》にして拘《こだわ》らず。時人は号して江東の歩兵《ほへい》と為す。或《あ》るひと之に謂《い》いて曰わく、「卿《けい》は乃《すなわ》ち一時に縦適《しようてき》す可きも、身後《しんご》の名を為さざる邪《や》」。答えて曰わく、「我をして身後の名有らしむるとも、即時《そくじ》の一盃の酒に如《し》かず」。

張季鷹縦任不拘、時人号為江東歩兵、或謂之曰、卿乃可縦適一時、不為身後名邪、答曰、使我有身後名、不如即時一盃酒。

▼歩兵とは阮籍《げんせき》のこと。一一八条参照。張翰は江南、すなわち江東の呉の出身なので「江東の歩兵」とよばれた。かれの「縦任」ぶりは三二八条に見える。

三三六　畢茂世《ひつもせい》云わく

畢茂世《ひつもせい》（畢卓《ひつたく》）の言葉。「一方の手に蟹《かに》のはさみをつかみ、もう一方の手にグラスをもって、酒のプールのなかでばたばたやる。それでもう一生に何も言うことはなし」。（『世説新語』任誕篇）

畢茂世云わく、「一手《いつしゆ》に蟹螯《かいごう》を持《じ》し、一手に酒盃を持し、酒池中に拍浮《はくふ》すれば、便《すなわ》ち一生を了《お》うるに足る」。

畢茂世云、一手持蟹螯、一手持酒盃、拍浮酒池中、便足了一生。

三三七　元帝《げんてい》は江《こう》を過ぎるも、猶《な》お酒を好む

元帝《げんてい》は江南にやってきてからもあいかわらず酒好きだった。王茂弘《おうもこう》（王導《おうどう》）は帝とふるくからつきあいがあり、いつも涙ながらに諫《いさ》めた。帝はそれをききいれ、酒を酌《く》むよう命じて一度だけあびるほど飲むと、それ以後はぷっつり絶った。（『世説新語』規箴篇）

元帝は江を過ぎるも、猶《な》お酒を好む。王茂弘は帝と旧有り、常に流涕《りゆうてい》して諫《いさ》む。帝は之を許し、命じて酒を酌《く》ましめて一酣《かん》し、是《こ》れ従《よ》り遂《つい》に断《た》つ。

元帝過江、猶好酒、王茂弘与帝有旧、常流涕諫、帝許之、命酌酒一酣、従是遂断。

三三八　劉尹《りゅういん》云わく

劉尹《りゅういん》（劉惔《りゅうたん》）の言葉。「何次道《かじどう》（何充《かじゅう》）の飲みっぷりを見ていると、わが家じこみの酒をからっぽにさせてやりたくなる」。（『世説新語』賞誉篇）

劉尹云わく、「何次道の酒を飲むを見れば、人をして家醸《かじょう》を傾けんと欲せしむ」。

劉尹云、見何次道飲酒、使人欲傾家釀。

三三九　王光禄《おうこうろく》云わく

王光禄《おうこうろく》（王蘊《おううん》）の言葉。「酒はまったくだれもかれもみんなをの－んびりさせおる」。（『世説新語』任誕篇）

王光禄云わく、「酒は正《まさ》に人人をして自《お》のずから遠からしむ」。

王光禄云、酒正使人人自遠。

▼酒中の境地を「遠 yuǎn」という間のびした一音で評したところに妙味がある。「人人」はひとびとの意味ではない。どの人もこの人も。「家家」がどの家もこの家も、の意味であるように。

篇)

三四〇　王衛軍《おうえいぐん》云わく

王衛軍《おうえいぐん》(王薈《おうわい》)の言葉。「酒こそ人々をすぐれた境地にひきずりこむ」。(『世説新語』任誕篇)

王衛軍云わく、「酒は正《まさ》に自《お》のずから人を引きて勝地《しょうち》に著《お》く」。　王衛軍云、酒正自引人著勝地。

三四一　桓南郡《かんなんぐん》召されて太子《たいし》の洗馬《せば》と作《な》り

桓南郡《かんなんぐん》(桓玄《かんげん》)は召されて太子の洗馬《せば》となり、船を荻渚《てきしょ》に泊《と》めていた。王大《おうだい》(王忱《おうしん》)は散薬をのんだうえ、すでにいくらか酔っぱらって桓玄に会いに出かけた。桓玄はわざわざ酒を用意させた。だが冷やで飲むわけにはゆかぬため、「酒を温《あたた》めてこい」と従者にしつこくいいつける。桓玄はそこではらはら涙を流して嗚咽《おえつ》した。王忱《おうしん》は帰り支度をはじめる。桓玄はハンケチで涙をぬぐいつつ王忱にいった。「わが父上の諱《いみな》を犯したからだ。きみには関係のないことだよ」。王忱はため息をついていった。「霊宝《れいほう》はなるほどさばけたやつじゃ」。(『世説新語』任誕篇)

桓南郡召されて太子の洗馬《せば》と作《な》り、船、荻渚《てきしょ》に泊《とど》まる。王　桓南郡被召作太子洗馬、船泊荻大は散《さん》を服せし後《の》ち巳《すで》に小《すこ》しく酔い、往《ゆ》きて桓を看《み》る。桓は為《ため》に酒を設く。冷飲《れいいん》す能《あた》わず、頻《しき》りに左右に語り、「酒を温《あたた》め来れ」と令《れい》す。桓乃《すなわ》ち流涕嗚咽《りゅうていおえつ》す。王便《すなわ》ち去らんと欲す。桓は手巾《しゅきん》を以て涙を掩《おお》い、因《よ》って王に謂《い》いて曰わく、「我《わ》が家諱《かき》を犯せり。何ぞ卿《けい》の事に預《あず》からんや」。王歎《たん》じて曰わく、「霊宝は故《もと》より自《お》のずから達す」。

渚、王大服散後巳小酔、往看桓、桓為設酒、不能冷飲、頻語左右、令温酒来、桓乃流涕嗚咽、王便欲去、桓以手巾掩涙、因謂王曰、犯我家諱、何預卿事、王歎曰、霊宝故自達。

▼王忱が服用した散薬は五石散《ごせきさん》ないし寒食散《かんしょくさん》とよばれるもの。基本的に紫石英《しせきえい》、白石英《はくせきえい》、赤石《せきせき》脂《し》、鍾乳《しょうにゅう》、石硫黄《せきいおう》の五種類の鉱物性の薬材——石薬《せきやく》——を混合するので五石散とよばれ、また服用後にはあたたかい食物を食べてはならず、冷たい食物しか食べてはならないので寒食散とよばれた。五石散服用の先鞭をつけたのは魏《ぎ》の何晏《かあん》であったといわれ、魏晋時代に爆発的な流行をみた。人々は五石散の服用によって生ずる幻覚をたのしんだのである。寒食散を発散させるためには、せっせと歩きまわり、また酒を飲む必要があったが、寒食の原則にもかかわらず、どうしたわけか、酒だけはかならず燗《かん》をして飲まなければならなかった。だから王忱は「酒を温めてこい」と命じたのである。ところが、桓玄の父の名は温《おん》。桓玄の前で「温」の語を口に出すことはぜったいに避けるべきタブーであった。詳細は、拙稿「寒食散と仙薬」(『中国古代人の夢と死』、平凡社、一九八五年)を参照されたい。

桓玄が貴族子弟の初任官として人気のあった東宮づきの太子《たいし》洗馬《せば》となったのは、太元《たいげん》十六年

（三九一）、二十三歳のとき。当時、王忱は荆州刺史であった。荻渚は江陵《こうりょう》（湖北省江陵）にあった船着場であろう。

三四二　王仏大《おうぶつだい》歎じて云わく

王仏大《おうぶつだい》（王忱《おうしん》）はため息まじりにいった。「三日と酒を飲まないでいると、肉体と精神とがしっくりしなくなる感じがする」。（『世説新語』任誕篇）

王仏大歎《たん》じて言わく、「三日、酒を飲まざれば、形神《けいしん》の復《ま》た相《あ》い親しまざるを覚《おぼ》ゆ」。

王仏大歎言、三日不飲酒、覚形神不復相親。

▼一八六条に紹介した殷仲堪《いんちゅうかん》の言葉にはつぎのようにあった。「三日、道徳経《どうとくきょう》を読まざれば、便《すなわ》ち舌本間《ぜっぽんかん》の強《こわ》きを覚《おぼ》ゆ」。

「法蔵館文庫」のためのあとがき

本書がそもそも講談社「中国の古典」シリーズの一冊として刊行されたのは一九八六年のこと。「清談がつづる魏晋小史」と「人間、この複雑なるもの」の二部構成とし、あわせて三四二条の短文を収めている。それら三四二条の実に九割以上を占める三一二条は『世説新語』から選び、それ以外の三〇条のうちの三条も『世説新語』の劉孝標《りゅうこうひょう》の注に引かれている文章を採用しているのだが、私が『世説新語』と親しくつきあうこととなったのは、すでに六十年以上も昔の大学院生時代のことであった。

そのころ、京都北白川にお住まいの村上嘉實先生のご自宅でごくごく私的な『世説新語』の読書会が行なわれており、大先輩の川勝義雄さんから「お前も参加してはどうか」との誘いを受けたのである。読書会は一九五三年から始められていたようであって、誘いを受けた時にはすでに三分の一ほどが読みおえられており、従って私は方正篇の途中から参加することとなったのだった。読書会のメンバーにはいくらかの出入りがあったものの、私の知るかぎり、村上、川勝の両先生と福永光司先生の三人が発足時からの変わらぬ常連であり、やがて私が参加しての後に田中謙二、一海知義の両先生も参加されるようになった。また『世説新語』の全英訳を手がけられることとなったミネソタ大学のR. Mather氏や『世説新語索引』の編者である高橋清氏とも一時期ながら面識をもつことができた。読書会は参加者それぞれが用意したガリ版刷りの訳稿を持ちよって毎回ほんの数条ずつを検討するという方法で進められ、私にとっては教えられることばかりの多い実に有意義な研鑽の場であったが、堅苦しいところはまったくなく、終始なごやかな雰囲気のもとに進められた。ほぼ毎週の午後七時ごろから始められる読書会に、福永先生が時として着流し姿で思賢講舎本のテキストを懐にねじこむようにしてやって来られることがあったのはとても印象的だった。毎週の夜分にこんな贅沢な読書会が行なわれたのは、現在ではとても考えられないことだが、メンバーの全員が京都市の左京区を住まいとし、徒歩か自転車で出席することができたからであったろう。

読書会の成果はやがて筑摩書房「世界文学大系」の『中国古小説集』(一九六四年刊)に収められることとなるのだが、私はそのころすでに大学院博士課程を修了して京都大学研修員の身分であり、風来坊の私ならば暇もあろうかと、その最終校正を担当すべく東京駿河台の旅館で数日間の缶詰めとなることをおおせつかったのも、今となってはこれまたなつかしい思い出である。私が共訳者の一人に名をつらねているのは、諸先生がたがそのような功業(?)をみとめてくださったからにちがいない。

私は筑摩書房版『世説新語』と以上に述べたようなかかわりを有してはいるものの、『世説新語』から少なからざる文章を拾って講談社の『魏晋清談集』に収めるにあたっては筑摩書房版の訳文をそのまま借用することはひかえ、私なりに新味を出すようつとめたつもりである。そしてこのたび、あらためて「法蔵館文庫」の一冊として収められるにあたっては、講談社版の誤りを正したり、表現や表記をいくらか改めたほか、その刊行後にあらたに得た知見にもとづく追加を行なった。たとえば四〇条、祖逖《そてき》が長江を渡るに際して「祖逖若《も》し中原を清めずして復《ま》た此れを済《わた》る者《こと》、大江の如き有らん」と述べたという「有如大江」なる表現が誓いの言葉の常套句であること、あるいはまた二八四条、原テキストに「荼」とあるのは「茶」の誤りとすべきであって「荼」は「茶」の古名であること、などがそれである。後者の詳細については、武田科学振興財団杏雨書屋の機関誌『杏雨』の二一号（二〇一八年刊）に登載した拙文「本草余聞」、その「苦菜」の項を参照されたい。「本草余聞」には本草書にまつわる随筆風の文章を集めているのだが、「苦菜」の項が本書の二八四条に関係するだけではない。そのほかにも、「遠志」、「蟹」、「人乳」の項はそれぞれ本書の七六条「謝公は始め東山の志有るも」、一八三条「蔡司徒は江を渡り」、三二六条「武帝常《か》つて王武子の家に降り」に関係する。

本書第二部の第一章には、「竹林の七賢」のタイトルのもとに七賢にかかわる文章あわせて六五条を収めているが、講談社版『魏晋清談集』の刊行からちょうど十年後の一九九六年、私は世界思想社の「風呂で読む」シリーズの一冊として、『竹林の七賢』を執筆した。書名もそのものずばり、七賢を正面からあつかったその一書が、これまた材をもっぱら『世説新語』に取ることというまでもなく、原文をそのまま現代日本語に訳して引用している場合もめずらしくない。それらの訳文との整合をおもんばかって、本書の「竹林の七賢」章にはとりわけいくらかの改変を加えることとした。世界思想社版『竹林の七賢』は、昨年の六月、あらたに講談社学術文庫に収められた。あわせて読んでいただけるならば幸いである。

本書の第一部「清談がつづる魏晋小史」が最後の結びとする一一二条には『宋書』徐広伝の一節を取りあげ、その解説につぎのように記している。「桓玄《かんげん》を打倒した劉裕《りゅうゆう》は、その後、北府軍団長に就任して北伐を敢行、華北の南燕《なんえん》や後秦《こうしん》を亡《ほろ》ぼした。その武威を背景として、西暦四二〇年、東晋にかわる宋《そう》王朝を創業したのである」。劉裕については、「江南の英雄　宋の武帝」を副題とする拙著『劉裕』があり、そもそもは人物往来社の「中国人物叢書」の一冊として刊行されたその書も、二〇二二年の五月、すでに本書に先だって法蔵館文庫に収められている。その時と同様、今回もまた法蔵館編集部の今西智久さんを一方ならず煩わせることとなった。感謝にたえない次第である。

二〇二五年一月五日

吉川忠夫

吉川忠夫（よしかわ　ただお）

1937年、京都市生まれ。京都大学文学部史学科卒業、同大学院文学研究科博士課程単位取得退学。東海大学文学部専任講師、京都大学教養部助教授を経て、京都大学人文科学研究所助教授、同教授。2000年、停年退官、京都大学名誉教授。日本学士院会員。著書に、『六朝精神史研究』（同朋舎出版）、『王羲之』（岩波現代文庫）、『秦の始皇帝』『竹林の七賢』（ともに講談社学術文庫）、『侯景の乱始末記』（志学社選書）、『中国古代人の夢と死』『書と道教の周辺』（ともに平凡社）、『中国人の宗教意識』（創文社）、『読書雑志』（岩波書店）、『顔真卿伝』『六朝隋唐文史哲論集Ⅰ・Ⅱ』『三余続録』『読書漫筆』（いずれも法藏館）、『劉裕』（法藏館文庫）、訳書に『訓注後漢書』全11冊（岩波書店）、『高僧伝』全4冊（船山徹氏との共訳、岩波文庫）など多数。

魏《ぎ》晋《しん》清《せい》談《だん》集《しゅう》
『世説新語』を中心として

二〇二五年三月一五日　初版第一刷発行

著　者　吉川忠夫
発行者　西村明高
発行所　株式会社　法藏館
京都市下京区正面通烏丸東入
郵便番号　六〇〇-八一五三
電話　〇七五-三四三-〇〇三〇（編集）
〇七五-三四三-五六五六（営業）

装幀者　熊谷博人
印刷・製本　中村印刷株式会社

ISBN 978-4-8318-2692-3　C0198

法蔵館文庫既刊より

価格税別

も-1-1
梁の武帝　森三樹三郎著
仏教王朝の悲劇
皇帝菩薩と呼ばれた武帝の餓死、王朝の滅亡は、仏教溺信が招いた悲劇だったのか。類い稀な皇帝のドラマチックな生涯とその時代の精神を描出した不朽の傑作。解説＝船山　徹
1000円

よ-1-1
劉裕　吉川忠夫著
江南の英雄　宋の武帝
劉裕は微賤な武人に生まれながらも、卓越した行動力と徹底した現実主義によって皇帝となった。だが、即位後その生彩に翳りが――。南朝の権力機構の本質を明らかにする好著。
1000円

と-1-1
文物に現れた北朝隋唐の仏教　礪波護著
隋唐時代、政治・社会は仏教に対していかに関わり、仏教はどのように変容したのか。文物を含む多彩な史料を用いスリリングに展開される諸論は隋唐時代のイメージを刷新する。
1200円

わ-1-1
増補 天空の玉座　渡辺信一郎著
中国古代帝国の朝政と儀礼
国家の最高意志決定はどのような手続きをへてなされたのか。朝政と会議の分析を通じて権力中枢の構造的特質を明らかにし、中国古代における皇帝専制と帝国支配の実態に迫る。
1200円

と-1-2
馮道　礪波護著
乱世の宰相
五代十国時代において、五王朝、十一人の皇帝に仕え、二十年余りも宰相をつとめた希代の政治家・馮道。乱世においてベストを尽くしたその生の軌跡を鮮やかに描きあげる。
1200円